한느것

조정래 대하소설

7

제3부 불신시대

해냄

차례

한강

제3부 불신시대

7권

1

숨은 그림 찾기

"강꼬꾸노 조세이와 야스이가리다. (한국 여자는 싸다니까.)"

"강꼬꾸와 덴고꾸다. (한국은 천국이야.)"

미도파 앞 건널목에서 신호를 기다리는 사람들 속에 섞여 일본 남자 둘이 아주 흥겨워하고 있었다. 그들과 팔짱을 끼고 있는 두 아가씨는 그 말을 알아듣는지 못 알아듣는지 껌을 씹으며 생글거리고 있었다. 두 남자는 마흔쯤 되어 보였고, 아가씨들은 화장이 무척 야했지만 스물한둘의 애티는 붉은 귓불에 숨길 수 없이 드러나고 있었다.

"에에 쯧쯧쯧……, 저런 고얀 놈의 일이 있나."

"참 기가 차다니까. 저런 말을 대로상에서 들어야 하다니. 이거 새로 망하고 있는 나라야."

"헌데 나라에서는 왜놈들 돈이든 왜놈들이든 많이 끌어들이지 못해 안달이고 내년부터는 고등학교에서 일본말까지 가르칠 거라니 이게 어찌 돌아가는 세상이야?"

"왜놈들이 도망가면서 20년 후에 다시 돌아올 테니 집 깨끗이 써라, 공장 잘 돌려라 했다는데 꼭 그 꼴 난 것 같다니까."

"그나저나 저건 뉘집 딸년들이야 그래. 이젠 시뻘건 대낮부터 저러고 다니니."

두 노인의 말에 점점 열기가 오르고 있는데 신호등이 파란불로 바뀌었다.

"참 별꼴이 반쪽이야. 우리가 뉘집 딸이면 어쩔 거야? 웃기는 영감탱이들."

"그래, 우리가 자기네들 뭐 손해 입힌 거 있어, 우리가 이런 꼴 안 되라고 즈네들이 언제 땡전 한닢 도와준 적 있어? 누군 뭐 이런 짓 하고 싶어 하는 줄 아나? 꼴이야 증말."

"그러게 웃기지도 않아. 저렇게 입 잘 놀리는 것들일수록 잘난 척만 하잖아. 즈네 딸들 이런 꼴 안 만들었으면 그냥 죽치고 있을 것이지."

"관두자 얘. 배부른 사람들이 배고픈 사람들 사정 어찌 알겠니. 우리가 이 짓 해서 부모형제 먹여살리고 공부시키고 한다는 걸 모를 테니까."

"그래, 관두자. 이런 신세도 서러운데 참 아더메치다."

길을 건너가며 이렇게 입빠르게 말을 주고받는 두 여자는 가발 공장 여공에서 박보금 아래로 들어간 정순덕과 이양자였다. 그들이 쏟아내고 있는 그 야무진 말들은 박보금을 비롯해서 자기들보다 경험 많은 동료들한테서 귀동냥한 거였다.

'기생관광'이라는 새말이 생겨나면서 시내 중심가에서 일본 남자들이 한국의 젊은 여자들과 함께 다니는 모습은 날로 늘어나고 있었다. 그만큼 일본 관광객들이 삼각깃발을 앞세우고 떼지어 김포공항에 밀려들고 있었다. 2차대전 패배의 잿더미 위에서 경제를 다시 일으키며 세계적으로 돈벌이에 억척을 부려 '이코노믹 애니멀(돈밖에 모르는 짐승)'이라고 불린 일본인들은 이제 좀 생활의 여유를 갖고 세계여행을 시작하는 참이었다. 처음부터 멀리는 못 가고 우선 동남아 지역이 주 대상이 되고 있는 상황에서 그들에게 한국은 특히 좋은 여행지였다. 왜냐하면 일본에 비해 물가가 싼 데다, 환율의 차이로 돈 가치가 예닐곱 배에 이르렀고, 지난 식민지시대의 연고를 확인할 수 있었고, 일본에서는 너무 값비싸 감히 엄두도 못 내는 젊은 여자와의 향락을 한국에서는 헐값으로 맘껏 즐길 수 있었던 것이다.

또 하나 새로 번지고 있는 말이 '현지처'였다. 한국에 장기체류하는 상사원이나 대기업과 합작한 공장의 고급기술자들이 화류계 젊은 여자들과 살림을 차리는 거였다. 한강변의 어느 아파트는 현지처촌으로 소문이 날 지경이었다. 그러나 나라에서는 그런 사실들을 아는지 모르는지 아무런 반응이 없었다.

"광부나 간호원들이 독일돈 벌어들이나, 군인이나 근로자들이 월남서 미국돈 벌어들이나, 우리가 멀리 외국까지 나갈 것 없이 궁

뎅이 운전으로 일본돈 착착 벌어들이나 뭐가 달라 그래."

"두말하면 잔소리지. 애국자가 뭐 따로 있나. 우리도 앗싸한 애국 자지."

정순덕이나 이양자의 동료들은 술이 취하면 이런 말을 곧잘 하곤 했는데, 그녀들의 말마따나 누가 벌어들인 돈이건 돈에는 아무런 표가 나지 않았다.

그런 일본 경기는 유일민의 술장사에도 곧바로 남풍을 일으켰다. 기생관광으로 50~60명씩 단체로 손님을 받는 삼류 요정들이 번창하면서 술은 날개를 달고 있었다. 술집 주인들은 그저 매상을 많이 올리려고 아가씨들에게 술을 많이 먹이라고 눈짓 손짓이었고, 아가씨들은 어차피 일본사람들한테 한푼이라도 더 손쉽게 뜯어내려면 그들 말로 '기마이' 잘 내도록 무슨 수를 써서든 술이 취하게 만들어야 했다.

"그 다음 난향각!"

짐실이에 술상자들을 가득 실은 자전거를 출발시킨 유일민은 경리 아가씨에게 전표를 받아들며 다음 자전거를 불렀다.

"맥주 여섯 박스에 정종 두 박스, 양주 한 박스야. 어차피 한 번에 안 되니까 반씩 잘 나눠."

유일민은 전표를 들여다보며 더벅머리 청년에게 일렀다.

"예, 맥주 다섯을 먼저 뻐개죠 뭐."

몸집 좋은 청년이 맥주 박스 하나를 불끈 들어올리며 말했다.

"그래, 뻐개든 부시든 네 맘대로 해."

유일민은 청년의 어깨를 치며 전표를 내밀고는 목장갑 낀 손등으로 이마의 땀을 씩 문질렀다. 푸른색 계통의 추상무늬 남방셔츠를 입은 그는 분주한 몸놀림만큼 활기차 보였다.

"사장님, 다녀왔습니다."

한 청년이 급정거시킨 자전거에서 뛰어내리며 외쳤다.

"응, 수고했어. 넌 다시 연정각!"

"예, 날씨가 더워지니까 시야시한 맥주만 마셔대는 모양인데요. 쭈아, 따세요 따르세요 마시세요 취하세요, 쭈아, 쭈아, 앗싸라비야 삐약, 삐약!"

청년은 자기 가락에 맞추어 김추자 식으로 몸을 흔들어댔다.

"그래, 즐겁게 일하는 게 몸에도 좋다. 넌 맥주 열 박스에, 양주한 박스야."

유일민은 청년에게 다정한 웃음을 보내며 전표를 내밀었다. 그의 얼굴에는 처음 이 일을 시작할 때의 그늘과 슬픔과 적막 같은 것들은 거의 사라지고 없었다.

길 저쪽 냉차장사 뒤에서 어떤 여자가 일에 바쁜 유일민을 아까부터 지켜보고 있었다. 그녀한테서는 세월의 흐름이 멈추기라도 한 듯 처녀 때 모습이 그대로인 임채옥이었다. 그러나 처녀 때 그대로인 것은 옷차림이나 머리 모양 같은 분위기였고 얼굴에는 서른을 넘긴 여자의 세월이 서려 있었다. 20대를 곱고 향그럽게 장식했던 청순함과 풋풋함은 어디로 사라졌는지 그 희미한 흔적만 아른아른했다.

다행이야, 정말 다행이야. 사업이 자꾸 번창해 가고 있으니…….

금방 달려가고 싶은 마음이 파도가 굽이쳐오는 것처럼 쉴새없이 일어나는 것을 억누르며 임채옥은 유일민한테서 눈길을 떼지 않고 있었다. 그동안 극장 뒤편의 가건물에서 벗어나 어엿한 상점도 얻었고, 무허가 판잣집이나마 집도 장만했고, 신원 때문에 은행 같은 데 취직을 못해 경리로 데리고 있는 여동생도 멋을 부리고 있었고, 배달사원도 셋으로 불어나 있었다. 그러나 무엇보다도 다행인 것은 세월이 흘러가면서 유일민이 그 일에 조금씩 마음을 붙이는 것 같은 느낌을 보이는 거였다. 그렇지만 그의 당당한 학벌을 생각하면 술 도매상으로 뒷골목에 묻혀 있는 것이 기가 막혔다.

시장에 나오더라도 이쪽으로 발걸음을 하지 않으려고 안간힘을 썼지만 아무 소용이 없었다. 저쪽에서 끌어당기는 억센 힘에 이끌려 발걸음은 무작정 그쪽으로만 갔다. 그는 강하기 이를 데 없는 자석이었고 자신은 작고 가는 쇠붙이일 뿐이었다. 아니 그것은 스스로를 속이는 거짓말이었다. 자신은 동네 시장에서도 될 일을 싸게 사고 좋은 것을 산다는 핑계로 한사코 이 큰 시장으로 나오고 있었다. 그쪽으로 가지 않으려는 시늉은 겉마음이었고, 속마음은 한시라도 빨리 그에게 치달아가고 싶어 안달이었다. 발바닥에 불이 붙도록 달려가서 두 몸이 부서지도록 끌어안고 싶었고, 숨이 넘어가도록 뜨거운 키스를 오래오래 하고 싶었다.

"제발 오지 말아. 죄가 어디 따로 있나. ……이건 안 될 일이야."

그는 괴로워하며 말하고는 했다. 그래서 자신은 한 달에 한 번을 제안했고 그는 막무가내 고개를 저어버려 두 달에 한 번, 6개월에 한 번, 그나마도 안 되어 1년에 한 번씩 만나기로 가까스로 타협이 이루어지게 되었다.

그에게 질정 없이 끌리는 것은 옛정 때문만이 아니었다. 어찌 된 영문인지 그는 아직까지도 결혼을 하지 않고 홀로였다. 그는 어느 덧 서른셋이 되어 있었다. 겨울 들판에 홀로 서 있는 목 길고 다리 긴 두루미처럼 쓸쓸해 보이는 그의 모습은 마치도 자신을 애타게 부르고 있는 것만 같았다.

"오빠도 결혼해야지요. 서른이 넘었는데……."

"글쎄, 차차 하게 되겠지……."

"오빠, 어쩔려고 그러세요. 서른둘이 넘었는데……."

"뭐……, 그거 어떻게 되겠지……."

막연하고 답답하기 그지없는 그런 반응을 들으며 내심으로는 얼마나 반갑고 행복했던가. 그가 꼭 자신과의 사랑 때문에 결혼하지 않는 거라고 생각하지는 않았다. 하여튼 그가 결혼하는 것보다는 결혼하지 않는 것이 더 좋았고, 염치없게도 평생 혼자 살기를 은근히 바라기도 했다. 그를 원하는 대로 마주 대하지는 못하더라도 이렇게 먼발치에서나마 바라볼 수 있다는 것은 아쉽기에 더욱 소중하고 안타깝기에 한층 더 귀한 행복이었다.

일민 씨…….

임채옥은 귀밑 달아오르는 것을 느끼며 돌아섰다. 애인의 호칭으로 '일민 씨'라고 불러보지 못하고 몸을 섞었고 그리고 헤어졌다.

그 쓰라린 허기 탓인지 '일민 씨'를 속으로만 뇌어도 가슴에서는 변함없이 일렁임이 일었다. 그리고, '사랑해요' 하는 말은 혼잣말로도 지어지지가 않았다.

"왜 이러는지 내 마음 나도 몰라……."

임채옥은 유행가 한 대목을 곱씹으며 목에 걸린 눈물을 삼켰다.

"전화 받으세요."

여동생이 송수화기를 유일민에게 내밀었다.

"여보세요, 전화 바꿨습니다."

유일민은 자전거에 실리는 물건에 신경 쓰며 귀찮은 투로 대꾸했다.

"아예, 유일민 사장님이십니까? 저는 일본에서 온 사람입니다. 좀 뵈었으면 합니다."

굵직하면서 점잖은 목소리였다.

"예? 일본이라고요? 누구신지요?"

유일민은 고개를 꺾어 어깨와 귀 사이에 끼고 있던 송수화기를 재빨리 손으로 잡으며 똑바로 섰다. 까닭 없이 이상한 기분이 스쳤던 것이다.

"……에에 ……저는 정필모라고 합니다. 저어……, 다름이 아니라 사장님의 춘부장님 소식을 가지고 왔습니다."

"뭐, 뭐라구요?"

유일민은 눈앞에서 불이 번쩍 하고, 머릿속에서는 와르르 쿵쾅 천둥이 치는 것을 느끼고 있었다.

"뭐, 그렇게 놀라실 건 없습니다. 조용히 만나서 편지만 주고받으면 되는 거니까요."

"호, 혹시…… 사람을 잘못 찾은 건 아닙니까?"

유일민은 상대방을 떠밀어내듯이 말했다.

"아닙니다. 그럴 리가 있겠습니까. 춘부장 어른의 함자는 병 자, 국 자 아니신가요."

굵직한 목소리는 아무런 변화 없이 줄곧 침착하면서도 점잖았다.

이게 누군가? 일본에서 왔다면 바로 그 소총련細이라는 것인가? 그런데 내 주소를 어떻게 알았지? 고정간첩을 통해서? 그럼 고정간첩이 날? 그렇다면 난 중정이나 경찰만이 아니라 고정간첩한테까지 감시당해 왔다는 것인가……? 이런저런 생각들이 걷잡을 수 없이 어지럽게 떠오르며 머리를 혼란스럽게 했다.

"여보세요, 어떻게 하시겠습니까? 언제쯤 만나면 좋을까요? 저는 오늘이라도 빠를수록 좋습니다. 관광차 왔으니까 바로 돌아가야 할 형편이니까요."

"만나고 싶지 않습니다."

유일민은 불현듯 이렇게 말했다.

"……만나고 싶지 않으시다구요? 저야 뭐 상관없습니다만, 거절당한 편지를 되돌려받으시며 춘부장 어른 심정이 어떠실까요? 혼자 결정하지 마시고 어머님하고 의논해야 되지 않을까요? 어머님의 마음은 유 사장님과는 정반대일 수도 있을 텐데요."

"……!" 유일민의 뇌리에는 어머니가 퍼뜩 떠올랐고, "저어……,

죄송하지만 내일 다시 좀 전화 주시겠습니까?" 유일민은 아무 기운 없이 무슨 끈끈한 힘에 끌려가는 듯한 느낌으로 대꾸했다.

"예, 그럼 내일 이맘때 다시 하기로 하겠습니다. 안녕히 계십시오."

전화를 끊는 유일민의 온몸이 부르르 떨리고 있었다. 전혀 흐트러짐 없이 예의를 갖추는 상대방의 태도가 소름끼치도록 두려웠다.

이걸 어쩌자는 것인가!

유일민은 아버지를 향해 원망스러움을 느끼며 의자에 주저앉았다. 기운이 다 빠져나가 몸이 하얗게 바스러지는 것 같은가 하면 흐물흐물 녹아내리는 것 같기도 했다. 아버지가 직접 나타나지 않았다는 것뿐 이 일도 감당할 수 없는 충격이었다. 아버지가 이런 식으로 느닷없이 나타나리라고는 상상도 해보지 못했었다.

아버지는 이런 식은 괜찮다고 생각했을까? 왜 이제 와서 연락일까? 대체 무슨 일일까? 무슨 병으로 수명이 얼마 안 남은 것일까? 아니 그런 사적인 일일 수 있을까? 그럼 공적인 일이면 무엇일까? 공적인 일? 북쪽을 위해 무슨 일을 하라는 것인가? 아버지는 그동안 식구들이 당해온 고통을 모를까? 빈틈없는 감시와 가차없는 처벌이 행해지는 남쪽의 사정을 모를까? 무슨 일을 하고 말고 하기 전에 아버지의 편지를 받는 일 자체가 감옥행이라는 것을 모를까? 다 알면서도 위에서 시키는 일이니 어쩔 수 없이 편지를 썼을까?

갈피를 잡을 수 없는 생각들이 두서없이 떠올라 뒤죽박죽 엉키고 있었다. 유일민은 머리를 감싸잡으며 가슴이 무너져내리는 한숨을 토해냈다.

그는 머리를 어지럽히는 잡다한 생각들을 다 털어내려고 애썼다. 지금 생각해야 할 것은 다만 한 가지뿐이었다. 그 편지를 받을 것이냐, 안 받을 것이냐 하는 것이었다. 그러나 그건 혼자 결정할 문제가 아니었다. 어머니와 동생 일표에게 의논해야 할 중대사였다.

그러나 유일민은 완강하게 고개를 저었다. 어머니와 동생이 전혀 모르게 처리하고 싶었다. 근심이나 걱정거리는 집안식구들한테 알리면 사람 수만큼 나뉘어 줄어드는 것이 아니라 오히려 그 반대로 커지고 불어나는 거였다. 그리고 혹시 무슨 탈이 생기더라도 어머니와 동생을 보호해야만 했다. 수사기관의 손이 뻗쳤을 때는 그저 모르는 것이 최상책이었다.

유일민은 자정이 넘도록 고심했지만 해결책은 아무것도 나오지 않았다. 그저 세 가지 방안을 놓고 생각은 맴돌이질을 할 뿐이었다. 신고를 하는 것, 편지를 받는 것, 만나지 않는 것, 그중에서 어떤 것을 택해야 할지 알 수가 없었다.

그는 고심을 거듭하며 새벽녘을 맞았다. 그의 마음은 어제 그 전화를 받자마자 나타냈던 반응대로 만나지 않는 것으로 기울어 있었다.

이런 경우에 법은 신고를 의무화하고 있었다. 또한 그것으로 부족하여 산간 구석구석까지 사람의 발길이 닿는 곳이면 간첩 신고를 일깨우고 자극하는 표어들과 상금을 내붙이고 있었다. 그러나 자신이 신고를 해서 전화한 사람이 체포되면 저쪽에서 아버지가 어떤 일을 당할 것인가……. 차마 아버지를 궁지로 몰 일을…….

편지를 받는 것. 그건 두말이 필요 없었다. 편지를 받는 순간 간첩행위를 하는 것이었다. 죽기 아니면 살기로 대립하고 있는 두 극단, 그 어느 쪽도 편들기 싫었다. 둘 다 의심스럽고, 둘 다 병적이기만 했다.

만나지 않는 것. 그것만이 가장 현명할 것 같았다. 만나지 않으면 저쪽도 이쪽도 어떤 위험에 처할 염려 없이 그 일을 비밀로 감출 수 있었다. 전화한 사람만 무사히 떠나가면 그 일은 없었던 것으로 조용히 덮일 수 있었다.

검은 전화통은 그 투박한 생김만큼 벨소리도 요란했다. 줄곧 전화통을 지키다시피 해온 유일민은 재빨리 송수화기를 들며 시계를 보았다. 정확하게 어제 시간과 같았다.

"어떻게……, 언제 만나실까요?"

어제 그 목소리는 당연히 만날 거라는 것을 전제로 하고 있었다.

유일민은 순간적으로 당황했고, 다음 순간 불쾌하기 짝이 없었다. 핏줄이라는 약점을 붙들고 있는 저쪽의 오만이 그대로 느껴졌던 것이다.

"무슨 말씀이시죠? 어제 말한 대로 안 만나겠습니다."

"……그래요? 춘부장 어른께서 아주 서운해하실 텐데요. 사진도 있습니다."

"가서 전해주시오. 혈연을 악용하지 말라구요."

"보아하니 어머님한테는 말씀도 안 드리고 혼자 생각대로 하는 모양이군요. 그럼 내가 어머님을 직접 만나보도록 하겠습니다."

"조심하세요. 만약 그런 식으로 한다면 당장 신고하고 말 거요. 그리 되면 당신은 우리 어머니를 만나지 못할 뿐 아니라 일본으로도 돌아갈 수 없게 돼요. 알아서 하시오."

"원 이럴 수가 있나……."

"우리 식구들은 너무나 많은 고통을 당하며 살아왔어요. 더 이상 고통을 당하고 싶지 않습니다. 서로 만나지 않고, 아무도 모르는 일로, 비밀로 덮고 싶습니다. 댁도 그냥 조용히 돌아가세요. 그리고……, 남쪽의 혈연을 정치적인 수단으로 이용하는 것, 이건 정말 야비하고 잔인한 짓이오. 난 절대로 그런 방법에 악용당하지 않을 거요. 전화 끊습니다."

유일민은 밖으로 뛰쳐나와 휘적휘적 담배가게를 찾아갔다. 끊은 지 오래된 담배에 불을 붙였다. 담배연기를 긴 한숨으로 토해냈다. 담배연기에 아버지의 얼굴이 어른거렸다. 이상하게도 아버지의 얼굴은 분명하지 않고 흐렸다. 담배연기 때문이 아니었다. 담배연기가 사라지자 아버지의 얼굴은 오히려 더욱 흐려지고 말았다. 그는 당황스럽게 담배연기를 다시 내뿜었다. 그러나 아버지의 얼굴은 그나마 떠오르지 않았다.

유일민은 다방 구석자리로 가 앉으며 아버지의 얼굴을 떠올리려고 애썼다. 그러나 그 모습은 아까처럼 흐리게 어른거릴 뿐이었다. 그는 정말 당황스러워하며 아버지와 헤어졌던 것이 언제인가를 셈하기 시작했다. 6·25 직전에 서울로 떠날 때 배웅했던 것이 마지막이었다. 그러니까 자신이 열 살 때였고, 23년의 세월이 흘러가고 있었다. 그 세월의 흐름 속에서 아버지의 기억은 차츰차츰 흐려져가고 있었던 것이다. 집에는 아버지에 관한 것이라고는 사진 한 장 남아 있지 않았다.

아버지……, 죄송합니다. 서운해하지 마십시오. 저희들도 어찌할 도리가 없습니다. 저희 자식들은 그만두고 어머니는 더 이상 이념의 희생물이 될 이유가 없습니다. 저는 자식으로서, 아니 장남으로서 어머니의 여생이 이 상태에서 더 불행해지지 않도록 지키고자 합니다.

그리고, 아버지……, 저는 그쪽이 취하고 있는 방법에 대해 동의할 수도, 용납할 수도 없습니다. 그쪽에서 무장세력으로 끊임없이 도발을 하고, 이번처럼 공작원들을 침투시키고 있는 의도가 무엇입니까? 민족의 통일을 위해섭니까? 사회주의 혁명을 통한 남조선 해방을 위해섭니까?

그런 억지소리, 비현실적인 주장을 하지 마십시오. 그쪽에서 김신조네 부대 남파 이후 울진 무장대 침투, KAL기 납북사건 등을 계속 일으킬 때마다 이쪽에서는 어떻게 했습니까? 기다렸다는 듯 반공정책을 강화시키고 또 강화시켜 나갔습니다.

아버지, 그쪽에서는 이쪽의 그런 변화를 모르고 있습니까? 모를 리가 있나요. 2~3일이면 이쪽 신문이 전부 그쪽으로 간다는 소문이 퍼진 게 10년이 넘었는데요. 그럼 알면서 그런 행위를 왜 계속하는 겁니까? 그런 도발에 따라 이쪽에서 반공주의를 계속 강화하는 건 통일에 반대되는 분단의 벽을 자꾸 높고 두껍게 쌓는 것입니다.

아버지, 남쪽의 반공주의를 자극하고 유도하는 행위를 계속하는 북쪽의 저의는 무엇입니까? 모든 정치행위에는 반드시 목적이 있게 마련인데, 저는 오래전부터 북쪽이 노리고 있는 그 목적이 무엇인지 알고자 하고 있습니다. 남쪽의 반공주의를 강화시켜 가며 북쪽이 정치적으로 얻는 이득이 무엇일까 하고 신경을 집중시켜 왔습니다. 그동안 한 가지 사실은 확실히 알았습니다. 남쪽의 반공주의가 분단을 강화해 나가듯이 남쪽의 반공주의 강화를 유도하고 있는 북쪽도 분단의 벽을 쌓아올리는 데 열중할 뿐 진정으로 민족통일을 이룩할 뜻이 없다는 걸 말입니다.

아버지, 단견이라고 저를 나무라지 마십시오. 저는 우리 집안의 특수성 때문에 몸사리고 조심스럽게 살아오면서 남과 북이 대립하고 있는 분단현실에 대해서는 그 누구보다도 진지하고 심각하게 생각해 왔습니다. 제가 그 사람을 만나지 않고 아버지의 편지를 되돌려보내는 뜻을 이해해 주시기 바랍니다. 저는 앞으로도 남과 북의 정치적 저의에 대해 계속 관심을 두고 살필 것입니다. 그건 구겨지고 찢겨진 제 인생 자체이기 때문입니다. 아버지, 건강하십시오…….

유일민은 언제 다 마셨는지 모를 커피잔을 들다 말고 새 담배에 불을 붙였다. 아버지의 얼굴을 좀더 뚜렷하게 떠올리려고 했지만 담배연기 속에서 그 모습은 한사코 흐려지고 있었다.

"참 얄궂고도 요상타. 나가 늙어간께 그런다냐, 세월이 무정혀서

그런다냐. 느그 아부지 모습이 생시에도 흐릿혀지고 꿈에도 잘 안
뵈고 그런다와."

얼마 전에 어머니가 불쑥 한 말이었다. 세월의 마력 앞에서 변하
지 않고 바래지 않는 것은 없다고 했다. 20년이 넘는 세월의 강물
에 어머니의 기억마저 그렇게 씻겨가고 있었다.

유일민은 동생을 만날까 어쩔까 몇 번 망설이다가 그만두기로
했다. 괜히 이야기가 동생을 거쳐 어머니한테까지 번져가는 것이
번거로웠다. 그리고 그런 종류의 일이 생기면 바로 연락하도록 평
소부터 동생한테 일러두었던 것이다.

이틀, 사흘이 지나도 그 일은 마음 한구석에 꺼림칙하게 남아 있
었다. 또 전화가 걸려올 것 같은가 하면, 불쑥 앞에 나타날 것 같기
도 했다. 유일민은 어느 때보다도 일을 열심히 했다. 손수 술상자를
자전거에 싣다가 배달원들을 당황하게 했고, 괜히 술상자를 이쪽
저쪽으로 옮기다가 여동생을 놀라게 하기도 했다.

그렇게 며칠이 지난 어느 날 새벽이었다. 유일민은 잠을 자다가
어머니를 앞세운 세 사나이들에게 둘러싸였다.

"셋방 사는 사람들이 적잖은 거 같은데, 조용히 가도록 합시다."

한 사나이가 낮게 말했다.

"글씨, 무신 일이다요? 이 밤중에 사람을 잡아갈라면 무신 일로
워디로 가는지 말을 혀야 할 것 아니겄소."

유일민의 어머니는 손을 맞비비며 목소리가 떨리고 있었다.

"댁의 아들이 다 아니까 아주머닌 가만히 계세요."

그 사나이의 목소리는 여전히 낮은데 이상하게도 말은 명령처럼 들렸다.

유일민은 옆볼이 따끔거리는 것처럼 어머니의 눈길을 의식했지만 그냥 얼굴을 떨군 채 옷을 챙겨입었다.

틀림없이 그 일 때문이다. 어떻게 된 것인가? 그 사람이 또 딴사람을 접촉하려다가 신고를 당해 체포된 것인가? 그럼, 내 잘못은 뭐지……?

"엄니, 걱정하지 마세요. 별일 아니에요."

'아버지 소식을 가지고 어떤 사람이 연락을 해왔어요. 저는 안 만났어요.' 이 말을 하고 싶은데도 유일민은 하지 못하고 말았다. 그 말을 해서는 안 될 것 같은 위기의식을 느끼고 있었다.

"아이고, 일민아……."

유일민의 어머니는 찌그러진 판자대문 앞에서 사나이들에게 제지당했다. 그녀의 나약하면서도 절박한 부르짖음은 그대로 울음이었다.

유일민은 쇠고랑을 찬 것보다 더 단단하게 두 사나이에게 양쪽 팔을 붙들려 골목을 벗어났다. 그리고 지프를 타자마자 눈이 가려져 어딘가에 도착했다.

"그 새끼 옷 다 벗겨!"

그 외침에 따라 눈가리개가 벗겨졌다. 유일민은 반사적으로 눈을 가렸다. 갑자기 강렬한 불빛이 눈을 찌르는 바람에 몸까지 움츠러들고 있었다.

"이새끼, 똑바로 서! 빨리 벗겨!"

유일민은 윽! 신음을 토하며 주저앉으려 했고, 두 남자가 그의 겨드랑이를 받쳐올리며 단추를 따기 시작했다. 정강이를 걷어차인 유일민은 뼈가 쏙쏙 아리는 아픔을 가까스로 참아내며 겨우겨우 실눈을 뜨고 있었다. 정면에서는 백열등의 불빛이 쏟아지고 있었는데, 한 남자가 뒷모습을 보이며 걸음을 옮겨놓고 있었다. 그 남자가 정강이를 걷어찼으며, 다른 두 남자에게 명령하고 있음을 유일민은 쉽게 알아차렸다.

두 남자는 순식간에 유일민의 옷을 다 벗기고 팬티만 남겨놓았다. 그들의 솜씨가 재빠른 데다가 여름옷이라 입은 게 단출했다. 한 남자가 팬티를 잡아내리려 했다. 그러나 유일민이 붙드는 것이 더 빨랐다.

"제발 이것만은……."

몸을 웅크린 유일민은 쏟아지는 불빛 저쪽을 향해 울상이 되어 애원했다. 그러나 백열등 뒤에 드리워진 어둠 속에서는 아무것도 보이지 않았다.

"뭘 하는 거야!"

어둠 속에서 터져나온 소리였다. 노기 띤 그 싸늘한 소리에 두 남자는 자동인형처럼 행동을 개시했다. 한 남자가 여지없이 유일민의 복부를 갈겼고, 비명을 토하며 그의 몸이 푹 꺾이는 사이에 다른 남자가 팬티를 벗겨버렸다.

두 남자는 유일민의 구두까지 깨끗하게 챙겨가지고 밖으로 나갔다. 유일민은 눈부신 백열등 불빛 속에서 두 손으로 그곳을 가린 채 엉거주춤 웅크리고 서 있었다. 그 발가벗은 알몸뚱이는 평소의 몸집과는 다르게 너무 왜소하고 허약하고 비참해 보였다.

"유 일 민……, 너 지금 왜 이 꼴이 됐는지 알겠지?"

"예에……, 아, 아니, 저어……, 잘, 잘 모르겠는데요."

"너, 초장부터 데데하게 굴지 마. 솔직하게 털어놓으면 몸 성하게 풀려나겠지만 거짓말하고 오리발 까면 여기 살아서 못 나가. 고문 당하다가 숨 끊어지면 돌 매달아 인천 앞바다에 던져버리거나 어느 산골짜기에 파묻으면 그뿐이야. 네까짓 놈 하나쯤 없어져도 세상은 아무렇지도 않게 잘만 돌아가. 이봐, 머리 좋으니까 무슨 말인지 알겠지?"

"……."

"이새끼, 왜 대답이 없어!"

느닷없이 터진 고함과 함께 유일민은 비틀했다. 어둠 속에서 튀어나온 두꺼운 막대기가 한쪽 어깨를 후려쳤다.

"예에, 아, 알겠습니다."

"쪼오아, 열중쉬어!"

유일민은 구령에 따라 자신도 모르게 재빠른 동작을 취했다.

"차렷!"

유일민의 동작은 계속 민첩했다.

"쪼오아. 지금부터 차렷자세 그대로 취조를 받는다. 차렷자세는 부동자세고, 부동자세는 벌이 쏴도 움직이지 않는 자세다. 알겠나!"

"예에……."

울음기가 내비친 듯한 유일민의 목소리가 낮게 잦아들고 있었다. 그리고 양쪽 손가락 끝들이 보일 듯 말 듯 꼼지락거리고 있었고, 소름이 돋은 허벅지가 부르르 경련을 일으키고 있었다. 솜털 하나까지 다 드러나는 백열등 불빛 속에서 공포에 질리고 수치심에 떠는 유일민의 부자지는 추위를 탈 때처럼 바짝 오그라붙어 있었다. 서너 살짜리 사내아이들도 발가벗기면 거기부터 가렸다. 그런데 성인을, 눈을 뜰 수 없을 정도로 밝은 불빛 앞에다 발가벗겨 놓고 거기를 가리지도 못하게 부동자세를 명령하고 있었다. 자기는 어둠에 묻혀 알몸뚱이를 정면으로 바라보면서. 그건 두들겨패는 것보다 더 가혹한 고문인지도 몰랐다.

"너, 빨갱이질 본격적으로 시작한 거야?"

"무, 무슨 말씀이십니까?"

"이새끼, 무슨 말이긴. 왜 간첩이 접선해 왔는데도 신고를 안 해. 그런 일이 있으면 반드시 신고하게 돼 있잖아. 그걸 어기고 간첩을 도왔으니 넌 빨갱이야!"

'넌 빨갱이야!' 하는 고함에 맞추어 막대기로 철책상 내려치는 소리가 지하 취조실을 쩌렁 울렸다. 유일민은 화들짝 놀라 어깨를 떨었다. 갑자기 울린 소리도 소리였지만 '넌 빨갱이야!' 하는 말이 정신을 아찔하게 했다.

"아니, 돕다니요. 저는 만나지도 않았는데요."

"이새끼 이거, 너 돌대가리야! 그런 놈이 연락하면 우리한테 재까닥 신고한 다음 만나서 체포하게 해얄 것 아니냔 말야. 그놈이 안 잡히게 하려고 우리한테 신고도 안 하고 살짝 빼돌린 네놈이 한통속 빨갱이가 아니면 뭐야."

유일민은 칼날이 심장을 향해 뻗쳐오고, 올가미가 목에 감기는 것을 느꼈다.

"아, 아닙니다. 그 사람은 그냥 여행객이라고 했습니다. 그 사람이 아버지의 편지를 가져왔다고 했을 때 저는 너무 무서웠습니다. 예, 정말 너무 무서워 도망치고 싶었습니다. 오직 그 생각만 하면서 그 사람을 피한 겁니다."

유일민은 부들부들 떨면서 빠르게 말했다.

"이새끼, 개소리 치고 있어. 너 누굴 놀리는 거야, 지금!"

유일민은 비명을 토하며 휘청 무릎이 꺾였다. 어둠 속에서 튀어나온 굵고 실한 막대기가 유일민의 복부를 사정없이 찔렀다. 유일민은 뱃속이 찢어지는 것 같은 숨막히는 통증으로 배를 끌어안고 몸을 비비틀었다.

"이새끼, 엉까고 자빠졌네. 차려야, 차렷!"

막대기는 유일민의 어깨와 옆구리를 사정없이 난타해 댔다. 아랫입술을 깨문 유일민은 부들부들 떨며 몸을 일으키고 있었다.

"너, 그동안에 이번처럼 우리한테 신고 안 하고 덮어버린 게 몇 번이야?"

"그런 일 없었습니다. 이번이 처음입니다."

유일민은 새로 덮쳐오는 위기를 느끼며 황급히 대꾸했다.

"이봐, 너 누구 엿먹일 일 있어?" 어둠 속에서 다리가 쑥 뻗쳐나오더니, "이거 짓밟아 뭉개버리기 전에 빨리 똑바로 대. 이새끼야, 이것도 좆이라고 달고 다니냐." 어둠 속의 사내는 유일민의 오그라붙은 부자지를 구두 끝으로 걷어올리고 있었다.

"없어요, 그런 일 없어요."

유일민은 견딜 수 없는 모독감에 떨며 울부짖듯이 했다.

"개애새끼!"

사내의 외침과 함께 몸이 어둠 속에서 불쑥 나오더니 그대로 유일민의 복부를 걷어찼다. 비명을 토하며 유일민의 알몸은 시멘트 바닥으로 나뒹그러졌다.

"개새끼, 없긴 뭐가 없어! 어디다 대고 개판 지겨. 불어, 빨리 불어!"

사내는 등이고 옆구리고 가릴 것 없이 마구 발길질을 해댔고, 그 때마다 비명과 함께 유일민의 알몸뚱이는 들썩거리거나 경련을 일으켰다.

"너, 똑바로 일어서서 원위치!"

한바탕 발길질을 해댄 사내가 명령하며 다시 어둠 속으로 몸을 감추었다. 유일민은 신음과 함께 숨을 헐떡거리고 몸을 부들부들 떨어대며 힘겹게 일어나고 있었다.

헝클어진 머리카락, 초점이 흩어진 눈, 공포에 사로잡힌 얼굴, 바짝 위축되어 버린 육신, 그는 이미 사람의 모습이 아니었다.

"너 이새끼, 우릴 더는 못 속이게 뒷덜미 잡힌 것에 속으로 놀라고 있겠지. 몇 번이야, 빨리 불어!"

"저, 정말입니다. 그런 일 없습니다."

쉰 듯 잠긴 유일민의 목소리가 갈라져 나왔다.

"이새끼, 매가 아직 부족하다 그거지? 그래 좋아. 네놈들이 이 정도로 불 놈들이 아니라는 것 잘 알아. 세월이 좀먹는 것 아니니까 누가 이기나 해보자구."

어둠 속에서 불빛 쪽으로 담배연기가 푸르게 퍼져나왔다.

"정말입니다. 절대 그런 일 없습니다. 이번이 처음입니다."

유일민은 너무 간단하게 생각했던 자신의 판단을 정말 후회하고 있었다.

"이새끼, 자꾸 개소리 치지 마. 우린 확실한 근거를 가지고 말하는 거야. 너 장사 밑천, 그거 공작금이 아니고 뭐야!"

유일민은 갑자기 트럭이 정면에서 밀어닥치는 것 같은 위협을 느꼈다. 그 피할 수 없는 충격에 휩싸이며 정신이 아뜩해졌다.

"아닙니다. 그, 그건⋯⋯."

그건 치명적인 덫이고 함정이었다. 유일민은 그 위기에서 벗어나야 된다는 일념으로 정신을 다잡았다. 그러나 임채옥의 얼굴이 쑥 다가들며 말이 중단되고 말았다.

"왜 그러시나? 말씀 계속하시라구. 여긴 언론 자유가 있으니까 하고 싶은 말씀 얼마든지 마음대로 하시라니까."

"⋯⋯."

임채옥의 이름을 대서는 절대 안 될 일이었다. 그녀는 결혼을 했고, 애들이 둘이나 있는 몸이었다. 그녀의 아버지가 뒤늦게 돈 대준 것을 알게 되는 것은 아무 문제가 아니었다. 그녀의 이름을 입에 올리는 순간 그녀는 파탄날 수밖에 없었다. 그녀의 남편 앞에 과거가 다 드러나고…… 자신이 죽었으면 죽었지 그녀를 그런 불행에 빠뜨릴 수는 없었다. 차라리 내가 죽고 말리라! 유일민은 자신이 형사들에게 끌려갈 때 골목을 막아서며 울부짖던 여고생 임채옥의 모습을 떠올렸고, 눈 오는 날 밤 처음 몸을 섞었을 때 그 슬프고도 안타까웠던 황홀함과 충만함을 되새기면서 그녀의 머리카락하나 다치지 않게 지키리라 마음 굳혔다.

"이새끼, 기도하나! 그게 누구야!"

이 외침과 함께 어둠 속에서 튀어나온 막대기가 유일민의 복부를 여지없이 찔렀다. 유일민은 윽 비명을 토하며 몸이 절반으로 꺾이는가 싶더니 머리가 그대로 시멘트 바닥에 쿵 소리를 내고 부딪치며 몸뚱이가 짐짝 던져지듯 했다.

"이새끼, 엉까지 말고 발딱 일어나!"

하얀 방이 쩌렁 울리도록 목소리가 거세고 날이 서 있었다. 그러나 시멘트 바닥에 쓰러진 알몸뚱이는 아무 기척이 없었다.

"이새끼 이거 안 되겠네. 이게 뒈질라고 환장을 했나! 일어나 새꺄!"

사내가 불빛으로 튕겨나오며 쓰러진 발가숭이의 가슴을 걷어찼다. 그러자 몸이 아무런 탄력 없이 벌렁 뒤집어지면서 팔다리가 축늘어졌다. 그리고 반쯤 열린 두 눈에 흰창만 드러나 있었다. 그 널브러진 알몸뚱이는 흡사 숨 끊어진 시체 같았다.

"어, 어, 이거 왜 이래. 이거 엄살이 아니네."

사내는 당황하며 유일민의 왼쪽 가슴을 더듬었다.

"……음, 뒈진 건 아니군. 괜히 재수 옴 붙으려고 급소를 찔린 모양이야. 한바탕 조져놨으니까 한숨 돌려야겠군."

사내는 손바닥을 털고 일어나며 중얼거렸다. 그리고 벽에 달린 초인종 꼭지를 눌렀다. 금세 아까의 두 사내가 나타났다.

"부르셨습니까?"

"응, 저 새끼 잠깐 꼴깍했다. 찬물 끼얹어 정신차리게 해서 자서전 씌워."

"옛, 알겠습니다."

밖으로 나가는 사내의 뒤통수에다 대고 둘이 거수경례를 붙였다.

"되게 급하게 조져댔네."

"어쩔 수 없잖아. 이번 사건 해결은 급해도 보통 급한 게 아니라니까."

두 사내는 번갈아가며 플라스틱 바가지에다 수돗물을 받아 유일민의 얼굴에다 끼얹었다. 유일민은 부르르 떨며 정신이 깨어났다.

초점이 잘 맞지 않는 몽롱한 눈으로 유일민은 두 사내를 살펴보았다. 그 정신에도 그의 두 손은 아래로 내려가 거기를 가리고 있었다.

"얌마, 정신 들었지? 빨리 일어나!"

한 사내가 손에 묻은 물을 유일민의 알몸에 털며 허벅지를 툭툭 찼다.

유일민은 아랫입술을 깨물며 고통스럽게 몸을 일으켰다. 물기에 묻어난 시멘트 바닥의 먼지가 그의 알몸뚱이에 지저분한 얼룩을 짓고 있었고, 그 사이 여기저기에 푸른 피멍이 돋아나 있었다.

"이새끼, 너 지금부터 여기 앉아서 자서전을 쓴다. 자서전, 문자 그대도 네가 태어나서 지금까지를 거짓말을 한 자도 하지 말고 있었던 사실 그대로를 쓴다. 엉성하게 얼렁뚱땅 쓰지 말고 차근차근 세세하게 써. 엉터리로 쓰면 어떻게 되는지 알겠지? 각오해!"

한 사내는 작은 나무의자를 던지듯 하며 살벌하게 말했고, 다른 사내는 불빛을 책상 쪽으로 돌리며 백지와 볼펜을 던졌다.

유일민은 책상에 바짝 붙어앉으며 거기가 가려지는 게 그나마 살 것 같았다. 그리고 장사 밑천 대준 사람이 누구인지 둘러붙일 수 있는 시간 여유를 갖게 된 것이 무엇보다도 다행이었다.

"야, 보태지도 빼지도 말고 있는 그대로 자세히 써. 우린 훤히 다 알고 있으니까 속이면 국물도 없어. 알겠나!"

혼자 남은 사내가 느닷없이 철책상을 걷어차며 소리쳤다. 유일민은 화들짝 놀라 대답하며 볼펜을 집어들었다.

16절지 두 장을 채웠을 때 책상 위에 설렁탕이 놓여졌다. 새벽에 잡혀왔으니 아침 밥인 모양이라고 유일민은 계산했다. 온몸이 결리고 아픈 만큼 숟가락을 들고 싶은 마음은 멀었다.

"새끼, 빨랑 처먹어. 먹어 남 주냐."

사내가 유일민의 장딴지를 걷어찼다. 먹지 않을 자유도 없다는 것을 깨달으며 그는 숟가락을 들었다. 옷 입은 자들 앞에서 발가벗겨진 것도 난생처음이었고, 발가벗은 채 밥숟가락을 들게 된 것도 난생처음이었다. 그는 울음과 눈물이 가득 찬 목으로 설렁탕 국물 한 숟가락을 넘겼다.

아홉 장을 썼을 때 두 번째 설렁탕이 들어왔다. 여섯 장째부터 임채옥의 이야기가 나오게 되어 있었다. 몇 번 생각하다가 그녀와의 관계는 완전히 빼버리기로 작정했다. 그녀를 보호하자면 그 방법밖에 없었고, 제아무리 눈 밝은 수사기관이라 해도 그녀와의 관계까지 알 리 없으리라 싶었다.

그런데 술장사를 하게 된 대목에 이르렀다. 그제서야 이들이 왜 '자서전'을 쓰게 했는지 그 목적을 확실하게 깨달았다. 유일민은 피해갈 도리가 없는 이 대목에서 오래도록 볼펜을 움직이지 못했다. 임채옥과 대체할 수 있는 이름을 찾느라고 그는 조바심쳤다.

"니넌 인자 성님만 믿고 살어. 이 성님 빽이면 우아래로 안 통허는 디가 없응께. 요것은 후라이가 아니여."

서동철이 농담인 듯 진담인 듯 하는 말이었다. 그의 말은 괜한 허풍이 아니고 완력으로 자기네 사장을 떠받들고 있는 한편으로 또 다른 어떤 힘들과 얽혀 있는 기미가 언뜻언뜻 드러나고는 했었다.

그래 동철아, 나 좀 살려다오!

유일민은 서동철의 과거와 자신의 과거가 합해져 사태가 더 나빠질지도 모른다는 불안을 느끼면서도 서동철의 이름을 적었다. 서동철한테밖에 의지할 데가 없었고, 서동철이 자신을 구해낼지도 모른다는 기대도 없지 않았다.

세 번째 설렁탕이 들어오기 직전에 14장으로 자서전을 마쳤다.

"새끼, 많이 배운 티 내느라고 쓰기는 좔좔 잘도 쓰네. 그만큼 구라(허풍·거짓말)도 삼삼하게 쳤겠지?"

처음에 취조했던 사내가 손가락에 침을 발라가며 14장을 다 세고는 코웃음 섞어 말했다. 그는 그의 부하들과는 달리 자신의 모습을 어둠 속에 감추는 데 철저했다.

유일민은 또 욕먹기 전에 세 번째의 설렁탕을 끌어당기며 하루가 가고 있다는 것을 계산했다. 하얀색의 지하 취조실에는 그 어디에도 시계나 달력이 걸려 있지 않았다. 철책상과 강렬한 전등을 빼놓고는 한쪽 구석으로 작은 욕조, 샤워기, 변기가 있는 것이 전부였다.

처음의 사내가 자서전을 가지고 나가고 다른 사내가 들어왔다. 유일민은 고개를 떨군 채 밥만 떠넣었다. 수치심과 굴욕감은 변함없이 참담한데 입맛은 처음과 달랐다. 두 번을 절반도 못 먹었던 탓인지 시장기가 밥을 끌어당기고 있었다. 체면도 자존심도 없이 육체가 일으키는 동물적 식욕이 저주스러웠다.

"이봐 유일민."

"예에……."

부드럽고 나긋하기까지 한 사내의 목소리에 비해 유일민의 대답은 당황스러웠다.

"너 좋은 대학 나온 좋은 머리라고 우릴 속일 생각 같은 건 아예 안 하는 게 좋아. 우리 반장님은 일제 때부터 종로서 고등계에서

날리시다가 여기로 뽑혀 오신 귀신 중에 귀신이거든."

사내는 담배에 불을 붙여 연기를 푸 내뿜었다. 유일민은 섬뜩한 전율이 끼치는 걸 느끼며 숟가락질을 멈추었다. 그 부드러운 어조로 협박하는 것도 끔찍했고, 일제시대의 악질 고등계 형사가 지금까지도 기세 펄펄하게 고문을 자행하고 있다는 것도 끔찍했다.

"넌 학벌 좋으니까 잘 알겠는데, 일제 때 의열단이란 단체의 단장 노릇을 한 김원봉이라고 있는데, 해방되자 그자가 빨갱이로 입국을 한 거야. 그게 박헌영과 막상막하의 거물이었는데, 그걸 체포한 특공대 중의 한 사람이 바로 우리 반장님이셨다 그거야. 반장님은 빨갱이란 뒤통수만 딱 보시고도 기막히게 찍어내시지. 너도 괜히 짱구 돌리려다가 몸만 망가지지 말고 솔직하게 부는 게 좋아. 알아들으시겠지?"

김원봉이라면 조선총독부에서 현상금을 가장 많이 내걸었고, 일본 헌병대에서 해방되는 날까지 줄기차게 잡으려고 혈안이 되어 있었던 고결한 독립투사였다. 김원봉은 결국 남쪽에서 견디지 못하고 북쪽으로 가야 했다. 유일민은 걸려도 아주 잘못 걸렸다는 생각에 더욱 끔찍스러워졌다.

"야, 너 여기 적은 서동철이란 놈 얘기가 사실 그대로야? 정말이냐구?"

다시 진술서를 가지고 들어온 반장이라는 사람이 물었다.

"예, 사실입니다."

"새끼, 여기다 그놈 인적사항 빨리 적어. 주소, 전화번호, 직업!"

유일민은 백지에 반장이 부른 것들을 적어나가며, '동철아, 미안하다. 눈치껏 나 좀 도와줘. 다른 방법이 없어' 속으로 괴로움을 씹고 있었다.

"너, 자서전 처음부터 새로 써. 믿을 수 없는 데가 많아."

반장이 백지 뭉치를 내던지며 돌아섰다.

유일민은 가슴이 내려앉는 것을 느꼈다. 그것을 또다시 쓴다는 것이 아득했다. 그리고 거짓말한 부분을 밝혀내고 감춘 부분을 드러나게 하는 그 수사기법에 기가 질렸다.

"이새끼야, 정신차려!"

막대기가 유일민의 등줄기를 후려쳤다. 자서전을 쓰다 졸던 유일민은 화들짝 잠이 깨서 볼펜을 다잡았다.

"이새끼야, 정신차려!"

그들은 두 시간 간격으로 교대를 하며 막대기를 휘둘렀다. 유일민은, 그게 자서전을 빨리 쓰게 하는 것만이 아니라 잠 안 재우는 고문이라는 것을 알았다.

설렁탕을 여섯 번째 먹고 자서전을 네 번 썼다. 등이고 팔에는 막대기에 얻어맞은 푸른 멍들이 돋아나고 있었다.

아홉 번째 설렁탕을 먹었고 자서전을 여섯 번 썼다. 푸른 멍들은 온몸에 낭자했고, 초점이 맞지 않는 눈에는 핏발이 성성하게 피어 있었다.

"이거 갑자기 무슨 일이야? 반장님은 뭐라셔?"

"몰라. 위에서 텔레비 보시겠다고 우리 보곤 트랜지스터 들으래."

"갑자기 부장님의 중대 발표라니, 뭐지?"

"좌우간 들어보고 말하자구."

두 사람은 유일민을 거들떠보지도 않고 트랜지스터 틀기에 바빴다.

"……1. 쌍방은 다음과 같은 조국통일 원칙에 합의를 보았다. 첫째, 통일은 외세에 의존하거나 외세의 간섭을 받음이 없이 자주적으로 해결하여야 한다. 둘째, 통일은 서로 상대방을 반대하는 무력 행사에 의거하지 않고 평화적 방법으로 실현하여야 한다. 셋째, 사상과 이념, 제도의 차이를 초월하여 우선 하나의 민족으로서 민족적 대단결을 도모하여야 한다……."

유일민은 상상할 수도 없는 내용의 남북공동성명이라는 것이 잡음과 함께 트랜지스터에서 흘러나오는 것을 들으며 자신의 귀를 의심하고 있었다. 그건 바로 남과 북이 분단 이후 최초로 합의한 통일원칙이었다. 유일민은 아버지의 흐리던 얼굴이 뚜렷해지는 것을 느꼈다. 아버지와 어머니의 얼굴이 겹쳐졌다.

"저어……, 오늘이 며칠인가요?"

유일민은 얼떨결에 물었다.

"응, 7월 4일."

한 사내가 무심결에 대꾸했다.

남북공동성명 발표는 계속되고 있었다.

2

우리들의 태양

"여보세요, 대진 비서실입니다."

"이봐, 빨리 사장 바꿔!"

갑자기 터져나온 성난 외침에 여사원은 깜짝 놀라며 앉음새를 고쳤다.

"여보세요, 실례지만 어디신데 그러세요?"

"네까짓 게 어딘지 알 것 없고, 사장이나 빨리 바꾸라니까!"

성난 목소리는 더 뜨거워졌다.

"어머, 네까짓 것이라니, 그게 무슨 말씀이세요. 말씀 삼가세요. 우리 사장님은 지금 안 계세요."

여사원의 목소리에 파르르 날이 섰다.

"여기 명동인데, 너 이 기집애 죽고 싶어서 앙알앙알 주둥이 놀리는 거냐, 지금? 사장 없으면 빨리 비서실장 바꿔. 나 명동 천 사장이야, 천!"

여사원은 저쪽에 큰 책상을 차지하고 있는 남자 사원에게 빨리 전화 받으라는 손짓을 했다.

"누군데 그래?"

"명동 천 사장이라는데요."

"천 사장? 웬일이지?"

남자가 서둘러 진회를 받았다.

"여보세요, 전화 바꿨습니다. 천 사장님, 안녕하십니까. 어쩐 일이십니까?"

비서실장답게 남자는 세련되고 능란하게 인사를 갖추었다.

"아 이 실장, 나 급한 일이니까 사장 좀 빨리 바꾸시오."

"아이구 사장님, 저희 사장님 외국 나가셨는데요."

"뭐라구? 언제?"

"예, 그러니까 오늘로……, 13일째 됐습니다."

"이런 빌어먹을, 이새끼 이거 일 다 꾸며놓고 아닌 척하려고 외국으로 슬쩍 빠져나간 거 아냐. 요런 죽일놈의 새끼가 있나!"

전화기에서는 뿌드득 이빨 가는 소리까지 선명하게 흘러나왔다.

"사장님, 그게 무슨 말씀이십니까?"

"무슨 말이긴 뭐가 무슨 말! 지금 누구 앞이라고 너까지 면전에서 쇼할 거야. 이새끼들이 정말!"

"아니 이거 왜 이러십니까. 무슨 일인지 잘 모르겠지만 이건 좀 너무하시는 것 아닙니까?"

"이새끼야, 오리발 내밀 일이 따로 있지 다 한통속으로 일 저지른 놈들이 이제 와서 모르는 척하는 게 말이나 돼! 너 이새끼, 너도 느네 사장놈이 우리 명동 쳇가루 왕창왕창 긁어낸 것 다 알고 있었잖아."

"예, 명동 사채 끌어다 쓰는 거야 하루이틀 된 게 아니니까 모를 사람이 없지요. 갑자기 무슨 말씀이신지……."

"너 정말 사람 천불 나게 만들 거야! 느네 사장놈이 이번 사채 동결 미리 다 알고 사채란 사채는 다 끌어들이는 흉계를 꾸미고, 너도 함께 놀아났잖아."

"아니, 그 무슨 황당한 말씀입니까. 저도 신문 보고 정신이 없는 판인데요."

"이새끼, 닥쳐! 손진권부터 간부놈들 전부 죽을 각오해!"

또 뿌드득 이빨 가는 소리와 함께 전화가 끊겼다.

"여보세요, 잠깐만 기다리세요, 비서실장님 바꿔드릴게요."

여사원의 다급한 손짓에 따라 비서실장은 다른 전화를 바꿔들었다.

"나 명동 이 사장인데, 빨리 사장 좀 바꾸시오."

"안녕하십니까, 이 사장님. 저희 사장님 외국 나가시고 안 계시는데요."

"거짓말하지 말고 빨리 바꿔! 이새끼들, 싹 쓸어없애고 말 테니까."

"아니 사장님, 무슨 말씀을 그리 하십니까."

"이새끼, 어디다 대고 주둥이 나불거려. 너 거기 그대로 꼼짝 말고 있어. 당장 쫓아가서 박살을 내고 말 테니까."

고함소리 요란하게 전화가 끊겼다.

"무슨 일인데, 왜들 이러세요?"

여사원의 겁난 얼굴이 울상이었다.

"신문을 좀 읽어봐. 우리 회사에 사채 빌려준 사람들이 날벼락 맞게 됐으니 그럴 만도 하겠지……."

그는, 사장이 이번 조처를 미리 안 것인지 어쩐지 아리송하기만 했다.

그때 전화벨이 또 울렸다. 여사원이 습관적으로 전화를 받으려다 말고 뒷걸음질을 쳤다. 비서실장이 팔을 뻗었다.

"회사는 좋아졌는데, 알 수가 없네……."

한편, 아침 일찍 집을 나선 박부길 사장은 다른 회사 사장들과 함께 시간 가는 줄 모르고 골프 연습에 정신을 팔고 있었다. 그들은 새로운 놀이에 신바람이 난 애들처럼 골프에 한창 재미를 붙이기 시작해 날이날마다 골프채를 들고 사는 지경이었다.

골프가 귀족운동, 사교운동으로 알려지면서 손가락 꼽히는 기업의 사장들은 그게 무슨 사장의 기본 조건이라도 되는 것처럼 너나없이 골프채를 들고 나섰다. 그런데 골프는 돈 많은 사업가들 사이의 유행물만이 아니었다. 그 바람은 정치인들을 흔들고, 법조계로 번지고, 고급 공무원들 사이로 불어가고 있었다.

그러나 가뜩이나 땅 좁은 나라에서 귀한 농토를 잠식해 들어가는 골프장 건설, 서민들로서는 상상도 할 수 없도록 비싼 회원권,

배부른 자들의 낭비로밖에 여겨지지 않는 고가의 외제 골프채들과, 골프를 칠 때마다 들어간다는 값비싼 비용, 그런 것들이 합쳐져 골프는 '망국병'이라고 사회적 지탄의 대상이 되어가고 있었다. 그 비판에 앞장서고 있는 것이 신문이었다. 신문들은 경제발전이 잉태한 잘못된 현상 중의 하나로 골프를 지목하고 있었다. 그리고 지식인들이 거기에 가세해 지탄의 글을 쓰고 있었다.

"허, 구더기 무서워 장 못 담그나. 소인배들의 괜한 트집이지. 정력에도 그보다 더 좋은 운동이 없다는데 무슨 말들이 그렇게 많아. 뭐, 계층간에 위화감을 조성해? 억울하면 돈들 벌어. 누가 돈 벌지 말랬나."

어느 재벌처럼 홀인원 한 번 치는 것이 소원인 박부길 사장은 사회적 비난을 이렇게 내치고 있었다.

"박 사장님, 전화 받으세요. 회사에서 급한 일이 생겼다구요."

사무실 쪽에서 한 사내가 달려오며 목청을 높였다.

"거 무슨 정신나간 소리야!"

박부길 사장은 순간적으로 상한 감정을 그대로 드러냈다. 그러나 골프장이나 연습장으로는 전화를 못하게 하고 있는 지시를 어긴 이유가 뭘까 하며 그의 머리는 빠르게 회전하고 있었다.

"예, 큰일났으니 빨리 전화 받으시랍니다. 나라에서 중대 발표를 했다구요."

"중대 발표……?"

박부길 사장이 어리둥절해했고,

"중대 발표라니? 또 화폐 개혁이라도 했다는 겐가?"

살이 많이 찐 사장이 다른 사장들을 둘러보았다.

"다들 그만 끝냅시다. 현장에서 일어난 무슨 사고가 아니라 나라에서 중대 발표를 했다니 어쩌면 우리 모두한테 해당되는 문제가 아닐까 싶소."

박부길 사장은 장갑을 벗으며 순발력 좋게 대응하고 나섰다.

"그럴 것 같소. 그만 갑시다."

"글쎄요, 중대 발표를 하도 잘하니 원. 좌우간 무슨 일인지 알긴 알아야지요."

다른 사장들도 골프채를 거두며 심상찮은 기색들을 드러냈다.

박 사장은 남들보다 한발 먼저 휴게실로 와 회사에 전화를 걸었다.

"예, 예, 사장님, 중대 사건이 터졌습니다. 대통령 특별명령으로 오늘을 기하여 모든 공장·회사·기업들이 빌려 쓴 모든 사채를 동결한다는 것입니다……."

"동결이라니……?"

박 사장은 다급한 김에 비서실장의 말허리를 잘랐다.

"예, 모든 사채를 오늘부로 3년 거치 5년 분할 상환하도록 했습니다. 이자도 대폭 떨어졌습니다."

"그, 그게 정말이야?"

박 사장은 떨리는 소리로 말을 더듬었다.

"예, 사장님. 자세한 것은 신문에 다 나와 있습니다."

"알겠어. 나 곧 들어갈 거야."

박 사장은 전화를 끊으며 머리가 쿵 울리는 충격을 받고 있었다. 마침내 대진의 손진권 사장의 수수께끼가 풀린 것이다.

아니야, 그럼 이게 어찌 된 일인가! 그 햇병아리가 저 위하고 맞통하고 있었다는 것인가? 세상에 이럴 수가…….

박부길 사장은 현기증과 함께 이 의문에 휘말리고 있었다.

"이봐 총각, 신문 좀 가져와 봐."

그는 속마음을 감추려고 애쓰며 침착하게 말했다.

대통령의 사채 동결령은 신문 1면을 뒤덮고 있었다. 사장들은 염치 불고하고 신문을 에워싸며 다투어 머리를 디밀었다. 그러나 그들이 신문을 들여다보는 시간은 그다지 길지 않았다. 그들은 돈문제에 관한 한 둘째가라면 서러워할 정도로 눈치 빠른 데다, 기사의 제목들만 요란스럽게 주먹만큼씩 클 뿐 그 내용은 아까 박 사장이 전화를 받은 것처럼 아주 간략했던 것이다.

"흐와아! 이런 벼락도 있나. 이건 분명 벼락은 벼락인데 나쁜 일이 아니라 좋은 일이니 이걸 무슨 벼락이라고 해야 하나."

어떤 사장이 두 팔을 뻗쳐올리며 곧 환호성을 지를 것 같은 기세로 말했다.

"허, 그야 돈벼락이란 말 있잖소, 돈벼락. 이게 돈벼락이지 뭐가 돈벼락이겠소."

"아, 그 말 맞소. 말로만 들어온 돈벼락이라는 게 바로 요거요. 이거 참 세상 오래 살고 볼 일이오. 이리 신나는 돈벼락을 다 맞다니."

"그러게 말이오. 그 호랑이 아가리 같은 비싼 사채 이자를 3년씩이나 안 갚아도 되다니, 이게 도대체 꿈이오, 생시오?"

사장들은 하나같이 덩실덩실 춤을 출 듯 신명이 나고 있었다.

"하, 아깝다! 이럴 줄 알았더라면 서울 시내 사채를 몽땅 끌어 써야 했는데. 왜 이런 눈치를 못 챘지?"

어떤 사장이 얼굴을 과장되게 찌푸리며 허벅지를 쳤다.

"그거요, 바로 그거요. 그런 낌새를 눈치채고 몇십억만 끌어당겼더라도 톡톡히 재미를 보는 건데. 아 참 아깝다."

"그러게 말이오. 이거 한 치 앞도 못 내다보고 사니 원. 이거 이래 가지고들 어찌 사업을 한다고 할 수 있겠어요."

"근데 말이오……, 우리만 이거 순진하게 헛물켜고 있는 것 아니오?"

"글쎄……, 아무리 비밀이라고 하지만 알 게 뭐요. 거기와 잘 통하는 놈들 한둘은 쏘스 빼내 팔자 고치게 생겼는지 어쩌는지."

그게 바로 대진의 손진권이오, 하는 말이 입술까지 밀려나왔지만 박부길 사장은 가까스로 참아넘겼다. 괜히 입바른 소리 했다가 무슨 변을 당하게 될지 모를 일이기 때문이었다. 그들은 입찰담합 같은 것을 할 때는 동업자거나 같은 사업가였지만 근본적으로는 서로가 서로를 믿지 않고, 믿을 수 없는 경쟁자고 적이었다. 정치와 권력에 관계되는 일에 자칫 입을 잘못 놀렸다가는 그 말을 누가 전했는지도 모르는 채 몸과 사업이 동시에 망가지는 수도 있었다.

"아암, 그럴 수도 있겠지. 다 사람 사는 세상인데 그런 꿍꿍이속이야 어디 한두 번 당해봤소."

어느 사장이 끄응 된신음을 물었다.

"아니, 그러고 보니 두엇이 짚이는 데가 있소. 요 몇 달 사이에 소문나게 사채를 끌어다 쓴 위인들이 있는데……."

"글쎄, 그런 것 따지다간 배만 아프고 비싼 밥 살로 안 가니까 우리가 보게 된 이익만 생각하기로 합시다. 좌우간 이번 조처는 신문에 난 그대로 대통령 각하께서 우리 사업가들이 자금에 쪼들리지 않고 맘놓고 사업 잘하라고 특별히 우리를 도와주신 것인데 이보다 더 고마운 일이 어디 또 있겠소."

박부길 사장은 위태로운 이야기 분위기에서 벗어나려고 화제를 정반대로 뒤집어버렸다. 그런데 그 말은 보신을 위한 사탕발림만이 아니었다. 그는 그 적극적인 보호조처에 진심으로 고마움을 느끼고 있었다.

"아, 그야 더 말할 게 뭐 있겠소. 3년 거치 5년 분할 상환도 감지덕지인데 이자까지 3분의 1로 줄였으니 이보다 더 고마운 일이 어디 있겠소. 각하는 우리 기업인들의 은인이시오."

"각하는 역시 우리의 위대한 영도자이신데, 근데 사채업자들이 가만히 있겠소?"

"아니, 그 무슨 웃기는 말씀이오. 우리 각하 앞에서는 대학생들도 꼼짝을 하지 못하는 판인데 제까짓 사채업자들이 어쩐단 말이오? 각하는 우리의 태양이시니 우린 그 뒤만 따라가면 되는 거요."

"그래, 그 말 옳소. 내 평생에 이리 기분 좋은 날은 없었는데, 나만 그런 게 아니잖소? 우리 어디 가서 해장술 한잔씩 멋지게 합시다."

"아, 그거 좋소. 어서 갑시다."

1972년 8월 3일 실시된 당일로 '8·3조치'로 불리기 시작한 '기업 사채 긴급 동결령'은 세상을 발칵 뒤집어놓았다. 하룻밤 사이에 기업체 사장들이 돈벼락을 맞고 사채업자들이 날벼락을 맞은 때문만이 아니었다. 또 독재정치를 '한국적 민주주의'란 말로 둔갑시키는 탁월한 능력을 발휘한 것처럼 경제를 발전시킨다는 미명 아래 대통령의 긴급명령권을 턱없이 확대하여 세계에서 유일하게 기업들을 비호하고 나섰기 때문만도 아니었다. 그 황당한 '한국적 자본주의'의 행태로 사채업자들보다 더 참혹하게 날벼락을 맞은 사람들이 수없이 많았다. 그 피해자들은 이상하게도 지지리 가난한 사람들이었다.

"어이 웨, 미안시럽네만 그 유식헌 말이 무신 말이당가? 3년 거치 머시가 어떻고 허는 말 말이여."

천두만은 필터가 달리지 않은 싸구려 담배를 문태복에게 내밀며 바짝 다가앉았다.

"예, 그러니까 말이죠. 개인들한테 돈을 빌려쓴 회사들이 3년 동안 원금을 갚을 것 없고, 3년이 지나 돈을 갚게 되더라도 한꺼번에 다 갚는 게 아니라 5년 동안에 나눠서 갚는다 그런 뜻이지요."

문태복은 담배를 맛있게 빨며 설명했다. 그의 몰골은 월남에 가기 전보다 더 초라해 보였다.

"아아니, 대통령이 멀 허는 것이여, 시방? 안직 노망헐 나이도 아닌디 위째 요리 빌어묵을 법을 맹글고 그려. 묵을 것 못 묵고 허리끈을 졸라매고, 입을 것 못 입고 벌벌 떨어감서 한 푼, 두 푼 푼푼히 모아 어찌 잠 살아보겠다고 회사에 돈 빌려준 가난헌 사람덜 다 때려잡자는 것이여 머시여. 시상에, 믿을 놈 하나또 없는 시상이라고 허등마 인자 대통령도 못 믿겠네 잉. 워메 미치고 환장허겄는거."

천두만은 큰 주먹으로 가슴을 퍽퍽 쳤다.

"그래요, 한마디로 돈 빌려쓴 놈들만 통뼈 만들어주는 아주 웃기는 법이라니까요. 근데 아저씨는 회사에 빌려준 돈이 많아요?"

문태복은 내뿜는 담배연기 사이로 천두만을 힐끔거리며 은근하게 물었다.

"워디 많기야 허겄어. 벌이가 하품 나는 디다가 새끼덜 멕이고 갤치고 나서 근근이 모타 하청공장 해갖고 더 벌어 보태 고향 가서 전답 살 날 하로라도 땡겨보자고 회사에 맡긴 것잉께. 근디 고것이 나 전 재산잉께 작다고도 못헐 돈이제잉."

"그렇지요. 아저씨가 어떻게 해서 번 돈인데요. 그 귀한 돈을 은행에 넣어두었어야 하는 건데, 쯧쯧쯧……."

"아 글씨, 누가 요런 날벼락을 칠지 알았간디? 은행에 맽길사 할아부지헌테 엿 맽긴 거맨치로 든든허기넌 헌디 그놈으 이자가 뻥아리 눈물 아니드라고. 글타고 이자 크게 묵겠다고 괭이 앞에 비런 것 던지는 심인 일수놀이를 나슬 수도 없는 일이고, 그려도 이자 괜찮허고 떼일 걱정도 없는 것이 회사 아니드라고? 그 맛에 니나 나나 회사에 돈 빌려주는 것이 요 몇 년 새에 새로 일어난 바람 아니여?"

천두만은 또 주먹으로 제 가슴을 치며 푸 한숨이 꺼져내렸다.

"근데 아저씨는 왜 시골로 다시 내려가 논밭을 사려고 그러세요?"

"허, 그 말투가 쪼개 요상시러우시? 잉, 촌놈으로 서울 와서 터잡고 살기가 영판 에로운디 멀라고 촌구석지로 또 기들어 가서 촌놈질 헐라고 그런다냐 허는 말이겄제?"

"잘 아시네요."

"잘 알기는. 다 니 속이 내 속인 것이제. 좌우지간 나는 서울이 싫여. 10년이 넘게 살았는디도 정이 하나또 안 붙고 맴은 자꼬 고향으로만 간당께. 내 맘얼 나도 잘 몰르겄는디, 나는 천상 농사짓는 것밖에 몰르는 타고난 촌놈인갑서. 애초에 서울 올 적에도 평생 살자고 온 것이 아니었응께."

천두만의 얼굴은 쓸쓸하기 그지없었다.

"허 참, 그 꿈이 적어도 8년 뒤로 밀려가 버렸으니 싫으나 좋으나 서울특별시민으로 살 수밖에 없게 됐네요."

문태복이 담배꽁초를 비벼 끄며 쓰게 웃었다. 그는 남의 막막해진 신세에서 자신의 신세를 보고 있었다. 배를 타고 가는 군인들보다 훨씬 고급으로 비행기를 타고 월남으로 떠날 때 다시 이 누더기 촌으로 기어들게 되리라고는 상상도 하지 못했었다. 돈을 벌어 택시 한 대를 장만하고, 그걸 밑천으로 열심히 뛰어 두 대를 만들고, 그걸 곧 세 대로 불리고, 네 대로……, 10년 안에 택시회사 사장이 될 꿈이 찬란했었다.

그런데 노름은 달콤한 독약이고 끈덕진 마약이었다. 끝끝내 그 구덩이에서 빠져나오지 못하고 빈털터리가 되고 말았다. 남는 것은 우리나라와는 전혀 다른 이상하고도 특이한 나라 월남의 추억이었다. 전쟁으로 엉망진창이긴 했지만 어딘가 정이 가는 나라가 월남이었다. 더운 대신에 사람 살기 편한 땅이 월남이었다. 쌀 많고 과일 흔하고, 특히 철따라 옷들을 장만하지 않으면 안 되는 우리나라에 비해 월남은 옷값이 들 게 없어서 부럽기 그지없었다. 거의가 뼈대 가늘고 몸집 작은 그 나라 사람들도 마음에 들었지만 그 깊은 속은 알기가 어려웠다. 그 작은 사람들이 어디서 그런 독기가 나와 큰 나라 미국을 상대로 그렇게 끈덕지게 싸울 수 있는지 풀리지 않는 수수께끼였다. 1년만 더 있었더라면 노름빚을 다 갚고 그래도 목돈을 좀 쥘 수 있었을 텐데 그들의 땅벌 같은 독기 앞에서 미군들은 짐을 싸기 시작했다. 이제 다시 갈 수 없는 나라 월남을 잊고 새로 시작할 수밖에 없었다.

"아저씨, 너무 억울해하지 마세요. 아저씨 혼자만 당하는 게 아니잖아요. 경우야 다르지만 저처럼 알거지가 된 사람도 있는걸요. 저에 비하면 아저씨 돈은 없어지는 게 아니라 이자까지 불어나면서 그대로 있잖아요."

문태복은 이렇게 위로의 말을 엮어내며 염치 불고하고 천두만의 담뱃갑에서 담배 한 개비를 슬쩍 빼들었다.

"허기사 그려. 나라에서 허는 일인디 으쩌겄어. 참고 기둘려야제."

대꾸는 이렇게 하면서도 천두만은 정반대 생각으로 마음을 공글렀다. 딸과 함께 이 앙다물며 돈을 번 것은 이런 허망한 꼴 당하려는 게 아니었다. 1년만 더 벌면 하청공장을 차릴 수 있게 되어 있었다. 딸이 손가락 마디가 휘어 병신처럼 되고, 가는 그물코를 들여다보느라고 눈이 나빠지고, 신을 신고 줄창 앉아 있으니 극성을 부리는 무좀에 시달리며 벌어들인 돈이었다. 딸의 고생에 비하면 자신의 고생은 고생이 아니라 산천 유람인 셈이었다.

천두만은 벌떡거리기도 하고 울렁거리기도 하는 가슴으로 영등포행 버스에 올랐다. 딸을 생각하면 도무지 견딜 수 없는 심정이었다. 딸은 너무 가르치지 못해 가여웠고, 너무 고생을 많이 시켜 안쓰러웠다. 딸은 가까스로 국민학교를 나오고 나서 열여섯을 넘기자 세상 물결을 타고 가발공장 직공이 되었다. 딸은 고등학교까지는 안 되더라도 중학교는 꼭 다니고 싶어했다. 그러나 줄줄이 잇댄 아이들을 놓고 그 소원을 풀어줄 수 없었다. 계집애라고 그 꿈을 무질러버렸고, 딸은 눈물을 머금고 돌아앉은 다음 다시는 그 말을 입에 올리지 않았다.

딸은 부지런하기도 했지만 솜씨가 남달랐다. 가발공장에서 남들을 앞질러 잘 만들고 많이 만드는 일급 기술자가 되었을 때 애비로서 기쁨보다는 슬픔이 더 컸다. 저것을 가르쳤더라면 얼마나 공부를 잘했을 것인가 하는 안쓰러움과 함께.

딸은 누구보다도 돈을 많이 벌면서도 돈을 아끼는 마음이 차돌멩이였다. 처녀들이 흔히 사서 쓰는 화장품은 아예 거들떠보지도 않았고, 옷도 더럽지 않게 자주 빨아 입을 뿐 몇 년이 가도 새로 해입을 줄 몰랐다. 그런 딸은 못 배운 것에 비해 속 찬 유식한 말들을 너무나 많이 알고 있었다. 일하기 싫으면 먹지도 마라, 노력은 성공의 어머니, 부자가 되고 싶으면 돈을 쓰지 마라, 속이 빈 자가 겉치장이 요란하다, 가난은 견디기 고통스럽지만 정복되지 않는 가난은 없다. 딸은 이런 말들을 곧잘 하며 제 어머니를 위로하기도 했고 동생들을 타이르기도 했다. 배우고 싶은 욕심을 버리지 못한 딸은 부지런히 야학을 다녔다. 딸은 고마운 대학생선생님들한테서 중학교 공부를 하면서 그런 좋은 말들도 배웠던 것이다.

가난 속에서 효자 효녀 나더라고 딸은 속 깊고 마음 따스하기가 이미 어른이었다. 하청공장을 하려는 것도 제 돈벌이를 위해서가 아니었다. 제가 돈을 많이 벌어 부모 편히 모시고, 동생들을 다 대학까지 공부시켜 주겠다는 꿈을 가지고 있었다.

"아니, 이거 왜 이래요!"

차장이 빽 소리쳤다. 천두만은 마음이 급해 차에서 빨리 뛰어내리려 했던 것이다.

그 누구보다 먼저 버스에서 내린 천두만은 허리를 약간 굽힌 채 고개를 쭉 빼고 두 팔을 마구 휘저어대며 빨리 걸었다. 세상에, 우리 돈이 어떤 돈이라고, 안 되제, 안 돼야. 그는 다시 마음을 가다듬고 있었다.

천두만은 가발공장 정문으로 들어서는 순간 회사 분위기가 평소와 다른 것을 직감했다. 무언가 뒤숭숭한 것 같으면서도 썰렁한 느낌이 확 끼쳐왔다. 점심시간이 아닌데도 밖에서 여공들이 끼리끼리 모여 웅성대고 있는 것부터가 심상찮았다.

"아니, 천 씨가 어쩐 일이셔? 가발공장 한물갔다고 여기 떠날 때는 다시 못 볼 줄 알았는데."

금테 모자를 쓴 수위가 조그만 창으로 얼굴을 내밀며 반색했다.

"이, 정 씨, 그간에 잘 있으셨당가? 신수가 훤허시."

천두만은 손인사까지 보내며 스스럼없이 수위실로 들어갔다.

"천 씨는 그 촌스런 사투리를 언제나 고칠 거요? 수돗물 먹은 지가 벌써 언제라고."

"어허, 넘 속도 몰르고 섭헌 말 그리 허덜 말드라고. 나 오기로라도 전라도말 죽을 때꺼정 쓸 챔잉께로."

천두만은 손가락 마디가 굵은 투박한 손으로 입을 야무지게 훔치며 낡은 의자에 주저앉았다.

"오기라니, 무슨 오기가 그렇소?"

수위가 의아해하며 손가락 끝으로 모자챙을 밀어올렸다.

"그야 전라도사람 아니면 몰르는 설움이제. 정 씨도 눈치 빤헝께 다 알 일인디, 요 빌어묵을 서울이란 디서는 날이 갈수록 전라도사람이야 허면 무시허고 차별허고 의심허고 손꾸락질허고 안 혀? 우리겉이 배운 것 없이 무식헌 것들이 그리 당험서 살기 에로운 것이야 그렇다고 치드라도, 똑겉이 대학 나오고 똑겉이 똑똑헌 사람들이 전라도라고 혀서 출셋길이 맥히고 취직이 안 되고 허는 것이 서울 아니여? 긍께로 서울에 아무리 오래 살아도 정이 안 붙고 맴은 고향으로 쏠리기만 허제, 그런 드런 꼴 당험서 살잔께 그래도 사내자석 뱃속이라고 오기는 꼬약꼬약 괴올르제, 니기미헐 것, 망헌 짐에 더 망헐 것이 머시가 있냐, 전라도놈 뱃보나 살리자 허고 우리 전라도말 써대는 것이여. 나 맘 알었어?"

천두만은 열기 묻은 어조에 어울리게 담배를 기세 좋게 권했다.

"그래요, 경상도사람들에 비해서 전라도사람들이 찬밥 신세라는 거야 세상이 다 아는 일 아니유. 공무원이고 군인이고 판검사고 날이 갈수록 전라도사람들은 경상도에 치인다니 원."

수위는 담배연기를 시원스럽게 내뿜으며 고개를 끄덕거렸다.

"허, 그야 대통령이 경상돈께 그렇다고 쳐. 지가 대통령도 아니고 돈만 많은 이 머시기는 한술 더 떠서 전라도사람은 회사에 하나또 안 뽑는다는 것 아니여? 전라도사람이 즈그 에미 애비 죽인 웬수도 아니겄고, 즈그 돈벌이 안 되라고 훼방 놓는 것도 아니겄고, 참 기가 찰 일이랑께."

천두만이 담배연기를 한숨으로 내뿜었다.

"참, 손바닥만한 나라에서 무슨 꼴들인지 모르겠소. 헌데, 천 씨도 혹시 회사에 돈 걸린 것 있으슈?"

수위가 천두만을 이윽히 쳐다보았다.

"이, 딸네미 것허고 합쳐서 쪼깐 빌려준 것이 있는디, 회사에서는 워쩔 심판인지 알고 있는감?"

천두만은 어떤 두려움으로 일부러 피해왔던 본론을 좇아 수위 옆으로 바짝 다가앉았다.

"그야 보나마나지요. 여공들은 벼락맞은 기분으로 벌써 이틀째 일도 안 하고 돈을 내놓으라고 야단인데 사장은 끄떡도 안 해요. 자기는 나라에서 정한 법을 어길 수가 없다는 건데, 돈 빌려 쓴 사

장들 입장에서야 하느님이 보우하사 우리나라 만만세인 판 아닌가
요? 그야 돈 내놓는 게 쪼다지요."

"머시여! 당장 사장을 만내야제."

천두만은 벌떡 일어났다.

"사장 어제 일본 가고 없어요."

"일본? 도망간겨?"

"도망은요. 가발은 흰 물고 있으니까 값 좋은 일본 봉제 완구
찾아갔지요."

"봉제 완구……?"

"뭐 그런 게 있어요. 괜히 헛김 빼지 말고 돈을 푹 잊어버리고 있
는 게 좋을 거유. 썩는 것 아니니까."

수위는 더 할 얘기 없다는 듯 눈길을 밖으로 던지며 담배꽁초를
껐다.

"헹, 넘 잘못되는 것 귀경허는 맛이 꼬시름허다 고것이제."

천두만은 공장 마당을 가로지르며 이렇게 내뱉었다.

"아니, 그 무슨 무식한 소리요! 각하께서 경제를 더욱 발전시키
기 위해서 그런 돈을 마음놓고 사업자금으로 잘 이용하라고 그렇
게 특별조처를 취하신 걸 알아요, 몰라요? 우리가 주고 싶다고 해
도 대통령 명령은 어길 수가 없어요."

총무부장의 태도는 싸늘했다. 사채를 끌어모을 때의 그 정답고
부드러웠던 모습은 간곳이 없었다.

"벼룩의 간을 빼먹지……, 대통령이 뭘 몰라도 많이 모르는 것

같아요."

일손을 놓고 있는 여공들을 바라보며 공장장이 고개를 저었다.

천두만은 밤길에 허방을 디딘 것 같은 기분으로 공장을 나섰다. 자리를 피해버린 것이 분명한 사장보다 대통령이 더 밉고 원망스러웠다. 천두만은 심한 갈증을 느끼며 대통령을 향해 마구 욕을 퍼붓고 있었다. 대통령에게 대놓고 처음 하는 그 욕을 소리 내서 맘껏 외칠 수 없는 것이 더 분을 돋우었다.

그 일로 세상은 온통 시끌시끌했고 갈팡질팡이었다. 며칠이 지나도록 사람들은 불만을 터뜨려댔고, 작은 규모의 공장들일수록 돈을 빌려준 공원들이 일손을 놓아버려 일이 되지 않았다. 사장들은 높은 은행 문턱을 넘기보다 직공들의 돈을 빌리는 것이 손쉬웠던 것이고, 직공들로서는 은행에 저금하는 것보다 회사에 빌려주는 것이 이자가 훨씬 더 많았던 것이다.

뒤숭숭하게 며칠이 지나자 정부에서는 마침내 소액 사채에 대한 수습책을 내놓았다. 50만 원 이하의 돈거래는 사채 동결에서 제외한다는 것이었다. 천두만은 그 소식을 듣고 그야말로 머리가 천장을 뚫도록 기쁨에 뛰었다.

그러나 회사로 달려간 천두만은 전보다 더 큰 절망에 주저앉아야 했다.

"그게……, 각자의 액수는 적고, 사람수는 많고 해서 일일이 개인당 서류를 꾸며 결재를 맡을 수가 없었어요. 그 복잡한 절차를 피해 일을 간편하게 처리하는 방법이 모두의 돈을 총무부장 한 분

이름으로 결재를 맡는 것이었어요. 그리고 경리과에서는 개개인의 카드를 비치하고 매달 원금에 맞는 이자를 분배해 왔어요. 그래서 4천만 원이 넘는 돈의 법적 명의가 총무부장님 이름으로 되어 있으니 이번 조처에 걸려 아무한테도 돈을 내줄 수가 없게 됐어요. 이해하세요."

경리과장의 덤덤한 말이었다.

"머, 머시라고라? 당신네덜이 당신네덜 맘대로 헌 잘못잉께 내사 알 배 읎소. 얼렁 내 돈 내놓씨요."

천두만은 눈을 부릅뜨며 대들었다.

"이거 왜 이래요. 서로 좋자고 한 일인데. 우리 회사만 그런 게 아니라 다른 회사들도 거의 다 그런 식이니까 따지고 싶으면 법으로 해요."

"머, 머시여!"

천두만은 가슴에서 불길이 솟구치는 것을 느꼈다. 그 격분대로라면 당장 멱살을 잡고 패대기를 쳐야 했다. 그러나 천두만은 허공으로 불길을 토해내며 주저앉았다.

며칠이 지나 천두만은 더 깊은 절망의 구렁텅이로 곤두박이는 기분에 몰렸다.

"그러니까 사장이 내놓은 이자는 3부 5리였다는 거예요. 근데 총무부장하고 경리과장이 짜고 5리씩 해먹었대요. 사장이 이번에 그걸 알게 됐지만, 다행히 모든 돈이 총무부장 이름으로 되어 있어서 당장 돌려주지 않고 장기간 이익을 볼 수 있게 되자 사장은 두 사람을 용서했대요. 그리고 그 돈을 바로 사채 신고 해버렸다는 거예요. 그러니까 아빠 더 속상해하지 마시고 다 잊어버리세요. 기다리는 수밖에 없어요."

딸이 가발공장에 있는 친구들한테 듣고 와 한 말이었다.

"도적놈 아닌 놈은 한 놈도 없구나."

천두만이 울음처럼 토해낸 말이었다.

한편, 김명숙도 천두만과 똑같은 피해를 입고 피 밭게 조바심치고 있었다.

"알아, 너의 인생이 다 걸린 돈인 거 알아. 그치만 어쩔 도리가 없잖냐. 개발독재라는 웃기는 정책을 원망할 수밖에는."

김선태는 여동생의 타는 심정을 알면서도 이런 맥빠진 소리밖에 할 수 없었다.

"아니야, 작은오빠. 딱 한 가지 길이 있긴 있어. 나 좀 도와줘."

김명숙은 또 눈물 글썽거리는 눈으로 오빠를 바라보았다.

"길이……?"

김선태는 의아하게 여동생을 쳐다보며 고개를 갸우뚱했다.

"응, 그거 있잖아, 곰곰이 생각해 봤는데 큰오빠 빽이면 돼."

"큰오빠……? 그게 무슨 소리지?"

김선태의 얼굴은 더욱 의문스럽게 변했다.

"무슨 소리긴. 검사님이 우리 사장 앞에 떡 나타나봐. 그 약은 뺑코가 금방 돈을 내놓을 거라구."

"글쎄……, 그게 대통령 긴급명령을 어기는……, 일종의 공갈행

왼데……, 검사가 그거 참……."

김선태의 중얼거림이 점점 가늘어지면서 얼굴도 일그러지고 있었다.

"그러니까 작은오빠가 나서서 큰오빠한테 그 얘기 좀 해줘."

김명숙은 오빠의 반응을 아랑곳하지 않고 밀어붙였다.

"내가?" 김선태는 엉덩이가 들썩하도록 놀라고는, "명숙아, 네가 얼마나 몸다는지 잘 아는데, 그치만 내가 나서봐라. 큰오빠가 뭐라 할 것인지. 그렇지 않아도 날 사람으로 보시 않는데, 검시가 해서는 안 될 일인 줄 뻔히 알면서 널 납득시키지 않고 오히려 나섰다고, 나는 더 병신되고 일은 더욱 역효과만 날 뿐이야. 너 다시 생각해 봐." 그는 애원하는 어조로 말했다.

"작은오빠, 작은오빠까지 이러면 난 어떡해."

아랫입술을 무는 김명숙의 얼굴에 울음이 가득했다.

"명숙아, 방법은 한 가지가 있어. 네가 직접 큰오빠한테 매달려 봐. 네가 직접 말을 해야 그 돈이 얼마나 고생하며 모았는지 실감도 나고, 가출해서도 나쁜 데로 빠지지 않고 이렇게 양재학원을 다니는 널 큰오빠가 괜찮게 생각하고 있잖아."

"그래, 작은누나. 작은형 말대로 하는 게 좋을 것 같애. 작은누나 혼자 가기 곤란하면 내가 따라가 줄게."

그때까지 책만 보는 것 같았던 김선진이 작은형의 말을 거들고 나섰다. 그는 상대생으로 서울생활을 시작하게 되었다. 그는 법대의 법 자도 내비치지 않고 바로 상대를 고르고 말았다. 그건 순전히 작은형 때문이었다. 법대를 지망했다간 자신도 작은형 같은 한심한 낙방거사 꼴이 될 것 같은 두려움이 앞섰던 것이다. 큰형은 시대의 흐름을 따라 공대 쪽을 은근히 바랐지만 그쪽은 전혀 적성이 맞지 않았다.

"그려, 그려, 요새 시상에넌 돈 잘 버는 것이 질이여. 쌔 짜른 놈이 침 질게 못 뱉는 법이고, 뱁새가 황새 따라갈라다가는 가랭이 찢어지는 법잉께."

어머니가 치마 끝을 뒤집어 눈물을 찍어내며 한 말이었다. 그 눈물이 작은형을 걱정하는 것임을 금세 알 수 있었다.

"아니야, 내가 직접 나설 바에는 나 혼자 가겠어. 선진이 네가 나타나는 걸 큰오빠가 싫어할 수도 있어."

김명숙은 성질대로 태도를 빨리 정했다. 자신도 막냇동생을 앞에 두고 이런저런 궁색한 소리를 하고 싶지 않았던 것이다.

"작은누나, 왜 그래? 큰형이 나 때문에 거절하지 못할 수도 있는데."

"그래? 넌 아직도 큰형 성질을 다 모르는구나. 큰형은 자기가 싫은 일이면 엄니가 부탁해도 거절할 사람이야. 자기 체면 구겨지거나 자기 위신 깎이는 일이면 큰형은 외상 없어. 너 괜히 큰형 잘못 생각하고 있다간 큰코다쳐."

김명숙은 서글픈 얼굴로 막냇동생을 쳐다보았고, 김선진은 고개를 돌리며 쓴웃음을 지었다.

김명숙은 큰오빠가 재판이 없는 날인 것을 재차 확인하고 점심

시간 30분 전에 전화를 걸었다.

"응, 어쩐 일이냐?"

큰오빠의 목소리는 언제나처럼 무뚝뚝하고 차가웠다.

"네, 한 가지 의논드릴 일이 있는데 오늘낼 사이에 빨리 좀 뵀었으면 해요."

김명숙은 몇 번이고 곱씹어 준비한 말을 한달음에 했다. 어김없이 가슴은 뛰고 얼굴은 화끈하게 열이 올랐다. 꼭 거북하고 서먹한 타인을 대할 때 같은 긴장이고 증상이었다. 큰오빠는 어차피 어려운 상대였는 데다가 점점 더 멀어지는 존재였다.

"나 바쁜 것 모르냐? 전화로 해라."

김명숙은 찬바람이 끼치는 걸 느꼈다.

"잘 알아요. 그치만 전화로는 말씀드리기 곤란한 문제예요. 시간오래 안 걸려요."

"무슨 말인데 전화로 안 된다는 거냐. 그런 곤란한 얘기라면 만나서 들을 것도 없다."

"큰오빠! 그럼 오늘 밤 집으로 찾아가겠어요."

김명숙은 비수를 들이대는 기분으로 말했다.

"뭐라구! ……됐어, 오늘 오후 6시까지 덕수다방으로 나와. 덕수궁 옆이야."

찰카닥 전화 끊기는 소리를 들으며 김명숙은 목 터지게 소리를 지르고 싶은 승리감을 느끼고 있었다. 그러나 한편으로는 오빠한테서 타인을 느껴야 하는 슬픔이 가슴을 휘돌고 있었다. 큰오빠에게 동생들은 창피스럽고 숨기고 싶은 흥거리일 뿐이었다. 그래서 큰오빠는 동생들이 집으로 찾아가는 것을 질색했다. 큰오빠의 처가 쪽 5남매는 줄줄이 대학을 나온 사람들이었다.

"……그러니까 회사마다 경리과에서 그런 식으로 서류를 꾸몄다고 하구선 돈을 안 주려고, 거 뭐야, 예, 사기를 치는 거예요. 그 돈은 양장점 차릴 거니까 오빠가 꼭 찾아주셔야 해요."

김명숙은 특히 끝말에다가 야무지게 침을 넣었다.

"그게 얼마냐?"

김선오는 무표정한 얼굴로 담배를 끄며 처음으로 입을 열었다. 거만스러움이 감도는 그의 얼굴은 검사답게 근엄했고, 머리 모양이며 옷차림은 매끈하게 세련된 멋쟁이였다.

"30만 원쯤 돼요."

"30만 원?"

김선오는 놀라는 기색으로 여동생과 눈길을 맞추었다.

"예, 제가 10년 동안 배곯고 떨면서 번 거예요. 오빠가 나서서 그놈들이 사기 치는 걸 한마디만 하면 그놈들은 당장 돈을 내놓을 거예요. 큰오빠, 저 좀 살려줘요."

김명숙의 눈에서는 눈물이 주르르 흘러내렸다. 자신도 모르게 쏟아지는 눈물을 그녀는 미처 주체하지 못했다.

"……그래, 많이 모았구나. 고생 많이 했다. 내일 점심시간에 함께 가자. 사장한테 미리 연락해서 약속해 둬라. 시간은 12시 반이다."

눈길을 떨구는 김선오의 목소리가 약간 떨리는 듯, 물기가 젖은 듯했다.

"큰오빠아……."

김명숙은 너무 감격스러워 말을 헛듣고 있는 것 같은 기분이었다.

다음날 김명숙은 양재학원에도 가지 않았다. 출근시간에 맞추어 지난날의 회사에 전화를 걸었다.

"사장님, 저 김명숙이에요. 돈을 안 주신다기에 할 수 없이 우리 큰오빠하고 오늘 점심시간에 함께 가기로 했어요. 미리 알아두세요. 우리 큰오빠 서울지방 검찰청 김선오 검사예요."

"이봐, 그게, 그게 무슨 소리야."

"뭐 놀라실 것 없어요. 제가 가출해 고생하는 동안에 우리 큰오빠는 검사가 되신 거예요. 참다못해 어제 큰오빠한테 사장님 얘길 했더니 오늘 당장 만나겠다는 거예요. 회사 앞 럭키다방 있잖아요. 이따 12시 반이에요."

"이봐, 이봐, 명숙이, 오빠 오실 것 없어, 오빠 오실 것 없어."

"무슨 말씀이세요?"

"왜 그래, 다 알면서. 당장 명숙이 혼자 와. 돈 내줄 테니까."

김명숙은 입을 딱 벌리고 말았다.

3

받을 수 없는 고마움

보름달의 형상으로 넉넉하게 둥근 질항아리에 코스모스들이 한 아름 가득 꽂혀 있었다. 들녘에 무리 지어 피어 그 아름다움을 극대화시키는 꽃답게 코스모스는 항아리에 무더기로 꽂혀 항아리보다 더 큰 꽃송이를 이루어내고 있었다. 가을을 가득 품고 있는 그 코스모스 무더기는 항아리의 질박함과 어우러져 더 이를 수 없이 풍성하고 고왔다. 그 꾸밈없는 꽃항아리는, 흰색과 소독약 냄새 속에서 괜히 사람을 긴장시키고 주눅들게 하는 병원 특유의 분위기를 부드럽게 해줘 그 아름다움이 더 돋보이는지도 몰랐다.

꽃항아리를 왼쪽 배경으로 하고 앉아 무슨 기록을 하며 안경자는 하르르 한숨을 내쉬었다. 어딘가 조심하는 기색이 내비치는 그 가녀린 한숨이 소담스러우나 쓸쓸해 보이는 가을꽃과 어울리는 것 같기도 하고, 안 어울리는 것 같기도 했다.

"얘, 어떠니?"

진찰실 문을 열고 나오며 어떤 여자가 물었다. 그 여자는 화사하게 멋을 부린 강숙자였다.

"응, 임신 아닌데 뭘."

안경자는 움직이던 만년필을 멈추며 대답했다. 국산 볼펜이 싸게 보급되기 시작하면서 펜촉이나 만년필은 급속히 사라지고 있는 추세인데 안경자는 여전히 만년필을 쓰고 있었다. 굵직한 만년필은 책상 앞에 놓인 '원장 안경자'란 팻말과 잘 어울리기도 했다.

"아휴, 다행이다. 불안해 혼났는데."

강숙자가 핸드백에서 손거울을 꺼내며 소파에 앉았다.

"그게 무슨 소리야? 피임 안 해?"

"왜, 하지. 하긴 하는데 완전한 방법이 아니니까 늘 불안하고 조마조마하잖아."

강숙자의 목소리가 낮아졌다.

"무슨 방법을 쓰는데 그래? 그렇게 불안하니까 오늘 같은 가상 임신 증상이 생기는 거야. 이 증상이 계속되는 건 여자 건강에 좋지가 않아. 어떤 안전한 피임 방법을 강구해야지."

"그게 글쎄 뜻대로 안 돼. 피임 방법은 많지만 내 맘대로 되는 게 아니잖아."

"가장 간단하고 안전한 게 콘돔을 쓰는 거잖아. 뭘 그리 복잡하게 생각하고 그래."

"아이구, 남편 멀리 보내놓고 혼자 속 편하게 산다고 그리 쉽게 말하지 말어. 그 안전하고 손쉬운 방법이 안 통하니까 문제지. 그 걸 쓰면 감각이 안 통하고 하나마나라고 남자 쪽에서 거부하는데 야 어쩔 수 없잖아. 여자 쪽에서도 감각이 안 통하고 기분 찜찜한 거야 사실이고. 그래서 가족계획협회에서 권장하는 루프법도 생각 해 봤는데, 그건 또 염증이 생길 우려가 있고 완전하지도 않더라 구. 제일 좋은 건 남자가 정관수술을 하는 건데, 차마 남자보고 희 생하랄 수는 없잖아. 아이고, 골치 아파."

"너, 처녀 때 남녀평등 찾으면서 혼자 신식인 척 다 했어도 결국 별수없구나. 인습이나 풍습은 제2의 유전인자라더니 너도 어쩔 수 없는 조선 여자야. 그래 무슨 피임법을 쓰는데?"

"그거, 일본에서 애용한다는 주기법."

"그것도 괜찮긴 하지만 안전성이 약한 게 흠인데."

"글쎄 그러니까 불안불안하고 조마조마해서 이렇게 널 찾아오 고, 가상임신 증상인지 뭔지가 생기고 수선스럽지. 내가 깨끗하게 자궁을 들어내 버릴까? 요새 그 수술 유행이라던데."

"그건 절대 안 돼. 자연분만이 어려워 제왕절개를 하게 되는 경 우라면 그때 겸해서 할 수는 있지만, 멀쩡한 배 찢어가며 그거 할 짓이 아니야. 여자에게 자궁은 나무의 뿌리 같은 거야. 그건 병이 생겨 극한 상황에 처했을 때 제거하는 거지 함부로 손대는 게 아 니야. 명심해."

"아이고 골치 아파라. 결혼생활을 안 할 수도 없고. 결혼생활이 좋긴 한데, 그치?"

"아이구, 저것 말하는 것하고는. 좋은 일에는 그만큼 노력이 따라야 하니까 지금 방법에 좀더 신경을 써. 너무 불안해할 건 없고."

"네에, 의사선생님, 잘 알았습니다요."

강숙자는 장난기 넘치게 웃었다.

"근데, 느네 남편은 돌아올 때가 다 돼가잖니?"

강숙자는 혼자 오래 살고 있는 안경자가 딱해 말머리를 돌렸다.

"응, 얼마 안 남았어. 자아, 또 환자들이 기다리니까……."

안경자는 속내를 감추기 위해서 일부러 밝게 웃으며 몸을 일으켰다.

"얘, 미국 박사님이 돼서 돌아오면 얼마나 근사하겠니. 의사 부부, 우리나라에서 제일 멋지게 잘 어울리는 커플일 게다."

강숙자는 아무런 눈치도 채지 못하고 밖으로 나갔다.

문이 닫히며 자신과 강숙자 사이에 차단막이 생기자 안경자는 의자에 털썩 주저앉았다. 의자에 몸을 부려버린 것처럼 가슴도 와르르 무너져내렸다. 불길한 쪽으로 생각하지 않으려고 했지만 6개월이 넘도록 편지가 오지 않는 이유를 달리 찾을 수가 없었다. 1주일에 한 번 꼴로 오고간 편지였다. 그런데 1년 전쯤부턴가 그 간격이 차츰 벌어지기 시작하더니 결국 6개월이 넘고 말았다.

물론 남편의 변화와는 상관없이 이쪽에서는 1주일에 한 번 꼴로 편지를 보냈다. 그러면서 학위 따기에 몰리고 있으려니 하며 이해를 앞세우고 자신을 위로했다. 그러나 답장이 한 달에서 두 달로 멀어지면서 이상한 낌새를 눈치챘다. 그 육감은 꿈으로 생생하게 엮어져 한 편의 영화가 되고는 했다.

남편의 변심, 그건 도저히 믿을 수 없는 것이었지만, 아니라고 장담할 수도 없는 일이었다. 남편은 젊었고, 젊은 것에 비해 너무 오래 혼자 생활해 온 셈이었다.

박사학위 공부를 하고 있는 젊은 의사, 그 옆에 여자 유학생들이 배돌 수 있었고 미국 여자들은 훨씬 더 많을 거였다. 더구나 미국은 한국과는 비교가 안 될 정도로 개방된 사회였다. 젊음과 외로움과 의사라는 직업과……, 남녀간에 서로 끌리고 얽히기 좋은 여건들이었다. 남편이 딴 여자와……, 그건 도무지 있을 수 없고, 용납할 수 없는 일이었다. 상상만으로도 숨이 자지러들고, 당장 태평양을 건너뛰고 싶은 충동이 일었다.

단순히 감정만이 아니었다. 사실을 분명하게 알고 일을 해결해 나가야지 언제까지 혼자서 속앓이만 할 수 없는 일이었다. 그러나 미국이라는 나라는 생각보다 훨씬 더 가기가 어려웠다. 경제발전에 직결되는 상업적 목적이 아니고서는 일본도 가기 어려운 현실에서 태평양을 건너간다는 것은 더욱 힘든 일이었다. 더구나 여자가 사적인 일로 미국행 비행기를 탄다는 것은 우리나라에서도 꾀까다롭게 발목을 잡았고, 미국 쪽에서도 꼬치꼬치 트집을 잡았다.

"아서라, 작파허고 그냥 있거라. 어쩌다 눈앞에 뵈도 고개 돌려야 허는 것이 남정네 난봉질인디 멀라고 수만 리 에로운 길을 가야. 난봉질허는 것 암스로도 안 보면 살아져도 두 눈 똑바라지게 뜨고 보는 날에는 사람 미쳐분다. 니가 가서 난봉질허고 있는 것 본 담에 어쩔 것이냐. 이 에미가 미친 니 찾으로 미국 가야겄냐? 기둘려, 몰르는 칙끼 그냥 기둘려. 고것이 약 중에 명약잉께."

어머니의 처방이었다. 남성 본위적 인습에 찌든 그 말이 전혀 마음에 들지 않았다. 그러나 '이 에미가 미친 니 찾으로 미국 가야겄냐?' 이 한마디는 절실하게 가슴을 쳤다. 어느 여자와 하나가 되어 있는 남편을 확인한 다음에 자신이 어떻게 될지는 전혀 알 수가 없었다.

'기다려도 안 돌아오면 어떡해?'

차마 이 말을 어머니에게 물을 수는 없었다. 어머니는 그런 난제를 해결할 수 있는 마술사가 아니었고, 이성적 판단력은 자신이 어머니보다 몇십 배 더 컸다.

안경자는 아들 상하를 생각하며 두 손에 얼굴을 묻었다.

어느덧 네 살이 된 아들의 웃음 벙그는 얼굴에 남편의 모습이 겹쳐졌다. 그건 중앙청을 배경으로 피범벅된 가운을 입고 있는 모습이었다. 총상 입은 부상자들을 혼신의 힘을 다해 응급처치 하던 신지훈, 그도 역시 눈부신 4·19의 투사였다.

그는 자신을 데모의 현장으로 끌어낸 선배였다. 젊음의 피를 온몸에 묻히며 그 데모를 겪고 나서 사회정의가 무엇인지 알았고, 역사 진실이 무엇인지 알았고, 지식인의 사명이 무엇인지 깨닫게 되었다. 그 일 뒤로 의학 지식만 쌓아올리는 자신이 아니라 전에 느끼지 못했던 새로운 자신이 한쪽 가슴을 채우고 있는 것을 문득문득 의식하고는 했다. 그건 자아성장을 발견하는 남모르는 기쁨이었고, 또한 선배 신지훈을 남자 신지훈으로 바꾼 계기였다.

그렇게 인간적인 존경과 신뢰를 갖게 했던 남편이 자신을 배신하다니……, 안경자는 도저히 견딜 수 없어 전신을 떨었다.

똑 똑 똑.

그때 환자가 들어오는 것을 알리는 손기척이 울렸다. 안경자는 소리 없는 한숨과 함께 감정을 수습했다.

강숙자는 밖에서 기다리고 있던 동생을 데리고 허둥지둥 택시를 탔다. 좀 수다를 떨다 보니 약속시간에 늦게 생긴 판이었다.

"언니, 어떻게 생긴 남잔데 그리 야단이야?"

강숙자의 두 번째 손아래 동생인 강미현이 마땅찮은 기색을 보였다.

"그래, 곧 만나게 될 테니까 이제 딱 한마디로 하지. 나이만 어리지 않았더라면 한몸이 되고 싶었던 사나이!"

"어머 언니, 언닌 나이 들어도 못 말려. 그냥 결혼하고 싶었다고 하지 꼭 그리 징그럽게 말해야 돼? 형부한테 팍 그냥 일러버릴까 부다."

"넌 서울물 먹은 지가 벌써 몇 년인데 그리 촌티를 못 벗니. 형부도 그 남자하고 잘 아는 사이니까 푹 안심해라. 그리고 말이란 속에 든 기분을 콕콕 찍어낼 수 있어야 하는데, '한몸'하고 '결혼'하고가 의미는 같을지 모르지만 느낌은 같지가 않잖아. 안 그래?"

"어머, 그럼 형부도 인정하는 남자다 그런 말야?"

강미현의 기색이 금방 달라졌다.

"너 또 기분 나쁘게 나올래? 지집애가 어떻게 된 게 모든 기준이 즈네 형부야 그래. 매사에 훨씬 더 현명하고 빈틈없는 언니를 제쳐두고 말야."

강숙자는 검은자위가 다 돌아가도록 동생에게 눈을 흘겼다.

"글쎄, 모든 걸 다 인정하기는 좀 곤란하고 연애에 관한 한은 인정할 수 있어."

"아유, 요게 그냥!"

강숙자는 동생의 머리를 사정없이 쥐어박았다.

"아야야야……."

강미현은 머리를 싸잡으며 죽는 시늉을 했다. 젊음의 싱그러움과 탄력이 넘치고 있는 그녀의 얼굴은 언니 못지않게 예쁘장했다. 그런데 언니의 얼굴에 감도는 맹랑한 기 대신 그녀의 인상은 얌전하고 함초롬해 보였다.

음악소리 요란한 다방에는 유일표가 먼저 와 담배를 피우고 있었다.

"일표, 미안해. 내가 또 늦었네. 오래 기다렸어?"

강숙자는 정 넘치는 웃음을 환하게 피우며 유일표에게 손을 내밀었다.

"어서 오세요. 저도 방금 왔어요."

유일표는 스스럼없이 강숙자의 손을 잡으며 악수했다. 그 관계가 어찌 되었거나 남자에게 악수를 청하는 강숙자의 태도는 시대에 앞선 것이었고, 남들의 눈을 개의치 않고 악수를 나누는 그들의 자연스러움에는 세월이 배어 있었다. 그들의 그런 모습을 옆눈질로 보며 강미현은 쑥스러워하고 있었다.

"일표, 서로 인사해. 우리 동생 미현이야. 미현이 너도. 내가 말한 유일표 씨."

강숙자는 두 사람을 소개시켰다.

"아, 안녕하세요. 유일표라고 합니다."

유일표는 서른 살 먹은 노총각답게 여유롭게 인사하며 웃음을 지었고, 강미현은 아직 대학생답게 얼굴이 붉어지며 눈길을 내리깔았다.

"내가 일표한텐 일부러 미리 얘기 안 했었는데, 실은 오래전부터 내 맘에 있었던 일이야. 미현이는 내년 2월이면 졸업이고, 일표도 나이만 자꾸 먹어갈 순 없잖아. 내가 보기엔 서로 잘 어울릴 것 같은데, 잘들 사귀도록 해봐."

유일표는 강숙자의 말에 당황했다.

"허 참, 동생 신세 망치게 하고 싶어서 그러세요? 난 평생 비실거리며 살아야 될 팔자인 거 잘 알면서."

유일표는 허탈한 웃음을 흘리며 강숙자를 바라보았다. 어느덧 30대로 접어든 세월이 듬직하게 담긴 그의 얼굴에 쓸쓸하고 슬픈 우울이 스치고 있었다.

"아니, 그게 무슨 소리야? 2년 전엔가 국무총리가 그놈의 연좌젠가 뭔가 없앤다고 했잖아?"

강숙자의 목소리가 커졌고, 강미현이 놀란 눈으로 주위를 살피며 언니에게 눈짓했다.

"글쎄요, 다 말로만 그러는 거지요. 정치하는 사람들이 잘 써먹는 전시효과라는 것 있잖아요."

유일표가 픽 웃으며 반토막난 꽁초에 불을 붙였다. 거의가 그렇듯 담배를 아끼느라고 반쯤 피우고 꺼둔 것이었다.

"설마……, 신문에 다 내놓고도 국무총리가 거짓말을 해? 일표가 좀 잘못 안 게 아닐까?"

"그랬으면 좋겠는데 서운하게 그렇지가 않아 탈이지요. 우리 재건대의 어떤 아이 사촌 누나가 얼마 전에 서독에 가려다가 잔뜩 빚만 지고 주저앉았어요. 수속하느라고 고비마다 뒷돈은 다 뜯겼는데 신원조회에서 걸리고 만 거지요. 서독에서는, 먼저 간 간호원들이 열심히 일해 효과가 좋자 작년인가 언제 1만 7천 명을 더 보내달라고 요청했다는군요. 인원이 달려 야단인데도 그 여자는 갈 수가 없었어요. 그런데……, 그 여자는, 아버지가 좌익을 한 것도 아니었어요. 팔촌 누군가가 그랬다는데 그렇게 덤터기를 쓴 겁니다. 남자도 아니고 여자고, 딴 것도 아니고 그저 간호원 노릇 가겠다는데 그래요……."

위아랫입술이 말려들도록 입을 꾹 다문 유일표는 강숙자를 빤히 쳐다보았다.

"세상에 어쩜 좋아! 이건 증말 나라도 아니야."

강숙자는 유일표를 마주보며 제 가슴을 치는 손짓을 했다. 그녀는 유일표의 눈에 서린 외롭고 슬픈 분노를 보고 있었다.

"알았으면 동생 빨리 감추세요. 괜히 더럼 타고 감염돼요."

유일표는 떫은 웃음을 물며 강미현에게로 슬쩍 눈길을 돌렸다. 그때 맘놓고 유일표를 바라보고 있던 강미현과 눈길이 마주쳤다. 그녀는 당황하며 황급히 눈길을 떨구었다.

"난 오기로라도 그렇게는 못하겠어. 세상에 이따위로 유치하고 야만적인 나라가 어디 또 있겠어. 죄진 것 하나도 없이 평생 벌을 받아야 하다니, 내가 딴사람들까지 어쩌할 수는 없지만 일표는 꼭 구해낼 테니 걱정 마."

"엉뚱한 피해나 입기 전에 괜한 생각하지 마세요. 나 같은 놈 가까이했다간 손해 볼 일밖에 없으니까 이제 그만 관계를 끊는 게 현명한 일이죠."

"여보세요 유일표 씨, 나 국회의원 딸인 거 모르셔?"

강숙자가 자신에 찬 웃음을 피웠다.

"너무 자신만만해하지 마세요. 빨갱이 죄목은 부통령도 사형시켜 버려요."

"……"

강숙자는 뻥하니 유일표를 쳐다보았다.

유일표는 새 담배에 불을 붙여 깊게 빨아들였다. 허깨비처럼 변해버린 형의 모습이 떠올랐다. 형은 1주일 만에 풀려났다. 동철이 형도 잡혀가 하루가 지나 풀려났다는 것을 뒤늦게 알았다. 형이 쉽게 풀려난 것은 동철이 형 덕이라고 했다. 그 말이 아리송하고 의심쩍었지만 더 캐물을 분위기가 아니어서 그냥 지나쳐야 했다.

"그 장사도 이제 그만둬야겠다. 동철이한테 더 얹혀 있을 처지가 못 돼. 동철이 입장을 더 이상 난처하게 만들어선 안 되니까."

어느 날 형이 한 말이었다.

"일표, 신원조회 그따위 것 필요 없이도 얼마든지 잘 살아갈 수 있는 일은 많을 거야. 난 일표를 내 동생처럼 돕고 싶어. 내 맘 알지?"

강숙자는 안타까워하는 얼굴로 유일표를 깊이 바라보았다.

"알아요, 잘 알아요. 허나 더 노력하진 마세요. 다 헛수고고, 모두에게 불행일 뿐이니까요. 지금 이 상태로 그냥 지내요."

담담하게 말하는 유일표의 얼굴에 희미한 웃음이 스치고 있었다. 그 체념적인 미소에는 그의 나이를 슬프게 하는 삶의 그늘이 서려 있었다.

"그렇지만 일표가 그런 쓰레기더미 속에서 평생을 살 수는 없잖아."

"뭐, 괜찮아요. 첨엔 나도 꽤나 괴로웠는데 이젠 다 정리가 됐어요."

"그치만 그건 애초에 일표가 바라던 인생이 아니잖아. 억지고……, 고생이고……."

"글쎄요, 인생을 다 아는 건 아니지만, 인생이 뭐 별건가요. 다 맘먹기에 달렸다는 말이 명언인 것 같아요. 그동안 여러모로 생각해 봤는데, 나 같은 신분으로선 재건대 이상 잘 어울리는 데도 없는 것 같아요. 신원조회 필요 없지, 생활 걱정 없지, 똘똘한 제자들 생기지, 최고라구요. 안 그래요?"

유일표는 일부러 담배연기를 시원스레 내뿜었다.

"괜히 인생사 다 아는 척, 세상사에 달통한 척하지 마. 너무 속상하고 슬퍼서 눈물이 막 쏟아지려고 하니까."

울상을 짓는 강숙자의 눈에는 정말 눈물이 번지고 있었다.

"뭐, 그렇게 생각할 것 없어요. 다 운명이거니 해버리면 슬플 것도 속상할 것도 없거든요."

"운명……, 운명……, 그래, 소설이나 영화 같은 데서 운명이라는 말을 많이 보고 들으면서도 별로 실감이 안 났는데 일표가 운명이라고 하니까 확 실감이 나네. 근데 말야, 결혼은 해야 되잖아?"

"예, 독신주의는 아니지만 아직 생각해 보지 않았어요."

"아니, 몇 살인데? 자기가 지금 중학생인 줄 알아?"

강숙자가 커피잔을 들며 눈을 흘겼고, 강미현은 커피를 마시는 척하며 유일표를 훔쳐보고 있었다.

"그게 내가 하고 싶다고 될 일이 아니거든요. 요샛말로 앞에 '똥차'가 버티고 있잖아요."

"피이, 그야 여자 형제간끼리나 따지는 거지. 근데 형은 어쩌려고 그래? 남들 같으면 국민학교에 들어갈 아이가 있을 나이에. 그 문제하고 결혼하고 무슨 관계가 있는 것인가?"

"글쎄요, 그동안 살아가는 일로 정신이 없기도 했는데, 하여튼 결혼에 대해 형하고 얘길 해본 적이 없어요."

유일표는 겸연쩍게 웃으며 뒷머리를 긁적거렸다.

"참 속들 편네. 나이 드신 어머니 생각은 통 안 하고. 어머니는 뭐라셔?"

강숙자는 유일표에게 눈을 흘기며 혀를 찼다.

"뭐, 어머니야 그저 눈치만 살피는 형편이지요."

"눈치만 살펴……?"

"그러니까 뭐랄까, 어머니는 형과 나한테 말 못하는 죄의식을 가지고 있어요. 두 자식의 앞길을 망친 게 마치 어머니의 잘못 때문인 것처럼 생각하세요."

"으음……, 어머니의 그런 심정 알 것도 같애. 남편이 그립기도 할 거고, 원망스럽기도 할 거고, 자식들한테는 남편을 대신해 면목없고 미안하기도 할 거고, 누구한테도 말 못할 그 속마음이 어떻겠어."

강숙자는 무겁게 고개를 끄덕였다.

"저어, 내가 오늘 좀 급한 일이 있어요. 미리 약속해 놓은 일이 있거든요. 이걸 어쩌죠?"

"아니, 괜찮아. 오늘은 첫날이니까 이 정도가 좋아. 그럼 먼저 일어나."

어서 가라고 강숙자가 손짓했다.

"농담 아니에요. 동생 잘 보호하시라구요. 괜히 후회하지 말고……"

유일표는 강미현에게 가볍게 눈인사를 보내며 몸을 일으켰다.

"얘, 어떠니?"

강숙자가 멀어지는 유일표를 다시 쳐다보며 동생에게 물었다.

"응, 언니가 좋아할 만하네. 근데, 둘이 하는 그 얘기가 뭐야?"

강미현이 의문을 표시했다.

"응, 그거 별거 아냐. 아버지가 6·25 때 월북을 했거든."

"어머 언니, 나 그런 남자 싫어. 넘어오면 집안 다 망하잖아."

강미현이 겁에 질려 고개를 내둘렀다.

쫓기는 기분으로 다방을 나온 유일표는 오가는 사람들로 번잡한 인도에 서서 허공을 향해 긴 숨을 내쉬었다. 그의 심정은 뭐라고 형용할 수 없게 복잡하고 그늘져 있었다. 벌써 서른의 나이를 먹어버린 자신의 모습이 여느 때 없이 허망하고 공허했다.

강숙자가 자기 동생을 소개한 것은 아주 뜻밖이었다. 그것도 우연한 자리에서가 아니라 결혼이라는 것을 전제로. 자신이 결혼문제를 심각하게 생각해 본 적도 없지만 그 누구도 여자를 소개해 준 일이 없었다. 자신의 처지를 다 알고 있는 강숙자는 무슨 생각으로 자기 동생을 소개하는지 모를 일이었다. 그런데 자신을 생각해 주는 그 고마움에 가슴 저리면서도 그보다 더 강하게 도망가고 싶은 마음이 앞서고 있었다. 그러고 보니 자신은 지금까지 결혼문제를 자신도 모르게 피해왔다는 것을 깨달았다. 어쩌면 형도 그렇고, 어머니도 그랬을지도 모를 일이었다. 아니 어머니는 무의식적이 아니라 의식적으로 결혼 이야기를 꺼내지 않고 묻어왔다고 해야 옳을 것 같았다.

어머니는 노총각으로 늙어가는 두 아들을 제쳐놓고 막내인 선희의 결혼을 서둘렀다. 여자니까 나이를 놓치면 안 된다는 거였다. 그때 어머니가 형의 결혼문제를 생각하지 않았을 리가 없었다. 아무리 남자라 해도 큰아들은 서른을 넘기고 있었던 것이다. 어머니는 세상 살기를 무서워하고 시들어 있는 두 아들의 눈치만 살펴며 세월을 보낸 거였다.

결혼……? 무슨 수로 사나. 돈 한푼 모아둔 것 없고, 재건대생활이란 세 끼 밥을 먹고 잡비 정도가 나오는 게 고작인데. 그리고 그건 어찌 되지! 내가 애들을 낳게 되면 말야. 그애들도 나처럼 당하게 되는 걸까? 그게……, 애들이 다 클 때까지도 통일이 안 되면? 통일이 안 되면……, 안 되면……, 반공주의는 여전할 것이고 연좌제도 기세 시퍼럴 것이 뻔한 거지.

의식의 저 심층에 깔려 있던 생각이 고개를 들었다. 그건 새로운 악성 유전인자였다. 자신은 그 유전병이 내림하는 것도 무의식 중에 두려워하고 있었던 것을 어렴풋이 깨달았다. 형도 틀림없이 그랬으리라 싶었다.

유일표는 다시 허공에다 긴 숨을 토해냈다. 그리고 긴 머리카락에다 두 손으로 손가락빗질을 마구 해댔다. 지나가는 사람들이 그를 힐끔거렸다.

그는 손가락빗질로 어지러운 마음을 다스린 듯이 발걸음을 옮기기 시작했다. 대낮인데도 보도에는 오가는 사람들이 많아 북적거리고 소란스러울 지경이었다. 보행 규칙이 따로 없이 뒤섞인 사람들 틈을 재빠르게 헤쳐나가며 그의 걸음은 점점 빨라지고 있었다.

정말 왜 이리 사람들이 많은가. 서울 인구가 너무 불어 폭발 직전이라고 신문들이 아우성인 게 엄살은 아닌 모양이야. 하긴 나 같은 것도 서울시민인 걸 뭐. 서울에 오면 무슨 짓을 해서든지 어쨌거나 밥을 굶지는 않는다니까 몰려들지 않을 수가 없지. 서울은 하여튼 신기한 도시야.

유일표는 문득 또 '서울'이라는 데를 생각했다. 아무리 살아도 낯설기만 한 곳. 그 어느 한군데서도 아늑함을 느낄 수 없는 곳. 그것이 서울이었다.

그는 자신이 서울에 살 자격이 전혀 없음을 잘 알고 있었다. 서울은 공부의 도시, 출세의 도시, 치부의 도시였다. 공부하기 위해서 서울로 오고, 공부 열심히 해서 출세하고, 출세를 자꾸 높이 해가며 돈을 많이 벌어 잘사는 도시가 서울이었다. 그러나 자신은 서울로 올라왔을 뿐 그 어느 것 하나 성취한 게 없었다. 하등 서울에 살 이유가 없었다. 그렇다고 서울을 등지고 찾아가서 살 만한 데도 없었다.

꿈에서 보곤 하는 고향을 찾아갈 수도 없었다. 농사지을 땅이 없었고, 농사지을 기술도 없었다. 자신은 서울놈도 아니고 촌놈도 아닌 엉거주춤한 얼치기였다. 그나마 재건대에서 일하는 것에 실낱같은 의미를 느끼고 있었다.

4

태평양 저 너머

"채옥아, 너 고집 좀 부리지 마라. 무슨 기집애가 엄마 말을 그리도 안 듣니 그래. 다 절 잘살리려고 그러는 건데. 미국에 가서 멋들어지게 폼잡고 살면 좀 좋으니."

임채옥의 어머니 황 집사는 한편으로 꾸짖는 척, 다른 한편으론 군침을 돌게 하며 딸을 살살 꼬드기고 있었다.

"엄마, 제발 그 말 좀 그만해요. 난 미국이 싫다구요. 그리고 난 시집간 출가외인이에요. 그러니까 날 데려갈 생각은 하지 마세요."

임채옥은 말만큼 싸늘한 기색으로 고개를 내저었다.

"아니, 미국이 왜 싫어, 요런 맹추야. 미국이 사람 사는 천국이라는 거야 세 살 먹은 어린애들도 다 아는 일이잖아. 너, 이민 가고 싶어 환장을 하면서도 못 가는 사람들이 얼마나 많은지 몰라서 그래!"

황 집사는 소리를 빽 질렀다. 위아래턱이 이중으로 겹치도록 피둥피둥 살찐 얼굴에 노기가 드러나 있었다.

"엄마, 우리나라가 뭐가 모자라고 딸리는 게 있다고 이민을 가겠다고 그 야단이세요, 그래. 난 도대체 엄마를 이해할 수가 없어요."

"너 정말 바보 멍청이니? 모자라고 딸리는 게 없다니, 아니 세탁기가 있니, 청소기가 있니, 설거지 기계가 있니, 부라자·스타킹을 어디 하나 제대로 만드니? 이런 걸 일일이 다 말을 해야 알겠니? 물자 풍부하고 사람 살기 좋기로야 미국이 천당이고 우리나라는 지옥인 거야 두말할 것 없잖니?"

"어머, 엄마 참 이상하네요. 그런 물건들이야 돈만 있으면 도깨비시장에서 얼마든지 구해다 쓸 수 있는 거야 엄마가 누구보다 잘 알잖아요. 돈 많은 엄마가 척척 구해다 쓰면 될 걸 가지고 왜 딴 나라로 이민까지 가고 그러느냐구요. 미국에 가면 말이 통하기를 해요, 아는 사람이 있기를 해요. 무슨 재미로 살려고 그러는지 도무지 이해가 안 된다구요."

임채옥은 짜증스럽게 머리카락을 뒤로 넘겼다.

"이것아, 깊은 속 모르면 잔소리나 하지 말어. 이리 말이 나왔으니까 속말을 털어놓겠는데, 이민을 가려는 진짜 이유는 전쟁 때문이야. 여러 말 할 것 없이 이놈의 나라는 언제 또 전쟁이 터질지 모른다 그 말이야. 무슨 말인지 알겠지?"

황 집사는 '이제 꼼짝을 못하겠지' 하는 자신감 넘치는 얼굴로 딸을 빤히 쳐다보았다.

"엄마, 갑자기 또 그건 무슨 소리예요? 지금 평화통일을 내세우며 남북적십자회담이 평양, 서울을 오가면서 열리고 있는 세상인데. 남들이 들으면 엄마 정신이 좀 이상하다고 하게 생겼어요."

임채옥은 어이없는 표정을 지으며 고개를 외틀었다.

"하이구, 대학 나온 유식으로 잘도 아는구나. 하나만 알고 둘은 모르는 요런 헛똑똑이야, 알려면 똑똑히 알아. 뭐 남북적십자회담? 그걸 어떻게 믿니? 김일성이하고 하는 일을 어떻게 믿어? 앞으로는 회담하는 척하면서 이쪽을 안심시켜 놓고 뒤로는 치고 내려오는 게 김일성이가 하는 수작이라구. 김일성을 믿느니 미친개를 믿어라."

"엄마 그렇게 감정적으로 말하면 안 되잖아요. 그 사람도 한 나라의 대표자로서 위신과 체면이 있는데 그런 짓을 어떻게 함부로 하겠어요. 그리고 우리나라에도 막강한 군대가 있는 걸 아는데 멋대로 전쟁을 못 일으킨다구요."

"시끄럿! 김일성이는 나하고 아빠하고 직접 당해봐서 제일 잘 알아. 네까짓 게 뭘 안다고 잔소리야 잔소리가. 6·25 전에도 많은 사람들이 설마설마하면서 남쪽으로 내려오지 않았어. 근데 엄마 아빤 미리 피한 덕에 너희들 하나도 다치지도 잃지도 않고 잘 키워낸 거야. 그때 경험 살려 미국으로 가자는 거다. 전쟁 일어날 염려 없는 미국땅에서 물자 풍족하게 쓰고 편히 살면서 자식들 잘 기르고 잘 가르치면 얼마나 행복하겠니. 가자, 에미 말 들어라."

"네, 그런 엄마 마음 알 것도 같아요. 근데 타국땅에 가서 외롭고 적막하고 답답해서 어떻게 살려고 그러세요. 난 그 생각만 하면 무서워 죽겠어요."

"아니, 그 무슨 물러터진 소리냐? 고향 등지고 맨주먹으로 38선 넘어와서 이날 이때까지 살아오면서 서울은 뭐 별수 있었는 줄 아니? 피난 때 내려간 부산까지 남쪽땅 어디든 몰인정하고 살벌하기가 타향 아닌 데가 없었다. 그래도 이 악물고 악착같이 살아 오늘처럼 되었어. 타향에 사나 타국에 사나 다를 게 뭐가 있니? 아니지, 이젠 든든하게 돈이 있으니까 타국생활이 훨씬 더 낫지. 전쟁 걱정 없는 나라에서 마음 푹 놓고 돈 써가며 살면 그보다 더 좋은 천국이 어디 있겠니? 엄마 아빤 전쟁이 언제 터질지 모르는 이 아슬아슬하고 조마조마한 땅에다 너만 떼어놓고 갈 수가 없어서 애가 타는데 넌 그런 부모 속도 모르고 어찌 그리 멍청한 소리만 하고 앉았니, 그래. 여러 소리 말고 딱 작정해라."

황 집사는 힘찬 어조에 맞추어 손바닥을 맞때렸다.

"엄마, 그렇게 아슬아슬하고 조마조마한데 전에는 그럼 어떻게 살았어요. 다 늙어가지고 괜히 이민바람 타고 그러지 마세요. 추해 보여요."

"뭐라구? 다 늙어? 아직도 30년은 짱짱하게 살 테니까 방정맞은 주둥이 놀리지 말어!" 황집사는 불쑥 화를 내며 노기 품은 목소리로 내쏘고는, "네가 자꾸 잔소리를 해서 하는 말인데, 5년 전이고 10년 전이고 진작에 뜨고 싶었어도 미국이 어디 이민을 받아줬니? 그러고 하나도 외롭거나 답답할 게 없는 게 벌써 우리 고향사람들이 꽤 가서 자리잡고 빨리 들어오라고 성화야. 돈만 있으면 그보다 더 살기 편코 좋은 데는 없다고 말야. 그러니 너 혼자 철딱서니 없는 소리 해대지 말고 어서 결심해" 하며 그녀는 오징어 다리를 찢어 입에 넣었다.

"아니, 호태는 아들이니까 별수없이 엄마 아빠 따라갈 거고, 수옥이도 간다는 거예요?"

임채옥은 동생 수옥이가 어쩌기로 했는지 불안을 느꼈다.

"그야 두말하면 잔소리지. 내가 말도 꺼내기 전에 눈치를 채고 김 서방하고 함께 찾아와 저희들도 데려가 달라고 통사정이더라. 자식이 그런 맛이 있어야지 넌 왜 그 모양이냐? 너 혹시 정 서방이 싫어할까 봐 그러는 거 아니냐? 혹시 네가 말 꺼내기 거북하면 내가 정 서방 불러서 말해 주랴?"

"아니 뭐, 그러실 것 없어요. 내가 며칠 생각해 볼게요."

임채옥은 당황스러움을 애써 감추며 몸을 사렸다. 동생 수옥이의 남편이 그랬듯 자신의 남편도 이민에 들뜨지 않으리란 보장이 없었다. 미제 물건들을 좋아하지 않는 사람들이 없듯 미국에 대한 선망을 갖지 않은 사람이 거의 없을 지경이었다. 만약 남편이 마음을 정해버리면 그것처럼 낭패가 없는 일이었다.

"하루이틀도 아니고 며칠씩이나 생각하긴 뭘 생각해. 지금 서류하기에 바빠 죽겠는데. 내일 당장 데려와."

"엄마, 나 시집에 미움 사게 하려고 작정했어요? 만약 정 서방이 간다고 해도 시부모가 완강하게 반대하고 나서면 일이 안 되는 것 아니겠어요? 그리 되면 일만 버그러지고 내 입장은 뭐가 되겠어요. 평생 미운털 박혀 시집살이 고약해지는 거지요."

임채옥은 머리를 빨리 돌려 어머니가 제일 두려워할 급소에다 침을 꽂았다.

"체, 그 잘난 시집. 좌우간 질질 끌 시간 없으니깐 빨랑빨랑 해."

황 집사는 그만 한풀 꺾였다.

"차암, 아빠도 이해할 수가 없네. 잘되는 사업 어떡하고 이민을 가시려고 그러는지……."

임채옥은 시름겨운 듯 혼잣말을 하며 고개를 가로저었다.

"아이구, 저렇게두 철이 없구 쑥맥일까. 월남 경기 죽은 지가 언젠데 사업 잘된다는 타령이냐. 군인들이 철수하고 있는 판인데 군납 사업 한물간 거야 오래되었어, 이것아."

임채옥은 문득 '그런가!' 싶었다.

"그 공장들은 다 어쩔 거예요?"

"지금 아빠가 비밀리에 처분하고 있다. 이민 간다고 소문나면 똥값이 되고, 누구나 공짜로 먹으려고 덤빌 테니까."

말 내용에 따라 황 집사의 목소리는 낮아졌다.

"엄마 아빤 참 기운도 좋으셔. 그 나이에 무서운 것 아무것도 없이 태평양을 건너갈 작정을 하다니."

임채옥은 손가방을 끌어당기며 주섬주섬 일어설 채비를 했다.

"그게 뭐 엄마 아빠 영화 보자는 게냐? 다 앞길 9만 리같이 남은 자식들을 위해서지. 얘, 급한 것 잊지 마라."

황 집사는 일어서는 딸에게 다짐하며 바삐 전화기를 들었다.

정말 또 전쟁이 일어날까……?

임채옥은 골목을 걸어나오며 마음 한구석을 불안하게 채우고 있는 그 생각을 되짚었다. 세상 돌아가는 걸 보면 괜한 걱정 같기도 했고, 매사에 빈틈없고 실수 없는 아버지가 떠나기로 한 것을 보면 위험한 것 같기도 했다. 더구나 아버지 어머니한테서 줄기차게 들었고, 학교에서도 귀가 닳도록 배운 나쁜 인간 김일성을 생각하면 전쟁은 언제든지 또다시 일어날 수 있었다.

그러나 미군 수만 명이 버티고 있고, 우리나라 군인들도 수십만 명이 있는 걸 생각하면 아무리 전쟁 좋아하는 김일성인들 다시 전쟁을 일으키지는 못할 것 같기도 했다. 이렇게 생각하면 전쟁이 일어날 것도 같고, 저렇게 생각하면 전쟁이 안 일어날 것도 같고, 도무지 종잡을 수가 없었다.

그나저나 친정 식구들이 다 떠나버리면 어쩌나……?

임채옥은 잠시 망연해졌다. 자신은 혼자 이민을 안 가겠다고 한 것만이 아니었다. 어머니도 못 가게 막으려고 했었다. 그러나 그건 이미 틀린 일이었다. 그렇다고 이민을 따라나서고 싶은 생각은 거의 없었다. 찾아갈 친정이 없어진 것을 생각하면 허망하고 막막했지만 이 땅을 떠날 수 없는 질긴 그 무엇이 몸을 감고 있었다.

어머니가 이민 이야기를 꺼낼 때부터 자신의 의식 저편에서 어른거린 모습. 늘 서러움으로 가슴에 안개 끼게 하고 그리움으로 마음에 비 내리게 하는 그 사람은 유일민이었다.

그가 없는 땅에서 살아간다는 것, 그건 상상할 수 없는 일이었다. 그도 잃지 않고 친정도 잃지 않는 것은 이민을 막는 것이었다.

그러나 아버지는 벌써 남모르게 공장들을 처분하는 단계에 들어서 있었다.

임채옥은 마음의 갈피를 잡지 못한 채 버스를 탔다. 그러나 마음 속의 저울이 어딘가 한쪽으로 조금씩 기울어지고 있음을 어렴풋이 감지하고 있었다. 시집가기 전에 가졌던 가장 큰 걱정이 집이 그리워 어찌 사나 하는 거였다. 그리고 시집가면 그가 차츰 잊혀지리라 생각했었다. 그러나 정작 시집을 가고 보니 날이 가면서 친정은 마음에서 멀어져가면서 발길도 드문드문해졌다. 그런데 그는 날들이 쌓여가는 것은 아랑곳하지 않고 마음속 깊이 도사리고 앉아 그리움의 샘만 자꾸 깊이 파고 있었다.

"이래서는 안 되는데……."

더디 가는 시간을 안타까워하며 1년에 한 번 만날 때면 그 사람 유일민이 신음처럼 꼭 하는 말이었다.

"왜 결혼 안 하세요."

자신은 그의 말에 대꾸인 것처럼 이 말을 거르지 않았다. 당신이 결혼을 안 하니까 마음을 정리할 수 없다는 뜻인지, 당신이 결혼을 하지 않고 나를 끌어당기고 있다는 뜻인지, 자신도 스스로의 말뜻을 알 수가 없었다. 그런데 그는 그 물음에 어떤 대답도 한 일이 없었다. 흐린 안개 같은 웃음을 지으며 커피를 마실 뿐이었다. 그 슬프디 슬프고 외롭기 그지없는 얼굴은 자신의 가슴에 소용돌이를 일으키고는 했다. 그 소용돌이는 그를 잡아가는 형사들 앞을 가로막았던 그때의 감정이었다. 그를 지켜야 한다는 단 한 가지 생각만

이 가슴 뜨겁게 솟아올랐던 것이다. 그리고 그는 자신의 전부가 되었었다.

그가 그렇게 외롭게 슬프게 서 있는데……. 그래, 재산 다 처분하면 큰돈이 많이 생기겠지. 그거나 한몫 크게 뜯어내야지.

임채옥은 그 기발한 생각에 소리치고 싶도록 기쁨을 느끼며 버스에서 내렸다.

멋을 부릴 대로 부린 황 집사는 다방으로 들어섰다. 그녀는 짙은 화장에 옷만 잘 차려입은 것이 아니었다. 값비싼 보석반지를 세 개씩 낀 데다가 귀고리와 목걸이까지 하고 있었다. 온몸에다 돈을 맥질하고 다닌다는 게 바로 그런 것이었다.

"아니 황 집사, 이 가을바람 타고 무슨 좋은 일 생긴 것 아냐? 요새 웬 멋을 그리 내? 늦바람 사람 잡는다는데."

한 여자가 수다스럽게 황 집사를 맞이했다.

"아유, 말 말어, 강 여사. 우리가 살면 얼마나 살겠어. 더 늙기 전에 멋도 좀 부리고 그래야지, 요런 것 장만해서 쌓아두기만 하면 뭘 해. 더 늙어버리면 끼고 달고 해봤자 폼도 안 난다니까. 나 이젠 궁상 그만 떨고 인생을 엔조이하면서 살기로 했어."

황 집사는 더욱 입심 좋게 받아넘겼다.

"누가 아니래. 우리네 인생이 천년만년 사는 것도 아니고, 이적지 돈 모으느라고 멋도 호강도 모르고 살았으니 이제 좀 폼잡아 가며 살 때도 되었지. 암, 우리야 그럴 자격이 있다마다. 좌우간 황 집사는 그리 챠악 꾸미니까 10년은 더 젊어 보이네. 그 옆에다 젊은 놈

씨 하나만 끼면 왔따겠어, 왔따."

강 여사라는 여자는 자기 말에 흥이 돋아 어깨를 들썩거리며 웃었다.

"글쎄, 욕먹을까 봐 내놓고 말을 못해서 그렇지 우리 맘이야 어디 늙었나. 지금도 맘으로야 서른 살 노총각하고 한바탕 뜨겁게 연애를 할 수 있는데 말야. 참, 나이 먹고 세월 흘러가는 것 생각하면 인생 허망해."

"아휴, 황 집사 말하는 것 좀 봐. 하긴 이 나이 되고 보니까 연하의 남자하고 연애하는 얘기가 영화에 나오는 얘기만이 아니라는 생각이 들기도 해, 히히. 아이구, 우리 주책인 거 봐. 남들이 들으면 기절초풍하겠네."

강 여사는 주위를 둘러보며 몸가짐을 고쳐잡았다.

"말로라도 이런 소리 못하면 무슨 재미야. 세금 무는 것도 아닌데."

황 집사도 옆자리에 놓았던 큼직한 손가방을 무릎 위로 옮겼다.

"와리깡(사채업자가 하는 어음할인)할 게 몇 개월짜리야?"

강 여사가 황 집사를 똑바로 쳐다보았다. 그런데 그 말투만 다부지게 변한 게 아니었다. 얼굴도 농담할 때와는 전혀 다르게 딴사람처럼 변해 있었다.

"응, 넉 달짜리."

황 집사도 웃음기 싹 가신 얼굴로 손가방의 지퍼를 열었다.

"그래, 넉 달짜리면 딱 좋고, 액수는?"

일일이 대답하기 귀찮다는 듯 황 집사는 손가방에서 어음을 꺼내 강 여사 앞으로 착 디밀었다.

"……아니, 이게 얼마야?"

"얼마긴, 700이지."

"그래 글쎄, 700씩이나 깡을 해?"

"아니, 700 가지고 뭘 그래? 2천, 3천도 척척 하면서."

"그야 물주가 범털일 때 말이지. 이건 믿을 만해?"

"그 무슨 섭한 소리야? 하루이틀 터 다진 사이도 아니면서. 뒤에 우리 임 사장이 이서한 거라구."

황 집사는 어음을 재빠른 솜씨로 뒤집었다.

"응, 그럼 진작 그리 말할 것이지. 요새 은행에서 발행하는 어음도 빵꾸가 자주 나니까 말야."

강 여사가 비로소 얼굴을 풀며 웃음기를 보였다.

"하긴 그래. 지난번에 사채시장 피 보고 나서 돈은 돈대로 딸리고 깡 이자는 올라가고, 사업하는 사람들 죽을 맛이지 뭐야. 그나마 우리는 믿는 데가 있으니까 폼은 안 구기는 거지만."

황 집사는 어음을 다시 손가방에 넣으며 거만스러운 투로 말했다.

"그렇잖구. 황 집사같이 든든하고 신용 좋은 사람들만 있으면 우리도 속 썩일 것 없이 안심하지. 상부상조가 뭐 별건가. 서로 믿고 돈거래하는 사이 그거지. 가자구, 저 금성여관으루."

강 여사가 큰 손가방을 들고 일어났다. 황 집사가 그 뒤를 바짝 따랐다.

여관방의 문을 걸어잠그고 앉자마자 두 여자는 큼직한 손가방에서 서로 돈다발과 어음을 꺼냈다. 강 여사는 대여섯 개의 돈다발을 책상다리를 한 한쪽 무릎 아래로 몰아넣고는 하나만을 들어 종이끈을 익숙한 솜씨로 밀어내렸다. 그리고 손가락 두 개에 튀튀 침을 튀기더니 돈을 세기 시작했다. 돈은 그 특유의 소리를 내며 착착 잘도 넘어갔고, 두 개의 손가락은 마치 회전 빠른 기계처럼 거의 보이지 않을 지경이었다.

"자아, 600에 넉 달 이자 제한 남치기. 맞나 세봐."

강 여사는 무릎으로 덮고 있던 돈다발들을 황 집사 앞으로 밀었다.

"우리끼리 이걸 뭘 다 세고 말고 해. 자투리는 아까 강 여사가 셀 때 따라서 셌고."

황 집사는 어음을 건네며 말했다.

"아유, 귀신! 황 집사는 머리가 그렇게 시원하게 잘 돌아서 좋다니까."

강 여사는 어음을 손가방에 넣으며 벌써 몸을 일으키고 있었다.

황 집사는 택시를 잡아타고 남대문시장 뒷골목으로 갔다.

"아유 황 집사, 어서 오슈. 그러잖아두 기다려지던 참이었수."

가게와 가게 사이에 나앉아 있던 여자가 반색을 했다.

"예, 잘 있었수? 좀 올라갑시다."

황 집사가 눈을 위로 뜨는 눈짓을 했다.

"알았수. 오늘은 뭐유? 살 거, 팔 거?"

여자가 낮게 속삭였다.

"요새 무역회사들이 뻔질나게 생겨나서 그러는지 어쩌는지 살게 그리 많아지잖수. 다리품도 시원찮은데."

좁고 낡은 나무계단을 오르며 황 집사는 투덜거리는 투로 말했다.

"우리끼리 말이지만 그래두 돈장사만큼 실한 게 뭐 있수? 외상이 있나 속기를 하나. 안 그래요?"

"그리 보면 그렇기두 허우. 술장사 외상으로 망하구, 빚놀이 속아서 망하는 법이니까."

"오늘은 얼마나 쓰시려고?"

여자는 2층의 조그만 방으로 들어서기 바쁘게 물었다.

"별로 많진 않수. 500에 맞춰주셔."

황 집사는 마음에 있는 것보다 액수를 절반으로 줄였다. 액수가 너무 커서는 눈총받을 데가 한두 곳이 아닌 탓이었다.

"500이라 가셜랑은에……"

여자는 장사꾼들이 수를 헤아릴 때 흔히 읊조리는 타령조를 내며 손바닥만한 작은 주판을 꺼냈다.

"내 발품값 잘 쳐주셔야 허우. 쓰리꾼들 겁나 택시 타고 왔다갔다하는 거니까."

황 집사는 굳이 이 말을 걸쳤다. 1달러당 단돈 10원이라도 싸게 바꿔 생기는 이익 때문만이 아니었다. 자신이 달러를 바꾸는 것이 돈장사에 모자라는 액수를 보충하는 것인양 다른 눈치를 채지 못하게 하려는 것이었다.

"황 집사두, 그걸 꼭 말을 해야만 맛이유. 그야 서로 다 좋자고 하는 거랜데. 찰떡은 굴려야 고물이 묻고 돈은 돌려야 이문이 붙는 것 아니유."

여자는 작고 흰 주판알을 능숙하게 튕기며 대꾸했다.

황 집사는 여자한테 돈다발 다섯 개를 건네주고 받은 달러를 꼼꼼하게 세어 챙겨넣고 밖으로 나왔다. 그녀는 두 군데쯤 더 들러 달러를 바꿀 생각을 하며 택시에 몸을 실었다.

"오늘도 그 일 좀 했어?"

밤 느지거니 돌아온 임상천 사장은 옷을 받아 거는 아내에게 물었다.

"그러믄요. 그 일보다 중한 게 우리한테 뭐가 있나요. 시일도 얼마 안 남았는데 더 부지런히 해야지요. 당신은 내가 맡은 일 걱정일랑 말고 어음이나 빨랑빨랑 끊어가지고 오세요."

"응, 난 계획대로 다 하고 있어. 헌데, 당신 너무 방심하면서 그 일을 해선 안 돼. 좀 힘이 들더라도 사람을 자꾸 바꿔야 해. 손쉽고 편하게 하느라고 몇 사람만 상대했다간⋯⋯."

"아이구, 알았어요. 내가 어린앤가요 뭐. 그나저나 골치 아픈 일이 하나 생겼어요."

"뭔데?"

임 사장의 좁장한 얼굴이 놀라움으로 딱 굳어졌다.

"아니 뭐, 그리 놀랄 일은 아니구요. 글쎄 채옥이가 안 따라가겠다고 고집을 부려요."

남편을 너무 심하게 놀라게 한 것이 미안하고 민망해 황 집사는 말을 한달음에 해치웠다.

"이러언……, 난 또 무슨 소리라고." 임 사장은 마땅찮은 기색으로 아내에게 눈을 흘기고는, "걔네들이 따라나서면 몰라도 안 가겠다는 걸 괜히 데려가려고 안달하지 말어. 데려가기도 잔뜩 힘드는 판에 억지로 데려갔다가 원망 듣게 될지도 모를 일이잖아." 그는 날카로운 성깔을 드러냈다.

"그래도 혼자 떼놓고 가기가 마음 아파서……."

"어허, 당신은 그게 탈이야. 일단 시집 보냈으면 다 잊어버려. 출가외인인데 언제까지 끼고 살려고 그래."

임 사장은 짜증스럽게 혀를 차며 담배에 불을 붙였다.

"알았어요. 평양 감사도 제 하기 싫으면 그만이니까요." 황 집사는 한숨 같지 않은 한숨을 내쉬고는, "여보, 근데 말예요, 채옥이가 끝내 안 따라나서면 그 대신 돈을 좀 주는 게 어떻겠어요. 저 혼자 떨어져 살면서 돈이라도 좀 지니고 있어야 힘이 되고 덜 외롭지 않겠어요?" 남편을 쳐다보는 그녀의 눈빛에는 간절함이 담겨 있었다.

"응, 그야 나쁠 것 없구먼. 기왕 주는 거니까 좀 넉넉하게 떼 줘. 언제 우리가 또 목돈 줄 수 있겠어."

임 사장은 아주 선선하게 대꾸했다.

"어머, 고마워요. 여보, 고마워요."

황 집사는 금방 목이 메며 눈물 찍어내는 손짓까지 했다.

"고맙긴 이 사람아. 내가 어디 채옥이 의붓애빈가. 그게 첫 번째로 태어나는 바람에 자식들 중에 제일 배곯고 헐벗은 고생을 많이 했지. 그저 애 낳고 저만큼 살아가는 게 고마워."

"어머머 놀래라. 당신 속에두 그런 알뜰살뜰한 맘이 다 있수? 세상에나, 당최 믿을 수 없는 일이네."

"괜히 수다 떨지 말어. 표를 내지 않아서 그렇지 남자는 뭐 사람이 아닌가? 그때 그 지경이 되도록 두들겨팼던 게 지금까지도 쓰리고 아프게 그대로 남아 있는데. 미안하기도 하고……, 괴롭기도 하고……, 자식이라는 게 뭔지……."

임 사장의 목소리가 젖어들고 있었다.

"됐어요, 됐어요. 그때 얘긴 비치지도 말아요. 괜히 더럼 타고 우환 불러들여요."

황 집사는, 불길처럼 화가 난 남편에게 두들겨맞고 댓돌 아래로 굴러 떨어지던 딸의 모습이며, 하혈하는 딸을 새벽녘에 숨 넘어가게 옮겼던 일이 생생하게 떠올라 몸서리쳤다.

"그래, 궂은일은 다 잊어버려야지. 그런 험한 꼴 당하고도 끄떡없이 가정 잘 이루고 사는 채옥이가 기특하고도 고마워. 당신이 잘 생각했어. 돈 좀 두둑하게 챙겨주라구."

"예. 근데 수속은 잘되겠어요? 이것저것 따지고 시비 붙고 하는 게 보통 까다롭지 않다고 하던데."

"제까짓 게 까다로워 봤자지. 돈 놓고 돈 먹기라고 돈으로 안 되는 일이 어디 있어."

"미국사람들한테는 사바사바가 잘 안 통한다면서요. 돈 쓰고도 안 돼서 돈만 날린 사람들도 있는 모양이던데요."

"그거 다 웃기는 소리야. 세계에서 돈 힘이 젤 센 게 바로 미국이야. 돈을 써도 어설프게 쓰니까 안 되는 거지 왕창 써서 안 되는 게 어디 있어. 이민도 돈 있는 사람들만 골라서 받아들이는 게 미국이라구. 그건 내가 다 알아서 할 테니까 당신은 다른 일이나 잘해. 집 계약은 어떻게 됐어?"

"예, 2~3일 있으면 계약될 거예요. 두 사람이 맞붙어 있으니까. 값이 좀 싼 걸 용케 안다니까요."

"값이 싸서 누가 혹시 눈치채게 되면 안 되는데."

"그거야 걱정 말아요. 한강맨션아파트로 이사하는 거라고 아주 그럴 듯하게 안개 피워놨어요."

"하여튼 매사를 잘하라구."

"그나저나 저쪽으로 다 가져가지 못하는 건 어쩌죠? 적은 액수가 아닐 텐데."

"별걱정 다 하는군. 가지고 가지 못하는 건 얼마든지 땅에다 묻어두면 돼. 땅은 썩지도 않고 닳아지지도 않거든. 그리고 부동산 전망은 계속 좋으면 좋았지 나빠질 리가 없어. 사람은 자꾸만 불어나는데 땅덩어리는 언제나 그대로니까. 그렇게 재산을 불리다가 적당한 기회를 봐가면서 슬슬 처분해 가져가는 거야."

"어머, 맞아요. 그런 수가 있었네요. 당신은 역시 머리 기막힌 일등 사업가라니까요. 피곤하지요. 어서 욜로 누워요. 시원하게 주물러드릴게."

황 집사는 나이에 어울리지 않게 애교 넘치게 눈웃음을 치며 요를 깔았다. 임 사장은 허엄, 허엄 거만스레 헛기침을 하며 요 위에 벌렁 드러누웠다.

임상천 사장은 회사에 나가 결재서류들을 살핀 다음 약속장소로 나갔다.

정동진은 먼저 와서 기다리고 있었다. 회색 양복에 검은빛 감도는 자주색 넥타이를 맨 그의 모습은 무척 세련되어 보이면서도 부티를 드러내고 있었다.

"어찌 됐습니까?"

임 사장은 자리에 앉기도 전에 정동진과 악수를 하며 용건을 물었다.

"예, 별 문제 없습니다. 바로 출국할 수 있도록 도와주겠다고 했습니다."

정동진도 상대방의 성미에 맞도록 결과부터 밝혔다.

"역시 정 사장님 빽이 튼튼하고 효과만점이군요. 그럼 빨리 수속해야지요."

임 사장이 만족스럽게 웃으며 담배를 권했다. 그런데 그가 내민 것은 가죽 담뱃갑이었다. 그건 속에 든 양담배의 위장용이었다. 그는 언제나 그렇게 양담배 단속을 피하고 있었다.

"그런데 말입니다……." 정동진은 성냥을 그어 담배에 불을 붙이고는, "그 목재사업 말고 건설업 쪽이 어떨까 싶은데, 어떻게 생각하세요?" 그는 임 사장의 눈치를 살피며 조심스레 말을 꺼냈다.

"건설업이라니요? 갑자기 무슨 말씀이지요?"

그 순간 임 사장은 가슴이 철렁했다. 그러나 그런 감정을 감추려고 억지웃음을 지어 보였다.

"아 예, 다름이 아니라 앞으로 서울의 주택난을 해결하기 위해서 정부에서 짜고 있는 계획을 입수했거든요. 그게 뭐냐 하면 잠실 저쪽에서부터 여의도를 지나 김포까지 한강 양쪽을 따라 쭈욱 아파트를 지어나간다는 계획입니다. 그게 그러니까 서울의 극심한 주택난을 해결할 뿐만 아니라 또 하나의 목적이 있다고 합니다. 그게 뭔고 하니, 북쪽에서 김일성 괴뢰도당이 다시 쳐내려오는 유사시에 시가전 진지 겸 도강 장애물로 활용한다는 겁니다. 한강 북쪽의 아파트들은 1차로 시가전 진지로 사용하고, 상황이 여의치 못하여 후퇴를 할 시는 모두 폭파해 버리면 고층 아파트들은 그대로 무너져내려 적의 탱크들이나 모든 차량들을 꼼짝달싹 못하게 하는 훌륭한 콘크리트 장애물이 되는 거지요. 그리고 아군은 한강 남쪽의 아파트들을 진지 삼아 적의 도강을 철저하게 봉쇄하는 겁니다. 어떻습니까?"

정동진은 자기 이야기에 취해 자기가 해야 할 말의 맥을 놓치고 '어떻습니까?' 하고 있었다. 그는 과거의 군대 시절이 되살아나 그 작전계획에 마음을 빼앗기고 있는 게 분명했다.

"아니, 그게 말이 됩니까! 잠실 저쪽에서부터 김포까지 줄줄이 아파트를 지어대다니. 그것도 한쪽도 아니고 양쪽으로 그게 어느 세월에 그리 된단 말이오. 서울로 대한민국 인구가 다 몰려드는 것도 아닐 거고. 남 국장이 그런 소리 하던가요?"

말같잖은 소리에 비위가 상해버린 임 사장은 칼칼하고 입바른 본디 성격을 그대로 드러내고 있었다.

"아니 딴 데서……."

"그래서 정 사장님은 그런 헛소리 듣고 아파트 짓는 건축업을 해보자 그런 얘깁니까?"

임 사장의 기세에 밀려 정동진은 '믿을 만한 사람이 준 정보'라는 말을 하지 못했다.

"아니 뭐 꼭 그러자는 게 아니라……."

그런 공박을 듣고 보니 막상 자신이 없어져 정동진은 어물거릴 수밖에 없었다.

"정 사장님, 누구한테 들은 말인지는 모르나 사업가는 남보다 눈치가 빨라야 하기도 하지만, 돌다리도 두들겨가며 건너는 것을 잊지 말아야 해요. 우리가 동업을 시작해서 지금까지 손해 없이 재미를 본 건 바로 그 점을 중시했기 때문이잖아요. 물론 아파트 사업도 앞으로 전망이 괜찮아요. 허나 바로 그 사업에 손대기에는 우리 자본이 너무 짧고, 회사 규모가 갑자기 커지기 때문에 실패의 위험이 너무 커요. 그것에 비하면 목재사업은 돌다리지요. 현지에서 직접 벌채하니까 이익이 커지고 국내에서 건축붐이 계속되니까 얼마든지 팔아먹을 수 있고, 안전한 돈벌이로 이만한 게 없어요, 안 그런가요?"

정동진의 엉뚱한 생각을 꺾어버린 임 사장은 느긋한 마음으로 상대방을 자신의 의도대로 몰아가고 있었다.

"예, 그렇고말구요. 사업이란 실패 없이 안전하게 해나가는 것이 최고지요. 임 사장님 말이 명언입니다. 근데, 남 국장이 손을 써주면 열흘 이내로 출국이 가능할 것 같은데 그동안에 다른 준비들이 다 될까요?"

정동진은 괜한 소리를 해서 실없이 보였을지 모를 자신의 입지를 세우기 위해서도 말머리를 돌려 새 사업에 적극성을 드러냈다.

"뭐 어려운 준비랄 건 없지요. ㄷ목재의 그 사람을 빼오는 게 제일 중요한 문젠데, 그건 내가 2~3일 안으로 끝낼 테니까 정 사장님은 서류 수속이나 차질 없도록 하시고, 슬슬 여행 준비나 하세요."

"그게 2~3일 안에 될까요?"

"그야 돈과 직위를 보장하는데 안 될 리 있습니까? 특별 공로금으로 집 한 채 값을 주고, 상무로 임명하겠다는 데야 누가 응하지 않겠어요. 근데 한 가지 문제는 정 사장님 때문에……."

"나요? 무슨 말인지……."

정동진은 긴장하며 넥타이를 매만졌다.

"아, 다름이 아니라 더운 인도네시아에서 하루이틀도 아니고 오래 있어야 할 테니 고생이 될 것 같아서요. 거리나 교통으로 봐서 자주 왔다갔다할 형편이 못 되니까 이번에 어떻게든 성사 단계까지 가려면 자연히 시일이 오래 걸릴 테니 말이오."

"난 또 무슨 말씀이라구요. 그런 걱정일랑 깨끗하게 잊으셔도 좋습니다. 나도 그 점은 이미 단단하게 각오하고 있습니다. 외국에 나가기가 쉽지 않은 형편이니까 이번에 한 달이 걸리든 두 달이 걸리든 꼭 성사되도록 해놓고 오겠습니다. 인도네시아도 우리처럼 딸라가 필요한 처지고, 나무는 첩첩이 많은데 일이 안 될 리가 있습니까. 그리고 더위 같은 건 염려도 마세요. 아직도 군인 기질이 씽씽하게 살아 있으니까요."

정동진은 자신감 넘치게 말했다. 좀 들뜬 것 같기도 하고 과장된 것 같기도 했지만 그건 그의 솔직한 마음의 표현이기도 했다. 그는 돈벌이 좋다는 새 사업에 기대가 부풀어 있기도 했고, 이번 사업을 꼭 성사시켜 자신의 능력을 과시하고 싶은 욕구도 강했다.

"예, 정 사장님이 그렇게 각오하고 있다면 내가 한시름 놓겠습니다. 그리고 그쪽에서도 우리나라처럼 사바사바가 잘 통한다니 고비마다 눈치껏 꿀을 먹이세요. 돈처럼 효과 큰 건 없으니까. 돈 놓고 돈 먹기라는 말은 너무 노골적이고 천하긴 해도 사업가들에겐 불변의 진리고 철학 아니오."

정동진이 자신이 유도하는 대로 끌려든 것에 임 사장은 적이 만족하며 돈 인심을 쓰고 있었다.

"그렇지요. 사업을 해갈수록, 세상살이를 해갈수록, 돈 힘이 얼마나 세고 무서운지를 알게 되더군요. 목숨도 권력도 모두 돈 아래에 있으니 돈이란 게 무엇인지 참……."

정동진은 새삼스럽게 돈의 위력을 상기하며 선선하게 마음 쓰는 임 사장에게 고마움을 느끼고 있었다.

"돈이란 자본주의 사회에서 한마디로 제왕이지요. 우리도 제왕 위의 제왕이 되려면 이번 일이 뜻대로 잘돼야 합니다. 그저 정 사장님만 믿겠습니다."

임 사장이 손을 내밀었고,

"예, 꼭 성사시키겠습니다."

정동진은 임 사장의 손을 맞잡았다.

임채옥은 1주일에 한 번꼴로 발걸음하던 친정을 2주일째 가지 않고 있었다. 그러자 어머니한테서 전화가 걸려왔다.

"너 이 에미 안 볼 자정이냐?"

전화기에서 대뜸 흘러나온 말이었다.

"엄마, 화나셨수?"

임채옥은 어리광 투를 섞으며 시치미를 뗐다.

"그래 이것아, 화가 나도 많이 났다. 당장 좀 오너라."

"엄마, 또 그 얘기면 난 싫어. 괜히 모녀 사이만 나빠지잖아요."

"내가 널 꼭 데려갈 심산이었으면 여태 가만히 있었겠니? 아빠가 니 뜻대로 내버려두라고 해서 진작에 작파했다."

"어머, 역시 아빠 다르시네요. 근데 무슨 일 있어요?"

임채옥의 목소리도 얼굴도 금방 밝아졌다. 그녀는 연속극이 흘러나오는 트랜지스터 볼륨을 낮추었다.

"그래, 와보면 안다. 궂은일 아니니까 맘 편히 먹고 빨리 오너라. 냉면 말아놓을 테니까 집에 와서 점심 먹어."

"네, 알았어요. 엄마가 말아주는 냉면 못 먹은 지도 오래됐어요. 곧 갈 테니까 빨리 전화 끊어요, 엄마."

전화를 끊으며 임채옥은 콧등이 시큰해지는 걸 느꼈다. 자신을 데려가지 않기로 했다는 것과 냉면을 말아놓겠다는 말을 듣자 어머니의 도타운 정이 물큰 끼쳐옴과 동시에 이별이 성큼 다가서는 것을 느꼈다. 어머니는 다른 음식은 몰라도 냉면 마는 솜씨 하나만은 일품이었다. 억척스러운 생활력과 함께 냉면 마는 솜씨는 어머니의 고향이 평양이라는 것을 확실하게 보여주는 증거물이었다. 어머니는 집안에 잔치가 있거나 기쁜 일이 있을 때면 식모를 제쳐놓고 손수 냉면을 말며 고향을 그리워하고는 했다.

임채옥은 돈이 아까웠지만 마음이 바빠 택시를 잡아탔다. 친정식구들이 다 떠나버리면 어쩌나……, 하는 생각이 무슨 두려움처럼 밀려들었다. 그건 분명 두려움이었다. 친정 식구들이 다 떠나고 말면 자신은 외톨이었다. 시집 식구들과 미묘한 갈등이나 부딪침이 생길 때마다 친정은 얼마나 큰 의지고 바람벽이었던가. 그런 친정이 흔적도 없이 사라져버린다니……, 허망하고 기막힌 일이었다. 그렇다고 어디에 친척이 있는 것도 아니었다.

임채옥은 문득 전쟁의 위험 때문에 이민을 떠난다는 어머니의 말이 사실이 아니라는 것을 깨달았다. 만약 그게 확실한 사실이라면 아버지가 자신을 떼어놓고 떠나기로 결정했을 리가 없었다. 그거야말로 남들 앞에 내세우기 위한 이유였다. 오래 군납을 해온 관계로 그쪽 정보가 빠르고 정확한 아버지가 전쟁 재발 위험을 확실히 알았더라면 아버지 성질에 무슨 수를 써서든 데리고 갈 거였다.

그리고 보니 전쟁 위험이란 이민 가는 사람들이 으레 쓰는 말이기도 했다. 그 말에 대한 비아냥이 '그래, 느네들만 잘먹고 잘살아

라이기도 했다. 미국이 좋아 이민을 가면서 굳이 그런 이유를 내세우는 것도 이민 가지 않는 사람들의 감정을 역겹게 하는 것이고, 더구나 전쟁이 일어날 위험이 확실하다면 몰매 맞기 딱 좋은 얌통머리 없는 짓거리가 분명했다.

아버지는 어째서 미국이 그리 좋은 것일까…….

임채옥은 여전히 어머니보다 아버지가 더 이해가 되지 않았다. 어머니는 여자의 단순한 허영이라고 할 수도 있지만, 아버지는 무시 못할 재력과 함께 사장이라는 사회적 지위까지 지니고 있었다.

임채옥은 그 시간강사의 말을 떠올렸다.

"우리 황인종은 괜히 흑인들에게 우월감을 가지고 있지요? 백인들에게는 괜히 열등감을 가지는 것처럼. 그러나 미국 사회에서는 그런 인식이 안 통합니다. 황인종이 흑인 다음입니다. 무슨 말인고 하면, 오늘의 미국을 건설하는 데 흑인들이 노예로서 바친 피땀의 공로를 인정해 백인 다음인 두 번째 서열로 쳐주는 겁니다. 그 반면에 황인종들은 아무것도 공헌한 것 없이 다 키워놓은 과일나무 열매만 따먹으러 온 것으로 취급해 맨 뒤로 제쳐놓는 거지요."

박사학위를 따기까지 고학을 하느라고 식빵만 너무 많이 먹어 식빵을 보면 질색을 하는 그 시간강사는 식빵만큼 미국 사회를 싫어했다.

임채옥은 왜 진작 그 이야기를 아버지 어머니한테 할 생각을 못 했는지 뒤늦게 아쉬움을 느꼈다. 그러나 이미 마음을 정해버린 아버지 어머니한테 그런 이야기가 아무런 효과도 나타내지 못했을 거라는 생각이 들기도 했다.

"동대문 다 왔는데요."

운전수의 말에 임채옥은 서둘러 핸드백에서 지갑을 꺼냈다.

이 동네도 이젠 올 일이 없게 되겠구나…….

임채옥은 골목으로 접어들며 가슴에 찬바람이 스치는 쓸쓸함을 느꼈다. 그때 문득 떠오르는 얼굴이 있었다. 아니 색바랜 검정 작업복을 입은 유일민이 골목 저쪽에서 생생하게 걸어오고 있었다.

아아, 오빠아…….

임채옥은 갑작스런 가슴 두근거림 속에서 신음을 물었다. 그는 지금까지도 퇴색할 줄 모르는 생생한 현실이었고, 여고 시절 그대로의 가슴 두근거림으로 그리운 존재였다. 그런데 그를 볼 수 없는 세상으로 영영 떠나버린다는 것은 상상할 수도 없는 일이었다.

차라리 잘됐어. 친정 식구들한테 들킬 염려 없게 됐으니까.

임채옥은 친정 식구들이 남겨놓고 갈 외롭고 쓸쓸한 자리에 유일민을 확대시켜 채우기로 했다.

"자아, 어서 먹어라. 맛이 제대로 났는지 모르겠구나. 나이 들어 늙어가니 솜씨도 늙어."

황 집사는 정 넘치는 얼굴로 냉면그릇을 딸 앞에 놓았다.

"엄마, 무슨 일인데?"

임채옥은 젓가락을 들며 어머니에게 다정한 웃음을 보냈다.

"어여 맛있게 먹기나 해라. 먹고 나서 얘기해도 안 늦다."

황 집사는 곱게 눈흘김을 하며 젓가락으로 냉면을 집어올렸다.

"엄마아, 속타게 뜸들이지 마. 그건 엄마 스타일이 아니잖아."

임채옥은 어리광 섞어 콧소리를 냈다. 그건 어렸을 때부터 어머니를 공략하는 효과 좋은 무기였다.

"흥, 그래 봤자 소용없어. 어서 냉면이나 맛있게 먹으라니까. 일에는 다 순서가 있는 법이야."

황 집사는 딸의 수법에 넘어가지 않고 냉면을 맛있게 먹기 시작했다.

"그럼 할 수 없죠. 근데, 이민 수속은 잘돼가고 있어요?"

"응, 한 열흘쯤 있으면 떠나게 된다."

"네에? 이 집, 회사 같은 건 다 어쩌구요?"

"이런 쑥맥. 그간에 다 처분했지."

"어머나! 어쨌거나 엄마 아빤 언제나 돌격대 같고 요술쟁이 같아요. 두 분이 그러니까 자식들이 늘 마음에 안 차고, 시원찮게 보이는 거라구요."

"글쎄, 모르겠다. 어여 먹어라."

임채옥은 별 맛도 모른 채 냉면을 마구 그러넣었다. 예상보다 훨씬 빨리 닥쳐온 이별이 가슴을 흔들어대고 있었다.

식모가 상을 가지고 나가자 황 집사는 경대 서랍에서 무엇인가를 꺼냈다.

"이거 아빠가 너 주라고 하신 거다."

황 집사가 딸 앞에 밀어놓은 것은 저금통장과 도장이었다.

"뭐예요, 이거?"

"펴봐라."

임채옥은 저금통장을 펼쳤다. 자신의 이름이 먼저 눈에 띄었고, 그 아래 적힌 숫자를 보며 그녀는 어리둥절해지고 있었다. 1자 뒤로 동그라미가 너무 많았던 것이다.

"엄마, 이게 다 얼마예요?"

"차분히 세보렴."

"이걸 다 절 주시는 거예요?"

"그래. 혼자 떨어져 살자면 남 모르는 돈이 좀 있어야 할 거야. 아껴 써라."

"엄마아!"

임채옥은 어머니 무릎에 얼굴을 묻었다.

5

어둠 저편의 빛

"요런 시건방구지고 싸가지 반 푼어치도 없는 간나구 겉은 새끼야, 엇따 대고 하와이 타령이냐, 하와이 타령이. 요런 개잡녀러 새끼, 대그빡을 수박 쪼개디끼 반으로 짝 갈라불팅께."

몸을 가누지 못할 정도로 취한 천두만이 독기 서린 눈으로 외쳐 대고 있었다.

"야 이새끼야, 전라도 하와이 보고 하와이라고 하는데 뭐가 유감 있어? 씨부랄 것, 유감 있으면 덤벼봐. 나도 왕년에 너 같은 놈 열 쯤은 한주먹이었다 그거야. 요런 쪼다 같은 하와이새끼야!"

상대방도 술이 취해 잘 돌아가지 않는 혀로 맞대거리를 하고 있었다.

"쩌, 쩌, 염병을 줄줄이 3대를 앓다가 땀을 못 내고 꼬드라져 뒤질 놈 보소. 니 참말로 그놈에 개쌌바닥 놀림서 하와이, 하와이 헐 판이

여! 니 나와, 당장 나와! 그 아가리럴 쫙 찢어 다시는 개잡소리 못
허게 쎘바닥얼 확 뽑아뿔 것잉께."

천두만이 더 크게 소리치며 곧 상대방을 덮칠 기세로 주먹을 휘
둘렀다.

"개 같은 새끼, 개 짓는 소리 하고 자빠졌네. 쭈아, 한판 얼러보
자. 니놈이 날 치고 덤비면 내 손은 공일이라더냐. 난 니놈 뱃창자
를 싹 다 뽑고 말아. 짜아, 덤벼라!"

상대방이 기세 펄펄해서 벌떡 일어났다.

"아, 왜들 이래요 그래. 남 장사 다 망치려고. 이봐요, 뭣들 하고
있어요. 싸움 못하게 좀 막으라구요."

허술하기 짝이 없는 리어카 위의 술판을 두 팔로 싸안듯 하며
주인여자가 소리쳤다.

"헹, 불 구경보다 더 재미있는 게 싸움 구경인데 말리긴 왜 말려.
어디, 화끈하게 한판 붙어봐."

"그려, 돈 내고 극장 구경 못 가는 팔자에 마침 잘되었구만 그류."

"그래, 어디 한판 붙어봐라. 말려도 코피 터지기 전에만 말리면
되니까."

술판 앞에 선 세 남자는 오히려 어서 싸움을 시작하라는 듯 태
평스럽게 싱글벙글 웃음을 피우고 있었다.

"요런 호로 개아덜놈으 새끼!"

마침내 천두만이 거센 기세로 상대방에게 덤벼들었고,

"오냐, 이새끼, 너 잘 걸렸다."

상대방도 비틀거리며 멱살잡이를 했다.

"에그, 에그, 저쪽으로 가요, 저쪽으로!"

주인여자가 질겁을 하며 손사래를 치면서 소리질렀다.

"조옿구나, 붙어라, 붙어. 되는 것 아무것도 없는 드런 놈에 세상, 속 씨원하게 한판 붙어라. 쪼아, 쪼아, 화끈하게 붙어버려!"

"옘병헐, 경제개발이고 지랄이고 말만 요란하지 우리 같은 놈들은 쫄쫄이 배만 곯고, 쪼커튼 세상, 어디 싸움이나 한판 화끈하게 붙어라."

"그려, 그거 쪼오치. 붙어, 어서 붙어."

세 남자는 어깨까지 들썩거리며 신바람을 내고 있었다. 그들은 멱살잡이를 한 두 사람보다 덜 취한 듯했다.

마침내 두 사람은 뒤엉켜 마구 주먹질, 발길질을 해대기 시작했다. 그런데 서로 술이 취한 탓인지 주먹이고 발이 어지럽게 엇갈리기만 할 뿐 상대방에게 명중되는 것은 별로 없었다.

"아니 여보세요, 여보세요, 왜들 이러세요. 제발 싸우지 말고 말로 하세요, 말로." 한 남자가 급히 뛰어와 두 사람을 뜯어말리고는, "아저씨들은 싸움 안 말리고 뭐 하고 있어요. 같은 동네사람들끼리 이래서 되겠어요?" 그는 싸움 구경을 하고 있던 세 사람에게 꾸짖는 투로 말했다.

"선생님, 말도 마세요. 글쎄 이 사람들은 싸움을 말리기는커녕 싸움을 붙였다구요. 싸움 구경이 불 구경보다 더 재밌다면서요. 아주 혼구멍을 내주세요."

술장사 여자가 마치 아이들이 하는 것처럼 말 빠르게 일러바쳤다.

"뭐야, 당신 뭐야? 저리 비켜!"

천두만이 선생님으로 불린 남자를 떠밀었고,

"이건 어떤 개빽다귀야. 꺼져, 꺼져!"

천두만의 상대도 그 남자의 어깨를 퍽퍽 치고 덤볐다.

"천 씨 아저씨, 이 씨 아저씨, 정신들 차리세요. 나 몰라보겠어요? 난 신민범입니다, 신민범!"

그는 두 사람의 어깨를 차례로 잡고 흔들며 자기 얼굴을 그들 가까이 디밀었다.

"이, 신 선상님……, 잉, 그려라……, 또 술 퍼묵었다고 훈계헐라 그러시제라? 다 아요, 무신 말인지. 가난할수록 희망을 가져라. 글먼 가난얼 이길 수 있다, 고것이제라? 치이……, 참 우습고……, 시장시럽소. 희망이 무신 새 날아가는 소리다요. 돈 있고 빽 있고 권력 있는 놈들만 서로 짜고 돌아감서 잘 묵고 잘사는 시상에 희망타령이라니 날아가는 새가 웃고, 여물 씹든 소도 웃겄소. 희망이 무신 심얼 잠 썼음사 요런 드런 놈에 시상이 되았겄소. 안 그요?"

천두만이 히죽히죽 비웃음을 흘리며 신민범이라는 사람을 붙들고 비틀거렸다. 그의 말은 시비조 같기도 했고 야유조 같기도 했다.

"예, 예, 천 씨 아저씨 말이 다 옳아요. 허지만 날마다 이렇게 술만 마시면 어떻게 되겠어요. 천 씨 아저씨 억울하고 분한 심정 다 압니다만 그래도 남은 자식들을 생각하고, 날품팔이로 고생하는 부인을 생각해야지요. 갑시다, 여기서 이러지 말고 나랑 갑시다."

키가 좀 큰 편이면서 삐쩍 마른 신민범은 부드럽기 그지없는 웃음을 지으며 천두만을 감싸안듯 했다. 너무 말라 광대뼈가 불거지고 양쪽 볼이 패일 대로 패인 그의 얼굴은 가난에 시달리고 있는 보통 사람들의 전형적인 얼굴이었다. '경제개발 5개년 계획'을 세 번째 시행하고 있었지만 전 국토가 폐허가 된 전쟁의 가난은 그렇게 모든 사람들의 얼굴에 끈덕지게 들러붙어 있었다. 그런데 무슨 기적처럼 미남형의 그의 얼굴에 부드러운 웃음이 피어나고 있었다.

"신 선상님, 나 이대로 내빌라두씨요. 나보고 워디로 가자고 그러시오. 나 인자 암디도 갈 디가 없소. 나 돈 모타갖고 고향 가서 내 논으로 농새짓고 사는 것이 꿈이었는디, 그 꿈 다 깨져뿔고 큰딸꺼정 그리 허망허니 잃어뿔고 난께 가심에 크담헌 구녕이 뻥 뚫려부렀소. 나 진작에 시상살이 다 작파혀분 몸이오. 긍께 무담씨 나보고 실답잖은 소리 허덜 마씨요. 요리 취혀서 흘룽할룽 살다가 팍 뒤져뿔먼 그만잉께. 선상님, 나 말 알아들으시겠소? 요 못난 빙신 천두만이 말이 먼지 알아들었냐 그 말이오. 예 말이오, 나가……, 나가……, 밥 굶고, 손 얼고, 발에 물 잽히고, 한디잠 자감서 모트고 모튼 돈인디……, 그런 돈을 말이오 잉, 그런 돈을……, 아이고메, 나 분허고 원통해 더 못살겠네에! 나 죽겄네에!"

천두만은 곧 쓰러질 듯 비틀거리며 자기 가슴을 퍽퍽 소리 나도록 쳐댔다.

"알아요, 다 알아요. 아저씨가 당한 일이 억울하고 분한 것 다 알아요. 그렇다고 맨날 이렇게 술에 취해 싸움을 한다고 그 억울하고 분한 게 풀리겠어요? 아니잖아요. 돈 없애고, 몸 버리고, 일 못하고, 이중삼중으로 손해잖아요. 갑시다, 우선 저쪽으로 갑시다."

신민범은 여전히 정겹고 따스한 웃음을 지으며 비틀거리는 천두만을 부축해 끌었다.

"요런 씨부랄 놈에 시상! 요런 니기미 시펄 놈에 시상! 요런 오살육시럴헐 놈에 시상! 다 때래뿌식어 뿔고, 싹 다 불 싸질러뿔고 말 것이여. 나넌 인자 무서운 것도 겁나는 것도 암것도 없어. 나가……, 요 천두만이가 요런 드런 놈에 시상에다 꼭 웬수 갚고 죽을 챔이여. 니겉이 무식허고 가난허고 심 없는 놈이 무신 수로 웬수 갚을 거냐고 코웃음 치덜 말어. 나 죽기로 딱 작정허고, 낫으로 대나무럴 한 번에 착 내려쳐 반으로 쌍똥 잘라뿔디끼 사장 니놈 모강댕이럴 인정사정 볼 것 없이 팍 내려치는디 안 짤리고 배길 모강댕이가 워딨어! 기둘려, 기둘려어!"

천두만은 신민범을 따라 한 걸음씩 옮겨놓으며 몸부림치듯 팔을 휘젓고 울부짖어댔다.

"예에, 예, 천 씨 아저씨 말이 맞아요. 분이 풀리게 맘껏 소리지르고 욕하고 그러세요. 분이 안 풀리면 병 되는 법이니까 욕도 분 푸는 약이라니까요. 화나고 분할 땐 나도 욕을 한바탕씩 해대는데, 아주 효과가 좋아요."

신민범이 농담인지 진담인지 모를 말을 하며 천두만을 보고 웃었다.

"고것이 무, 무신 소리다요? 선상님도 욕을 허신다고라? 영 안 믿기는디 고것이 참말이당가요? 그라고, 선상님 겉은 분이사 속 터지게 화나고 분헌 일이 워디 있을랍디여. 안 그요?"

천두만은 끄윽 트림을 해올렸다.

"말 말아요. 나는 뭐 사람 아닌가요? 나도 속상하고 분한 꼴 당할 때가 한두 번이 아닙니다. 그럴 때 욕을 한바탕 퍼부어대면 정말 속이 후련해져요."

"어허 참말로, 선상님도 그러시는지는 땅짐도 못혔는디요. 그나저나 나 인자 더 못살겠는디 으쩌제라? 큰딸년 말분이가 저시상으로 감서 애비 혼이고 기고 다 빼가부렀는갑는디요 이."

천두만의 말은 하소연 투로 바뀌고 있었다.

"큰일들이 연달아 터지는 바람에 너무 충격을 받아서 그래요. 조금 더 지나면 다 좋아지게 될 테니 마음 편히 가지세요. 어디 우리 함께 살아가 봅시다."

신민범은 마음놓고 비틀거리는 천두만을 더 다정하게 부축했다.

"천두만이 저것 저러다가 머리 빡빡 깎고 중 되는 것 아니야? 저놈이 중 되면 가관일 거라. 염불을 그 지독한 전라도 사투리 쪼로 해댈 테니 말야."

아까 멱살잡이를 했던 남자가 꽁초들을 신문쪽지에 까며 이죽거렸다.

"이봐, 자네도 그놈에 하와이 소리 좀 작작해. 자넨 왜 남들이 듣기 싫어하는 소리만 골라서 하나 그래. 그러다가 임자 한번 만나 된통 당하면 어쩌려고."

"그러게 말야. 입 그리 멋대로 놀려대다가 그 소문난 이리 깡패들한테 걸려 뼈 부러지도록 혼짝이 한번 나야 해."

"그래, 자네도 맘 좀 곱게 쓰라구. 신 선생님도 자네 심보 고약한 거 다 알아보시고 천두만이만 저렇게 데려가시잖아."

"이거 왜들 날 죽일 놈 만들고 이래? 난 저치가 가자고 모셔도 안 가. 요런 무허가 빈민촌에 굴러 들어와 가마니때기 깔아놓고 절 포교당이라니. 사람 열 번 웃기는 일이라구, 웃겨. 이름도 뭐 합심 포교당? 합심은 무슨 놈에 합심이야. 다 지 살기 바빠 딴 맘 먹고 날뛰는 세상에서. 저것도 저것, 다 예수 팔아먹는 도둑놈들처럼 부처님 팔아먹으려고 나선 속 다르고 겉 다른 놈이라구."

"이봐, 말 그렇게 함부로 내뱉지 말어. 저 신 선생님은 아주 달라. 우리가 다 1년 동안 겪어봤잖아."

"그래, 신 선생님을 도매금으로 마구 넘겨선 안 돼. 나도 불교고 예수교고 믿고 싶은 생각은 별로 없지만 신 선생님은 믿을 만한 사람 같더라구. 1년 동안 트집을 잡아보려고 아무리 뜯어봐도 흠 잡히는 게 없더라니까. 신 선생님을 돕는 그 스님도 딴 스님들하고는 영 달라 보이고."

"맞어, 그 스님도 예사 스님이 아니셔. 그 누더기 승복을 봐. 얼마나 오래 입었는지 깁고 기운 그 승복을 언제나 입고 다니시면서도 항상 웃는 얼굴이고, 오실 때마다 아이들한테 연필이고 사탕이고 나눠주시는 것 봐. 생불이 따로 없다고. 그분이 생불이시지."

"그래 글쎄. 일주 스님도 생불이시지만, 머리 안 깎고 승복 안 입어서 그렇지, 신 선생님도 생불이긴 마찬가지잖아?"

"그야 두말하면 잔소리지. 출셋길이 훤히 열린 일류대학 출신이 무슨 맘을 먹고 요런 생지옥에 들어와서 그 고생을 사서 하시는지 몰라. 부처님 가운데 토막이라는 말은 신 선생님 같으신 분보고 하는 말 아니겠어?"

"그래, 바로 그거야. 마음이 비단결 같다는 말도 두 분한테 딱 어울리는 말이라니까."

"헹, 다들 좋아하고 앉으셨네. 고작 1년 겪어보고 뭘 안다구 그래? 사람 속맘 알기가 어디 그리 쉬운 일이야? 10년을 겪어봤다면 또 모를까. 무슨 꿍꿍이속이 있어서 그렇게 연극하는지 알 게 뭐야. 열 길 물속은 알아도 한 길 사람 속 모른다는 말도 있잖아."

"그래, 어쩌면 그럴 수도 있지. 눈속임하자고 들면 그까짓 1년 아무것도 아니지 뭐. 안 그래?"

"이거 왜 이래. 사람을 그따위로 의심하고 색안경 끼고 보고 하다간 정말 날벼락 맞아 죽는다구. 무슨 꿍꿍이속이 있을지도 모른다니, 아니 우리가 사기당할 돈이 있어, 뺏길 재산이 있어. 가진 것이라곤 달랑 불알 두 쪽밖에 없는 주제들이 남을 못 믿고 의심하는 꼴들하고는. 가난하면 맘보나 고와야 복을 받지. 그따위로 속이 꼬여가지고는 평생 알불알 두 쪽 팔자라구."

"아니야, 꼭 그렇게만 말할 것도 아니야. 눈 감으면 코 베가고, 한 눈 팔면 가방 채가는 요런 피도 눈물도 없는 흉한 세상에서 저런 희한한 사람을 보게 되니까 이상한 생각이 드는 것 아니겠어? 자기가 부처님도 예수님도 아니고, 헌데 어찌 피 한 방울도 안 섞인 생판 남들을 자기 배를 곯아가며 도와줄 수 있냐 그거야."

"어허, 함께 잘사는 좋은 세상 만들려고 그런대잖아! 하여간에 이러쿵저러쿵 돼먹잖은 잔소리들 자꾸만 까발릴 것 없어. 우리 같은 쓰레기들이 사는 이 드럽고 가난한 빈민촌에서 우릴 위해 좋은 일 하는 분인데 그게 얼마나 고마운 일이야. 그 앞에서는 기 죽어 꼼짝도 못하는 것들이 괜히 뒤에서……."

신민범이라는 그 젊은 사람은 작년 이맘때 이 누더기촌에 들어와 일주라는 스님과 함께 '합심 포교당'을 차린 수수께끼의 인물이었다.

"천 씨 아저씨, 집에 다 왔으니 우선 한숨 주무시고 술 좀 깨세요. 그리도 부지런하게 일하시던 천 씨 아저씨가 이게 어쩐 일이세요, 그래. 남은 자식들을 생각해서 제발 마음 단단히 먹고 정신차리세요. 아빠가 이러는 걸 큰딸이 저세상에서 보면서 뭐라고 하겠어요? 잘한다고 할까요?"

신민범은 천두만을 마당도 울도 없는 누더기집에다 부려놓으며 좀 날이 선 어조로 엄하게 말했다.

"금메 말이오. 우리 큰딸이 바래는 것이 아닌지 훤허니 암스롱도 요놈에 맴이 뜻대로 되딜 않는당께라. 나가 전에는 요런 일이 한 분도 없었는디 인자 나 맴얼 나 맘대로 못허게 되았응께 나가 인자 그만 죽을 때가 되았는게비오. 나, 요런 드럽고 염병헐 놈에 시상 더 살고 잡딜 안헝께 말기딜 마씨요."

눈을 질끈 감은 천두만은 팔을 마구 휘저어대며 목놓아 울듯 하는 목청을 뽑아댔다. 신민범에게 마음을 의지하는 술주정이었다.

"천 씨 아저씨, 정말 더 살고 싶지 않으세요?"

신민범이 불쑥 물었고,

"야아아……?"

술이 취해서도 천두만의 눈이 휘둥그레졌다.

"아저씨가 더 살고 싶지 않다면서 맨날 술만 마셔대길래 한번 생각해 봤어요. 아저씨가 자살한다. 그럼 아주머니 혼자서 네 아이들을 키울 수 없으니까 내가 나서서 아이들이 갈 고아원을 알선해 주고, 아주머니는 대우 괜찮은 집을 골라 식모살이를 들어간다. 그렇게 3년을 산 다음에 회사에 묶여 있던 돈을 찾기 시작하면서 식구들이 다시 한집에 모여 산다. 이야기가 이리 되는데, 어떻게 생각하세요?"

"아아니, 머시가 으쩌고 으쩌? 긍께 나보고 얼렁 죽어 없어져뿐져라 고것이여, 시방? 선상님, 선상님 허고 우대혀 준께로 아무 말이나 썸벅썸벅 내뱉으면 다 말인지 알어?"

천두만은 정말 화가 나서 고래고래 소리를 질러댔다.

"예에, 그러니까 죽는다는 말 함부로 하지 말고 마음 빨리 바꿔 먹으라구요. 당장 할 일이 마땅찮으면 내일부터 나하고 건설 현장에 나가면 돼요. 그리 알고 한숨 푹 주무세요."

느리게 뒷걸음질을 하며 신민범은 환하고 부드러운 웃음을 꽃처럼 피워내며 손을 흔들고 있었다. 그런 그의 얼굴은 더욱 선하고 잘생겨 보였다.

그려, 고마운 일이제. 항, 고맙고 고마운 일이고 말고. 요 험허고 각다분헌 시상에서 저리 살뜰허니 맘 써주는 사람이 워디 있간디. 나가 예전맹키로 맘 강단지게 묵고 심지게 나서야는디 말이여……, 나가 워찌 요리 변혀부렀는지 나 맘얼 나도 몰르겄당께로…….

천두만은 술 취해 흔들리는 시야 저쪽에서 다가오고 있는 한 여자를 보고 있었다. 그건 생각할수록 가슴 쓰라리고 원통한 큰딸의 모습이었다. 큰딸은 밤샘 야근을 하고 새벽녘에 돌아오다가 교통사고로 세상을 떠나고 말았다. 새벽길에 목격자가 아무도 없는 뺑소니사고였다. 그 허망한 죽음에 숨이 컥 막히고 정신이 아뜩해지고 말았다. 정신을 차려보니 아내가 자신을 붙들고 통곡하고 있었다. 생전 첨으로 기절을 한 것이었다. 큰딸은 그렇게 자신을 떠받쳐온 실한 기둥이었던 것이다. 그런데 큰딸이 밤샘 야근을 하게 된 것은 회사에 빌려준 돈이 묶이면서 이자까지 깎이게 되자 그 벌충을 하기 위해서였다. 그 이자로 부어나가는 곗돈이 있었던 것이다.

"아부지, 암 걱정허시지 말고 몸만 건강허시씨요 이. 지가 아부지가 바래는 논 꼭 사디릴 팅께라."

아들이 어려서 그랬던 것인지 큰딸은 꼭 큰아들처럼 실하게 굴었던 것이다. 큰딸의 뼛가루를 한강에 뿌리며 강물보다 더 많은 눈물을 가슴으로 흘려보냈다. 그리고 뼈가 흐물거려 전신이 허물어져 내리는 것 같은 낙담 속에서 더 살고 싶은 마음이 없었다.

이튿날부터 독한 막소주만 마셔댔다. 남은 자식들을 생각해서 마음을 잡아야 된다는 걸 알면서도 뜻대로 되지 않았다. 그런 생활을 하면 얼마 못 가 살림이 거덜난다는 것도 잘 알고 있었다. 그러면서도 날마다 술을 마시지 않고는 견딜 수가 없었다. 가슴에서는 이놈의 세상을 불 싸질러버리고 싶은 온갖 생각들이 들끓고 있었다.

그런데 열흘을 넘기지 못하고 끓일 것이 없어지자 아내는 이웃 여자들을 따라 장안평의 채소온상에 날품팔이를 나가기 시작했다. 그런데도 큰딸에 대한 사무침만 절절할 뿐 마음은 휘어잡을 수가 없었다.

아내는 날품팔이를 나다니면서도 아무 내색도 하지 않았다. 일에 지친 아내는 잠결에만 쉼없이 앓는 소리를 낼 뿐이었다. 아내는 그렇게 힘겹게 날품벌이를 하고 있었지만 식구들 세 끼 풀칠하기가 어려웠다. 다시 똥을 푸든, 무슨 짓을 하든지 간에 자신이 나서야만 살길이 트일 거였다. 그걸 환히 알면서도 전처럼 몸도 마음도 움직여지지 않았다. 심한 몸살 앓으며 입맛 떨어지듯 세상 살맛을 완전히 잃어버린 것이었다.

"아리 아리랑 쓰리 쓰리랑 아라리가 났네에, 아리랑 끙끙끙 아라리가 났네에……."

천두만은 컬컬하고 구성진 가락으로 고향 아리랑을 뽑기 시작했다. 휘어져 감기고, 휘늘어져 되감기는 가락을 따라 그의 눈앞에는 고향의 풍광이 선하게 떠오르고 있었다.

고향을 떠나오며 5년이면 고향으로 되돌아갈 수 있으리라 생각했었다. 그러나 그건 어림없는 일이었고, 10년이 후딱 넘어갔다. 그래도 10년 세월은 무심하지 않아 고향에 다시 자리잡을 수 있는 종잣돈을 모을 수 있게 해주었다. 그런데 회사에 빌려준 돈을 묶어버린 그 사건은 고향에 돌아갈 꿈을 산산이 조각내고 말았다. 도대체 대통령이 뭐 하는 사람인지 알 수가 없었다. 왜 대통령이 없는 사람들 돈을 뺏어 있는 사람들을 더 배부르게 해주는 것인지 도무지 알 수가 없었다. 그렇게 있는 사람들 편을 들어 무슨 덕을 보는지 알 수가 없었다. 있는 사람들을 더 부자 만들어주고, 없는 사람들 더 가난하게 만들면서 세상 살맛 뚝 떨어지게 해버리는 사람을 도무지 대통령으로 인정할 수가 없었다. 두고두고 그를 미워하고, 잘못되라고 빌기로 마음을 딱 작정했던 것이다.

그런데 큰딸의 뜻밖의 죽음은 돈이 묶인 것보다 몇십 배 큰 충격이고 절망이었다. 큰딸은 밤낮없이 눈앞에 어른거리며 세상 살맛을 완전히 빼앗아갔다. 쌀밥에 고깃국 한 번 푸짐하게 먹이지 못하고 키웠고, 제 손수 돈을 벌면서도 맞춤복 한 벌 제대로 입어보지 못하고 저세상으로 떠나간 것이다. 가엾고 안타깝고 허망하기가 생각할수록 쓰리고 아려 술을 마시지 않고는 도저히 이겨낼 도리가 없었다.

"그려……, 숨 붙어 있는 목심들은 또 살아야 허는 것잉께. 일얼……, 무신 일이고 허기는 또 혀야 쓸 것인디……."

이렇게 중얼거리며 술 취한 천두만의 팔다리가 거적을 깐 방바닥에 처져내렸다. 그는 이내 코를 골기 시작했다.

"아이고 스님, 언제 오셨습니까?"

누더기촌의 다른 집들처럼 남루하기 이를 데 없는 포교당으로 들어서다가 신민범은 깜짝 놀라 말했다.

"……."

그러나 등을 꼿꼿하게 세운 스님의 뒷모습은 아무 응답 없는 침묵과 함께 석상의 무게로 공간을 가득 채우고 있었다.

신민범은 반사적으로 손끝으로 입을 가리며 주춤 멈춰섰다.

일주 스님은 또 석가모니 고행상을 친견하며 깊은 명상에 잠겨 있는 거였다. 그 무아경에 빠져 있을 때는 스님은 죽은 것 같은가 하면, 이 세상 사람이 아니기도 했다. 그 어떤 소리도 스님을 흔들지 못했고, 놀라게 하지도 못했다. 신민범은 일주 스님과의 인연이 깊어져가면서 무아도취며 무아지경의 경지가 어떤 것인지 어렴풋이나마 짐작하고 더듬을 수 있게 되었다.

이럴 때는 스님이 스스로 깨어날 때까지 함께 명상에 드는 것이 현명한 해결책이었다. 신민범은 스님 뒤에 한 걸음 간격을 띄워 정좌했다.

겉모습처럼 낡은 거적이 깔린 포교당 안은 아무런 치장이 없었다. 그런데 스님과 신민범이 정좌한 그 전면에 유난히 눈에 띄는 것이 한 가지 있었다.

빨간 천을 씌운 사람 키 높이의 사각 받침대 위에 크지 않은 부처님이 모셔져 있었다. 그런데 앉아서 바라보게 되는 빨간 받침대는 사람 키 높이보다 훨씬 높아 보였다. 그리고 그 위에 모셔진 부처님상은 사람의 눈을 휘둥그렇게 할 만큼 특이했다. 그 빨간 받침대와, 보통 부처님상과는 전혀 다른 부처님의 모습이 묘하게 조화되면서 범접할 수 없는 신성한 기운을 발산하고 있었다.

"저 고행상을 인도에서 모셔 오면서 내 육신이 저리 될 때까지 중생을 제도하는 데 몸 바치리라 서원을 세웠소."

고행상을 포교당에 모시며 일주 스님이 한 말이었다.

신민범은 고행상을 우러러보았다. 언제나처럼 경건한 마음이 가슴에 가득 차며 두 손 모아 머리를 조아렸다. 그건 고행상이 발휘하는 흡인력이었다.

"저 고행상은 나한테 세 가지를 가르쳐주었소. 첫째 득도의 길이 얼마나 어려운 것인지, 둘째 전신이 저렇게 되도록 일심전력하면 안 될 것이 없다는 것을, 셋째 부처님께서 득도 후 열반하실 때까지 중생 제도의 설법을 펼치셨듯 소승은 그 존귀한 부처님의 말씀을 짊어지고 육신이 저리 될 때까지 가난한 중생들을 살피라는 것이었소. 그건 산중에만 있어야 하느냐, 세상 속으로 들어가야 하느냐 하는 나의 가장 큰 화두를 해결해 주고, 바른 승려의 길을 열어주신 부처님 원력의 빛이었소."

빈민구제사업에 합심하기로 하면서 일주 스님이 피력한 말이었다.

두 사람이 한마음 한뜻으로 '합심'하고, 빈민 중생과도 한마음 한뜻이 되도록 '합심'하고, 그리하여 한마음 한뜻으로 빈곤을 퇴치하여 행복한 '합심세상'을 건설한다는 뜻을 담아 '합심 포교당'을 세웠던 것이다.

"저 부처님 고행상은 이 세상에 단 하나밖에 없어요. 소승은 우리나라는 물론이고 일본부터 시작해서 여러 나라 부처님들을 수도 없이 많이 보았어요. 그런데 그 부처님상은 모두가 득도 후의 근엄하고 자애롭고 후덕한 상이에요. 민족에 따라, 국가에 따라 조금씩 다른 모습으로 차이가 날 뿐이지요. 그런데 인도에서 저 고행상을 친견하게 된 거지요. 부처님의 득도 고행의 과정이 어떠했는가를 한눈에 보여주는 저 고행상을 대하는 순간 소승이 받은 충격은……, 뭐랄까요……, 눈앞에 불이 번쩍 하고, 머릿속에서 뇌성벽력이 울리고, 가슴이 벌떡벌떡 뛰고……, 뭐라고 말로 다 할 수가 없는데……, 한 가지 자명한 것은 소승의 마음에 늘 안개 끼듯 차 있던 미명이 걷히고 환해지면서 '죽는 날까지 저 길을 따라가리라' 하는 굳은 마음이 커다란 돌비석처럼 가슴에 세워진 것이었어요. 그때 소승은 '이 길을 따르라' 하는 부처님의 성음(聖音)을 역력히 들었어요. 은사 스님께서는 소승에게 그 길을 열어주려고 '인도에 다녀오라' 하시고는 입적하신 것 같아요. 은사 스님께서 마지막 주신 선물이 이리도 클 줄은 몰랐습니다."

일주 스님의 깨달음의 감격이 그대로 전해져 오는 말이었다.

그런데 신민범은 저 고행상에서 일주 스님과는 또 다른 깨달음을 느끼고 있었다. 그것은 독창적 표현미의 극치를 보여주는 예술적 황홀감이었다. 일주 스님이 느낀 것이 종교적 깨달음과 교육적 일깨움이라면 자신은 거기다가 예술적 황홀감 하나를 더 보탠 셈이었다.

일주 스님의 설명에 의하면 그 충격적인 조각상은 1,800여 년 전의 간다라 미술의 최고 걸작으로 꼽히는 세계적인 예술품이었다. 오로지 득도 일념으로 고행하며 온몸의 뼈라는 뼈, 핏줄이라는 핏줄은 전부 다 드러나 더 이상 마를 수 없이 바싹 마르고, 눈이 해골 형상으로 끝없이 깊이 들어간 모습으로 석가모니는 가부좌를 튼 다리 위에 두 손을 가지런히 잡고 있었다.

그 고유의 독특한 모습은 한마디로 충격적이었다. '아, 그렇지! 그렇구나!' 하는 깨달음이 번뜩 머리를 쳤던 것이다. '저런 고통스러운 과정을 거쳐 마침내 득도를 하신 것이로구나!' 하는 깨달음과 동시에 새로운 일깨움이 의식을 가득 채웠다. '몸이 저렇게 되도록 최선을 다하면 무슨 일이고 안 될 것이 없다!'

그때 신민범의 뇌리에 떠오른 것이 석굴암 불상이었다. 처음 그 불상 앞에 섰을 때 숙연함과 함께 경건함으로 머리가 절로 조아려졌다. 조심스럽게 고개를 들고 합장하며 우러러보면서 '1,500여 년 전에 어찌 이리 크게 불상을 조성할 수 있었을까. 어찌 거칠고 강한 화강암에다가 저리도 인자하고 온화한 미소를 조각해 낼 수 있었을까⋯⋯.' 그 신비스러움이 긴 여운을 남겼지만 충격적이지는 않았다.

그런데 고행상은 충격적 감동이 가슴을 흔들어댔다. '오오, 예술의 위대함이여, 예술가의 거룩함이여!' 이런 찬탄이 절로 터져나오게 했다. 1,800년의 시공을 뛰어넘어 감동의 전율을 일으키는 예술적 교감은 이름 모를 그 조각가의 생생한 영생이었다. 석가모니의 영육의 고행을 그렇게 응축시키고, 예술의 독창적 표현미를 그다지도 예리하게 표출해 낼 줄 알았던 1,800년 전의 한 탁월한 예술가는 또 앞으로 1,800년을 무수한 사람들에게 충격적 영감을 주며 영생을 누릴 거였다.

"나무아미타불 관세음보살……."

일주 스님이 낮고 무거운 소리로 읊조렸다.

스님이 깊은 명상에서 깨어나는 것이었다. 신민범은 낮은 소리로 인기척을 냈다.

"아 거사님, 와 계셨소?"

일주 스님이 몸을 돌렸다.

군살이라고는 전혀 없이 마른 편인 얼굴이 엄해 보였고, 눈빛이 강했다.

"스님, 뵙겠습니다."

신민범이 일어서 큰절을 올리며 거적 바닥에 엎드렸다.

그런데 일주 스님은 그냥 앉아 절을 받지 않고 신민범과 똑같이 맞절을 했다. 그리고 신민범은 더 절을 하지 않았다. 신도가 스님을 뵐 때는 세 번 절을 올리는 것이 법도였지만 일주 스님은 신민범에게 세 번 절 받기를 원치 않았다. 한 번 맞절로 끝내는 것은 스님이 정한 원칙이었다.

"나는 그만큼 도가 높지를 못하고, 거사님과 나는 한길을 가는 도반이오."

그러니 한 번의 맞절로 도반의 예만 갖추자는 것이었다. 그 뜻이 너무 완강해 신민범은 응할 수밖에 없었다.

"어떻게……, 사람들은 잘 모아지고 있어요?"

일주 스님의 첫마디는 여전히 똑같았다.

"예, 점점 늘어나고 있습니다. 그런데 여전히 잘 믿으려 하지 않는 게 문젭니다."

신민범이 어색하게 웃음지으며 뒷머리를 긁적거렸다.

"왜 안 그렇겠어요. 이놈에 험하고 야박한 세상에서 그저 당하기만 하고 살았으니 공짜로 농사 질 땅을 준다니까 의심부터 생기는 건 너무 당연한 일 아니겠어요. 우릴 어떻게 이용해 먹으려는 것일까, 무슨 속임수를 쓰려는 건 아닐까……, 별별 의심이 다 생기겠지요. 어쨌거나 거사님 노고가 너무 크십니다."

스님은 사람들을 딱해하는 듯 쯧쯧 혀를 차며 고개를 끄덕였다.

"아닙니다, 부처님 덕에 그래도 일이 잘 풀려가고 있습니다."

신민범이 손을 저으며 빠르게 대꾸했고,

"……덕?……."

스님이 의아한 눈길을 보냈다.

"아 예, 제가 말할 때는 전혀 안 믿다가 일단 이 법당에 들어와 부처님께 예 올리고 나서 다시 말하면 십중팔구 금방 믿게 됩니다."

"아, 알았어요. 거사님이 그런 묘안을 내셨군요. 그거 참……, 부처님의 법력이 생생히 살아 중생의 마음에 믿음을 주고 있다는 증거요. 역시 거사님이 실천불교 실행자의 모범이시오."

스님은 더없이 흡족해하며 신민범을 향해 합장을 했다.

"아이고, 제가 무슨……." 신민범도 당황스럽게 합장을 하며 머리를 조아리고는, "스님께서 하시는 일이 너무 과중하신데 제가 아무 힘이 못 돼서……." 그는 옹색스러운 얼굴로 말끝을 흐렸다. 논 사들일 돈은 스님이 모으기로 했지만, 그래도 자신이 전혀 아무런 도움이 못 되고 있는 것에 그는 늘 마음이 쓰이고 있었다.

"아니오, 아니오. 아무 걱정 말아요. 거사님만 부처님 법력의 덕을 보고 있는 게 아니오. 소승도 그 덕을 톡톡히 보고 있어요. 부자들일수록 더 부자가 되고 싶은 탐욕이 꽉 차 있고, 또 지금까지 부자가 되는 동안에 잘못한 일을 많이 저질러왔거든요. 특히 월남전 덕에 우리나라 부자들이 몇 년 사이에 부쩍 늘어났고, 그 사람들 그 돈 끌어모으면서 남 못할 일 많이 시켰거든요. 그 약점이 소승의 공격 목표고, 그들의 탐욕과 죄의식 앞에 부처님의 법력은 효력 만점입니다. 거사님은 소승의 일은 전혀 걱정 마시고 마음 실한 사람들만 많이 모으도록 하세요. 우리의 실천불교 토대를 튼튼히 할 수 있도록." 일주 스님은 굵은 울림의 목소리로 듬직하게 말하고는, "자아, 그동안 뜸 많이 들여서 이제 밥 푸기 시작했으니까 이것 받아두세요." 바랑에서 돈다발 여러 개를 꺼내 신민범 앞에 밀어놓았다.

"아니 스님, 이 돈을 왜 저한테……."

신민범은 깜짝 놀라며 두 손을 저었다.

"거사님이 저금해 두세요. 자고로 중이 거금을 오래 지녀서는 안 되는 법입니다. 마음이 혼탁해지기 마련이니까요. 그리고 특히 사욕을 채우려고 남 모르는 거금을 지녀서는 부처님의 가르침과는 정반대의 역행이고, 그보다 더 크게 부처님을 욕보이는 일은 없는 법입니다. 그러니 거사님이 잘 저금해 두세요. 그래야 사람 모으는 일에도 더 힘이 나실 거구요."

일주 스님이 너그럽게 웃음짓고 있었다.

"예, 그럼 제가 잘 저금해 두겠습니다. 헌데……, 땅을 좀 싸게 구할 수 있어야 할 텐데……, 그게 영……."

신민범의 얼굴이고 목소리에 근심이 차 있었다.

"아, 소승도 그게 걱정이어서 어찌어찌 선을 대서 농림부에 알아봤어요. 그랬더니 저 당진에서부터 서해안을 따라 간척사업하는 데가 서너 군데 있었어요. 간척논이 2~3년 간기를 빼야 하고 해서 아주 헐값인데, 간기를 빼는 동안 소출 적은 것을 참기만 하면 그다음부터는 간척논 쌀이 질이 아주 좋아 최고로 친다더군요."

일주 스님이 그쪽 방향이 어떻겠느냐고 눈으로 묻고 있었다.

"예, 그것 참 좋은 방법입니다. 제 고향에서도 간척논 쌀을 최고로 쳐줍니다. 헌데 그게……."

신민범이 반색을 했다가 이내 시무룩한 기색으로 변했다.

"왜, 간척논 수중에 넣기 어려울까 봐 걱정이신 건가요?"

일주 스님이 눈치 빠르게 물었다.

"예, 지금 쌀이 모자라 나라에서는 분식장려운동 펼치느라고 정신이 없고, 쌀이면 바로 돈이 되는 세상에서 간척논 노리는 사람들이 한둘이 아닐 테니까요."

신민범의 목소리는 여전히 풀죽어 있었다.

"그런 걱정은 하지 않아도 돼요. 그 일에도 부처님 원력이 크게 효험을 나타내게 돼 있어요."

일주 스님이 부드럽기 그지없는 눈길로 신민범의 걱정을 어루만지듯 하며 보일 듯 말 듯 미소지었다.

"예예……, 부처님의 원력……."

신민범은 그 막연한 것 같은 말 속에 들어 있는 스님의 자신감을 분명히 느끼고 있었다. 무게 실린 스님의 예언적 발언은 사람들의 마음을 휘어잡는 묘력을 발휘하고는 했던 것이다. 목사의 진지한 발언 뒤에는 예수가 존재하듯 스님의 발언 뒤에는 부처님의 광배가 빛을 발하고 있었던 것이다.

"얼마 전에 소승이 아는 경제학 교수한테 들은 얘긴데 말이요, 월남전 덕에 막대한 돈을 벌어들이고 있는 지금이 재벌들을 더 봐주지 말고 본격적으로 규제해야 할 최적기인데 정권이 정치자금 뜯는 재미에 취해 절호의 기회를 놓치고 있다는 거요. 재벌들이 세금 똑바로 내고, 정상적으로 경영해 나가도록 특혜를 없애지 않고 이대로 10년을 더 갔다가는 재벌들이 국가권력 위에 올라앉는 형국이 되고, 그 힘이 자꾸 커져서는 결국 나라가 망하게 된다고 큰 걱정이었어요. 그런데 그 교수가 이런 말 마음에만 담고 있지 어디 가서 해서는 큰일난다고 입조심을 당부했소. 중앙정보부가 알게 되면 당장 요절낼 거라고. 수많은 노동자들이 죽음을 무릅써가며 전쟁터에서 벌어들이는 돈 쓸어잡아 떼부자 되고 있는 재벌들 돈 우리도 요령껏 빼내서 많은 사람들 가난에서 구해내면 그게 곧 이타행이고, 자비의 실천 아니겠어요. 그것이 또한 실천불교의 성과이고요."

일주 스님은 언제나처럼 침착하고 진지하게 말했다.

"예, 얼마 전부터 분배 문제가 심심찮게 거론되기 시작했습니다. 그런데 정부에서는 변함없이 국제 경쟁력을 갖춘 기업들 육성만 강조해 대고 있습니다. 국민들은 안중에 없고, 계속 기업들 편만 들고 있는 겁니다."

신민범도 무겁게 한숨을 쉬었다.

그 대표적인 것이 총리가 국민들을 향해 '지금은 축적의 시기지 분배의 시기가 아니다'라고 거침없이 발언한 것이었다. 총리의 그 어조는 사뭇 협박적이었고, 그 표정 또한 위협적이었다. 총리의 그런 태도에서 서슬 퍼런 '중앙정보부'의 기세를 느끼지 않는 국민은 하나도 없었을 것이다. 정부에 대한 사소한 불평불만을 했다가 중앙정보부에 끌려가 반 죽게 두들겨맞고 풀려났다는 이런저런 소문들이 흉흉하게 떠돌고 있는 상황이었다. 그러니 총리의 그런 안하무인적인 국민 무시의 발언이 그대로 법처럼 통용될 수밖에 없었다. 국민들은 순한 양이 되어 '언젠가 오게 될 분배의 시기'를 기다려야만 했다. 그런 상황 속에서 슬그머니 등장한 문자가 '정경 유착'이었다.

"그 정경 유착이 큰 문제지요. 독재와 기업 유착, 그게 이 나라 망칠 근본이 될 거요. 쯧쯧쯧……. 어쨌거나 우리는 우리 할 일만 부지런히 해나갑시다. 실천불교의 성과가 세상을 구하는 한 방도이기도 하니까요. 나 또 급한 약속이 있어서 저녁 함께 못하고 그만 가봐야 되겠어요. 이 바랑 비우려고 온 거요."

일주 스님이 가볍게 느껴지는 바랑을 어깨에 걸치며 몸을 일으켰다.

신민범은 멀어져가는 일주 스님의 뒷모습을 물끄러미 바라보고 있었다. 그의 의식 속에서는 스님과의 첫 만남이 선하게 떠오르고 있었다.

'한일 굴욕외교'를 반대하는 6·3데모가 각 대학마다 격렬하게 일어나고 있었다. 신민범은 3학년으로 학생회 간부였기 때문에 데모대 맨 앞에 서야만 했다. 아니, 학생회 간부가 아니었어도 데모대 선두에 나섰을 것이다. 일본에 대한 박정희 정권의 굴욕외교는 한국사람으로서 도저히 용납할 수 없는 일이었다.

일제 36년 동안 그들은 쌀을 필두로 한 각종 농산물 수탈, 원시림을 남벌해 댄 각종 임산물 수탈, 보통 조선사람들은 입도 못 대게 한 도미며 대구를 비롯한 각종 수산물 수탈, 금은을 비롯한 각종 지하자원 수탈, 소를 비롯한 각종 축산물 수탈을 다 합해 놓으면 그 액수가 얼마일 것인가. 그러나 그건 아무것도 아닐 수도 있다. 귀중한 인명 피해는 얼마인가. 징용으로, 징병으로, 노무자로, 정신대로, 학병으로, 그리고 위안부로 끌려가 강제 노역을 당하고, 끝내 죽어간 사람들의 수가 얼마인가. 그뿐만 아니라 3·1운동을 비롯하여 일본에 저항하다가 그들의 손에 죽어야 했던 피해자들의 수는 또 얼마인가.

그런데 박정희 정권은 그런 것을 구체적으로, 논리적으로 따지지 않고 한시바삐 돈 받아내는 데만 급급해 보상금 3억 달러에 사인을 하고 말았다. 나머지 2억 달러는 연 3.5퍼센트의 이자를 물며 되갚아야 하는 나랏빚이었다.

'30억 달러도 말이 안 된다.'

'50억 달러는 돼야 한다.'

'아무리 못해도 최소한 10억 달러는 돼야 말이 된다.'

이런 소문들이 꼬리를 잇는 가운데 '굴욕외교'라는 사회적 동의가 이루어졌고, 대학생들은 그 사회적 요구에 따라 굴욕외교 반대 데모를 본격적으로 일으키기 시작했던 것이다.

'대학생들은 하라는 공부나 하라.'

대통령은 신경질 담긴 강파른 목소리로 이런 내용의 담화를 발표했다.

그것이 데모 강경진압의 신호탄이었다. 경찰들은 데모대를 향해 무작정 최루탄을 발사해 댔다. 최루탄은 가스를 발산하기 전에 운집한 학생들을 향해 총알처럼 날아왔다. 최루탄을 정통으로 맞은 학생들은 여기저기서 퍽퍽 쓰러지고 있었다. 그 공포에 휩쓸리며 데모대가 사방으로 흩어짐과 동시에 달아나기 시작했다. 신민범은 간부로서 데모대를 수습해야 된다고 생각했다. 그러나 그건 순간적인 생각일 뿐 자신의 두 다리도 내달리고 있다는 것을 느꼈다.

신민범이 막 인도로 올라서려고 할 때였다. 경찰봉이 그의 머리를 내려쳤다. 그는 불이 번쩍 하는 충격과 함께 비틀했다. 그는 머리가 터지는 것 같은 고통을 느끼며 머리를 감싸잡았다. 그리고 경찰에게 잡혀서는 안 된다는 생각을 퍼뜩했다. 경찰을 있는 힘껏 떠다밀었다. 그리고 앞의 골목으로 뛰어들었다. 그는 뛰면서 섬뜩한 왼쪽 볼을 훔쳤다. 손바닥이 미끈했다. 손바닥에 피가 가득 묻어 있었다.

"저 피! 학생, 이리 와!"

누가 샛골목에서 신민범을 와락 끌어당겼다.

"빨리 따라와. 잡히면 큰일나!"

한 승려가 신민범을 끌어잡고 힘껏 뛰고 있었다.

그 승려가 일주 스님이었다.

일주 스님은 산중에서 염불만 외는 전통적인 승려가 아니었다.

"학생들이 애국데모를 하면 그 힘을 이용해서 왜놈들에게 돈을 몇 배로 더 받아낼 흥정을 잘 해내는 것이 옳지 학생들을 왜 개 패듯 해 그래. 도대체 그 사람 속을 모르겠어."

이렇게 정곡을 찌르는 그 스님은 불교가 산중에만 박혀 있어서는 안 된다는 주장을 품고 있기도 했다.

"이젠 불교 혼자서 위세를 부리던 시대가 아닙니다. 6·25가 끝나면서 원조 물자와 함께 예수교가 거센 파도 치듯 몰려들어 왔습니다. 헐벗고 굶주린 사람들에게 원조 물자를 마구 뿌려대면서 거침없이 교세를 확장해 나가는 기세는 무서웠지요. 그 기세를 앞세워 전국에 학교를 수없이 세워나갔고, 포교도 적극적으로 펼쳐나갔습니다. 그렇게 세상이 급변하고 있는데도 불교는 산중에서 무사태평 세월을 보내고 있었습니다. 예수 교인들은 해마다 200만, 300만 쑥쑥 불어나는데 불교는 여전히 아무 감각도 없이 우리나라에서 신도가 제일 많은 종교라고 그저 만족해하고 있었습니다. 위기를 위기라고 느끼지 못하는 것이 불교계의 첫 번째 위기였습니다. 그리고 예수교의 적극적인 교육 투자에 비해 불교는 사회적 봉사가 거의 없는 것이 두 번째 위기였습니다. 학교를 설립하는 것처럼 확실한 포교는 없으니까요. 우리나라의 인구는 한정되어 있고, 불교의 무감각에 비해 예수교가 그렇게 적극적으로 종교활동을 펼쳐나가면 20~30년 후에는 어찌 되겠습니까. 신도수가 정반대로 역전되는 것은 너무 당연한 일 아니겠어요. 소승은 그 뻔한 결과를 좌시할 수가 없었습니다. 그래서 산중에서 중생 속으로, 예수교에 못지않게 사회 봉사 활동을 목표로 한 '실천불교' 계획을 세우기 시작했습니다."

'실천불교'란 일주 스님이 지은 이름이었다. 그리고 뜻을 같이하는 젊은 승려 조직을 짜나가고 있었다.

신민범은 그 사회의식 투철한 스님한테 단박에 호감을 느끼게 되었다. 사회학과를 다니면서 자신이 느껴온 사회적 문제점들과 스님의 사회 봉사 계획은 자연스럽게 합치점을 이루기도 했던 것이다. 다급한 경제개발에 따른 급격한 도시 집중으로 생겨난 도시빈민 문제에 대한 관심이 그 하나였다.

"좋은 세상 만들기 위해 뜻을 함께 합해 보는 것이 어떻겠습니까. 꼭 불교를 안 믿어도 좋습니다. 부처님께서는 '깨달은 자 누구나 다 부처다' 하셨고, '남의 종교에도 경배하라'고 가르치신 한없이 너그러우신 분입니다."

일주 스님이 그야말로 한없이 너그럽게 웃으며 한 말이었다.

"아닙니다. 저는 아직 종교가 없지만, 저의 할머니와 어머니는 독실한 불교 신도였습니다. 저도 그저 막연하게나마 부처님의 세계가 가장 깊은 철학의 세계라는 정도의 인식은 가지고 있습니다. 스님과 함께 빈민구제운동을 하게 되면 그때가 불자가 되는 날이겠지요."

신민범도 더없이 편한 마음으로 응답했다.

"소승 인도에 다녀와야 되게 생겼습니다."

어느 날 일주 스님이 불쑥 내놓은 말이었다.

"인도요……?"

신민범은 그 멀고 먼 나라에 간다는 것이 전혀 실감되지 않아 스님을 멍하니 쳐다보았다. 가깝다는 일본 가기도 어려운 것이 현실이었기 때문이다.

"예, 소승이 하도 산중 벗어나 중생 속으로 들어가겠다고 해대니 은사 스님께서 그보다 먼저 인도부터 다녀오라고 엄명하셨습니다. 중이 중 노릇 제대로 하려면 부처님의 자취 따라 인도 천지를 겪고 와야 된다는 뜻 같았어요."

"그런데 인도를 어떻게……?"

"아 예, 은사 스님께서 그 방법까지 다 가르쳐주셨어요. 우리나라에서는 갈 방법이 없으니까 일단 일본으로 가서, 일본 여행사를 통해 인도행 비행기를 타라는 것이었습니다. 막연하게 가보고 싶은 곳이기도 했으니까 잘되기도 했지요."

그렇게 떠나서 일주 스님은 1년 만에 삐쩍 말라 딴사람처럼 변해 돌아왔다. 그런데 스님의 품에는 스님보다 훨씬 더 심하게 말라 온 몸의 뼈라는 뼈, 핏줄이라는 핏줄은 전부 다 드러난 석가모니 고행 상이 받쳐 모셔져 있었다.

일주 스님은 그 고행상의 실물 사진을 보여주었다. 실물은 무쇠 로 주조되어 있었다. 그런데 스님이 모셔온 고행상은 부처님 득도 의 상징인 보리수로 조각한 모조품이었다. 그렇지만 그 조각에 얼 마나 정성을 들였는지 실물과 전혀 다를 것 없는 생동감과 함께 충 격적 감동을 자아내고 있었다.

'……재벌들 돈 우리도 요령껏 빼내서 많은 사람들 가난에서 구 해내면 그게 곧 이타행이고, 자비의 실천 아니겠어요. 그것이 또한 실천불교의 성과이고요.'

신민범은 의식 속에서 울리는 스님의 말씀을 듣고 있었다.

'……예, 그게 사회 환원이기도 하구요. 하지만 스님이 힘드셔서 어쩝니까. 저는 아무 도움도 못 되고……'

신민범은 큰길 쪽으로 돌아 모습을 감추어버린 스님의 뒤에다 대고 진심 어린 미안함을 표했다.

'이 세상에서 제일 어려운 일이 남의 주머니에서 돈 꺼내게 하는 것이다.'

흔히 들어온 이 말이 새삼스럽게 그의 마음을 무겁게 누르고 있었다.

"……나 인자 암디도 갈 디가 없소. 나 돈 모타갖고 고향 가서 내 논으로 농새짓고 사는 것이 꿈이었는디……."

신민범은 포교당으로 들어서며 분노에 찬 천두만의 울부짖음을 다시 듣고 있었다. 그 외로운 절규는 천두만 한 사람의 것이 아니었다. 이 청계천변만이 아니라 서울 변두리를 따라가며 산재해 있는 무허가 판자촌의 사람들은 거의가 농촌에서 살 수 없어 올라온 사람들이었다. 그 많은 사람들 중에 천두만 같은 꿈을 지닌 사람이 한둘이 아닐 거였다. 서울에서 돈을 벌어 다시 땅을 찾아가 삶의 터전을 일구고 싶은 꿈……. 그러나 배운 것 없고 지닌 것 없는 농사꾼들에게 서울은 얼마나 살기 고달프고 매정한 곳이던가. 나날이 끼니를 때우기도 힘겨운 서울에서 그 꿈은 그야말로 꿈으로 사라지기 십상일 것이다.

땅……, 땅……, 농사지어 곡식을 거두는 땅……, 과학이 아무리 발달한다 해도, 아무리 편케 사는 세상이 온다 해도 사람이 세끼 밥을 먹지 않고는 목숨을 부지하지 못하고 곧 죽게 되고 만다. 그렇게 중대한 온갖 먹거리를 생산해 내는 것이 농사다. 어쩌면 사람의 수많은 직종 중에서 가장 소중하고 값진 것이 농부가 아닐까…….

신민범은 이런 생각을 하며 자신이 해야 될 일의 중요성을 다시 느끼고 있었다.

이튿날 아침 일찍 신민범은 천두만을 찾아갔다. 천두만은 담배꽁초를 신문지 쪽에 까고 있다가 화들짝 놀라 일어났다.

"아이고메 선상님, 지가 어지께 너무 실수 많혔구만이라. 용서허시써요."

"아, 아닙니다. 속은 괜찮으세요?"

신민범은 천두만의 손을 잡아 앉히며 자기도 앉았다. 그런 그의 얼굴에서는 여전히 정답고 따스한 웃음이 피어나고 있었다.

"야아, 해장국 한 사발 묵었구만이라."

천두만은 면구스럽게 웃으며 투박한 주먹으로 코밑을 씩 훔쳤다.

"해장국을……?"

"야아, 마누래가 날마동 해장국 낄이니라고 속이 터징마요."

"이런, 아주머니가 참 열녀십니다. 날마다 고된 날품 팔러 다니면서."

"긍께 말이어라. 쪼깐 미안시럽기도 허고 맴이 짠허기도 허고……."

천두만은 말이담배에다가 침을 듬뿍 축여 불을 붙였다.

"천 씨 아저씨, 그러니까 이제 마음 다시 먹고 일을 시작하세요. 저러다가 부인이 덜컥 병이라도 나면 어떻게 되겠어요. 그리고 말입니다, 애들을 생각해 보세요. 애들을 가르쳐야 되지 않겠어요?"

"야아, 맘얼 잡기는 잡어야 쓰겄는디……, 산 입에 거무줄 칠 수야 없는 일이고, 새끼덜얼 빙신 맹글 수도 없는 일이고……."

천두만은 짙은 담배연기를 한숨으로 토해냈다.

"그럼요. 남들은 자식들 잘 가르치겠다고 서울로 보내고 있는 판인데 천 씨 아저씨는 기왕에 서울에 살고 있잖아요. 힘내세요. 나도 이것저것 생각하는 게 많아요. 서로 의지하면서 함께 살아나가 봅시다."

"야아, 말씀만으로도 고맙구만이라."

"어떻게……, 당장 일거리가 마땅찮으면 나하고 공사장에 나가지 않겠어요?"

"말씀 고마운디요……, 한 메칠 돌아댕김서 살아갈 구녕을 찾아볼랑마요. 전에 혀보든 일도 있고 헝께……."

"그럼 오늘부터 마음잡으시는 거지요?"

"야아, 큰딸년 생각혀서라도……."

"예, 힘내세요. 안 될 일이 없어요."

신민범은 천두만의 손을 힘껏 잡았다.

6

어머니의 갈망

　현대식 사옥의 커다란 유리문을 밀고 들어가며 유일표는 습관적으로 쭈뼛거림을 느꼈다. 천장 드높고 얼음판처럼 반들반들한 대리석으로 바닥을 장식한 으리으리한 건물에 들어설 때마다 낯설고 주눅드는 그 달갑잖은 기분은 떼칠 수가 없었다. 서울이 늘 서먹하고 정 붙지 않는 것처럼 번드르르하게 꾸민 건물들을 드나드는 것도 영 익숙해지지 않았다. 날로 달로 새로운 고층건물들이 들어서고 있는 서울에서 그런 촌스러움을 벗어나지 못하는 자신이 한심스러웠다. 자신만 그러는 것인지, 시골 출신들은 다 그러는 것인지, 이상재나 최주한에게 물어볼 수도 없었다.

　곧 발이 미끄러질 것처럼 번들거리는 대리석 바닥을 밟으며 유일표는 그 이야기를 떠올렸다. 어떤 시골 아주머니가 서울에서 대학을 나와 좋은 회사에 취직한 아들을 찾아왔다. 그 아주머니는 회사의 현관으로 들어서다 말고 소스라치며 뒤로 물러섰다. 그리고 흰 고무신을 벗어 들었다.

"여보세요, 어디 가십니까?"

제지하는 어투의 말이 유일표의 앞을 가로막았다.

유일표가 고개를 돌린 쪽에 상반신만 내놓은 수위 두 사람이 제복에 걸맞은 딱딱한 얼굴로 대답을 요구하고 있었다. 유일표는 그것에서도 익숙해지지 않는 거부감을 느꼈다. 제복에 대한 거부감은 군대생활을 한 다음에 부쩍 심해진 것이었다.

"예, 기획실 허진을 만나려고요."

"어떤 관계고, 용건은요?"

"친군데, 이 회사에 필요한 사람을 부탁해서요."

"아, 그러신가요. 성함을 좀……."

"유일표."

수위 하나가 구내전화를 돌려댔다.

무슨 의심을 받는 것 같은 떨떠름한 기분으로 유일표는 드높은 천장을 올려다보고 있었다.

이런 고급건물들을 지어대는 걸 보면 회사들 돈벌이가 아주 잘 되는 모양이야. 근데, 세상은 쌀이 모자라 혼식이네 분식이네 야단이고, 가난한 사람들은 드글드글한데 회사들은 이런 엄청난 사옥들을 지어도 되는 건가? 그건 그렇고, 그나저나 허진은 이 속에서 부자로 살 수 있는 꿈을 이룰 가망이 있긴 있는 건가……?

"예, 올라가도 좋습니다. 월부책장사니 뭐니 하도 잡상인들이 많아서요."

수위는 송수화기를 놓으며 겨우 친절한 기색을 내비쳤다.

월부책장사가 발길 안 닿는 데 없고, 그들이 못 팔아먹을 책은 없다는 말이 있었다. 월부책장사들이 아무리 극성스럽다 해도 회사마다 수위들이 군대식 분위기를 풍기며 불친절한 것은 과히 유쾌한 일이 아니었다. 그 도가 사옥이 클수록 심하다는 걸 느끼며 유일표는 발을 옮겨놓기 시작했다.

허진은 엘리베이터 앞에서 기다리고 있었다.

"아니, 왜 나와 있냐? 일이 잘못된 거냐?"

엘리베이터에서 내리며 유일표는 불길한 생각으로 물었다.

"아니, 커피나 한잔하려고." 허진은 코밑을 훔치더니, "너나 나나 그저 일이 잘못되는 것만 먼저 생각하니 탈이다" 하며 스산하게 웃었다.

"그야 어쩔 수 없지. 맨날 되는 일 없이 살아왔으니까. 근데, 오늘은 바쁘지 않아?"

"응, 큰 건 하나 끝냈으니까. 어디, 이력서부터 줘."

유일표는 허진이 내민 손에 이력서 봉투를 건넸다.

허진은 엘리베이터가 12층에서 1층에 내려올 때까지 이력서를 들여다보고 있었다. 공고 졸업 예정인 서너 줄의 보잘것없는 이력서를 그렇게 오래 들여다보는 것이 유일표는 또 마음에 걸렸다. 그러나 그런 내색은 하지 않았다.

허진을 본 두 수위는 득달같이 거수경례를 올려붙였다. 그런데 허진은 인사를 받는 둥 마는 둥 하며 지나쳤다. 그 순간 유일표는 일류기업의 기획실에 근무하는 허진의 끗발이 얼마나 센지 확 느꼈다. 일등병 때 바라본 소위처럼 불현듯 허진이 부러워졌다.

날로 번성해 가는 기업, 많은 월급과 보너스, 안정된 생활, 세월을 따라 이루어지는 승진, 차츰차츰 쌓여가는 재산……, 그 누구든 부러워하지 않을 수 없는 삶의 여건이었다. 그러나 유일표는 찬바람 휘도는 가슴으로 그 부질없는 부러움을 또다시 외면했다.

"요새 거기 생활은 어떠냐?"

다방에 자리잡고 앉으며 허진이 물었다.

"응, 점점 괜찮아. 서울 인구가 자꾸 불어나는 덕이지. 사람들이 많아지니까 넝마도 그만큼 많아지잖아. 특히 소뼈다귀들이 많아지는 걸 보면 먹고살기가 좋아진 게 사실은 사실이야."

"그야 그렇지. 누구든지 잘살아 보려고 물불 가리지 않고 일들을 무섭게 해대니까. 정부에서 밀어대는 힘도 대단하고."

"정부? 어쩐 일이냐? 네 입에서 박정희를 인정하는 소리가 다 나오고?"

유일표는 놀랐다는 표정을 지으며 담뱃갑을 꺼냈다.

"어쩌겠냐. 과거는 미워하지만 현실은 현실대로 인정해야지. 자아, 이걸 피워."

허진은 쓰게 웃으며 담뱃갑을 내밀었다. 그가 내민 것은 필터가 달린 고급담배였다.

"마침내 독립투사 자손한테까지 인정을 받다니, 박정희는 대성공을 했구나.”

유일표는 과히 내키지 않는 기분으로 허진의 담뱃갑에서 담배를 뽑았다. 담뱃갑에서 확인되는 경제의 차이에서 유일표는 묘한 괴리감을 느끼고 있었다. 몇 달 전까지만 해도 나타나지 않았던 변화였다.

“경제정책 잘 밀고가는 거야 부인할 도리가 없지 뭐. 3선개헌을 묵과할 정도로 국민적 지지를 받고 있으니까.”

유일표는 허진의 말이 귀에 거슬렸다. ‘너 대기업의 밥을 먹는다고 너무 변해가는 것 아니냐’ 하는 말이 곧 나오려고 했지만 꾹 눌러 참았다. 재건대 출신들 취직을 부탁하는 입장이었고, 보는 처지에 따라 그렇게 말할 수도 있는 일이었다.

“기획실은 소문대로 좋지?”

유일표는 정치성 띤 이야기를 하기 싫어서 말머리를 돌렸다.

“아니야, 옮겨가서 보니 영 골치 아파.” 허진은 미간을 찌푸리며 담배연기를 내뿜고는, “거기가 학벌, 연고 같은 것으로 복잡하게 얽힌 암투장이야. 나처럼 일류대학을 못 나오면 코너로 몰려 찬밥신세 되기 딱 좋은데, 난 그나마 일류고등학교 다녔다는 것으로 겨우 견뎌내고 있는 형편이야. 그 살벌한 전쟁터에서 어떻게 살아갈 것인지 무섭고 겁난다.” 그는 고개를 저었다.

“흥, 거기서도 왈 학연, 지연, 혈연이 판치는 모양이지? 그래, 거기도 한국인데 어디 가겠냐. 그렇지만 별 걱정 말아라. 너, 허진식 깡이 있잖아. 아무려면 철공소보다, 재건대보다 힘들겠니? 그런 데서도 꺾이지 않았던 정신으로 밀어대. 너의 그 끈기로 실력도 계속 쌓아나가고. 그럼 누가 감히 너를 당하겠니."

유일표는 진정으로 허진이 잘되기를 바라면서 말했다.

"그래, 너한테 비하면 내가 괜히 배부른 엄살을 떠는 것인지도 모르지. 근데, 넌 정말 어떡할 거냐? 나이는 자꾸 먹어가는데."

"뭐, 통일이 안 되는 바에야 뾰족한 수가 없잖아. 이렇게 애들 취직도 시켜주고 하며 사는 재미가 있으니까 과히 걱정하지 않아도 괜찮아. 그나저나 우리 애들 취직 전망은 어떠냐? 경제라는 게 끝도 없이 좋아지는 것만은 아닐 것 같은데."

유일표는 암담한 자신의 얘기에서 벗어나려고 다시 말머리를 돌렸다.

"응, 얘들을 계속해서 공고 쪽으로 보내. 그게 가장 안전한 방법이야. 왜냐하면 우리나라 산업이 단순 수공업과 보세가공 차원에서 중화학공업으로 확대되기 시작했거든. 그건 산업발전의 당연한 과정인데, 중화학공업이 육성될수록 공고 출신들은 무한정 필요하게 되니까."

"음……, 그런데 말야, 아무리 애를 쓰고 가르쳐도 공고를 갈 수 없는 애들이 더러 있거든. 마음은 착한데 머리가 못 따라가는 애들이라 참 딱해."

유일표는 꼭 부모처럼 지성스러워 보였다.

"응, 그런 애들한테도 길이 있지. 공고공부를 안 하고도 해낼 수 있는 비교적 간단한 기술을 가르치라구. 거 있잖아, 중장비 운전

같은 거 말야."

허진은 너무 수월하게 대꾸했다.

"중장비? 포크레인 같은 것 말이냐?"

"응, 건설공사나 도로공사 같은 데서 쓰는 게 여러 종류가 있는데, 운전 기술을 익히기가 어렵지 않으면서 특수직종으로 취급되거든."

"그게 전망이 있을까?"

"당연하지. 앞으로 산업이 발전할수록 각종 건설공사나 도로공사 같은 건 더욱 많이 벌어질 거거든. 경부고속도로 공사 때만 해도 중장비 운전사들은 상전 중에 상전이었다는 거야. 공사는 빨리 해야 하는데 사람이 모자라는 거지. 그런 기술을 가지면 밥걱정은 안 하고 살 수 있을 테니까."

"알았어, 그렇게 해볼게. 너 주한이 결혼식 알고 있지?"

"응, 모레지. 걘 왜 그렇게 결혼이 늦었지? 부모가 가난한 것도 아닌데."

"뭐, 실업자 되었다가 다시 취직하고, 사귀던 여자하고 헤어지고 어쩌고 하다 보니 그리 된 모양이더라."

"그럼 모레 보자. 너도 이젠 결혼을 해야 될 텐데……."

허진이 중얼거리며 자리에서 일어났다. 유일표는 못 들은 척 아무 대꾸도 하지 않았다. 허진은 할머니의 소원을 따라 취직을 하고 얼마 지나지 않아 여동생의 친구와 결혼했었다. 그때 할머니가 손자의 친구들을 붙들고 고마워하고 기꺼워하던 모습은 눈물겨웠다.

유일표는 다방을 나오며 여동생의 안부를 묻고 싶었지만 차마 입이 떨어지지 않았다. 허진은 여동생에 대한 이야기를 아주 싫어했다. 허미경이 아이까지 넘겨주고 혼자가 되었다는 것도 할머니가 살짝 귀띔해 주었던 것이다. 그렇게 상처 입은 허미경이 어찌 사는지 허진을 만나면 궁금해지고는 했다.

최주한의 결혼식에는 하객들이 넘쳐났다. 의자가 모자라 식장 뒤쪽으로 사람들이 빽빽하게 서야 할 지경이었다. 유일표는 그 한쪽 구석에 박혀 서 있었다. 뜻밖에도 많이 나타난 고등학교 동창들을 피하기 위해서였다. 최주한은 사업상 이리저리 연결되는 동창들을 다 불러모았다고 했다. 그러나 유일표는 그들과 얼굴을 맞대하는 것이 싫었다. 눈이 마주치면 악수를 나누고, 그런 다음 명함을 주고받고, 직장에 대해 묻고, 직위를 묻고……, 자신은 그런 절차에 전혀 어울리지 않았다. 자신은 갖춘 것이 아무것도 없었고, 그렇다고 남다른 처지를 구구하게 설명할 수도 없는 노릇이었다.

동창들은 먼발치에서 외모만 보아도 다 윤기 흘렀고 살기 편해 보였다. 그들 앞에서 초라하지 않고 곤궁하지 않으려면 빨리 식장을 빠져나가야 했다. 그런데 한 가지 피할 수 없는 의무가 있었다. 식이 끝나고 나서 신랑 신부의 친구들이 사진을 찍을 때 자리를 채워야 하는 것이다. 최주한은 빠져서는 안 된다고 다짐을 했고, 그와는 중학교 때부터 동창이었다.

"야, 나 그만 나갔으면 좋겠다."

유일표는 이상재의 귀에다 대고 말했다.

"간다고? 말이 되니?"

이상재가 손목을 붙들었다.

"사진에 나 하나 없어도 표도 안 나겠는걸 뭐. 나 저 많은 동창들하고 인사할 기분 아니야. 알겠냐?"

"그래, 알아. 그렇지만 주한이 결혼식은 인생에 한 번이야. 저놈들은 그냥 적당히 대해 넘겨. 어차피 서로 관심 쓰는 사이 아니니까."

"……."

유일표는 보일 듯 말 듯 고개를 끄덕였다.

사진 찍는 마지막 순서로 친구들 차례가 되었다. 유일표는 정말 이상재의 말마따나 동창들을 건성건성 지나치고 있었다. 으레 뭘 하느냐고 묻는 말에는 그저 '조그만 사업'이라고 대꾸하면 그만이었다. 그들은 바람처럼 스쳐 지나가는 타인이었다. 그런데 유일표는 심한 고적감을 느꼈다. 한사코 동창들과 멀어지려고 하는 자신……, 유일표는 그 강압적 제도에 의해서 자신의 성격마저 변하고 있음을 문득 깨달았다.

"야 일표야, 상재야, 나 긴급 회의가 있어서 빨리 좀 들어가 봐야겠다. 다시 연락하자."

허진이 바쁜 몸짓을 지었다.

"넌 어떻게 된 게 맨날 기자 나부랭이보다 바쁘냐?"

이상재가 시비조로 눈을 치떴다.

"조국 근대화와 민족의 경제발전을 위해서 그런다, 왜?"

허진이 맞받고 나섰다.

"아이구, 이거 사람 버리기 잠깐일세. 알았다, 우리까지 버리기 전에 어서 가라, 어서 가."

이상재가 웃으며 팔을 내저었다.

"그래, 담에 내가 술 살게."

허진이 이상재에게 주먹을 쥐어 보이며 돌아섰다.

"말은 힘들다고 하면서도 일은 할 만한 모양이지? 취직한 다음부터 몸에 생기가 돌아."

사람들 사이를 바삐 빠져나가는 허진을 바라보며 이상재는 웃음 가득한 얼굴이었다.

"당연하지. 고생고생해서 1차 목표를 이룬 거니까. 누구보다 건실한 모범사원이 될 거야."

유일표의 눈길도 허진의 뒷모습을 따라가고 있었다.

"1차 목표?"

"응, 내가 괜히 그렇게 붙인 거야. 언젠가 허진이 말한 인생 목표는 자식들을 춥고 배고프게 하지 않도록 부자가 되는 것이었거든. 그 말을 해놓고 허진은 유치하지 않느냐며 부끄러워했는데, 일단 대기업에 입사했으니까 그 다음부터는 뭐겠어? 그 목표를 달성하기 위해서 줄기차게 뛰는 거지. 철공소생활에서부터 대기업에 도달했던 것처럼 말야. 허진은 잘해낼 거야."

"그래, 가난하게 성장해 온 샐러리맨들이 품는 평범하면서도 절실한 꿈이로구나. 허진은 특히 가난이 지긋지긋하겠지. 어쨌거나 월급쟁이들이 잘살아 본댔자 그게 그거겠지만 대기업에서 성실하게 근무하면 평생 생활보장이야 걱정할 게 없겠지. 우리나라도 '평생직장'이라는 고용제로 샐러리맨들의 천국을 이루었다는 일본을 본뜨려고 하고 있으니까."

"응, 허진이 단단하게 맘먹고 덤비니까 뭔가 좀 색다르게 될 수도 있을 거야, 벌써 일류대학 출신들을 실력으로 꺾을 태세를 단단히 하고 있던데. 출세를 향한 사나이들의 경쟁, 몸에서 생기가 돌 만도 하지. 가자, 어디 가서 차나 한잔 마셔야지."

유일표는 걸음을 떼어놓았다.

"그래, 가자."

이상재는 자신도 모르게 유일표의 어깨를 쳤다. "출세를 향한 사나이들의 경쟁, 몸에서 생기가 돌 만도 하지." 이 말을 듣자 가슴이 찡해지면서 '너 부러운 모양이구나?' 하는 말이 나가려 했던 것이다. 어찌 부럽지 않을 것인가. 펄펄한 젊은 나이에.

이상재는 또 그때의 유일표의 모습을 보고 있었다. 아버지가 돌아가신 허진을 도우려고 상급생들의 교단에까지 섰던 모습. 그 적극성과 용기와 말솜씨, 그리고 우정. 그런 남자다운 능력을 가진 유일표는 정치가의 꿈을 안고 있었다. 그런데 그는 이상야릇한 죄 아닌 죄 때문에 오른팔 잘리고, 왼팔 잘리고, 오른다리 잘리고, 왼다리 잘리고, 사나이로서 경쟁 기회를 송두리째 빼앗겨버렸다.

허진의 오늘은 유일표가 만들어냈다고 해도 지나친 말이 아니었다. 친구들을 언제나 허진 쪽으로 이끌었던 것은 유일표였다. 그는 자기 아버지 때문에 그런 것인지 어쩐지 허진의 할아버지가 독립투사인 것을 엄청나게 높게 받들었다. 그는 외롭고 힘든 허진을 늘 친구의 우정 이상인 보호자의 모습으로 지켜주었다. 이상재는 자신도 그렇게 유일표를 돕고 싶었다. 그러나 유일표에게 씌워진 그 얄궂은 죄명은 우정마저 매정하게 차단했다.

이상재는 다방으로 들어서며 아무리 생각해도 속만 상하는 그 우울한 생각을 떼쳐냈다. 그리고 유일표를 만나면 꼭 추궁하려고 했던 그 일을 바짝 끌어당기며 마음을 다잡았다.

"너 정말 날 속이고 그럴래!"

이상재는 의자에 앉으며 불쑥 말했다.

"거 무슨 소리야. 기자 나리를 속이다니. 나 같은 게 그런 건더기라도 있었으면 좋겠다."

유일표는 정말 아무런 느낌 없는 얼굴로 대꾸하며 담뱃갑을 탁자에 던졌다.

"얘 이거 눈 하나 깜짝 안 하고 연극하는 것 보게. 너, 허미경이 혼자 사는 것 언제부터 알고 있었어?"

정면으로 치고 드는 이상재의 공격에 유일표는 깜짝 놀랐다.

"아니, 그걸 어떻게 알았지? 그건 말야, 속이려는 게 아니었고 서로를 위해서 모르는 게 낫다고 생각했던 거야. 허진의 할머니도 아무도 모르게 하라고 신신당부를 하셨고."

유일표는 당황스러움으로 목소리가 떨리고 있었다.

"너, 그거 말이 되냐? 최소한 나한테는 얘길 했어야 되잖아."

"이런, 그때가 너 결혼 얘기 한창 오가고 있을 땐데 그따위 소리

해서 어쩌라고?"

"그런 때였으니까 얘길 했어야지."

이상재는 흥분기를 보이며 담배연기를 내뿜었다.

"뭐라고? 그랬으면 판이 달라졌을 거라는 투잖아, 이거."

"그래서 안 될 것 뭐 있어? 일은 다 해결되서 원점으로 돌아온 건데."

이상재는 터무니없이 정색을 하고 있었다.

"도대체 그게 무슨 잠꼬대야. 그때 넌 멀쩡한 총각놈으로……."

유일표는 차마 '애까지 낳은 여자'를 하는 말은 하지 못했다.

"야, 웃기는 소리 작작해. 나도 총각 아니었어. 너도 총각 아니었 듯이."

"그래서? 내 참 별소리 다 듣겠네. 너 한국놈 맞아?"

유일표는 헛웃음을 치며 커피잔을 들었다.

"처녀인 것만은 못하지만 그까짓 것 별거 아니야. 품행이 나쁜 것도 아니었고, 강제로 당한 거잖아."

"야 관두자. 난 통 이해가 안 가는 소리들뿐이다. 네가 그렇게 서 양식이고 신식인 줄은 몰랐다."

유일표는 손사래를 치며 고개를 돌렸다.

"이봐, 진정한 사랑을 해보지도 못한 주제에 뭘 이러쿵저러쿵 말 이 많아. 진정한 사랑 앞에서는 그따위 것들은 아무 문제도 되지 않아."

이상재의 진지한 얼굴은 상기되기까지 했다.

유일표는 진정한 사랑이란 게 뭐냐고 물으려다가 불현듯 일어난 어떤 느낌 때문에 그만두었다. 자신의 감정에는 비아냥거림이 들어 있었던 것이고, 이상재와 허미경이 얼마나 깊은 사랑을 나누었는지 자신은 전혀 모르고 있었다. 처음부터 자신과 이상재는 영 달랐었다. 자신은 허미경을 친구의 동생으로만 생각했을 뿐인데 이상재는 어느 때부턴가 사랑의 대상으로 접근했던 것이다. 사랑의 감정이나 경험에 대해서 자신은 아무 말도 할 자격이 없는지도 몰랐다.

이상재는 연애편지를 쓰고, 그 답장을 받는 재미와 즐거움으로 월남의 더위도 견뎌내고 군대생활도 쉽게 해낼 수 있었다고 했다. 자신은 그런 연애 경험을 해본 적이 없었다. 남자로서의 능력이 없어서가 아니라 용돈도 변변히 없는 처지에 여자를 사귄다는 것은 아예 꿈꾸지 않은 일이었다.

"됐어. 여러 말 할 것 없고, 허미경의 집이 어딘지 대기나 해."

마치 형사가 취조를 하듯 이상재는 자리를 고쳐 앉으며 다잡고 들었다.

"이새끼 이거, 이제 와서 어쩔려고?"

너무 어이없어 유일표는 또 헛웃음을 쳤다.

"구워 먹든 삶아 먹든 그건 상관 말고 어서 대라니까."

"이런 참. 그건 나도 몰라."

"모르긴 뭘 몰라. 그 거짓말 내가 믿을 것 같으냐?"

"정말 몰라. 생각해 봐라. 그걸 할머니나 허진이, 누구한테 물을 수 있겠냐. 나도 궁금해하다가 말았지."

"알았어, 그까짓 것……."

이상재는 거칠게 성냥을 그어댔다.

"허! 아직도 펄펄 젊어서 좋다."

이상재와 헤어져 남산 기슭의 넝마더미로 돌아오면서 유일표는
마음이 못내 수수롭고 착잡했다. 모두가 제 나름대로 삶의 터전을
잡아가고 있었다. 안정된 직장에다 새 집안의 가장이 된 그들은 여
유롭고 자신감이 차 보였고, 행복해 보이기도 했다. 그들은 아무런
장애도 방해도 없이 삶의 길을 능력껏 욕심껏 내닫기 시작하고 있
었다. 대학을 졸업한 다음 몇 년 동안에 벌어진 차이가 비교할 수
없을 정도로 현격한데 10년 후, 20년 후의 차이가 어떨 것인지는
상상할 필요조차 없는 일이었다.

"워쩔 것이냐. 문딩이도 살고 곰배팔이도 사니라. 우럴 올래다봄
서 분해허지도 말고 원통해허지도 말고 그저 나만 못헌 사람 봄서
착헌 맘으로 착허니만 살어. 착허니 살다 보면 존 날도 안 오겠냐."

유일표는 어머니의 말을 떠올렸다. 어머니는 더러더러 그런 비슷
한 내용의 말들을 한숨 섞어 하고는 했다. 그 말들은 실의에 빠진
자식에 대한 위로였고, 아버지를 대신한 사과이기도 했다.

그래, 형도 사는데…….

유일표는 형을 생각하며 부질없이 뻗어오른 망상의 가지들을 또
다시 부러뜨렸다.

"아, 어서 오시오. 결혼식은 어땠어요?"

넝마를 분류하고 있던 이용진 대장이 유일표를 반갑게 맞았다.

"예, 잘 끝났습니다."

"최주한 씨가 우리한테 베풀어준 고마움 평생 잊지 못할 거요. 유 형이 아니었으면 난 어쩔 뻔했소."

이용진은 때가 겹겹으로 낀 목장갑을 벗으며 담배를 권했다.

"무슨 말씀이십니까. 다 대장님이 쌓으신 공이지요. 대장님께서 허진을 도와주셨고, 그 은덕으로 맺어진 인연인걸요."

"에이, 그런 말 말아요. 과분하게. 어쨌든 참 우리 좋은 인연이오. 유 형, 조금만 더 고생해 주시오. 머잖아 좋은 일이 있을지도 모르니까."

"좋은 일이라니요?"

"뭐, 아직 확실하지 않으니까 좀더 두고 봅시다."

유일표는 이용진 대장을 따라 웃었다. 이 재건대에서 좋은 일이라고 해봐야 뭐 별거랴 싶었고, 그저 이용진 대장과 함께 있으면 마음 편하고 위안받는 기분인 것이 좋을 뿐이었다.

이용진 대장은 마음이 넓었고, 좀체 화를 내는 일이 없었고, 돈 욕심을 부리지 않는 사람이었다. 독립투사 자손으로서 푸대접을 받는 것에 대해서도 불만스런 내색 한 번 하는 일 없이 더럽고 냄새나는 넝마 속에 파묻혀 재건대 꾸려가는 일에만 성심을 다했다. 유일표는 심덕이 좋다는 말을 이용진 대장한테서 실감하고는 했다.

유일표는 일요일에 빨랫감을 챙겨가지고 집으로 갔다. 그 일 이후로 더욱 말이 없고 탈진해 버린 것 같은 형은 집에 없었다.

"형은 어디 갔어요?"

"잉, 어디 갔는지 몰르겄다. 말얼 안 허고 나가는디, 에로와서 워디 가냐고 물을 수도 없고. 요 각다분헌 시상, 워찌 또 살아볼 길 찾니라고 나간 것 아니겄냐. 참 모질고도 징허다."

해촌댁이 한숨을 토해냈다. 그 한숨은 짙고도 길었다.

유일표는 수없이 들어온 그 한숨에 맞추어 자신도 모르게 소리 없는 한숨을 내쉬며 담배를 빼들었다. 그는 담배만 연달아 깊게 빨아댔다. 또 살길을 찾아나선 형을 생각하자 어머니에게 할말이 아무것도 생각나지 않았다.

"야아야 일표야, 거 머시냐……, 요새 라지오에서 남북이 서로 만내 머 헌다고 시끄러운 거 안 있냐 와."

아들이 담배를 반쯤 피웠을 즈음에 해촌댁은 머뭇거리는 기색으로 말문을 열었다.

"예, 남북적십자회담 말인가요?"

"잉, 그것. 그 일이 어째 잘 풀려나가겄냐 으쩌겄냐?"

유일표는 어머니와 눈이 마주치는 순간 충격을 받았다. 눈물이 어린 듯한 눈은 너무 간절했는데, 어머니는 아버지를 보고 있는 것이 분명했다.

"예, 잘되겠지요. 잘돼야지요."

7

어리석은 도박

세종로 가운데 줄지어 선 은행나무들이 그 특유의 고운 빛깔로 물들어 있었다. 어떤 것들은 성급하게 낙엽져 흩날리기도 했다.

아아, 벌써 가을이네…….

버스에서 내려 어느 쪽으로 가야 할지 잠시 머뭇거리던 김선진은 자동차들의 질주에 휩쓸리는 은행잎들을 보면서 문득 가을을 느꼈다.

가을 하늘은 투명하고 맑은 푸르름으로 깊고 깊었다. 그 하늘을 배경 삼아 윤곽이 더욱 뚜렷하고 가까워 보이는 북악산과 인왕산에도 색색의 단풍들이 물들어 있었다.

참 이상하지. 왜 가을이란 계절에는 쓸쓸하고 슬픈 느낌이 드는 것일까…….

김선진은 쓸쓸함과 슬픔이 깊게 사무쳐오는 것 같은 하늘을 하염없이 바라보며 그런 생각을 했다. 그러다가 누구에게 들키기라도 한 것처럼 그 감상을 지우려고 했다. 중학교 시절부터 가을만 되면 느끼는 의문이었고, 고등학생이 되면서는 사내답지 못하다는 흉을 잡히지 않으려고 애써 감추려고 했던 감상이었다. 김선진은 별생각 다 한다 싶어 스스로에게 쑥스러워지면서 광화문 지하도 쪽으로 걷기 시작했다.

사내답지 못하다는 것……, 남자답지 못하다는 것……, 고등학교 시절에 신물나게 들었던 그 말을 그는 또 생각하고 있었다. 선생들은 걸핏하면 그 말을 쓰곤 했는데 특히 체육선생들은 심했다. 힘이 약한 애들은 힘이 약한 것도 서러운데 운동을 잘 못한다고 체육시간이면 맨날 구박을 받아야 했다.

물론 학교에서만이 아니었다. 무슨 일에 겁을 내거나, 내키지 않는 일을 피하려 하면 집에서나 동네어른들이나 서슴없이 사내답지 못하다거나 남자답지 못하다는 퉁을 놓았다. 사내답기 위해서 아파도 아프다는 말을 삼켜야 했고, 남자답기 위해서 억지기운을 쓰거나 거짓 용기를 낸 경험이 없는 남자는 아마 하나도 없으리라 싶었다. 그건 여자들과 달리 남자들이 겪는 고통이고 시달림이었다.

그러나 사회인이 되면서 그 기준은 더욱 확대되었다. 기운 세고, 씩씩하고, 담이 크고, 용감해야 하는 데다가 사회적 능력까지 덧붙여지게 되는 것이다. 바로 큰형과 작은형은 그 좋은 비교 대상이었다. 검사인 큰형은 누구나 인정하는 남자다운 남자인데, 금년에도 고등고시에 낙방한 작은형은 영 한심스러운 남자답지 못한 남자였다.

'내가 왜 법대를 지망했을까. 이제 어찌하면 좋단 말인가. 형 앞에서 더욱더 비참해지고 초라해지는 내 꼴……. 차라리 죽고 싶다……'

술 취한 작은형이 휘갈겨놓은 낙서였다. 술이 취해 삐뚤삐뚤한 글씨들은 그 내용만큼이나 절박하게 작은형의 심정을 드러내고 있었다.

작은형이 법대를 지망했던 것은 큰형의 영향이 절대적이지 않았을까 싶었다. 자신이 그랬던 것처럼 작은형도 큰형을 본보기로 삼았던 것이 거의 틀림없었다. '큰형을 본받아라' 하는 말은 어렸을 적부터 아버지 어머니한테 수도 없이 들어온 말이었다. 작은형은 자기도 큰형처럼 되고 싶었을 것이고, 큰형이 고등고시를 패스하니까 자기도 쉽게 합격하리라고 생각했을 것이다. 어쨌거나 작은형의 앞길이 큰일이었다.

김선진은 국제극장 쪽의 계단을 오르며 자신도 모르게 숨을 몰아쉬었다. 큰형만 생각하면 기가 질리고 주눅이 들었다. 아버지가 돌아가시고 나자 큰형은 갑자기 아버지 같은 존재로 변하면서 어려운 사이가 되었다. 어머니가 깍듯하게 가장 대우를 했던 것이다. 그리고 검사가 되고 나니 큰형은 완전히 색다르게 보였고, 거리감은 더욱 커졌다. 상대생인 자신이 그런 지경이니 몇 년째 고등고시 낙방거사인 작은형이 큰형 앞에서 얼마나 견디기 어려울 것인지는 더 말할 것이 없었다.

김선진은 다방으로 들어서며 벽에 걸린 시계부터 보았다. 약속 시간보다 30분이 일렀다. 큰형을 만날 때는 늘 그랬다. 그는 두리번 거리며 빈자리를 찾아가 앉았다. 왜 갑자기 큰형이 호출을 했는지 알 수 없어 하며 그는 통성냥의 성냥개비를 토막토막 부러뜨리기 시작했다.

"성냥하구 무슨 웬수졌어요? 뭘 드시겠어요?"

탁자 위에 물컵을 놓던 아가씨가 성냥통을 뺏듯이 하며 날이 선 소리로 물었다.

"아, 예에……, 커, 커피요."

그제서야 자신이 성냥개비를 부러뜨리고 있었던 것을 의식하며 김선진은 얼떨결에 대답했다.

김선진은 커피를 아껴 마시며 큰형이 왜 불렀을까를 골똘히 생 각해 보았다. 그러나 어머니로부터 시작해서 식구들의 얼굴만 엇 갈릴 뿐 아무것도 짚이는 것이 없었다.

"나야 여그 촌구석지가 좋다. 서울 거그 짠뜩 정신머리 없이 시끌시끌허기만 허제 워디 사람 살 디드냐. 여그 아부지도 기시 고……."

어머니가 하는 말이었다. 그러나 그건 거짓말이었다. 어머니는 시 골에 혼자 떨어져 있는 것을 못내 외로워하면서도 큰아들을 생각 해서 그렇게 말을 꾸며대고 있었다. 어머니가 서울로 올라오시면 큰형이 모셔야 하고, 그리 되면 형제들도 합치게 되고, 그러자면 집 이 커져야 하고, 집을 키우려면 큰돈이 필요하고, 유식한 서울 며 느리가 함께 살려고 할지 모를 일이고……, 어머니는 이런 복잡한 문제들을 미리미리 헤아렸던 것이다.

그런데 어찌 된 일인지 큰형은 어머니를 서울로 모셔올 내색조차 하지 않았다. 머리 좋은 큰형이 어머니의 그런 심중을 모를 리 없을 텐데 이상하게도 어머니 말을 그대로 따르고 있었다. 그 점에 있어서는 큰형은 둘도 없는 효자였다. 어머니를 서울로 모시는 문제에 대해 다른 형제들은 입도 뻥긋하지 못하는 것에 비해서 가장 적극적으로 나서는 유일한 사람이 서독에 있는 큰누나였다. 어머니를 외롭게 시골에 혼자 두는 것은 사람의 도리가 아니라는 내용의 편지를 큰누나는 계속 보내왔지만 서독은 너무 멀기만 했다.

"왔냐."

큰형이 맞은편 자리에 앉는 것을 느끼며 김선진은 벌떡 몸을 일으켰다.

"앉아라."

김선진은 우물쭈물하며 의자 끝에 엉덩이를 걸쳤다.

"너희 학교도 방학했지?"

담배를 피우고 있던 김선오는 아가씨가 커피잔을 놓고 가자 불쑥 물었다.

"예에, 그날 다 똑같이……."

"그럼 그동안 넌 뭘 했어?"

김선오는 미처 반도 안 탄 담배를 부러뜨려 끄며 커피잔을 들었다.

"예, 그냥……, 집에서……."

김선진은 당황해서 어쩔 줄을 모르며 말을 어물거렸다.

"넌 이번 조처를 어떻게 생각하지?"

기울인 커피잔을 입에 댄 채로 김선오는 동생을 빤히 쳐다보았다.

"예에……, 저어……, 그러니까……."

큰형의 매운 눈초리에 주눅들며 김선진은 머릿속이 하얗게 비어가는 것을 느끼고 있었다. 무슨 대답을 어떻게 해야 할지 전혀 종잡을 수가 없었다.

"뭐 어렵게 생각할 것 없어. 넌 이미 성인인 대학생이고, 투표권을 가진 국민이야. 그런 입장에서 이번 일에 대한 자기 생각이 없을 리 없으니까 그걸 솔직하게 말하면 되는 거야."

"예에……, 제 생각으로는……, 이번 조처는 부당하다고 생각합니다. 왜냐하면 민주주의를 말살하고 장기집권을 획책하는 행위이기 때문입니다."

김선진은 이미 정리하고 있었던 생각을 전문적 문자를 써가며 응축시켜 대답했다. 큰형 앞에서 자신의 지적 수준을 입증하고 싶은 욕구가 작용하고 있었다.

"그래, 말 잘했는데……." 김선오는 커피잔을 놓고 느리게 담배에 불을 붙이더니, "너 그 말을 형사들이나 중정 요원들이 엿들으면 어떻게 되지?" 그는 싸늘하게 동생을 쏘아보았다.

"예에……?"

김선진은 소스라치게 놀라며 몸이 딱 굳어졌다.

"지금 비상계엄 상태다. 그런 식의 말은 절대 입에 올려서는 안 된다. 넌 그저 공부만 해. 알겠어?"

"예에……."

"그리고 서울에서 괜히 빈둥대지 말고 내일 당장 집으로 내려가서 공부나 해라. 서울에서 친구들하고 어울려봤자 위험한 말들만 지껄이게 되고 아까운 시간 낭비니까." 김선오는 양복 속주머니에서 봉투를 꺼내고는, "이건 너 차비하고 어머니 생활비다. 가서 방학이 끝날 때까지 어머니 모시고 잘 있어. 난 딴 약속이 있어서 그만 가봐야겠다." 그는 동생 앞 탁자에 봉투를 놓고 일어났다.

김선진은 큰형을 따라 일어나며 온몸의 맥이 풀리는 것을 느끼고 있었다. 큰형이 어느 때보다도 심하게 타인처럼 느껴졌다.

"작은형은 어떻게 지내나?"

김선오는 다방을 나서면서 물었다.

"그냥……, 그렇게……."

김선진은 어떻게 대답해야 좋을지 몰라 또 우물쭈물했다.

"그냥 그렇게라니, 방향을 바꾼 것 같은 눈치가 안 보이더냐?"

"예……, 다시 고등고시를 볼 작정인 것 같던데요."

김선진은 잘됐다 싶어 일부러 분명하게 말했다.

"미련한 자식, 모자라기는……. 그렇게 알아듣게 말했는데."

김선오는 화를 내며 발길을 돌렸다.

김선진은 인사를 하려다 말고 머쓱해져 큰형의 뒷모습을 멍하니 바라보고 있었다. 빳빳하게 곤두선 목덜미는 큰형이 얼마나 화가 났는지를 보여주고 있었다. 그는 큰형이 작은형에게 이제 그만 고등고시를 포기하고 방향을 바꾸라고 했다는 것을 그제서야 알았다.

김선진은 고개를 떨구며 한숨을 쉬었다. 작은형의 장래를 걱정하는 큰형의 입장도 알 것 같았고, 차라리 죽고 싶은 심정이면서도 그 꿈을 버리지 못하는 작은형의 입장도 딱하기만 했다. 고등고시에 매달리다가 열 번 이상 떨어져 끝내 신세를 망치는 사람들도 적지 않다고 했다. 작은형도 잘못하다가는 그리 될 수도 있었다. 그건 참 상상만으로도 암담하고 비참한 일이었다.

작은형이 왜 자꾸 낙방을 하는지 이해할 수가 없었다. 작은형도 공부를 곧잘 하는 편이었고, 똑같은 고등고시 공부를 몇 년째 하다 보면 모르는 게 없고 요령도 생길 만한데 왜 합격이 안 되는지 모를 일이었다. 어머니가 장독대에 정화수를 떠올리고 날마다 비는 것도 작은형에 이르러서는 아무런 효험도 나타내지 못했다. 작은형이 이제 와서 방향을 바꾸면 무엇을 하게 될지 모르지만, 무언가 한가닥 모자라는 게 있다면 그 길을 택하는 게 현명하지 않을까 싶었다. 그러나 자신이 그런 이야기를 꺼낼 입장은 못 되었다. 막내인 자신은 작은형과 나이 차이가 너무 많이 났다.

김선진은 이래저래 우울해진 마음으로 터벅터벅 발길을 옮겼다. 퇴근시간이라 거리에는 사람들이 한결 많아져 있었다. 사람들은 변함없이 재빠르고 부산스럽게 발걸음을 옮겨놓고 있었다. 그들의 모습에서 지금이 비상계엄 상태라는 것을 느낄 수는 없었다.

김선진은 술을 한잔하고 싶었지만 당장 만날 수 있는 친구들이 없었다. 비상계엄과 함께 시작된 방학으로 친구들은 다 흩어진 형편이었다. 그는 하는 수 없이 집으로 가는 버스를 탔다.

집에 도착할 때까지 그는 내내 마음이 께름칙했다. 큰형은 형사나 중정 요원들을 들먹였지만, 정작 큰형이 마치 형사나 중정 요원 같았다. 미리 겁을 먹여 입조심을 하게 하려고 그렇게 무서운 태도를 취했겠지만, 어찌 보면 큰형은 이번 조처를 그리 나쁘게 보는 것 같지 않은 인상도 풍겼다.

"큰형이 왜 불렀든?"

밥상머리에서 김선태가 물었다.

"응, 서울에 있지 말고 내일 당장 시골로 내려가라고."

김선진은 마땅찮은 어투로 대꾸했다.

"별걸 다 간섭이구나. 겨우 그까짓 지시를 하려고 그 바쁘고 귀하신 몸께서 친히 시간을 내셨어? 뭐 또다른 얘긴 없었냐?"

밥을 우물거리면서 하는 김선태의 말은 완연한 비아냥거림이었다.

김선진은 잠시 망설였다. 그 얘기밖에 없었다고 하는 건 그렇지 않아도 풀죽어 한쪽으로 몰려 있는 작은형을 더욱 따돌리는 것 같았고, 또한 이번 조처에 대한 작은형의 의견도 들어보고 싶었다.

"으응, 이번 조처를 어떻게 생각하느냐고 묻데."

"그래? 그래서 넌 뭐라고 했냐?"

김선태는 침을 삼키며 관심을 드러냈다.

"대학생으로서, 국민의 한 사람으로서 솔직하게 말하라고 하길래 이번 조처는 부당하다고 했지. 왜냐하면 민주주의를 말살하고 장기집권을 획책하는 행위이기 때문이라고."

"야아, 너 상대생에 어울리지 않게 명답 중에 명답을 했구나. 역시 검사 나으리 동생이라 다르네. 그런데 큰형이 뭐라든?"

김선진은 작은형의 반응이 적극적이어서 뜻밖이라는 생각이 들었다. 그리고 풀죽은 작은형의 기분이 조금이라도 바뀔 수 있다는 것에 이야기할 흥이 생기기도 했다.

"그랬더니 글쎄, 그 말을 형사나 중정 요원들이 엿들으면 어떻게 되겠느냐고 묻잖아. 난 깜짝 놀라 가슴이 오싹해져서 아무 말도 못했어."

"하아, 너가 검사님의 유도신문에 꼼짝없이 걸려들고 말았구나. 그래서 서울에서 그따위 소리 지껄이고 다니지 말고 시골에 가서 처박혀 있으라고 한 거지?"

"작은형은 어떻게 그걸 알아? 귀신이네."

"어떻게 알긴. 그거야 법관들이 상대방을 공략하는 언술의 기본인걸. 그래서 넌 뭐랬어?"

"뭐라긴. 큰형의 명령인데. 차비까지 받았으니까 내일 당장 내려가야 해."

"그래, 어차피 잘됐다. 엄니 혼자 심심하신데 막둥이가 내려가면."

그때까지 말없이 밥만 떠넣고 있던 김명숙이 반색을 했다.

"흥, 검사님께오서 어린 막냇동생을 상대로 검사 노릇을 톡톡히 하셨구나야. 형사니 중정 요원이니 살벌하게 공갈까지 쳐가면서. 하여튼 우리의 김선오 검사님 크게 출세하실 거야."

쓴웃음과 함께 비틀어져 돌아가는 입만큼 김선태의 말에서는 야유가 느적거렸다.

"작은오빠, 말을 그렇게 하면 어떡해. 큰오빠는 선진이를 위해서 입조심을 시킨 건데. 요새 좀 살벌해?"

김명숙이 냉큼 말꼬리를 세웠다.

"그으래⋯⋯?" 김선태는 밥을 뜨다 말고 여동생을 쳐다보더니, "알았어, 그렇다고 해두자." 그는 무슨 말인가를 밀어넣듯 입이 미어지도록 밥을 떠넣었다.

김선태는 여동생의 말에 몹시 비위가 상하는 것을 꾹 눌러 참고 있었다. 여동생은 형의 배경을 이용해 돈을 찾은 다음부터 형에 대해서는 영 딴판으로 태도가 변했다. 무슨 일에나 형을 거들거나 편들고 나섰다. 권력이나 돈 앞에서 비굴하지 않은 사람이 없다고 하지만, 여동생이 변한 것을 볼 때마다 사람의 심보가 저리도 간사한 것인가를 거듭 느끼지 않을 수 없었다.

그는 방금도 그런 속마음을 시원하게 털어놓고 싶었지만 애써 참아냈다. 그건 형제간의 우애를 위해서가 아니었다. 초라하고 약한 자신을 위해서였다. 한마디로, 그런 말을 해서 여동생의 감정을 상하게 했다가는 가뜩이나 볼품없는 신세로 밥을 얻어먹고 있는 입장이 더 곤궁하고 난처하게 될 것이 뻔했다. 그러나 자신의 허약한 처지 때문에 여동생의 눈치까지 보며 할말을 하지 못하는 자신의 비굴을 의식하는 것이 그는 더욱 비참했다.

"작은형, 이번 사태는 영 말이 안 되잖아? 3선개헌을 날치기로 한 게 언제라고."

김선진은 서먹해진 분위기를 바꿀 겸해서 말을 돌렸다.

"당연하지. 이젠 이 땅의 민주주의는 종말이다. 아니 민주주의는 아예 없었으니까 그만두고, 저치들이 좋아한 한국적 민주주의도 그나마 끝장났다. 계엄령을 선포해서 군인들 풀어놓고 종신대통령을 해먹겠다고 나섰으니 임금님의 탄생이 아니고 뭐냐. 이젠 암흑천지다."

"작은오빠, 어린애들한테 그런 말 마구 하면 어떡해. 데모하라고 바람 넣는 것도 아니구. 큰 탈 나게 생겼네."

김명숙이 덤비는 기색으로 정색을 했다.

"뭐 어린애?"

"작은누나도 차암……."

김선태와 김선진은 거의 동시에 헛웃음을 쳤고 어이없어했다.

"어린애가 아니고 그럼 뭐야? 너 왜 그렇게 이상한 얼굴을 하고 있니?"

김명숙은 김명숙대로 작은오빠를 쏘아보던 눈길을 막냇동생에게로 돌리며 가당찮아하고 있었다. 여기저기 타향을 떠돌며 어머니 다음으로 보고 싶어했던 막냇동생 선진이는 지금도 여전히 어린애로만 보였다.

"이거 왜 이래? 넌 부모도 아니면서. 여든 먹은 어머니가 예순 먹은 아들 보고 자동차 조심하랜다더니, 너도 그 짝 났냐? 정신차려, 선진이는 엄연한 대학생이고 성인이야. 옳고 그른 것을 자력으로 판단할 줄 알아야 하는 사회인이란 말야."

정색을 한 김선태의 말은 무척이나 공격적이었다.

"그래도 그렇지……, 괜한 말을……."

김명숙은 작은오빠의 기세에 눌리고, 막냇동생이 자기보다 훨씬 더 많이 배웠다는 것을 새삼스럽게 깨달으며 어물거렸다.

"작은누나, 걱정하지 마. 우리들도 이번 일을 자세히 알아야 될 필요가 있거든. 그것도 아주 중요한 공부야. 그냥 공부를 하는 거니까 신경쓰지 마."

김선진은 자신을 유난히 사랑하는 작은누나를 위로하는 기분으로 말했다.

"그래, 말 잘했다. 이번 사태는 그 누구보다도 대학생들이 그 흑심과 악영향에 대해서 잘 알아야 해. 신문에 보도된 왈 유신헌법이라는 것을 빨간 줄 쳐가면서 조목조목 따져봤는데, 그건 한마디로 법이 아니야. 아까 말한 대로 대통령을 임금으로 바꾼 건데, 이북에서 김일성이 혼자 출마해서 당선되는 것처럼 이쪽도 똑같은 수법을 만들어냈어. 세상에 소가 웃을 일이지, 달에 사람이 오가는 20세기에 이 무슨 졸렬하고 유치한 만행이냐. 참, 내가 법을 공부한다는 것에 절망하고 환멸을 느낀다."

김선태는 숟가락을 놓고 숭늉사발을 들었다.

"근데 작은형, 이게 앞으로 어떻게 될까? 저 사람들 의도대로 일이 잘돼나갈까?"

"모르겠다. 계엄 상태로 총칼 앞세워 일을 해나갈 테니까 어떻게 되긴 되지 않겠냐? 쿠데타를 일으킨 경험자들이니까. 하지만 그 다음이 문제다. 어쨌거나 내가 보기로는 어리석기 짝이 없는 도박을 벌이고 있어."

김선태는 담배에 불을 붙이며 무겁게 고개를 저었다.

"그럼 사회적으로 반대가 일어날까? 여러 가지로 억압이 심할 텐데."

"글쎄, 억압이 있는 곳에 저항이 있고, 독재는 봉기를 부른다는 말이 있지? 어찌 되는지 두고 보자. 헌데⋯⋯." 김선태는 담배연기를 길게 내뿜고는, "말이 나왔으니까 하는 말인데, 나 어쩌면 고등고시 때려치울지도 모른다. 이번 사태를 당하면서 심각하게⋯⋯, 냉정하게 생각해 봤는데, 이런 한심한 나라, 대통령이 3권을 장악해 버리는 무법국가에서 더 이상 법관이 돼야 할 이유가 없어. 나같은 낙방거사가 이런 소리를 하면 사람들은 웃을지도 모르지. 그러니까 큰형한테는 이런 말 절대로 하지 마라" 하며 그는 스산하게 웃었다.

"그럼 뭘 할 건데? 큰오빠가 말한 대로 사법공무원 시험 볼 거야?"

김명숙이 기다렸다는 듯 물었다.

"너 사람 웃길래?"

김선태의 눈에서 불화살이 날아갔다.

"피이, 작은오빠 괜히 야단이야."

김명숙은 거세게 맞대거리하며 밥상을 들고 밖으로 나가버렸다.

김선진도 작은형의 눈치를 살피며 밖으로 나갔다. 자신은 작은형이 생각하고 있는 점까지는 전혀 미치지 못했었다. 작은형의 생각이 예리하고 옳은 것 같았다. 목표 변경을 원하고 있었던 큰형의 이야기를 머뭇거리며 꺼내지 않았던 것을 그는 다행으로 여겼다.

"엄니한테도 아직 아무 말 하지 말아라."

이튿날 아침 일찍 집을 나서는 동생을 대문 앞까지 배웅하며 김선태는 침울하게 말했다.

"알았어. 어쩌면 작은형이 잘 생각했는지도 몰라."

김선진은 작은형을 보며 웃었고,

"짜식. 잘 갔다 와."

김선태는 동생의 어깨를 툭 치고 돌아섰다.

김선진은 서울역에 도착할 때까지 작은형이 여지껏 공부한 것을 이용해 택할 수 있는 길들을 생각해 보았다. 그러나 사법공무원 시험을 볼 거냐는 작은누나의 말에 그렇게 화를 냈던 것이 자꾸 생각을 방해했다. 작은형은 이미 결혼 적령기도 넘기고 있었고, 일반회사에 취직하기에도 마땅한 나이가 아니었다. 김선진은 무거운 마음으로 기차표를 끊었다. 어머니는 작은형에 대해서 첫 번째로 물을 텐데 적당히 둘러대야 할 말도 아직 떠오르지 않았다.

기차에는 빈자리가 없이 사람이 차 있었다. 그런데 대여섯 시간 달리는 동안에도 그 사태에 대한 이야기는 전혀 들리지 않았다. 김선진은 화장실을 오가면서 신경을 써보았지만 사람들은 사소한 얘기들만 나누고 있었다.

대개 시골사람들이라 배움이 낮아 그런가, 정치에 무관심해서 그런가?

그러나 그것이 아니었다. 비상계엄의 위력이 기차 안에까지 퍼져 있다는 것을 김선진은 뒤늦게 깨달았다. 신문과 통신을 사전 검열하는 계엄 상황의 위험을 감지하는 촉수는 그렇게 예민했던 것이다. 그 본능적 예민함을 십분 이용하며 그들은 자기네 목표를 향하여 질주하고 있는 거였다. 군대를 앞세운 국가적 폭력 앞에서 개개인들은 얼마나 허약한가. 그 허약함을 단적으로 입증하는 것이 다수가 만들어내는 침묵이었다. 그러나 개개인만 침묵하는 것이 아니었다. 신문들도 약속이나 한 것처럼 침묵하고 있었다. 신문들의 침묵은 대중들의 침묵을 낳고, 그 침묵은 독재가 거침없이 뿌리를 뻗어가게 해주고 있었다.

"와따메, 워째 인자사 온다냐 와. 하매 올라능가, 하매 올라능가, 기둘리니라고 목이 황새 모가지가 다 되야부렀다. 워디 보자 내 새끼!"

월하댁은 막내아들을 얼싸안으며 눈에는 눈대로, 목에는 목대로 눈물이 그득했다. 김선진은 어머니의 외로움이 얼마나 깊은지를 아프게 느끼며 어머니를 꼭꼭 끌어안았다.

"엄니, 나가 올지 어찌케 알았드랑가요?"

마루에 앉으며 김선진의 입에서는 절로 고향말이 흘러나왔다.

"음마, 여그가 서울서 천리 밖 촌구석지라고 니 벌로 보덜 말어. 라지오가 안 있냐. 라지오에서 느그덜 대학 방학했다는 것 다 들었당께로."

월하댁은 치마 끝을 뒤집어 눈언저리를 훔치며 말했다.

"집에 라디오가 있다고라……?"

"이잉, 동네 라지오가 있어부러. 새마을운동인가 헌마을운동인가 덕으로 거 머시라드냐, 소리 왕왕 나는 것 있지야? 선거 때 쓰는 것 말이여, 이 그려, 확성기 말이다. 그 확성기를 아침저녁으로 틀어댄께 온 동네사람들이 다 항꾼에 라지오 들어감서 안 사냐."

월하댁은 자랑하듯이 말했다.

"아, 예에……."

김선진은 약간 의아스러운 얼굴로 고개를 끄덕였다. 작년부터 떠들썩하게 시작된 새마을운동이라는 것이 금년 들어 그런 시설을 한 모양이라고 생각했다.

"가만있어라 보자, 니 입다실 것이 마땅찮다 와."

몸을 일으키며 두리번거린 월하댁은 검정고무신을 끌며 부산스레 마당을 가로질러 갔다. 그리고 텃밭 가장자리의 생울타리 옆에 선 감나무에서 감을 따기 시작했다.

"아나, 얼렁 많이 묵어라. 단감으로 순천 단감을 친다드라만 우리 강진 단감 못 당헌다. 강진 단감이사 햇발 더 많이 받고 잡짜름헌 갯바람할라 쐼서 익은 것잉께 살이 더 사근사근허고 단물이 많애 맛이 훨썩 진허고 깊으제, 항."

월하댁은 손바가지에 가득 담긴 감을 마루에 쏟아놓으며 감 자랑이 늘어졌다. 어렸을 때부터 들어온 그 귀에 익은 말이 정겨워 김선진은 싱그레 웃었다.

"봐라, 노리꾸리허니 딱 묵기 좋고 맛나게 안 생겼냐. 느그덜이 지지고 볶음서 한울 안에 살 적에넌 누구 손을 타는지도 몰르게 풋감 철에 반 넘어 없어져불고 허둥마 인자는 가실이 져무는디도 저리 가지가 째지게 매달렸다 와."

둥글넓적한 생김에 토실하게 살쪄 먹음직스럽게 잘 익은 감을 치마에 씩씩 문질러 막내아들에게 내밀며 이렇게 말하는 월하댁의 말끝에는 희미한 한숨이 하르르 서리고 있었다.

감을 받으며 가슴이 뭉클해진 김선진의 눈길은 감나무로 옮겨갔다. 정말 감나무에는 감들이 주렁주렁 달려 가지들이 찢어질 지경이었다. 그 풍성하게 매달린 감들이 자식들 다 떠나버린 사실과 홀로 남은 어머니의 외로움을 동시에 말해 주고 있었다.

단감은 풋감 때부터, 아니 감꽃부터가 달았다. 그래서 아버지 어머니 눈을 피해 서로 풋감 따먹기에 바빴다. 아버지는 '풋감 많이 먹으면 뒤가 막힌다'고 겁을 주었고, 어머니는 '조상님 젯상에 올리기 전에 손대면 벌받는다'고 공갈을 쳤다. 그러나 손이 닿는 가지의 감들은 익어보지도 못하고 다 자취를 감추고 말았다. 그런데 어머니는 자신이 혼자 있을 때면 치마폭에 감추었던 풋감을 살며시 꺼내주고는 했다. "우리 막둥이는 키가 작아서 늘 손해 보지야? 아이고메 짠허고 불쌍헌 거." 이러면서 어머니는 엉덩이를 토닥거려 주고는 했다. 그럴 때면 달치근한 풋감맛보다는 엉덩이에 느껴지는 어머니의 손맛이 훨씬 더 좋았던 것이다.

"야아 야, 무신 생각을 그리 헌다냐? 얼렁 감 묵제. 속도 출출헐 것인디."

"아, 예에……."

김선진은 감나무에서 얼른 눈길을 거두며 한입 가득 감을 베물었다.

"혼인허든 해에 느그 아부지가 저 감나무를 심군 것인디……, 사람은 가고 읎어도 정 남은 표식인가 으쩐가 감은 오래도 잘도 달린다……."

월하댁은 낮은 가락을 읊조리듯 중얼거렸다.

"엄니, 엄니도 드셔야제라."

김선진은 교복 끝자락을 뒤집어 어머니가 하던 것처럼 감을 씩씩 문질러 내밀었다.

"아서, 아서. 그 옷이 어쩐 옷이라고. 대학상 옷얼 아무나 입는 것이드라냐."

월하댁은 질겁을 하며 막내아들의 교복을 털어댔다.

"하이고 참, 엄니가 잡수시는 건디 으째서라."

김선진은 어렸을 적 말투로 말하며 감을 한번 더 교복에 문질러 어머니 손에 쥐여주었다.

"아서, 아서. 글면 안 되는 거여. 자석 잘되기 바래면 에미는 자석 그림자도 볿아서는 안 되는 법이여." 월하댁은 받아든 감을 두 손으로 감싸잡으며 고개를 내두르고는, "어이 와, 선진아, 니 작은성은 으쩌고 있다냐? 인자 더 죽을 기도 읎어서 사람 꼬라지가 아니것제?" 하며 주름 가득한 얼굴에 그늘이 서렸다.

"엄니, 너무 속상해허지 마씨요. 작은성은 벨라 기죽은 눈치 없이 그작저작 잘 전디고 있응께요."

김선진은 그저 막연하게 얼버무렸다.

"글씨, 겉보기로야 암시랑토 안허게 꾸밈서나 그 속이 얼매나 씨리고 애리고 답답컸냐. 갸도 넘헌테 지기 싫어허고, 챙피시런 꼴 못 참는 성민디. 좌우간 한 성제간에서 내리 정승 안 나온다는 옛말이 맞는게비여."

월하댁은 긴 한숨을 내쉬었다.

김선진은 작은형과 나눈 말을 참으려다 보니 다른 위로의 말이 마땅하지 않아서 감만 마구 씹어댔다. 아삭아삭 씹히면서 풀향기가 섞인 것 같은 단물이 번지는 단감의 맛은 어렸을 때 그대로였지만 그는 그 감미로운 맛을 제대로 즐길 수가 없었다.

"시장허고 노곤허지야? 씨암탉 한 마리 잡어 푹 골 텡께 니넌 손발 씻고 한숨 자그라."

월하댁은 굽은 허리를 더디게 폈다.

"새벽종이 울렸네 새아침이 밝았네.

우리 모두 일어나 새마을을 만드세.

살기 좋은 새마을 우리 힘으로 만드세."

김선진은 쩌렁쩌렁 울려대는 이 노랫소리에 놀라 잠이 깼다.

"아이고메, 귀청 떨어지겄네. 아칙보톰 요것이 무신 일이랴?"

그는 눈을 비비며 마루로 나서면서 목청을 돋우었다.

"나가 어지께 말 안 허디냐. 아침저녁으로 〈새마을노래〉 틀어댄다고."

월하댁이 장독대에서 된장을 떠가지고 돌아서며 대꾸했다.

"하이고, 아칙마동 저리 시끄럽게 틀어댄다고라?"

"하먼. 늦잠덜 자지 말고 일쩍일쩍 일어나 일허라고 깨우는 것잉께. 니도 저 소리 아니였음사 안 일어났을 것 아니여?"

어머니의 반응이 꽤나 긍정적인 기색이어서 김선진은 더 할말이 없었다.

꿍짜, 꿍짜 하는 단조로운 반주로 이어지는 〈새마을노래〉는 한 번으로 끝나는 것이 아니었다. 확성기는 아무런 장애 없이 쩌렁쩌렁 울리며 아침 공기를 흔들어대고 있었다.

김선진은 마뜩찮은 기분으로 고무신을 끌며 뒷간으로 갔다. 〈새마을노래〉는 서울에서도 수시로 들었다. 작년부터 라디오에서는 뻔질나게 틀어댔고, 영화관에 가면 새마을운동은 〈대한뉴스〉의 앞자리를 차지하는 단골 메뉴였고, 텔레비전 뉴스에도 자주 나왔다.

그러나 새마을운동이 농촌을 잘살게 하는 정책이라서 그런지, 아니면 그 노래가 별다른 감흥을 자아내지 못해서 그런지 서울사람들은 대개 귓등으로 흘리고 마는 편이었다. 그러나 시골에서 듣는 그 노래는 달랐다. 마치 가수가 바로 눈앞의 무대에서 불러대는 것처럼 어찌나 우렁차게 울려대는지 귓등으로 흘려버릴 도리가 없었다.

김선진은 어찌할 수 없이 소변을 보면서 그 노래를 새겨듣고 있었다. 그 단조로운 반복음이 무슨 군가 같기도 했고, 국민학생들의 발맞추기용 곡조 같기도 했다. 그러나 대중들을 한 목적으로 이끌어가는 데는 저런 노래가 효과적일지도 모른다는 생각이 들기도 했다.

〈새마을노래〉는 세 번이나 반복하고 끝을 맺었다. 김선진은 뒷간에서 나오며, 전국 농촌마다 저런 식일 거라는 사실을 깨달았고, 저리 되면 사람들이 오히려 지겨워하지 않을까 싶기도 했다.

"엄니, 저 노래 듣기 좋으신게라?"

김선진은 넌지시 물었다.

"무신 소리여? 듣기 존 노래도 너무 들으면 징해진다고 안 허디냐. 근디, 근다고 워쩔 것이냐. 나라에서 허는 일인디. 글고 농촌 잘살게 헐란다니께 얌전허니 참고 들어야제."

월하댁은 아궁이에 불을 때며 아들의 눈치를 살폈다.

"글먼 그간에 머시가 달라진 것이 있습디여?"

"글씨, 인자 시작헌 초장이라서 긍가 어쩐가 안직 잘 몰르겄다. 면직원들 말로 허자면 만리장성을 쌓는디, 예나 지끔이나 누가 관리덜 말이사 다 믿는다냐. 그 말 중에 열에 하나만 되야도 안 되는 것보담은 낫다 허고 다들 기둘리고 있는 참이제, 쌀부텀 소출 많이 나게 헌다고 면직원들이 못자리 보고 댕기고, 새 방식으로 허는 모내기 지도헌다고 발싸심허고 댕기고 허는 것이 전에 책상머리에 잦지받지허니 앉었든 것에 비허면 많이 달버졌지야. 워째, 니넌 뜨광허냐?"

"아니요. 농촌이 잘살게만 됨사 더 좋을 것이 없제라. 잘되얄 것인디……."

"잉, 잘될 거이다. 딴사람도 아니고 대통령이 팔 걷어붙이고 차고 나서서 허는 일잉께로. 작은 꼬치가 맵드라고, 그 양반이 허는 일인디 비문헐라다냐.”

김선진은 더 할말이 없어서 그냥 웃었다. 작은 고추란 키 작은 대통령에 대한 애칭이었다. 경제개발 5개년 계획이 거듭되면서 잘 살게 된 것을 차츰 실감하게 되자 ‘역시 작은 고추가 맵다니까’ 하는 말이 오가게 되었고, 어느덧 그 신뢰의 표현은 애칭으로 굳어져 있었다. 그 말을 특히 쓰기 좋아하는 것은 여자들이었다. 그 의미가 무엇인지 해독하기 야릇하고 난해했다.

김선진은 어머니가 이번 사태를 어떻게 생각하는지 물어볼까 하다가 그만두었다. 어머니는 그 일에 대해서 별다른 관심이 없는 것 같았고, 혹시 그렇게 법을 바꾼 것이 좋다고 할지도 모른다는 생각이 들기도 했던 것이다.

김선진은 며칠째 영어책을 펼쳐놓고 있었지만 공부할 마음이 잡히지 않았다.

“회사들이 자꾸 생겨나고 기존하는 회사들도 규모가 확대되고 있으니까 상대 졸업하면 취직이야 용이하겠지. 그렇지만 좀더 좋은 기업으로 진출하려면 영어 실력들을 길러야 해. 우리나라는 수출에 의존하지 않으면 안 되고, 외국인들을 상대하는 데는 영어가 기본 무기니까.”

교수들이 하는 말이었다.

외국인을 상대하는 영어는 회화를 말하는 것이었다. 그러나 그걸 잘해보려고 할수록 절망스러울 뿐이었다. 한번은 학교에 미국인 교수가 와서 강연을 한 적이 있었다. 미리 프린트한 강연 내용을 가지고 있었기에 망정이지 그렇지 않았더라면 거의 한마디도 알아듣지 못했을 뻔했다. 프린트를 들여다보면 모를 것이 별로 없는데도 발음이 너무 달랐던 것이다. 발음의 그 엄청난 차이 때문에 대부분의 학생들은 자기가 알고 있는 영어가 영어가 아니라는 사실에 충격을 받는 동시에 기가 질리고 말았다. 그러니 강연 다음에 이어진 질의 토론이 제대로 될 리 없었다.

그 일을 겪고 나서 두 권으로 된 영어 회화책을 사서 마음먹고 덤벼들었지만 절망감은 갈수록 심해지고 있었다. 회화책의 내용을 달달 외우는 것은 그다지 어려운 일이 아닌데 그들처럼 미끈미끈하고 꼬불꼬불하게 혀가 돌아가지 않는 한 그건 아무 쓸모가 없는 헛수고였다. 행동 기민한 친구들은 종로통의 회화학원에 다닌다고 했지만 강사가 한국사람인 바에야 헛돈 쓰는 것에 지나지 않았다. 그렇다고 미국사람이 강사인 학원은 있지도 않았다.

그런 고민을 토로하는 학생들에게 어떤 교수가 말했다.

"그러길래 이 지구상에 영어가 마흔다섯 가지 정도 된다는 말이 있지. 말이 다른 각 나라마다 자기네 식으로 영어 발음을 하게 되는 거야. 이런 일화가 있어. 2차대전 후에 일본의 어떤 영문학자가 일본의 국제화를 위해서 공용어를 영어로 바꿔야 한다는 주장을 하고 나섰어. 그 돌발적인 주장은 패전의 열등감에 빠져 있던 일본 사회에 큰 물의를 일으키게 되었지. 그런데 뜻밖에도 그 사람은 미국의 초청을 받았어. 뭐, 뜻밖일 것도 없는 일이지. 그때 패전 일본을 장악하고 있던 미국의 입장에서 볼 때는 스스로 그런 주장을 하고 나선 학자를 환영할 수밖에. 그 학자는 난생처음 미국에 가서 환대를 받으며 미국의 저명인사들을 모아놓고 강연을 하게 되었지. 물론 영어로 말야. 강연을 다 마치고 났는데 청중들이 하는 말이, '일본말도 우리말하고 좀 비슷한 데가 있는데 그래', '웅, 그런 것 같기도 하군' 이랬던 거야. 그 학자는 일본으로 돌아와 다시는 ㄱ 주장을 하지 않았다는 거야. 다른 나라 말을 하는 데는 다 그런 한계가 있는 거니까 최선을 다해서 노력은 하되 그들과 똑같이 되지 않는다고 고민할 건 없어. 똑같아지려고 하는 건 망상이고, 망상에 매달리는 건 어리석은 짓이니까."

김선진은 회화책을 덮어버렸다.

"엄니, 나 광주 잠 나갔다 올라요."

"광주? 무신 일 있간디?"

"아니 머……, 책 몇 권 살라고라."

어머니가 혼자 있기 싫어하는 기색인 것 같아 김선진은 얼른 둘러붙였다.

"잉, 공부헐람사 책이 있어야제. 요놈에 디년 참 망혔다. 지대로 된 책방 한나 없고. 여그 책값……."

월하댁은 치마를 걷어올려 속곳에 달린 주머니에서 돈을 꺼내 막내아들에게 내밀었다.

"돈 있는디요. 큰성이 용돈 줬구만이라."

"아, 얼렁 받어. 그야 용돈이제 책값이간디? 오래 걸린다냐?"

월하댁은 아들 손에 돈을 쥐여주었다.

"아니요. 핑 돌아올라능마요."

김선진은 회화공부가 난감해 광주 걸음을 나서는 것만이 아니었다. 서울에서부터 일어난 바람이 영 잡히지 않았다.

김선진은 광주에 도착하자 곧바로 고등학교 때 친구 송상균을 찾아갔다.

"얼랴, 강진 촌놈이 워쩐 일이다? 썩을 놈, 니 언제 내래왔다냐?"

식모와 대문에서 나누는 말을 먼저 알아들은 송상균이 일본식 집 2층에서 내려다보며 반갑게 소리쳤다.

"미친놈, 니넌 언제 내래왔냐? 나 메칠 되았다."

김선진이 맞받아 대꾸하며 웃었다.

"요런 호로자석아, 그랬으면 오듬절로 이 성님헌테 인사를 와얄 것 아니여? 나는 방학허든 날로 바로 내래와 짭짭혀서 죽을 맛이었는디. 나 나갈라든 참이었응께 니 그대로 거그 있어."

송상균이 모습을 감추었다.

김선진은 마당 가운데 자리잡은 모둠꽃밭으로 걸음을 옮겼다. 오랜 세월 개울물에 잘 닦인 돌들로 동그랗게 꾸민 모둠꽃밭에 구절초며 국화 같은 가을꽃들이 청초하게 피어 있었다. 그런데 그 흔한 코스모스는 보이지 않았다. 청승스러워 귀신이 붙는다 하여 목련을 울안에 심기를 피하는 것처럼 들꽃으로 격을 낮게 치는 코스모스는 화단에 올리지 않은 것이다.

김선진은 깔끔하게 손질된 모둠꽃밭을 보면서 도회지의 삶을 느끼고 있었다. 시골에서는 잘사는 기와집 몇몇을 빼고는 모둠꽃밭을 볼 수가 없었다. 농가에서는 마당 넓이를 한 뼘이라도 더 넓혀 계절 따라 멍석들을 펴 각종 곡식들을 말리고 거두어야 했던 것이다. 마당을 못 쓰는 대신 농가에서는 장독대 언저리를 빙 둘러가며 접시꽃에서부터 분꽃, 봉선화, 맨드라미, 채송화, 수선화까지 고루 심어 초가집들을 치장했다.

"나 요새 불효허는 것이 가심 아파 똑 죽겄단 마다."

몸집 큰 송상균이 혁대를 조이고 나오며 떠벌렸다.

"무신 소리……?"

"야가 영 못쓰겄네, 이거. 아, 뜬금없이 10월에 방학시키는 바람에 그 비싼 등록금 날라가불들 안혔냐. 나가 이 천고마비의 계절에 딱허니 공부에 열중허고 있는디 즈그덜 맘때로 방학혀서 요리 불효를 저질르게 맹긍께 이보담 더 가심 아플 일이 워디 또 있겄냐 마다."

"도적놈, 말은 청산유수시."

김선진은 대문을 나서며 픽 웃었다.

"그려서 나가 소송허기로 혔시야."

"등록금 물어내라고야?"

"웜메 쪼옷겉은 놈, 그리 날랑 알아묵어불면 으쩌냐. 홍어회에 초장 안 찍은 거맨치로 싱건 놈."

송상균이 김선진의 등짝을 철벅 쳤다.

"니 시방 어디 가는 참이여?"

"지까징 것이 뛰어야 벼룩이제. 광주서 헐일 없는 룸펜이 지아무리 뛰어봐야 떨어지는 디가 워디겄냐. 충장로제."

"미리 약속이 있었는갑제?"

김선진은 상대방이 누구냐고 눈으로 묻고 있었다.

"이, 남수, 윤남수여. 빌어묵게 짭짭허고 땁땁헌께 술타령만 허게 된단 마다. 니, 남수 괜찮허지야?"

"아닌디. 술맛 떨어질라고 헌다, 왜?"

"잘되았다. 오랜만에 술이나 푸자."

"근디, 여그 광주는 으쩌냐? 계엄령 내린 것 보고."

"글씨 말이여……, 그것이 긍께……, 니가 시방 보는 대로여. 니기미, 계엄령이라는 것이 입이 있어도 말을 못 허게 허는 지랄 겉은 것 아니여? 긍께로 다 속맘 딱 숨키고 저리 씰룩씰룩허니 살아가는 것 아니겄냐. 워쨌그나 인자 세상 다 망해분졌다."

송상균은 침을 내뱉었다.

상점들이 밀집되어 있는 충장로의 오후는 언제나 그렇듯 생기로 넘치고 있었다. 충장로는 세 가지 특징을 가지고 있었다. 폭넓은 길이 5리 넘도록 곧게 뻗어 있었고, 우마차나 자동차가 다닐 수 없었고, 상점들이 서울 못지않게 번화했다.

"저놈이 미쳤다냐? 웬 가시네새끼들이여?"

다방으로 들어선 송상균이 한쪽을 바라보며 어리둥절해졌다.

김선진의 눈에 잡힌 것은, 웃고 있는 두 여자에게 무슨 이야기인가를 열심히 하고 있는 윤남수의 모습이었다.

"얼라, 검사님 동생이 어쩐 행차시여? 잉, 오늘 일진이 좋은갑다. 서로 인사들 허드라고. 우리 여성 동포들로 말씀디릴 것 같으면, 호남의 명문 전남여고를 우수한 성적으로 졸업허시고 서울로 유학 중인 현민자, 한연희 씨······."

윤남수의 너스레를 따라 그들은 인사를 나누었다.

"나허고 현민자 씨는 국민학교 동창인디 충장로서 딱 안 만냈겄냐. 인자 우리도 성인 다 되얐고, 시절도 하 수상허고 지랄 같은께 한자리 험서 야그나 허자고 혔어. 이 성님 배려가 으떠냐?"

윤남수가 송상균을 쳐다보며 짖궂게 웃었다.

"좋제, 술만 잘 마실 수 있음사."

송상균이 능청스레 받아넘겼다. 두 여대생은 소리 없이 웃고 있었다.

"니 오늘 내래오는 참이여?"

윤남수는 김선진에게 물었다.

"아니, 메칠 되았는디 강진 있기 답답혀서 광주는 어쩐가 허고 걸음혔어."

"광주라고 머 벨수 있겄냐. 서울서 꼼지락 못허는 판잉께 여그서도 기 팍 죽어 눈치만 살살 보고 있제."

윤남수가 혀를 차며 김선진에게 담배를 권했다.

"나 안직 못 배웠어야."

김선진이 손을 저었고,

"야가 남자 체면이고 대학생 위신이고 다 깎아부네? 술허고 담배야 기본조건 아니여? 니, 술도 못허는 쫌팽이 아니다냐?"

윤남수는 어이없어했다.

"술이야 소싯적부텀 마셨응께 술값 걱정이나 해라."

김선진은 눈칫돈 받아쓰는 형편에 담배까지 피워 궁색스러워지고 싶지 않았던 것이다.

"남수 씨, 술 담배로 남자 자격 따지지 마시고 정신차리세요. 앞으로 대학생 자격은 새로 생길 거라구요."

현민자는 서울말로 또렷하게 말했다. 당차게 생긴 얼굴만큼 그 말도 야무졌다.

"고것이 무신 소리다요? 자다가 봉창 뚜딜기는 소리도 아니겄고……."

윤남수는 담배연기를 느리게 뿜어내며 현민자를 의심쩍게 쳐다보았다.

"그게 하나도 못 알아들을 소리가 아니잖아요. 이번 사태가 그 사람 뜻대로 되겠어요, 안 되겠어요."

"그야 물으면 잔소리제."

"잘 아시네요. 그럼 세상이 어떻게 되겠어요?"

"허, 요것 꼭 구두시험 치는 기분이시. 마르고 닳도록 그 사람 차지제 어째."

"근데 말이에요, 그 사람이 앞으로 얼마나 살 것 같아요? 20년? 30년?"

그러면서 현민자는 세 남자를 둘러보았다.

문득 무슨 생각에 부딪힌 것 같던 그들의 얼굴은 긴장되거나 굳어졌다.

"61년부터 금년까지 12년째예요. 그 사람은 체구가 작고 얼굴이 군살 없이 검어서 그렇지 아주 건강해요. 얼마 전에 어떤 잡지에 난 사진을 보니까 진해 휴양지에서 수영복을 입고 찍은 건데 탄탄한 몸에 탄력이 넘치는 데다, 그 쇳소리 나는 카랑카랑한 목소리를 보세요. 그리고 몸에 좋다는 건 얼마나 많이 골라 먹겠어요. 어쩌면 앞으로 30년을 더 갈지도 몰라요. 앞으로 30년이면 댁들은 몇 살이 되죠? 다 쉰을 넘는다구요. 지금 우리 눈에 쉰 살 넘은 사람들은 인생 다 살아버린 노인네로 보이잖아요. 댁들도 남자 인생 전부를 그 사람 지배 밑에서 살게 될 판이라구요. 이승만을 생각해 봐요. 이건 괜한 소리가 아니라구요."

세 남자는 아무 말도 하지 못했다. 그들의 얼굴은 점점 더 일그러지고 구겨지고 있었다.

"그거 일리가 있는 말인 것 같소. 어디 가서 술이나 좀 마십시다."

한참 만에 송상균이 입을 열었다.

"아니에요. 저희들은 그냥 가겠어요. 여긴 서울이 아닌데 커피면 충분해요. 손바닥만한 데서 괜히 술집 드나들었다간 큰일나요."

윤남수는 저녁이라도 먹고 가라며 붙들었지만 그녀들은 가벼운 손인사를 남기고 떠나버렸다. 그들은 침통한 얼굴로 충장로 뒷골목의 술집을 찾아 들어갔다.

김선진은 송상균과 함께 이틀 동안 끙끙 앓듯이 했다. 술을 어찌나 많이 마셔댔는지 술탈도 그만큼 심했다.

"나 인자 가야 쓰겄다."

아침밥을 먹고 나서 김선진은 옷을 챙겨 입었다.

"참 기분 드럽다. 속으로 생각허고 있었음시로도 여자헌테 그런 말 딱 듣고 봉께 참 기가 차단 마다. 어찌혀 볼 힘은 없고……."

송상균도 그 일에서 벗어날 수 없는 듯 이렇게 말했다.

"그려, 더 두고 보자. 판이 워찌 돼가는지. 개학이 되면 학생들 맘이 자연시럽게 표나덜 안컸냐."

"글씨, 어찌 될란지……."

송상균은 보일 듯 말 듯 고개를 끄덕였는데 그 얼굴에는 우울한 기색이 스치고 있었다.

김선진은 책 서너 권을 사가지고 집으로 돌아왔다. 현민자의 말을 곱씹을수록 마음은 더 답답했지만, 광주의 분위기가 부정적인 것이 그나마 위안이 되었다.

그는 매일 아침 줄기차게 울려대는 〈새마을노래〉에 신물을 내며 잠을 깼다. 그리고, 펴놓은 책장이 잘 넘어가지 않는 나날을 보내야 했다. 하루하루를 너무 무의미하고 지루하게 보내는 것이 아까워 값싼 여행이라도 하고 싶은 마음이 간절했다. 그러나 그런 여유 있는 돈은 없었다.

그런데 11월로 접어들면서 투표바람은 불기 시작했다. 유신헌법에 대한 개헌 국민투표의 바람이었다.

"한국적 민주주의 우리땅에 뿌리박자.

하나로 뜻을 뭉쳐 민족통일 앞당기자."

이런 표어들이 시골 동네 여기저기에 나붙었다. 그리고 면직원들은 정신없이 자전거를 몰아대며 이 동네 저 동네로 뻔질나게 돌아다녔고, 이장은 집집마다 찾아다니며 성인들 수를 세기에 바빴다.

김선진은 어느 날 어머니의 심부름을 하려고 읍내에 나갔다가 송동주를 만났다.

"이이 처남, 오랜만이시. 자네 내래왔다는 말 진작에 들었는디, 그랬음사 이 매형헌티 인사 와야 되덜 안혀?"

송동주는 여전히 비위장 두꺼운 소리를 서슴없이 했다. 그는 자기가 큰누나를 좋아했었다고 해서 그렇게 말하는 것이 어이없어 김선진은 어색스럽게 웃었다.

"검사 영감님은 잘 기시고?"

김선진은 그저 고개를 끄덕였다.

"자네는 검사 성님 생각혀서라도 요분 투표에 딱 찬성이제?"

김선진은 순간적으로 송동주가 관청과 가깝다는 것을 생각했다. 그리고 큰형을 생각해서도 함부로 입을 놀릴 계제가 아니었다.

"하먼이라."

"잉, 그래야제. 여그 자네 친구들 많제? 그 사람들도 다 찬성허게 맹글어. 젊은 사람들이 삐까딱혀서 영판 골머리가 아픈 것이 아닝께로. 알겄제?"

"예. 근디 성님은 요새 머허시오?"

"어허 이 사람, 소식이 깡통이시. 나가 면 새마을위원장 된 지가 은제라고. 가드라고, 커피 한잔허게."

"아넌디요. 친구들허고 약속을 혀서요."

김선진은 송동주를 떼치고 빨리 걸으며, 때에 따라 감투를 잘도 바꿔 쓰는 그 재주에 놀라고 있었다.

어수선한 투표바람이 거세진 끝에 결국 투표날이 다가왔다.

"야아 야, 으쩨야 쓸끄나? 찬성에 붓대롱 눌러야겄지야?"

저녁을 먹고 난 월하댁이 물었다.

"엄니도 참. 투표를 허지 말아야제라."

"머시여? 니 정신나갔냐? 눈 시퍼러니 뜨고 종그고 있는 것 몰라서 허는 소리여? 맘에 안 차면 투표장에 가서 붓대롱으로 요량부려야제, 니 그런 수완도 못 부려갖고 이 험헌 시상 워찌 살라고 그냐?"

김선진은 어머니를 멍하니 바라보았다.

"낼 나허고 항꾼에 가야 혀."

"글먼 엄니도 반대에 붓대롱 눌르씨요."

"아니, 큰성 맘은 안 그럴 것인디?"

"그래야만 이 나라가 지대로 된단께요."

"금메, 무신 욕심이 그리 많은지……."

국민투표는 유권자의 90.1퍼센트의 투표율을 보였고, 그중 찬성이 91. 5퍼센트였다. 투표가 끝나도 비상계엄은 해제되지 않았다.

8

돈은 돌고 돌아

깊어진 겨울의 추위가 혹심해 한강이 얼어붙고 있었다. 타원형의 스케이트장이 군데군데 이루어질 정도로 얼음은 두꺼워져 있었다. 철새들은 매운 추위 속에서 긴 강변을 따라 날고, 사람들은 잔뜩 웅크린 채 종종걸음을 쳤다.

만원버스에서 내린 정동진도 오버깃을 세우며 어깨를 움츠렸다. 난방장치라고는 없는 시내버스 속에서 발은 이미 감각이 무딜 정도로 얼어 있었다. 추위에 떠밀려 발걸음을 빨리하며 그는 참혹한 심정이었다. 빚쟁이들에게 자가용을 빼앗기고 이런 신세가 될 줄은 상상도 못했던 것이다. 날마다 빚쟁이들에게 시달리는 한편으로 어음 부도에 몰리고 있는 그의 마음은 혹한보다 더 얼어붙어 있었다.

어음은 자신이 발행한 것이 아니었다. 그러나 어음마다 분명 자신의 직인과 실인들이 찍혀 있었다. 그 엄연한 사실 앞에서 자신이 발행한 것이 아니라고 아무리 말해 보았자 통할 리가 없었다. 오히려 어이없는 사기를 당한 멍청이로 웃음거리가 될 뿐이었다.

정동진은 회사 앞에서 엉거주춤 걸음을 멈추었다. 이젠 돈벌이하는 회사가 아니라 형벌을 받는 지옥이었다. 오늘은 또 얼마짜리 어음이 부도나면서 빚더미가 커질지 모를 일이었다.

"세상에, 세상에 어찌 이럴 수가 있어요. 동업자를 외국에 내보내놓고 이런 짓을 하고 이민을 떠나버리다니, 천벌받아 죽을 인간이에요. 아니, 아니, 당신이 바보예요. 어찌 그리 사람을 알아보지 못해요. 그따위 인간을 믿고 동업을 하고, 도장까지 다 맡기다니, 세상에……."

아내는 날마다 통곡이었다. 아내의 말이 맞았고, 그럴수록 절망만 깊어졌다. 하늘이 무너진다는 말이, 믿는 도끼에 발등 찍힌다는 말이 바로 그것이었다. 별 둘을 달도록 되어 있었는데 느닷없이 쿠데타가 일어나 군복을 벗어야 했던 그때의 절망감은 아무것도 아니었다. 그때는 그나마 퇴직금이 있었고, 사회 기반을 잡도록 도와주겠다는 귀띔이 있었다. 그러나 이젠 사업이 거덜나 알거지가 될 판이었다.

임상천, 네놈이 어찌 이럴 수가…….

정동진은 그동안 골백번도 더 한 원망과 저주를 씹으며 한숨을 토해냈다. 세상에 온갖 사기가 많지만 임상천이 그런 식으로 자신을 배신할 줄은 꿈에도 몰랐던 것이다. 그동안 월남 특수를 타고 톡톡한 재미를 보았던 것은 전적으로 자신의 힘이었다. 왜냐하면 쿠데타 이후 이북 출신들의 세력을 조직적으로 제거해 나갔기 때문에 임상천은 날이 갈수록 연줄이 끊겼던 것이다.

이렇게 당할 줄 알았더라면…….

정동진은 또 안타까운 후회를 했다. 월남전의 불길을 따라 사업도 번창해 나갈 때 문득문득, 이거 남 좋은 일 너무 시키는 거 아닌가, 하는 생각이 떠오르고는 했었다. 그러나 그런 음흉한 마음을 먹는 스스로를 힐책하며 동업자의 의리를 저버리지 않으려고 애썼던 것이다. 그런데 이제 와서 생각하면 임상천은 그때부터 이미 딴생각을 품고 기회를 노리고 있었던 거였다.

정동진은 견디기 어려운 증오와 절망 속에서 그저 한 가지 실낱같은 기대를 가지고 있었다. 제발 임상천이 회사의 재산 절반까지만 어음을 끊었기를 바랐다. 그렇게만 되면 한 가닥 소생의 길은 있었다. 그러나 그 기대도 불안하기 짝이 없었다. 자기 몫만 찾아갈 사람이었으면 그런 짓을 하지도 않았을 것 같았다.

"오늘은 어찌 됐나?"

정동진은 사무실로 들어서기 바쁘게 물었다.

"예, 은행에서 또 연락이…….'

경리부장이 어물거렸다.

"어, 얼마짜리래?"

"800짜리 두 장…….'

"뭐라고? 두, 두 장씩이나…….'

정동진은 두 손으로 머리를 감싸며 곧 쓰러질 것처럼 비틀거렸다.

"사장님, 정신차리세요."

경리부장이 정동진을 부축했다.

정동진은 눈앞이 어질어질한 현기증에서 깨어나며 사장실로 들어갔다.

"이봐, 사장 어딨어, 사장!"

얼마 지나지 않아 서너 명이 소리치며 사무실로 들어섰다.

"왜들 그러세요? 누구시죠?"

경리부장이 풀죽은 소리로 말했고, 다른 직원들은 고개를 떨구고 있었다.

"몰라서 물어? 어음 부도났잖아, 부도! 사장 저기 있지?"

그들은 거친 기세로 경리부장을 밀치며 사장실로 가려고 했다.

"예, 방금 출근하셨으니 잠깐만 기다리세요. 알고 계시니까 제가 말씀드리죠."

경리부장이 그들을 붙들며 말했다. 그러나 그들은 경리부장을 제치고 사장실로 내달았다.

"이거 보시오, 이 돈 빨리 내놔요, 빨리!"

머리를 받치고 책상에 앉아 있던 정동진은 천천히 눈을 떴다. 그의 얼굴은 핏기 없이 창백했다.

"죄송합니다. 거기 좀 앉으세요."

정동진은 소파 쪽으로 걸음을 옮겼다.

"뭐 앉고 말고 할 것 없어요. 이거 800짜리니까 어서 돈이나 내놔요."

어깨 벌어진 남자가 살벌하게 내쏘았다.

"예, 화나신 것 잘 알고 있습니다. 허나 사정 얘길 좀 들어보십시요."

정동진은 기운 없이 소파에 앉으며 그들에게 사정하는 눈길을 보냈다.

"여보쇼, 이유 없는 무덤 없는 법이니까 그따위 건 우리가 알 바 아니오. 돈, 이 돈이나 빨리 내놔요."

그들은 앉을 기미 전혀 없이 더욱 살벌한 기세를 보였다.

"예, 듣기 싫으면 안 들어도 좋습니다. 그럼 한마디만 하지요. 그건 내가 끊은 어음이 아니라 내가 외국 나가 있는 사이에 내 동업자가 사기를 치고 이민을 가버렸어요. 날마다 어음이 돌아오면서 부도가 나고 있는데, 총액이 얼마가 될지 나도 아직 몰라요. 그러니까 좀 기다려주세요."

"뭐야! 너 돈 못 갚겠다 그거야!"

어깨 벌어진 남자가 마침내 말을 놓으며 탁자를 걷어찼다.

"아니오, 갚긴 갚을 거요. 총액을 알 때까지만 기다려달라 그 말이오."

"이새끼야, 그게 안 갚겠다는 똥배짱이지 뭐야. 빚잔치 기다렸다가 푼돈 건지든 말든 난 모른다 그건데, 야 이새끼야, 너 뒈지고 싶어!"

그 남자가 다시 탁자를 걷어차는 것이 신호인 것처럼 다른 두 남자가 와락 달겨들어 정동진의 멱살을 잡아 일으켰다.

"개소리 치지 말고 뼉다구 추리기 전에 빨리 내놔. 떼먹을 돈이 따로 있지 깡바닥 돈 떼먹고 사지가 성할 것 같애?"

어깨 벌어진 남자가 오징어를 질겅거리듯 이빨로 말을 씹어내는 어감으로 말했다.

"좋아요. 나도 이젠 살고 싶지 않으니까 맘대로 하시오."

정동진은 눈을 질끈 감은 채 대꾸했다.

"어, 어, 이새끼 똥깡 부리는 것 봐. 눈 떠 이새끼야, 눈 떠!"

그때 사장실 문이 벌컥 열리며 경리부장이 소리쳤다.

"사, 사장님, 댁에서 사모님 전화입니다. 급한 전화니까 빨리 좀 받아보세요."

어쩔 수 없다는 듯 세 남자가 물러서고, 정동진은 전화를 받았다.

"여보, 나야……."

"여보, 여보, 큰일났어요. 법원에서 차압 붙이러 나왔어요. 은행에서……, 은행……."

전화 속의 목소리는 울음으로 잦아들고 있었다.

"여보……, 어쩔 수 없어. 정신차려, 정신차려야 해."

정동진은 떨구듯 송수화기를 놓았다. 그의 눈은 헛것을 보는 것처럼 텅 비어 있었다.

"이봐! 이거 어쩔 거야, 이거!"

그 남자가 어음을 정동진의 눈앞에 흔들어대며 소리쳤다.

"……."

정동진은 마치 넋 나간 사람이었다.

"야, 이거 안 되겠다. 딴 방법을 써야지. 이거 다 거덜난 놈의 회사야. 빨리 가자."

그 남자가 손바닥을 털며 돌아섰고, 두 남자가 뒤를 따라 나갔다.

정동진의 몸이 허물어지는 것처럼 허리가 푹 꺾였다. 더디게 담뱃갑을 꺼내 담배를 뽑는 그의 손끝이 부들부들 떨리고 있었다.

정동진은 며칠이 지나 회사의 경리장부를 빚쟁이들에게 빼앗겼다. 그리고 사무실 임대 보증금은 말할 것도 없고 전화까지 그들에게 넘겨주지 않으면 안 되었다.

그런 난리 속에서도 정동진은 소생의 길을 찾아 몸부림쳤다.

"지점장님, 더도 말고 1년만 참고 기다려주십시오. 제 사업의 특성을 잘 아시지 않습니까. 제 잘못이 아니라 사기를 당한 거고, 저의 배경은 그대로 살아 있으니까 시간 여유만 좀 주시면 틀림없이 재기할 수 있습니다. 그동안 건실했던 거래 실적을 참조해 주시고, 그동안의 정을 생각해서도 저를 좀 살려주십시오. 제 자식들이 한창 커나가고 있는데 그것들을 불쌍히 생각해서라도 제발 좀 도와주십시오. 제가 여기서 주저앉고 말면 그것들 신세가 어찌 되겠습니까. 지점장님 자식들하고 비슷한 나이들인데, 그것들을 좀 살려주십시오."

정동진은 가슴이 타들도록 간절하게 애걸했다.

"글쎄요, 사장님의 딱한 사정 잘 압니다만, 이게 저 혼자 힘으로 되는 것이 아닙니다. 잘 아시겠지만 조직의 원칙이라는 게 있지 않습니까. 불량고객이 발생하면 지점장은 피해손실을 최소화하기 위해서 최대한 신속하게 사무처리를 해야 할 책임이 있고, 또 사전에

고객 관리를 철저하게 하지 못한 것에 대해 책임 추궁을 당하게 됩니다. 다시 말하면 그 어디에도 불량고객을 지점장 직권이나 임의로 보호할 수 있는 구석이 없다 그겁니다."

"저어……, 그전에 보니까 제가 아는 어떤 사람은 부도를 내고도 1년 유예를 받아 재기에 성공을 했는데요……."

"글쎄요……, 그건 아주 특별한 경우일 겁니다."

"특별한 경우라면……?"

"글쎄요, 뭐랄까……, 어떤 든든한 배경이 작용해 본점 차원에서 특별조치를 취했다거나, 어느 대기업에서 납품량 보증을 서준다거나 하는 경우지요."

"아, 그렇습니까!" 정동진의 얼굴이 갑자기 밝아지더니, "그럼 저도 믿을 만한 배경을 세우면 되겠습니까?" 그는 남재구를 생각하며 말하고 있었다.

"예, 누구신지 모르지만 본점 차원에서 무시 못할 분이면 바로 효과가 날 겁니다. 어떻게 좀 잘해보시지요."

"예, 조언해 주셔서 고맙습니다. 그럼 곧 다시 뵙도록 하겠습니다."

정동진은 부리나케 남재구에게 연락을 취했다. 남재구는 집권당의 표나지 않는 실세였고, 그 힘이 미치지 않는 데가 없을 정도였다. 함께 호흡 맞춰 일을 해보니 그의 입김 앞에 장애라고는 없었다. 그런데 그는 날이 갈수록 위의 신임도 두텁게 받아 차기의 국회의원 후보로 꼽히고 있기도 했다.

정동진은 이튿날 점심시간에 남재구와 마주앉았다. 그는 자신이 당한 사태를 간추려서 이야기했다. 브리핑의 명수로 소문난 남재구를 의식해서였다.

"……그자는 이민을 떠나버리고, 내 앞으로는 날마다 부도난 어음이 밀려드는데……."

"이봐, 내가 처음에 뭐랬어. 그 자식 그거 인상이 좋지 않으니까 조심하라고 했잖아. 사람이 원……."

남재구는 정동진의 말허리를 자르며 이렇게 말했다. 그런데 그 말투가 무척 퉁명스럽고 기색도 언짢아 보였다.

"글쎄, 그 사람이 설마……."

정동진은 얼버무리며 기억을 더듬어보았다. 그러나 그는 한인곤과 함께 임상천을 소개했었지 그런 말을 한 기억은 없었다.

"글쎄가 뭐야. 동업은 아버지하고도 안 한다는데 정신차렸어야지."

"그건 그래. 다 내 불찰이지. 근데 자네한테 한 가지 급한 부탁이 있네. 그게 뭔가 하면, 내 사업 연줄은 지금 그대로 살아 있잖은가. 그 선을 이용해 1년만 열심히 하면 다시 회사를 정상으로 돌릴 수 있어. 거래 은행에서도 그 점을 인정하는데, 부도 처리를 본점에서 1년 연장받으려면 힘있는 사람이 배경이 돼야 한다는 거야. 자네 같은 실력자가 나서면 되는데, 여보게, 나 좀 도와주게. 아니, 나 좀 살려줘."

정동진은 절박하게 말했다.

"알았어. 좀 생각해 볼게."

남재구는 고개를 끄덕이며 웃었다.

"고맙네. 나 반드시 재기해서 자네 은혜를 갚을 테니까. 고마워……."

정동진은 남재구의 그 선선한 대구에 눈물이 핑 돌고 목이 멨다.

그는 초조와 불안 속에서 이틀을 기다렸다. 그러나 남재구한테서는 아무 소식도 오지 않았다. 사흘째 오전까지 기다리던 그는 더 견디지 못하고 남재구에게 전화를 걸었다. 남재구는 자리에 없다고 했다. 한 시간 간격으로 전화를 했지만 아가씨는 똑같은 대답이었다. 나흘째는 아침부터 전화를 걸었다. 회의 중이라고 했다. 다시 걸었다. 자리에 없다고 했다. 하루 종일 열 번이 넘게 걸었지만 끝내 통화가 되지 않았다.

나를 피하는구나!

머리를 친 생각이었다. 정동진은 14~15년 전 자신이 예편당한 한인곤을 그런 식으로 피했던 것을 떠올렸다.

정동진은 눈앞이 캄캄해지는 절망에 빠지고 말았다. 틀림없이 도와주리라 믿었고, 유일한 희망이었다. 그러나 되짚어 생각해 보니 남재구의 선선한 대구와 부드러운 웃음은 빨리 자리를 피하기 위한 위장이었다. 그 위장에 정신팔려 자신은 정작 남재구의 말을 소홀히 했던 것이다. 그런 식의 부탁에서 '연구해 보겠다', '생각해 보겠다'는 것은 거절이라는 것이 통설이었다.

정동진은 세상 인심이 이런 것인가 싶어 거듭 낙담했다. 자신을 외면하는 남재구가 너무나 원망스러웠다. 그와는 단순한 친구 사이가 아니었다. 그는 또다른 동업자나 마찬가지였다. 그의 힘을 빌릴 때마다 그가 만족할 만큼 꼬박꼬박 사례를 했었다. 그가 오늘과 같이 힘을 쓸 수 있게 된 것도 그 돈 힘을 무시할 수 없을 거였다. 그런데 어찌 그리 몰인정하게 외면할 수 있단 말인가…… 정동진은 너무 기가 막혀 집으로 찾아가 볼까 했다. 그러나 어차피 안 될 일, 더 비참해지고 싶지 않았다.

정동진은 생각하다 못해 한인곤을 찾아가 보기로 했다. 그가 임상천을 소개했었고, 야당 국회의원도 국회의원이었다. 그리고 그는 남재구보다 속 넓은 데가 있기도 했다. 그동안 소원하게 지냈던 것이 마음에 걸렸지만 이제 막다른 길이었다.

"모르세요?"

한인곤의 아내는 근심 짙은 얼굴로 되물었다.

"아니, 무슨 일 있습니까?"

"야당의원들 구속했잖아요. 벌써 보름도 넘었고, 신문에 다 난 사건이에요."

"아, 죄송합니다. 정말 죄송합니다. 제가 사기를 당해 회사가 다 망하게 돼서 정신없이 쫓기느라고 세상 돌아가는 걸 전혀 몰랐습니다. 정말 죄송합니다."

정동진은 그날에야 비로소 야당의원들이 뇌물수수, 공갈 등의 혐의로 구속된 것을 알았다. 그들은 평소에 올곧은 발언을 많이 하는 젊은 의원들이라는 공통점을 가지고 있었다.

한인곤마저 정치적 수난을 당하고 있으니 더 기댈 데라고는 없었다. 정동진은 낭떠러지 끝에 몰려 있는 자신의 모습을 보아야 했다. 사업이 잘 풀려나가는 동안 술을 마신 사람들도 많았고, 명함을 주고받은 사람들은 더욱 많았다. 그러나 그 많은 사람들 중에 단 하나도 도움을 청할 수 있는 사람은 없었다. 나뭇가지는 고사하고 풀 한 포기 없는 낭떠러지 끝에서 아래로 굴러떨어져 곤두박일 수밖에 없는 막다른 상황이었다.

"여보……, 낮에 형사들이……."

지칠 대로 지쳐 돌아온 정동진의 양복을 받아 걸며 그의 아내가 낮고 조심스럽게 말을 꺼냈다.

"뭐, 형사?"

뜨거운 것을 잘못 만진 것처럼 정동진은 민감하게 반응했다.

"예에……, 빚쟁이들이 고발을……."

그의 아내는 목이 메었다.

"……."

정동진은 심한 현기증으로 비틀했다. 그의 아내가 재빨리 그를 붙들었다.

"여보, 정신차리세요. 정신차리고, 오늘 밤 당장 몸을 피하세요. 뒷일은 제가 알아서 할게요. 살림살이까지 다 내주면 끝나잖아요. 저한테 셋방 얻을 돈은 있어요."

한편, 임채옥은 서너 달째 유일민의 마음을 돌리지 못해 애를 먹고 있었다. 유일민은 한사코 돈을 받으려고 하지 않았다. 남자들이 '조건'을 보고 결혼하는 것이 예사가 된 세태 속에서 그런 유일민의 황소고집이 더없이 믿음직스럽고 남자다웠고, 임채옥은 그럴수록 더욱 돈을 주고 싶어 마음이 아팠다.

"오빠, 이 돈이 우리 아빠 거라서 그러는 거예요? 우리 아빠한테 가지고 있는 감정 때문이냐구요?"

커피잔을 두 손으로 감싸잡은 임채옥은 화가 난 투로 물었다. 얼굴에도 성깔이 돋아 있었다.

"글쎄, 아니라니까. 몇 번씩이나 말해야 알아듣겠어."

유일민이 희미하게 웃으며 대꾸했다. 그 흐린 웃음은 전보다 더 핏기 없이 메마른 얼굴에 깊이 서린 우울한 그늘을 걷어내지 못했다.

"네에, 못 알아듣는 거야 당연하지요. 무조건 아니다, 아니다, 하기만 하는데 무슨 수로 알아듣느냐구요. 제가 알아듣게 하려면 그 이유를 분명히 대라니까요. 똑같은 일을 놓고 제가 오빠처럼 하면 오빠는 알아들을 수 있겠어요? 모르지요, 오빠 천재니까 알아들을지. 전 둔재니까 그 이유를 속시원히 대보세요, 어서요. 그렇잖으면 앞으로 10년이 가도 이 일은 안 끝나요."

임채옥은 아랫입술을 물며 유일민을 응시했다.

"나 참……, 채옥이가 이렇게 고집이 센 줄 몰랐네. 다 그럴 만한 이유가 있으니까 그러려니 해둬."

유일민은 임채옥의 눈길을 피하며 커피잔을 들었다.

"어머, 오빠 고집이 센 건 안 생각하세요? 오빠 고집이 제 고집을 만들고 있잖아요. 생각지도 않은 돈이 생긴 거니까 가벼운 마음으로 받아서 새 사업을 시작하면 될 걸 가지고 오빤 왜 고집이세요.

돈을 안 받는 이유도 안 밝히면서 그러려니 해두라니, 오빠의 일생이 걸려 있는 문젠데, 오빠가 이렇게 어렵게 된 걸 보고도 제가 그냥 물러설 것 같애요? 이 돈이 안 생겼더라면 무슨 수를 써서든 다른 돈을 구했을 거라는 생각은 안 해보셨어요?"

유일민은 임채옥을 물끄러미 바라보다가 입을 열었다.

"참……, 채옥이 마음을 모르겠어. 나 같은 놈을……."

흐리게 피어난 슬픈 웃음이 그의 얼굴에 서린 우수의 그늘 속으로 스러지고 있었다.

"괜히 그런 말 말아요. 오빠가 어떤데요? 오빠 맘은 어쩐지 모르지만 제 맘은 그때 편지에 적은 그대로예요. 오빠가 절 피하려고 해봤자 그건 다 헛수고하는 거나 아세요."

'나의 영원한 사랑 일민 씨! ……일민 씨는 제가 이 세상에 와서 최초로 사랑한 남자이며 최후까지 사랑할 남자입니다. ……견딜 수 없는 괴로움으로 저의 가슴은 갈기갈기 찢어지고, 찢어진 상처마다 피가 흐르고 있습니다. 그 피를 찍어 이 편지를 쓰고 있습니다. ……일민 씨, 앞으로 5일 후에 저는 결혼을 하게 됩니다. 마음은 두고 몸만 갈 수밖에 없습니다. ……내 영원한 생명의 빛 일민 씨! 한 가지 고백할 것이 있습니다. ……대청마루에서 마당으로 굴러떨어진 충격으로 유산을 했었습니다. 일민 씨의 아이를 잃어버린 것입니다. ……우리는 자식까지 가졌던 완전한 부부입니다. 이 엄연한 사실 앞에서 법적인 부부가 못 된다는 것은 별로 큰 불행은 아니라고 생각합니다. ……내 영원한 목숨이며 길인 일민 씨!

……아무 죄도 잘못도 없는 일민 씨를 배척하는 이 사회를 저주합니다. ……만약 이 돈을 받기를 거부한다면 그건 우리의 사랑에 대한 배신입니다. 이건 돈이 아니라 저의 순금의 사랑입니다. ……부르다가 내가 죽을 이름, 일민 씨! 한 하늘 아래서 숨쉬며 일민 씨가 행복하게 사는 것을 바라보는 것, 그것이 저의 행복인 것을 알아주시기 바랍니다.'

다 외우다시피 하는 임채옥의 편지 구절구절이 삽시간에 유일민의 뇌리를 스쳐 지나가고 있었다.

그 절절한 편지가 자신을 지탱해 왔던 큰 힘이었음을 유일민은 다시금 확인하고 있었다.

"알아, 채옥이 맘 다 알아. 허나 그래서는 안 될 일이 한 가지 있어."

유일민은 가시라도 목에 걸린 것처럼 괴로운 표정으로 말했다. 임채옥을 바라보는 그의 눈은 더 묻지 말라고 사정하고 있었다.

"글쎄, 그 한 가지가 뭐냐구요. 어서 말을 해보세요. 우리끼리 못할 말이 뭐가 있어요. 정말 답답해서 못살겠어요. 오늘은 절대로 그냥 안 돌아갈 테니까 어서 말을 하세요." 임채옥은 몸가짐을 다잡으며 손짓으로 아가씨를 부르고는, "여기 커피 두 잔 더 주세요" 하며 눈으로 유일민을 다그쳤다.

"……그래, 어쩔 수 없지……. 어차피 채옥이도 알고 있어야 될 문제이기도 하고. 그게 그러니까 말야……, 지난번 사건 때 내 사업자금을 누가 댔느냐고 추궁을 당했어. 그게 혹시 나쁜 돈이 아닌가 의심했던 거지. 그때……, 채옥이 이름을 대서는 큰일날 일이고……, 생각다 못해서 친구 서동철의 이름을 댔지. 그러자 그 친구도 끌려와 조사를 받았는데, 그 친구가 눈치 빠르게 자기가 빌려줬다고 했어. 그 친구 덕에 일이 무사히 끝나긴 했는데, 내가 그 친구를 생고생시키고 평생 못 갚을 빚을 진 셈이지. 채옥이, 똑똑히 들어. 나한테 언제 또 그런 사건이 터질지 몰라. 그럼 또 사업자금이 문제가 돼. 그때 어떻게 하겠어. 그 친구는 멀어졌으니까 또 그 친구 이름을 댈 수 없고……."

임채옥을 바라보는 유일민의 눈에는, 그렇다고 네 이름을 대랴? 하는 말이 담겨 있었다.

"네에, 제 이름을 대세요."

임채옥의 지체 없는 대꾸였다. 그런 그녀의 얼굴은 당돌할 만큼 태연하고 당차 보였다.

"허 참……."

유일민은 어이없어하며 커피잔을 들었다.

"아니, 왜 그러세요? 사실대로 제가 빌려줬다고 하면 되잖아요. 엄마 아빠가 안 계시니까 이젠 그런 일 일어나도 아무 문제 없어요. 그리고 말이에요, 저는 아무 의심도 안 받는다구요. 왜냐면 아빠가 김일성 싫어서 월남한 남한 반공투사인 데다가 군 장교 출신이잖아요. 그런 사람 딸인데 그보다 더 확실한 신분이 어디 있어요. 안 그래요?"

임채옥은 가슴을 내밀어 보이며 싸악 웃기까지 했다.

유일민은 더욱 어이가 없었다. 임채옥은 남편이나 시집에 끼칠 영향 같은 것은 전혀 걱정하지 않는 눈치였다. 그 느낌이 사뭇 이상했지만 유일민은 자신의 입으로 차마 그 말을 꺼낼 수는 없었다. 그동안 그녀와 만나오면서 서로 무언의 약속처럼 지켜온 것이 그녀의 남편이나 시집에 대해서는 단 한마디도 입에 올리지 않은 거였다.

"채옥이, 세상 일이란 게……"

"알았어요, 알았어요. 오빠의 인생철학 안 들어도 다 알아요." 임채옥은 손까지 저으며 유일민의 말을 자르고는, "제가 빌려줬다고 하면 간단한 걸 가지고 여태 그렇게 끌었어요? 오빠도 참 답답해요. 이것으로 결정났으니 더 말하지 마세요. 근데 있잖아요, 아까 서동철이라는 친구와 멀어졌다고 했는데, 그게 무슨 말이에요?" 그녀는 잽싸게 말머리를 돌렸다.

"으응……, 뭐 그렇게 됐어."

유일민은 그녀의 눈길을 피하며 어물거렸다.

"궂은일에 자기를 끌어들였다고 감정이 상했나요? 아니면, 무슨 피해를 입을까 무서워 관계를 끊었어요?"

"아니, 그게 아니야. 그 사람 입장을 이해해야 돼. 우리나라에서 사상문제라는게, 그게……, 그러니까 뭐랄까, 병으로 치자면 독한 전염병보다도 더 무서운 병이야. 그러니까 누구나 다 피하게 돼 있어. 그걸 이해해야 돼."

유일민은 담담하게 말했다. 그런데 그 얼굴에는 쓸쓸한 웃음이 스치고 있었다.

"그 사람 괜찮은 주먹팬 줄 알았더니 형편없는 깡패 나부랭이군요. 제대로 된 주먹패는 의리를 제일로 친다잖아요. 잘됐어요. 그까짓 비겁하고 치사한 인간들 다 잊어버리세요."

"아니야, 그렇게 말하면 안 돼. 그 친구는 특히 그럴 사정이 있어."

"차암, 오빤 이해심이 너무 많아 탈이에요. 이렇게 억울하고 분하게 당하고 살면서 누굴 좀 원망하고 욕해 대고 그래 보세요. 어쩌면 그렇게 혼자 속으로만 참고 사세요. 그런 거 다 속병 된다던데……."

임채옥은 유일민을 측은한 눈길로 바라보며 말끝이 흐려지고 있었다.

"속병 걱정하지 마. 나도 아버지 원망도 하고 세상에 욕도 많이 해대고 하니까."

"피이, 거짓말. 그래요, 오빠도 사람이니까 전혀 안 하는 건 아닐지도 모르죠. 그러나 혼자 속으로 하는 건 무슨 소용이 있어요. 겉으로 마구 소리쳐 욕을 해대야 분함도 억울함도 조금씩 풀리기도 하지요."

유일민은 고개를 끄덕이며 커피가 반쯤 남은 커피잔을 들여다보았다. 그 바다에 작은 섬 하나가 떠 있었다. 그 섬 옆으로 또 하나 작은 섬이 떠오고 있었다.

"오빠, 내일부터 본격적으로 새 사업을 알아보세요. 어차피 전에 하던 사업은 잘 그만뒀어요. 어쩐지 술 도매상은 오빠한테 안 어울려요. 큰돈 벌 가능성도 별로 없구요."

"글쎄……, 뭘 해야 할지 잘 알 수도 없고……, 큰돈 벌어서 뭘

하게……."

유일민의 얼굴에 또 쓸쓸한 웃음이 스쳤다.

"오빠, 그게 무슨 소리예요. 기죽지 말고 기운 내세요. 상대생이
그런 말을 하면 어떡해요. 그것도 일류대학 졸업생이. 머리 좋은 여
자가 음식도 잘한다는 말이 있잖아요. 사업도 돈벌이도 머리 좋은
사람이 잘한다구요. 자금이 적지 않으니까 오빠가 결심만 단단히
하고 나서면 틀림없이 성공할 서예요. 그리고 큰돈 벌어서 뭘 하냐
구요? 공자 앞에서 문자 쓰는 격이지만, 자본주의 사회에서 돈보다
더 큰 힘과 빽이 어디 있어요. 특히 오빠 같은 사람이 이 나라에서
살아가려면 돈이 많아야 돼요. 돈으로 배경을 든든하게 만들고, 돈
으로 빽을 쓰고 하면 오빠를 못 건드려요. 만약 무슨 일이 생기더
라도 쉽게 해결되구요. 안 그래요?"

"참, 채옥이는 모르는 게 없군."

유일민은 회충을 수출하는 일을 하면서 자신이 품었던 막연한
기대를 임채옥을 통해서 다시 들으며 기분이 야릇해지는 것을 느
꼈다.

"이 정도야 누구나 다 아는 거잖아요. 저어, 이 뭐라는 재벌 있잖
아요. 그 사람은 글쎄 대통령만 빼놓고는 무서워하는 사람이 하나
도 없대요. 선거 때 돈을 얻으려고 국회의원들이 큰절을 하는 판
이라니까요. 그것도 관록 있는 의원들이나 그 사람을 만날 수 있지
보통 의원들은 그 앞에 얼씬할 수도 없대요. 그 사람은 워낙 돈이
많으니까 그렇다 치더라도, 제 친구 아버지는 별로 이름도 없는 사

업간데 그 위세가 아주 대단해요. 국회의원이고 판검사고 신문이고 무서워하는 게 아무것도 없어요. 무슨 일이 있든 그런 것은 다 돈으로 마음대로 할 수 있다고 장담이에요. 친구 말을 들으면 그게 허풍이 아니고 사실이라구요. 무슨 말인지 아시겠어요?"

"글쎄, 그야 돈이 엄청나게 많은 사람들 얘기지."

"아니에요. 우리 아빠 있잖아요. 사업가로 치면 정말 이름도 없고 시시하잖아요. 그런데도 권력 가진 사람들 알기를 우습게 알아요. 사업상 돈으로 그런 사람들을 많이 요리해 봤거든요. 이 말 안 믿으셔도 좋은데 말이죠, 우리 아빠가 글쎄 국회의원 될 꿈을 품고 있었어요. 순전히 돈 힘을 믿고 말예요. 근데 어째서 갑자기 이민을 갔는지 모르겠어요. 오빠도 마음만 단단히 먹고 나서면 우리 아빠 정도로 돈 버는 건 절대 어려운 일이 아니라구요. 경제발전이 막 시작되고 있는 우리나라 같은 데서는 돈 벌 기회가 많고, 새 부자들도 많이 나올 거라는 말이 있잖아요."

"이거 참, 경제 전문가라니까."

"자꾸 놀리지 마세요. 오빠 걱정하느라고 좀 생각해 본 것뿐이에요. 오빠, 대학 동창들이 좋은 데 많이 들어가 있을 테니까 빨리빨리 만나서 전망 좋은 사업이 뭔가 알아보세요. 저는 저대로 여기저기 손닿는 데까지 알아볼 테니까요. 힘내세요. 세상에 원수 갚아야 되잖아요."

유일민은 대꾸할 말이 아무것도 없었다. 가슴이 먹먹하고 눈물마저 나려고 해서 그는 커피잔을 들었다.

"진작 죽어뿐 우리 아부지가 고마워야. 참 드런 놈에 시상이다. 나 맘이 아닝께 나 원망허지 안컸지야?"

술이 취했으면서도 서동철이 조심스럽게 한 말이었다.

서동철마저 멀어진 상태에서 임채옥은 자신에게 다가서는 유일한 사람이었다. 그 고마움을 무어라고 형용할 수 없으면서, 혹시 무슨 피해라도 입히게 될까 봐 그녀의 뜻을 받아들이기가 무섭기만 했다.

그동안 새로운 일거리를 찾아다닌다고 하면서 정작 줄기차게 생각했던 것은 어떻게 살면 그 올가미에서 벗어날 수 있을까 하는 것이었다. 더 살고 싶지 않은 이 세상을 버리면 그만이었다. 그건 간단하고 깨끗한 방법이었지만 그 행위를 가로막는 커다란 산이 있었다. 어머니였다. 어머니가 살아 계신데 그건 될 일이 아니었다. 그래서 생각한 것이 입산이었다. 승려의 길을 가면 또 무슨 일이 생기더라도 의심받지 않고, 그런 험한 꼴은 당하지 않으리라 싶었다. 그러나 그 길도 뜻대로 갈 수가 없었다. 동생이 어머니의 생계를 책임질 만큼 수입이 안정되어 있지 못했다.

"그리고 있잖아요, 새 일을 시작하면 동생의 힘도 빌리는 게 어떻겠어요. 서로 힘을 합치면 사업도 잘될 거고, 동생도 언제까지 그렇게 살 수는 없는 일 아니에요."

임채옥은 유일민의 마음을 붙들어매느라고 한걸음 더 내딛고 있었다.

"글쎄……, 걔도 나이는 먹어가는데……."

유일민은 보일 듯 말 듯 고개를 끄덕였다.

"됐어요. 그럼 내일부터 바로 알아보도록 하세요. 저도 빨리 알아볼 테니까요. 아무 걱정 말고 좀 웃으세요. 일이 잘 풀릴 거예요. 전 딴 일이 있어서 그만 가봐야겠어요. 곧 연락드릴게요."

임채옥은 밝은 얼굴로 일어섰다.

"그래, 먼저 가."

언제나 그렇듯 임채옥을 앞서가게 하며 유일민은 어색스럽게 웃어보였다. 그 얼굴에 미안해하는 기색이 역연하게 드러나고 있었다.

다방 밖으로 사라지는 임채옥의 모습을 하염없이 바라보고 있던 유일민은 커피잔을 들며 가냘픈 한숨을 물었다. 그녀가 자신을 떠나지 못하고 맴돌수록 사랑은 애달프고 괴로움은 깊어지고 있었다. 그녀가 자신을 맴돌듯이 자신은 그녀가 떠나지 않기를 바라왔다. 입으로는 떠나라고 하면서도 내심으로는 그보다 갑절이나 강하게 떠나지 않기를 바랐다. 그 상반된 감정 속에서 자신은 그녀의 사랑의 힘에 의지해 온 나약하고 모순에 빠진 사내였다.

"시상이 아무리 지옥살이로 험허고 궂어도 갖출 것은 갖추고 살아야 허니라. 요런 징헌 놈에 시상살이 하루가 십 년 묵기이기넌 허다만 지가 가면 을매나 오래 가겄냐. 그에 비허면 핏줄은 천년만년 가는 것이여. 더군다나 니넌 장남 아니여? 앞 짜른 생각 말고 어여 장개 들어. 시심사심 세월 보낼 일이 아니란 말이랑께. 니 알아 듣냐?"

서른을 넘기면서부터 어머니가 애달아하며 수시로 꺼내는 말이었다. 어머니는, 자신이 벗어날 길 없는 불행 때문에 아예 결혼을 하지 않으려 하는 것으로 단정하고 있었다.

그런 일면도 없지는 않았다. 언제 통일이라는 것이 될지 아무런 가망이 없는 상황 속에서 자신의 자식들한테까지 그 올가미가 씌워진다는 것을 생각하면 치떨리게 끔찍스러웠다. 그리고 불치의 병처럼 고통스러운 가난을 떼쳐내려고 허둥지둥 하다 보니 세월은 잡을 수 없는 바람으로 빠르게 스쳐 지나갔다. 그러나 무엇보다도 큰 이유가 임채옥이라는 존재였다. 그녀의 그림자가 자신에게 닿아 있는 것을 느끼며 자신의 영혼도 그녀에게 사로잡혀 있었다. 그녀를 떼쳐내고 잊으려는 의지를 세우고는 했지만 그녀의 체취가 가실 줄 모르는 이 상태로 사는 것도 부족감이 없다는 생각 앞에서 그 의지는 허망하게 허물어지고는 했다. 그녀의 말마따나 그녀는 자신의 최초의 사랑이며 최후의 사랑인지도 몰랐다.

그래, 이대로 주저앉을 수는 없지. 나와 같은 신세에 처한 사람들 중에서 그래도 나는 나은 편이지. 배운 것을 활용해 다시 최선을 다해보자. 돈이 나를 보호할 수도 있다…….

유일민은 커피잔을 비우며 마음을 다잡았다. '세상에 원수 갚아야 되잖아요' 한 임채옥의 말이 쟁쟁히 울리고 있었다.

다음날 아침 유일민은 한 벌뿐인 양복을 오랜만에 챙겨 입었다.

"워쩐 일이다냐? 무신 존 일 생긴 것이여?"

해촌댁이 큰아들 옆에서 머뭇거리며 물었다.

"아니요. 새로 할 일이 있는가 누굴 좀 만나보려고요."

"그려, 무신 일이고 허긴 혀야제. 하늘이 무너져도 솟아날 구녕 있다고 안 허다냐. 도적질만 빼놓고 무신 일이고 다 암시랑 않다. 그리 채리고 봉께 참 아까운 인물인디……."

해촌댁은 말끝을 흐리며 돌아섰다.

유일민은 어머니의 말끝에 서린 가느다란 한숨소리를 들으며 어머니를 쳐다보았다. 어머니의 뒷머리에 눈이 하얗게 내려 있었다. 아니 어느새……, 하는 생각과 함께 그는 깜짝 놀랐다. 어머니의 머리가 희끗희끗 변해가는 것은 알고 있었지만 그렇게까지 하얗게 된 것은 미처 느끼지 못했던 것이다.

그래, 그 일 때문일 거야!

그는 비로소 그 이유를 깨달았다. 자신이 그 일로 고초를 겪고 나오고, 그 여파로 술 도매상마저 못하게 되자 어머니는 몇 달 사이에 그렇게 늙어버린 것이다.

그래, 도둑질만 빼놓고 무슨 일이든 어서 시작하자.

유일민은 어머니의 말을 되씹으며 넥타이를 한 번 더 조이고 판자대문을 나섰다. 손진권 사장의 회사 대진을 찾아가는데 자꾸 앞을 막고 들던 망설임이 사라지고 있었다.

유일민은 대진의 사옥 앞에서 완전히 기가 질려버렸다. 몇십 평 안 되는 월세 사무실에서 회충 수출로부터 시작된 대진과, 거대하고 드높은 현대식 사옥의 대진은 전혀 연결이 되지 않았다. 그 믿을 수 없는 변화는 일취월장이라는 말로도 해득이 안 될 지경이었다. 그런 어마어마한 변화가 일어나는 데 걸린 기간은 고작 6년이었다. 그동안 손진권 사장의 이름은 젊고 유능한 기업인으로 숱하게 알려져왔고, 대진의 비약적인 성장은 경제발전이 낳은 기적이라고 소문나 있었다. 그런 한편으로는 권력의 비호와 특혜를 너무 많이 받고 있다는 부정적인 소문도 없지 않았다. 그렇다 하더라도 그 변화는 그야말로 '기적'이라고 할 수밖에 없었다.

유일민은 자신이 너무 왜소해지고 망설임이 다시 앞을 가로막는 것을 느꼈다. 그렇다고 그냥 돌아설 수도 없었다. 밤새껏 생각해 보았지만 여기 말고는 달리 찾아가 볼 곳이 없었다.

자신의 초라한 꼴을 보이지 않으려고 동창들과 단절하고 살다 보니 그들이 어디서 무엇을 하는지 전혀 알 수가 없었다. 애초에 사장을 만날 엄두는 내지 않았었다. 같이 입사했던 동창을 만나볼 생각이었으니 뭐 위축될 것 없다고 유일민은 자신의 기세를 추슬렀다.

심동환은 놀랍게도 상무가 되어 있었다.

"뭐, 상무가 한둘이 아니야."

심동환의 심드렁한 대꾸였다. 그 말투는 당연한 것 아니냐는 것 같기도 했고, 더 올라가지 못해 불만이라는 것 같기도 했다.

유일민은 자신이 아까보다 더 초라하고 졸아드는 것을 느꼈다. 자신이 한껏 높여 생각했던 심동환의 직책은 부장 정도였다. 그는 심동환을 찾아온 것을 후회하고 있었다.

"요새 뭘 하고 지내? 그동안 동창회에도 한 번도 안 나오고."

심동환이 담배연기를 짙게 내뿜고 나서 물었다. 그의 눈길은 담배연기 사이로 상대방을 탐색하고 있었다.

"응, 그저 조그만 사업을 해. 그동안 기반 잡느라고 정신없이 살았어. 널 찾아온 건 다름이 아니고 우리 동창들의 근무처를 좀 알았으면 해서야."

유일민은 엉뚱하게 말을 둘러댔다.

"글쎄, 다 알지는 못하는데."

"괜찮아. 다는 필요 없고 몇 사람만 알면 돼. 사업상 뭘 좀 알아볼 게 있으니까."

상대방의 기색이 좋지 않자 유일민은 군이 이렇게 뒷말을 덧붙였다.

"으음……, 여기 몇 사람의 연락처가 있어. 받아 적어."

심동환은 마지못한 듯 굼뜨게 양복 속주머니에서 수첩을 꺼냈다.

"됐어, 이 정도면."

유일민은 세 사람의 전화번호와 직장을 받아 적고는 허리를 폈다.

"아니, 아직 열 사람도 더 있는데?"

"됐어. 뭐 간단한 걸 알아보면 되니까 이 정도면 충분해." 유일민은 종이를 접어 주머니에 넣고는, "바쁠 텐데 시간 뺏어서 미안해. 나 그만 가봐야겠어" 하며 몸을 일으켰다.

유일민은 대진 사옥을 나서며 등줄기가 서늘한 것을 느꼈다. 심동환은 형식적이나마 무슨 사업을 하는지, 동창들에게 알아볼 것이 무엇인지, 끝내 한마디도 묻지 않았다. 그는 오랜만에 만났는데도 전혀 반가워하지 않았듯이 헤어지면서도 '다시 보자'는 그 흔한

인사말도 하지 않았다.

유일민은 바람 차가운 거리에 우두커니 서 있었다. 바람만큼 차가운 세상 인심과 서울 인심이 새삼스럽게 가슴속 깊이 파고드는 것을 느끼며 그는 더 찾아갈 곳이 없었다. 같은 직장에 있었던 심동환이 그 지경인데 다른 동창들이 어떻게 대할지는 보나마나 뻔했다. 대기업에 있는 그들의 도움을 받아 어떤 하청업이라도 할 수 있지 않을까 기대했던 자신의 생각이 몽상이었음을 그는 깨달았다.

유일민은 찬바람 속을 걸으며 동창들의 연락처를 적은 종이를 구겼다. 세 동창의 회사 이름과 전화번호를 받아 적었던 것도 무언가 경계하는 심동환 앞에서 궁색함을 모면하기 위해서였다. 자신은 이미 동창들에게 잊혀진 존재였고, 사업적으로는 불필요한 존재였고, 사회적으로도 하찮은 존재일 뿐이었다. 그러니 그들이 무슨 관심을 둘 리 없었고, 도움을 줄 리 없었다.

……이건 너무 소극적인 것이 아닌가? ……월부책 외판원들도 있지 않은가? 그들은 조금이라도 안면 있는 사람들은 말할 것도 없고 생판 모르는 사람들을 상대해서도 책을 팔아먹지 않는가. 그런 적극성을 가져야 하지 않을까. 이래 가지고서야 어떻게 세상에 원수를 갚을 수 있나…….

유일민은 발길 닿는 대로 걸으며 이렇게도 생각을 바꾸려고 해보았다. 그러나 동창들을 찾아갈 마음은 생기지 않았다. 부탁이 이루어지지 않으면 자신의 초라한 꼴만 남을 뿐이었다. 그건 소극적인 지레짐작만이 아니라 현실적으로도 이루어지기 쉬운 일이 아니었다. 하청이든 납품이든 큰 회사일수록 이미 거래선들이 확고할 거고, 새로 길을 뚫자면 누군가가 전적으로 도와주지 않으면 안 되는데, 자신에게 그럴 만한 동창은 없었다. 차라리 술 도매상보다 못한 것일지라도 모르는 사람들을 상대해서 돈벌이를 하고 싶었다.

한동안 걷다 보니 유일민은 자신이 필동 골목길로 접어든 것을 알았다. 자신도 모르게 동생을 찾아가고 있었다. 그는 그만 발길을 돌릴까 생각했다. 그러나 동생의 작업장은 골목 끝에 바라보였다. 오랜만에 동생과 마주앉고 싶은 마음도 있었고, 점심때도 가까워져 있었다.

"아니, 형이 어쩐 일이냐? 양복까지 근사하게 차려입고?"

유일표는 합숙소에서 뛰어나오며 반색을 했다.

"넌 어쩐 일이냐, 한가하게. 밖에서 작업을 안 하고?"

유일민은 냄새나고 지저분한 넝마더미를 둘러보았다.

"응, 애들 시험문제 내느라고. 추워, 어서 안으로 들어가."

"아니야. 점심때 다 됐으니까 나가서 점심 먹자."

유일민은 돌아서고 있었다. 형한테 무슨 일이 있다는 것을 느끼며 유일표는 말없이 따라나섰다.

그들은 중국집에 들어가 자장면을 시켰다.

"형, 안색이 별로 안 좋은데 무슨 일 있어? 양복까지 다 입고. 어느 회사에 면접시험 본 것도 아닐 거고……."

뜨거운 물컵을 두 손으로 감싸잡은 유일표는 형을 빤히 쳐다보았다.

"뭐, 별일 아니야. 너 그 장발 너무 긴 것 아니냐? 괜히 파출소에 끌려가 잘리는 망신 당하려고."

유일민은 물컵을 들며 말을 돌렸다.

"형, 괜히 말 돌리지 마. 머리야 이발 요금 아끼고 좋지 뭐. 근데, 무슨 일 보러 나왔다가 잘 안 된 거지?"

유일표의 눈길은 더 강하게 형을 주시하고 있었다.

"참, 눈치 한번 빨라서 좋다."

"형, 말해 봐, 무슨 일인지. 나도 이젠 어린애가 아니잖아."

유일표는 꼭 듣겠다는 기세를 보였다.

"그래, 네 눈치가 맞는데 말야……."

그때 자장면이 나왔다. 유일민은 자장면을 섞으면서 그 이야기를 간략하게 했다.

"그거 잘했어, 형. 말해 봤자 일은 안 되고 자존심만 상하게 돼 있어. 동창이라도 힘있는 것들끼리 끼리끼리 짜고 돌지 힘없는 동창은 거들떠도 안 보는 게 세상 인심이야." 유일표는 자장면 가락을 입이 미어지게 몰아넣어 씹는 듯 마는 듯 우물거려 넘기고는, "형, 너무 걱정하지 말어. 내가 손닿는 데가 몇 군데 있으니까 알아볼게. 자금이 없어서 문제지 자금이 있는데 무슨 걱정이야. 날 믿어, 형." 그는 자신 있게 말했다.

"그래, 고맙다만 너무 신경 쓰지 말아라. 내가 또 알아볼 데가 있으니까."

유일민은 동생을 바라보며, 형제는 이런 것인가 하는 생각과 함께 등줄기의 냉기가 따스함으로 바뀌는 것을 느끼고 있었다.

"형, 힘내. 소자본으로도 얼마든지 실속 있는 사업을 할 수가 있어. 지금 우리나라는 수출이다 보세가공이다 해서 일거리가 수두룩한데, 그 물결 타고 소자본 가진 사람들이 알짜로 돈벌이를 잘하고 있거든. 여기 우리 애들이 속속 취직이 잘되는 것도 그런 소규모 공장들에 일자리가 많아서야. 장래성 있는 것을 잘만 고르면 형도 톡톡히 돈벌이해서 부자가 될 수 있어. 이런 말 들어봤어? 우리나라에 오는 일본사람들이 말하기를, 한국의 길바닥엔 돈이 굴러다닌다고 한다는 거야. 싼 인건비로 마구 보세가공 해가서 돈 벌고, 즈네들 물건 팔아먹을 것 많아 또 벌고, 그러니 그런 말할 수밖에. 왜놈들이 그러는 판이니까 우리나라 사람들한테도 돈 벌기 좋은 상황이야. 형도 마음 단단히 먹고 나설 준비해. 실력과 경제학도 앞에서 내가 너무 건방떤 거 아닌가?"

유일표는 입 가장자리에 묻은 자장을 닦지도 않고 씩 웃었다.

"너 넝마만 모아들이는 게 아니로구나. 세상 돌아가는 것 보는 게 나보다 낫다." 유일민은 정답게 웃고는, "너도 언제까지 이러고 있을 수는 없지 않겠냐?" 그는 넌지시 말을 꺼냈다.

"글쎄, 이런 생활도 나쁘지는 않아. 어차피 뜻대로 살 수 없는 세상에 여기 생활이 보람도 있고, 아이들한테 정도 들고. 어떻게 나도 구역 하나만 떼맡을 수 있다면 평생 이렇게 살아도 괜찮을 것 같애. 어차피 인생이란 그게 그건데 뭐."

"꼭 도통한 것 같구나."

유일민은 얼굴이 어두워지며 중얼거렸다. 나이에 어울리지 않게 동생의 입에서 '어차피' 하는 체념적인 말이 연달아 나오는 것이 마음 아프고 딱했다.

"그럼 어떡해. 세상이 그렇게 만든걸."

유일표는 쓰게 웃으며 손수건을 꺼내 입을 훔쳤다.

"그래, 좀더 두고 보자. 아무 일이나 잘 풀려 너하고 함께 일을 할 수 있었으면 좋겠다."

"형, 내 걱정은 하지 마. 지금 내가 바라는 것은 딱 한 가지밖에 없어. 거 남북회담이라는 게 잘돼서 우리가 더 당하지 않고 마음이나 편하게 살 수 있었으면 좋겠어. 아버지를 만나게 되는 건 아예 꿈도 꾸지 않으니까 말야."

"그래, 이산가족문제를 우선적으로 다루고 있다니까 기다려보자. 천만이라는 이산가족들이 고대하고 있으니까 좋은 결과가 나올지도 모를 일이지."

"형, 그 일은 내가 며칠 새로 알아보고 집으로 갈게."

유일표는 물을 마시고 일어났다.

"너무 애쓰지는 말아라. 쉬운 일이 아닐 것 같으니까."

유일민은 동생의 어깨를 감싸잡았다.

"무슨 소리야. 될 때까지 적극적으로 알아봐야지. 신원조회가 필요 없는 건 그 길뿐인데."

유일표의 목소리는 화가 난 듯했다.

형과 헤어진 유일표는 시험문제를 마무리해 놓고 바로 친구들에게 연락하기 시작했다. 허진과 최주한은 물론이고 강숙자에게도 만날 약속을 했다.

"이건 내가 너한테 처음 하는 부탁이고 마지막 부탁이야, 명심해."

유일표는 웃음기라고는 전혀 없는 얼굴로 허진에게 말했다.

"자식, 이 말 안 들어주면 절교하겠다는 공갈 협박 같구나. 알았어. 납품받는 품목들이 워낙 많으니까 끼어들 틈이야 없겠냐. 걱정 말고 2~3일만 기다려봐."

허진은 담배를 권하며 다정한 웃음까지 보냈다.

"하청이나 납품? 그런 것 해가지고 무슨 돈벌이가 되겠어? 시시하게."

강숙자는 혀를 차며 속상하다는 표정을 지었다.

"그게 거창한 회사들에 비해서 시시해 보여도 사실은 시시하지 않아요. 이 얘기 들어보세요. 어떤 큰 술회사 사장이 술병 뚜껑 하청을 누구한테 주는 줄 아세요? 어렸을 때부터 가장 친한 고향 친구한테 줘요. 하청받은 사람은 기계 서너 대에 직공 네댓 두고 양철로 병뚜껑을 찍어내기만 하면 되는데, 그 사람 소문난 알부자래요. 뚜껑 한 개로 치면 이익이 하찮지만 1년이면 그 수가 엄청나게 많으니까 큰돈이 되는 거지요. 그와 마찬가지로 한 가지 예를 들면, 강 의원님께서 하시는 건설회사에서 아파트를 많이 짓고 있는데, 거기에 쓰는 시멘트 벽돌 일부만 납품하게 돼도 큰 도움이 된다니까요."

유일표의 얼굴은 다른 때와 다르게 긴장되어 있었다.

"그게 그런가? 근데, 외삼촌한테 다 말해 놓으면 형이 또 안 하겠다고 하는 거 아닐까? 옛날에 가정교사 거절한 것처럼 말야."

"에이, 그럴 리가 있나요. 일만 좀 되게 해주세요."

"알았어, 그럼. 시멘트 벽돌이랬지."

강숙자는 커피잔을 들며 유일표를 따스한 눈길로 바라보았다.

한편, 임채옥도 친구들을 찾아다니며 도움을 청하느라고 바쁜 나날을 보내고 있었다.

"너, 그 사람이 누군데 이렇게 몸이 다는 거니?"

"이종사촌 오빠야. 어렸을 때부터 나한테 참 잘해줬거든."

"이종사촌 오빠? 너 혹시 첫사랑의 대상 아니었니? 10대의 말 못한 짝사랑 말야. 형부한테 품는 것 같은."

"어머, 얘 좀 봐. 너 미쳤니?"

"근데 왜 네가 나서서 이러니? 느네 아버지도 사업하시잖아."

"글쎄, 속상해 죽겠어. 하필 사업이 망해도 우리 친정이 이민을 가버린 뒤에 망했잖아. 우리 아버지가 계시면 내가 왜 이러고 다니겠니."

"아아, 그렇구나. 이민은 어디, 미국?"

"응, 미국. 벌써 몇 달 됐어."

그날도 남편이 출근하자마자 임채옥은 외출 준비를 서둘러댔다. 화장을 거의 마쳐가는데 초인종이 울리더니 식모아이가 방문 밖에서 말했다.

"아주머니, 어떤 손님이 찾아오셨는데요."

임채옥은 루주를 바르지 못한 채 현관으로 나갔다. 반쯤 열린 현관문으로 아파트 복도에 선 남자의 옆모습이 보였다. 그녀는 그 옆얼굴의 남자를 알 수가 없어서 의아해했다.

"누구시죠?"

"아, 임 사장님 따님이시죠?"

"네, 그런데요."

"안녕하세요. 초면에 실례가 많습니다. 저는 임 사장님 친구되는 김영수라고 합니다."

깍듯이 예의를 갖추어 고개까지 숙여 보이는 그 남자는 다름아닌 정동진이었다.

"아 네에, 그러세요. 무슨 일로……."

"예에, 임 사장님한테 연락할 게 좀 있는데 주소를 알 수가 없어서요. 그래 가만히 생각해 보니 따님은 알고 계실 것 같아서……."

"아, 그러시군요. 좀 들어오세요. 어떻게 저희 집은 아셨네요."

임채옥은 그제서야 웃으며 손님을 맞아들였다.

"예, 따님이 이 동네에 사신다는 걸 전에 들어서 동회를 찾아갔었습니다."

정동진은 이 집을 찾기 위해 몸을 피해 다니며 한 달 가까이나 애를 먹은 사실을 싹 감추었다.

"잠깐 저기 앉으세요." 임채옥은 소파에 자리를 권하고, "애, 빨리 커피물 좀 올려라" 하며 식모애에게 일렀다.

임채옥은 서둘러 루주를 바르고 아버지의 편지를 찾아서 거실로 나왔다.

"여기 있습니다. 뉴욕이에요."

그녀는 정동진 앞에 편지를 공손하게 내밀었다.

"예, 잠깐 적겠습니다."

정동진은 수첩과 만년필을 꺼내들었다. 웃음이 감도는 것 같은 그의 얼굴과는 달리 만년필을 든 손끝은 미세하게 떨리고 있었다.

정동진이 영문으로 된 주소를 옮겨 적는 동안 임채옥은 커피를 탔다.

"날이 추운데 커피 좀 드세요."

"예, 고맙습니다."

정동진은 수첩과 만년필을 속주머니에 넣으며 겸손한 예의를 잃지 않았다. 그러나 그의 가슴속에서는 분노와 복수의 불길이 훨훨 타오르고 있었다.

9

거미줄의 유혹

배상집은 우족 네 개를 장바구니에 넣었다. 묵직하게 팔이 처져 내리는 것을 느끼며 그는 계산대로 빨리 걸었다. 장을 보는 일이 번거롭고 귀찮은 데다 시간 낭비를 하는 것 같아 시장 건물 안으로만 들어서면 자신도 모르게 걸음이 빨라지고는 했다.

그러나 꼭 그런 이유만 있는 것이 아니었다. 솔직하게 마음속을 들여다보면 또 하나의 이유가 숨어 있었다. 남자가 장바구니를 들다니……, 그 창피스러운 생각이 마음속 깊이 도사리고 있었다. 남자가 부엌에 들어오면 고추 떨어진다고 어렸을 때부터 들었던 말을 비롯해서 남자로서 지켜야 할 금기사항들 중에 칠칠치 못하게 장바구니를 들어서는 안 된다는 것도 들어 있었다. 그러나 독일에서는 덩치 큰 남자들이 장바구니를 들고 어슬렁거리며 물건들을 골라넣는 것은 예사로운 일이었다. 그런 독일생활이 벌써 몇 년인데도 한국식 고정관념은 전혀 씻겨나갈 기미 없이 마음속 깊이 차돌멩이로 박혀 있었다.

배상집은 장바구니를 계산대에 놓으며 1마르크를 내밀었다.

"미안하지만 이거 하나 제자리에 갖다두고 오시겠어요? 1마르크에 세 개가 됐거든요."

살찐 여자가 서양인들 특유의 풍부한 제스처를 쓰며 밝게 웃었다.

"아니, 또 올랐나요?"

배상집은 놀란 척하며 우족 하나를 집어들었다

"예, 고마운 일이죠. 당신들이 올려주고 있으니까요."

"예, 그걸 바로 수요와 공급의 법칙이라고 합니다."

"난 그런 어려운 말 몰라요."

살찐 여자는 배상집의 유식을 인정한다는 듯 두 손가락으로 동그라미를 그려 보이며 더욱 밝게 웃었다.

배상집은 우족 하나를 제자리에 갖다놓으며 서독땅에 한국사람들이 해마다 불어나고 있는 것을 실감하지 않을 수 없었다. 처음에 우족은 1마르크에 다섯 개였다. 그러다가 몇 년이 지나 네 개가 되더니 다시 세 개로 줄어든 것이다. 광부들은 몸에 좋고 값싼 우족을 사다가 푹 고아놓고 곰탕 삼아 먹는 것이 편한 데다가 힘든 일에 기운 쓰기 좋다고 믿고 있었다. 그 한국식 보신이 간호원들한테까지 퍼진 것은 말할 것도 없었다.

그동안 광부와 간호원들이 나타낸 노동 효과도 좋고, 독일인들의 신뢰도 깊어서 광부들의 수도 늘었을 뿐만 아니라 간호원들은 광부의 수를 훨씬 앞질러 서독의 어느 도시에든 없는 곳이 없을 정도로 퍼져 있었다. 그러다 보니 1마르크에 열 개였던 돼지족발도 차츰 값이 올라 그 개수가 줄어들고 있었다.

"아니 배 선배님, 뭘 사러 오셨습니까?"

계산대로 돌아오던 배상집은 고개를 뒤로 돌렸다. 유학생 이근후가 장바구니를 들고 다가오고 있었다.

"아, 이 형. 아침거리가 떨어져 나왔소."

"아침거리라면, 또 우족 사셨어요?"

"아, 이 형은 아침에 커피하고 빵이면 된다고 했지. 난 그게 안 되니 우족을 졸업할 수가 없소."

배상집이 계산대에서 봉투를 집어드는데 이근후가 그 옆에 장바구니를 놓았다. 배상집은 그의 장바구니에 머문 눈길을 얼른 거두었다. 무슨 사업가의 아들답게 그의 장바구니에는 여러 가지 과일들과 맥주가 들어 있었다. 자신은 여지껏 비싼 과일을 사본 적이 없었고, 맥주는 싸지만 술값으로 쓸 돈이 없었다. 과일은 학교 식당에서 점심과 저녁을 먹을 때 한 쪽씩 나오는 것으로 아쉬운 구미를 달랬다. '과일은 명절 때나 먹는 것'으로 알며 살아온 가난에 비하면 식사 때 나오는 과일마저도 황감한 것이었다.

"우족탕 그거 질리지 않으세요?"

밖으로 나오며 이근후가 물었다.

"밥하고 김치 질리는 것 봤소? 우족탕에 밥을 말아 김치를 착착 걸쳐서 먹는 맛이란 기막히지 않소? 난 아침 한 끼를 그렇게 먹지 않으면 속이 편치 않고 기운이 안 나요."

배상집이 퉁명스럽게 대꾸했다.

"그렇긴 하죠. 그게 한국사람들의 고질병이기도 하니까요. 배 선배님, 저기 가서 커피 한잔하실까요?"

배상집은 '한국사람들의 고질병'이라는 말이 귀에 거슬렸다. 저는 어느 나라 사람이기에 '한국사람들'이며, 자기네 음식이 체질화되어 그 맛과 흡입력에서 벗어나지 못하는 것은 어느 민족이나 갖는 공통점인데 그게 어찌 한국사람들만의 '고질병'이란 말인가. 독일사람들에게 한국 음식만 먹여대면 그들은 치즈와 빵과 고기를 먹고 싶어 얼마나 안달할 것인가.

유학생들은 걸핏하면 비난조나 비하조로 '한국사람들'이라는 말을 앞세우면서 자기는 독일인이거나 서양인의 입장에 서고는 했다. 그 못된 말투를 유학온 지 2년도 미처 안 된 이근후는 잘도 익힌 거였다. 배상집은 한마디할까 하다가 그런 충고가 별 효과가 없다는 사실을 돌이키며 마음을 닫았다.

"저 집이 커피 맛도 그렇지만 특히 음악이 좋거든요. 철학성 짙은 독일 음악을 들으며 커피 한잔하는 거, 그거 아주 낭만적이면서 그것도 유학하는 즐거움 아니겠어요? 시간 오래 끌지 않을 테니까 잠깐 가십시다."

이근후는 붙임성만큼 입심도 좋게 말하며 배상집의 팔을 잡아끌었다.

배상집은 그의 비위 좋은 사교성이나 호기심 많은 성격 같은 것이 마땅찮았다. 그러면서도 자신의 태도를 분명하게 하지 못하고 미적미적 따라가는 이거야말로 '한국사람들의 고질병'이라고 생각하며 그는 씁쓰레하게 웃었다.

"자아, 커피 드세요. 박사학위는 예정대로 받게 되신다면서요?"

몸집이 작은 편이면서 영리하게 생긴 이근후는 의자를 끌어당겨 바짝 다가앉으며 친밀감을 드러냈다.

"예정대로? 글쎄, 그건 나도 잘 모르는 일인데 이 형이 어떻게……."

"괜히 그러지 마세요. 담당교수가 선배님을 첫손가락에 꼽고 있다고 독일애들이 그러던걸요, 뭐."

"참, 이 형은 귀도 밝소. 같은 과도 아니면서."

배상집은 그런 이근후의 호기심이 싫어 기분이 언짢아졌다. 그러나 내심을 얼굴에 드러내지 않으려고 커피잔을 들었다.

"대학원이야 같은 건물이니까 그 정도 소식 듣기야 쉽지요. 그건 당연한 것 아닙니까. 배 선배님이 그렇게 열심히 공부를 하시는데."

이근후는 커피를 한 모금 마시고는, "근데 저어, 그것 생각해 보셨습니까?" 그는 목소리를 낮추었다.

"뭐 말이오……?"

배상집은 담배를 꺼내며 짐짓 모르는 척했다.

"지난번에 말씀드렸던 거 있잖아요. 거기 구경가는 거……."

이근후는 눈을 반짝이며 배상집을 의미 깊게 쳐다보았다.

"아, 동베르린 말이오? 난 그럴 시간도 없고, 흥미도 없소."

배상집은 일부러 '동베르린'이라고 까뒤집듯 말하며 분명한 거절의 태도를 취했다. 그가 더는 그런 유혹을 못하게 차단해야 했고, 그의 어설픈 호기심에 말려들지 않는 방법이기도 했다.

"아니 선배님, 이틀이면 되는데 시간이 없다니요. 그리고 서독에 와서 공산권인 동독을 구경하는 것보다 더 흥미진진한 일이 어디 있습니까? 한국에서는 꿈도 꾸지 못할 일 아닙니까. 그리고 무엇보다 좋은 게 밤에 살짝 갔다가 밤에 돌아오는 거니까 쥐도 새도 모른다구요. 제가 말하기 쉽게 그냥 구경이라고 했는데, 그건 단순한 구경이 아니라 우리에겐 큰 의미가 있는 일이기도 합니다. 아까 흥미가 없다고 하셨는데, 분단된 우리가 분단된 독일에 와서 공산권의 현실을 관찰한다는 것은 일방적 반공주의에서 벗어나 균형잡힌 시각을 확보하는 기회가 됩니다. 그리고 그 균형은 민족의 숙원인 통일에 기여할 수 있는 토대가 됩니다. 그 일은 우리나라 모든 지식인들에게 주어진 사명이고, 선배님과 저는 그 절호의 찬스를 얻었습니다. 그런데 왜 그 기회를 피하려 하십니까?"

이근후의 태도는 더없이 진지했고 그 말은 막힘없는 달변이었다.

"글쎄, 모르겠소. 이 형은 사회학을 하니까 그렇게 거창한 생각을 하는지 모르지만, 난 상대 출신이라 그런지 그런 말을 실감할 수가 없소. 난 공부하는 것만으로도 힘이 벅차오."

배상집은 아까보다 더 강한 어조로 거절의 뜻을 나타냈다.

"아니, 경제학 전공자라면 더욱더 관심사항이 아닙니까? 공산주의 대 자본주의. 그건 바로 경제학의 문제 아니냐구요. 그 학문적 비교를 위해서도 거기를 가봐야 되는 것 아닌가요? 학자로서 균형을 잡고 완벽을 기하려면 일부러 그런 기회를 만들려고 노력하고, 찾아다녀야 된다고 생각하는데요."

"좋은 말이오. 헌데 이 형은 사회학적 측면에서 양쪽 독일의 경제 현황을 비교 대조해 본 적이 있소? 또, 사회복지에 대해서도 비교해 봤소? 그리고 삶의 질과 자유에 대해서도? 난 경제학도로서 여기 와서 마르크스의 저작들을 거의 다 읽은 것으로 족하오. 그리고 방금 말한 것들을 비교 대조한 결과 사회주의 사회에 대해 기대하는 게 아무것도 없소. 그러니까 나한테 더 말하지 마시오."

"아, 서독이 모든 면에서 앞서 있다 그거지요? 그건 인정합니다. 그러나 그건 어디까지나 동서독의 문제인 거고, 우린 그런 현상과 달리 우리의 통일문제가 있지 않습니까. 통일의 길을 모색하기 위한 노력으로 거기를 가볼 필요가 있다는 거지요."

"이 형, 내가 지금 가장 중요시하는 목적이 뭔지 아시오? 치사하다고 할지 모르겠으나 하루빨리 학위를 받아가지고 돌아가는 것이오. 그러기 위해서 탄가루 마셔가며 광부 노릇을 했다는 걸 잊지 마시오."

"예, 그 치열함을 인정합니다. 그렇다고 지식인으로서 민족의 비원인 통일문제를 완전히 외면하는 건 너무 지나친 이기주의 아닐까요? 모든 지식인들이 그런 식이라면 우리의 장래는 어떻게 되겠습니까. 영원히 분단으로 갈라져 살아도 괜찮다는 건가요?"

배상집은 느리게 커피를 마시며 말을 받지 않았다. 그 말을 해야 할 것인지 아닌지 신중히 생각하고 있었다. 자신이 판단하기로 동베를린을 오가는 일은 이만저만 위험한 일이 아니었던 것이다.

"이 형, 그곳을 가보고 싶은 것이 단순한 호기심이건, 학문적 탐구용이건, 통일의 사명감이건 다 좋아요. 그러나 우리는 우리가 처한 현실을 직시할 필요가 있소. 이 형, 몇 년 전에 일어난 동베르린 사건 알지요? 그때 체포되어 간 사람들 태반이 동베르린에 갔다 온 일이 있는 사람들이었소. 이 형우 쥐도 새도 모른다고 했는데, 그들이 동베르린을 오간 사실을 수만 리 떨어진 한국의 중정이 어떻게 알았겠소? 여기에 파견된 요원들이 보고한 것 아니겠소? 독일 정부와 사전 양해 없이 그들을 비밀리에 체포해 간 것은 분명 지탄받을 불법행위지만, 중정이 그들을 체포한 것은 적과 접촉했다는 엄연한 범법의 근거를 가지고 있었소. 한 가지 분명하게 알아야 할 것은, 우린 지금 남과 북의 정보원들의 감시망 속에 들어 있다는 사실이오. 그런 살벌한 현실 속에서 나는 무모한 짓 하지 않겠다 그거요. 이 형도 신중하게 행동하는 게 좋을 거요."

배상집은 이야기 다 끝났다는 듯 봉투를 끌어당겼다.

"그야 국가보안법이 잘못된 거지 통일에 기여하겠다는 순수한 마음으로 저쪽을 보고 온 지식인들이 잘못한 건 아니잖아요. 그런 법에 굴종만 하다간 통일은 영원히 요원한 거지요."

"그래요? 통일을 위한 순수한 마음이라면 국가보안법을 없애는 운동을 먼저 하는 게 순서 아니겠소? 그 지식인들이 저쪽을 보고 와서 얻은 게 뭐요? 국가보안법의 필요성을 합리화시켜 주었고, 분단을 강화했을 뿐이오. 그리고 정치 집단이 서로 원수 대하듯 적대하고 있는 상황에서 지식인들이 그런 행위로 통일에 기여한다고 생각하는 건 어설픈 센치멘탈이고 철없는 망상이오. 저쪽 지식인들이 이쪽을 상대로 똑같은 행동을 했을 때 저쪽에서는 어쨌을 것 같소? 훈장을 줬겠소? 이 형도 언행 조심하는 게 좋소. 그만 갑시다."

배상집은 벌떡 몸을 일으켰다.

"배 선배님은 생각보다 훨씬 더 투철한 반공주의자시군요. 분단 문제를 그렇게 깊이 생각하고 있는 줄 몰랐습니다."

이근후는 무안을 타기는커녕 태연하게 웃음지으며 말했다.

"그런 식으로 말하지 마시오. 이 형이 통일을 진정으로 생각하는 지식인이라면."

배상집은 불쾌한 어조로 내쏘았다.

"아 예, 농담 삼아 한 말입니다. 너무 기분 나쁘게 생각진 마십시오."

이근후는 앞질러 나가며 여전히 비위 두껍게 말했다.

저 친구 참 이상하다니까. 벌써 몇 달 전부터 동베를린 얘길 꺼내는데. 그럼 저쪽과 벌써 깊이 접촉하고 있는 것일까……. 저러다 꼬리 잡혀 탈 나는 건 아닐까……. 그런 위험을 모르지 않을 텐데…….

배상집은 커피값을 내고 있는 이근후를 지나쳐 밖으로 나오며 이런 생각을 하고 있었다.

"그럼 또 뵙겠습니다. 몸 생각해 가면서 공부하세요."

"잘 가시오."

배상집은 '언행 조심하라'는 말이 또 나오려고 했지만 그냥 돌아섰다. 그 말이 괜히 보신주의자의 비겁으로 들릴 수 있었고, 이근후와 비슷한 생각을 하는 사람들 사이에서 웃음거리가 될 수도 있었다. 유학생들이 차츰 늘어나면서 그런 생각을 하는 사람들도 불어나고 있었다.

배상집은 집에 돌아와 책을 펼치고서도 이근후의 생각을 떨쳐내지 못했다. 공부가 차질 없이 진행되어 나간다면 1년 후에는 박사학위를 받을 수 있었다. 오로지 그 목적 하나만을 위해서 그동안 혼신을 다해왔다. 이제 막바지에 이르러 그 어떤 일로도 박사학위 취득을 방해받을 수 없었다. 그런데 이근후가 시도하려는 방법이 옳은 것도 아니었다. 이미 몇 년 전에 오류를 드러낸 길을 다시 가려는 것은 어리석음의 되풀이일 뿐이었다.

배상집은 다음날부터 이근후를 의식적으로 피하려고 했다. 이근후 쪽에서도 그만 포기를 한 것인지 며칠이 지나도 마주치는 일이 없었다. 그는 다행으로 여기면서도 마음 한구석은 께름칙하기도 했다.

일요일이라 일부러 게으름을 피우며 배상집은 반쯤 깬 듯싶기도 하고 반쯤 잠결인 것 같기도 한 몽롱한 의식 속에서 안개에 묻힌 듯 아른아른하고, 아늑하고 포근함에 감싸여 어디론가 끝없이 멀어져가는 가물가물함에 젖어드는 늦잠의 단맛을 즐기고 있었다. 그 혼곤하고 아련한 늦잠은 뜻밖의 선물을 주기도 했다. 서울의 그리운 것들을 전혀 예상하지 못한 꿈으로 엮어서 보여주고는 했다. 늦잠 속에서 꾸는 꿈은 꿈인 줄 알면서 꾸는 이상야릇한 재미도 있었다.

……면접실로 들어갔다. 교수는 세 사람인데, 가운데 앉은 사람은 엉뚱하게 신문을 펼쳐들고 있어서 전혀 얼굴이 보이지 않았다. "아, 서독에 광부로 가서 박사학위까지 따다니 그 형설지공의 의지가 참 대단하고 감동적이오. 그 사실만으로도 학생들에게 큰 교훈이 되겠소." 오른쪽 교수가 입을 열었다. "그 점은 저도 동감입니다만, 서독에 함께 가기로 했던 친구가 못 가게 되어 그 친구한테 약속한 것이 있지요? 그런데 귀하께서는 그 약속을 헌신짝 버리듯 해버렸습니다. 그렇게 신의가 없는데 교육자의 양심을 기대할 수 있을까요?" 왼쪽 교수의 뜻밖의 말이었다. "예에? 무슨 말씀입니까. 저는 그런 약속한 일이 없습니다." "그래요? 이젠 거짓말까지 하는군요." 그때 가운데 앉은 교수가 신문을 접었다. 그 순간 드러난 얼굴, 그 사람은 유일민이었다.

아니, 이게 어찌 된 일인가. 이게 꿈이었으면……, 이게 꿈이었으면…….

그는 담요를 걷어차며 몸부림치고 있었다.

"여보세요, 여보세요. 헤어 배, 빨리 일어나요. 탄광에서 큰 사고가 일어났어요. 빨리 좀 일어나요."

방문을 쾅쾅 두들기며 밖에서 독일말로 외치고 있었다.

그 바람에 배상집은 흉측한 꿈에서 놓여나며 잠을 깼다.

"누구요?"

"탄광에서 왔어요, 탄광. 큰 사고가 났으니 빨리 문 좀 열어요."

"예, 잠깐 기다려요."

배상집은 바지를 꿰입고 문 쪽으로 가며, 이 일이 있으려고 그런 꿈을 꾸었나, 생각을 하며 기분이 영 찜찜했다. 유일민의 꿈은 전에도 서너 번 꾸었었다. 그때마다 꿈의 내용은 달랐는데, 그 약속을 지키지 않아 궁지에 몰리게 되는 결과는 변함이 없었다.

"일요일인데 휴식을 방해해서 정말 미안합니다. 그러나 사고가 워낙 중대해서 어쩔 수 없었어요."

탄광의 관리과장이 방으로 들어서며 다급하게 말했다.

"뭐지요? 또 낙반사곤가요?"

배상집은 담배에 불을 붙이며 물었다.

"아니요. 낙반사고면 여기 찾아올 필요가 없지요. 아 글쎄 한국 광부들 수백 명이 모여 한 사람을 라인강으로 밀어넣어 자살시키려고 하고 있어요."

"뭐요? 그게 도대체 무슨 소리요?"

"며칠 전에 한국 광부 한 사람이 스페인 광부의 카메라를 훔쳤어요. 그런데 그 사실이 탄로 나자 한국 광부들 전체가 들고일어나 그 사람한테 라인강에 빠져 죽으라고 자살을 강요하게 된 겁니다. 나라 망신을 시키고 한국사람들의 체면을 손상시켰기 때문이라는 거지요. 그들은 그동안 회의를 통해 자살을 결정해 놓고, 오늘 일요일을 택해 무슨 축제라도 하듯 자살을 시키려고 단체행동에 나선 겁니다. 빨리 좀 가주세요. 소장님이 협조를 요청하고 있어요."

"그거 참 큰일났군요. 그런데 내가 무슨 힘이 있다고 날 찾아왔어요. 빨리 경찰에 알려야지요. 그리고 또, 한국영사관에도 연락하고요."

"경찰들이 이미 출동해서 제지하고 해산명령을 내리는데도 말을 안 들어요. 그리고 한국영사관에도 연락을 했지만 거리상 그들이 도착하려면 시간이 걸려요. 그 사이에 일이 벌어지면 어떻게 하겠어요. 이렇게 시간 낭비하고 있을 수가 없어요. 빨리 가면서 얘기해요."

관리과장은 벽에 걸린 배상집의 옷을 내리며 허둥거렸다.

"우리 소장은 당신의 능력을 믿고 있어요. 광부 출신으로 석·박사학위를 받게 된 당신은 한국 광부들에게 살아 있는 신화고, 그들은 당신을 존경하고 있잖아요. 소장은 그 사실을 잘 알고 있고, 그동안 어려운 일들을 해결해 준 당신의 능력을 믿고 있어요."

배상집이 옷을 입는 사이에 관리과장이 빠르게 말했다.

"훔친 카메라는 라이카겠지요?"

배상집은 차에 타면서 물었다.

"예, 라이카요."

"그 범죄의 원인 제공은 독일이오."

"예에?"

차를 출발시키던 관리과장의 눈이 휘둥그레졌다.

"누구나 탐나게 카메라를 잘 만든 게 문제 아니냔 말이오. 나도 라이카를 보면 훔치고 싶은 맘이 생기는데."

"아, 난 또 무슨 말이라고요. 고마워요, 고마워요."

관리과장은 흔쾌하게 웃어대며, 이 차는 또 어떠냐는 듯 갑자기 속력을 내기 시작했다.

라이카는 기계기술의 세계 최고를 자랑하고 싶어하는 독일이 내세우고 있는 상품들 중의 하나였다. 정밀기계 상품일수록 애프터서비스제기 따르는 것은 세계적인 상식이었다. 그러나 라이카는 아예 애프터서비스제가 없었다. 절대 고장이 나지 않으니까 애프터서비스가 필요하지 않다는 자신감이었다. 그 자신감의 표현은 더없이 좋은 상품 선전의 수단이 되어 라이카는 세계적으로 수없이 팔려나갔다. 그런데 과연 세계 어디에서도 라이카를 고쳐달라는 요구는 들어오지 않았다. 배상집도 그것을 갖고 싶었지만 너무 비싸 여지껏 엄두를 내지 못하고 있었다.

"동양사람들의 체면을 중시하는 자존심과 집단의식은 이해하기 어려울 때가 많아요. 전에 일본사람들이 일할 때 이번과 똑같이 카메라를 훔친 사건이 다른 광산에서 생겼어요. 그때 일본 광부들은 그 사람을 일본식으로 할복자살을 시키고 말았어요. 동양사람들 아주 무시무시해요."

관리과장은 고개를 내둘렀고, 배상집은 고개를 끄덕이며 대꾸했다.

"그게 동양과 서양의 차이 아니겠소."

배상집도 그 할복자살 사건은 진작 들어서 알고 있었다. 서독에

도착했을 때 먼저 와 있던 광부들은 그 사건을 다 알 정도로 유명한 이야기가 되어 있었다.

혹시 지금 벌어지고 있는 일도 그 사건에서 영향을 받은 것이 아닐까 하는 생각을 언뜻 했다. 그리고 똑같은 일을 놓고 한국 광부들이 아무런 일도 벌이지 않았더라면 어찌 되었을 것인가 하는 생각이 뒤따랐다.

배상집은, 투신자살을 강요당하고 있는 사람의 입장을 전혀 헤아리지 않는 자신의 그런 생각에 적이 놀라고 있었다. 자신도 부지불식간에 일본사람들과 비교되는 한국사람들의 체면만을 생각하고 있었던 것이다. 그런 의식의 작용이 일본에 대한 뿌리깊은 피해의식의 반작용인지, 아니면 동양인으로서 체질화된 체면의식 탓인지 구분하기가 어려웠다.

라인강변에는 정말 수백 명의 사람들이 운집해 있었다. 광부들이 400여 명이었고, 100여 명의 경찰들이 그들을 에워싸고 있었다. 그리고 헬리콥터까지 강 위를 저공비행하고 있었다. 투신에 대비한 구조 헬리콥터였다.

"헤어 배, 어서 오시오. 이 사태에 대해서는 대강 들었지요?"

소장이 배상집과 악수하며 물었다.

"예, 오는 도중에 대강 들었습니다."

"사태는 지금 보고 있는 그대로요. 통역을 통해서 이건 살인행위이며, 만약 당사자가 투신해서 죽게 되면 당신들 모두는 처벌받게 된다고 몇 번이고 알렸소. 그런데도 전혀 말을 듣지 않아요. 헤어

배가 빨리 좀 설득해 주시오. 헤어 배는 저 사람들이 자랑으로 삼는 존경의 대상이니까 틀림없이 효과가 있을 거요."

"글쎄요……, 한국영사관에서는 아직 안 왔습니까?"

"그 사람들 올지 어쩔지 믿을 수 없어요. 한국 관료주의 유명하잖아요. 더욱이 오늘 일요일인데. 자아, 빨리 시작해요."

소장은 배상집의 등을 떠밀었다.

배상집은 사람들 쪽으로 걸어기며 아까 차를 타고 오면서 생각했던 말들을 빠르게 되짚어나갔다. 긴장감과 함께 가슴이 두근거리고 얼굴이 화끈하게 달아올랐다. 그는 얼굴을 훔치며 마이크가 실려 있는 트럭 위로 올라갔다.

"여러분, 안녕하십니까. 저는 지난날 여러분들처럼 탄광에서 일했던 배상집이라고 합니다. 여러분들 중에는 저와 함께 탄광생활을 시작해서 계약기간을 연장해 가며 지금도 고생하고 계신 분들이 몇 분 있습니다. 오늘 이 사태를 놓고 저도 지난날의 광부 입장으로 돌아가 한 말씀만 드리고자 합니다. 여러분, 같은 한국사람의 것도 아니고 하필이면 외국사람의 카메라를 훔쳐 나라의 위신을 떨어뜨리고 한국인의 체면을 손상시킨 것에 대해서 여러분들이 이렇게 분노하고 응징하려고 나선 것은 너무나 당연하고 백번 옳은 일입니다. 한 사람의 잘못이 한국사람 전체를 욕먹일 수 있고, 특히 독일 현지에서 일하는 사람들 모두를 불신당하게 할 수 있기 때문입니다. 그러나 여러분, 저는 여기서 한 가지 솔직하게 고백할 것이 있습니다. 저는 처음 독일에 와서 독일이 우유를 물처럼 마실 수 있는 나라, 하루 일해서 계란을 한 짐 사고, 고기를 1주일 내내 먹을 수 있는 나라라는 것에 놀라고, 끝없이 부러웠습니다. 그 다음 부러웠던 것이, 없는 것 없이 흔한 물자들이었습니다. 그 편리하고 좋은 물건들이 전부 다 탐났는데, 그중에서도 특히 탐났던 것이 라이카였습니다. 그러나 저는 비싼 라이카를 살 돈이 없었습니다. 그런데 저는 그것을 훔쳐서라도 갖고 싶은 충동을 느끼고는 했습니다. 만약 아무도 없는 방에 라이카가 놓여 있었다면 저는 순간적 충동을 참지 못하고 그것을 훔쳤을지도 모릅니다. 저는 국민학교 6학년 때 1천 환짜리를 주워서 파출소에 갖다주지 않고 계속 가슴이 두근거리면서도 혼자서 사탕이며 과자를 다 사먹은 일도 있었으니까요.

여러분, 사람은 누구나 실수할 수 있고 순간적으로 잘못을 저지를 수 있습니다. 그렇기 때문에 용서라는 것도 있는 것입니다. 여러분들께서 오늘 이렇게 한 것으로 나라의 위신을 충분히 세웠고 한국인의 체면도 깨끗하게 유지됐습니다. 그리고 독일사람들도 여러분의 진심을 충분히 이해하면서 이 상태로 일을 끝내주기를 바라고 있습니다.

여러분, 이 상태에서 일을 수습하지 않으면 여러분의 진심은 엉뚱하게 지탄받게 되고, 우리나라와 독일 사이에 복잡한 문제가 생기게 됩니다. 여러분, 그 사람의 사죄를 받고 그 사람을 용서하는 지혜를 발휘합시다. 그것이 여러분의 뜻을 이루는 길입니다. 여러분의 의견을 모아주십시오."

확성기의 울림이 끝나자 강변은 조용해졌다. 그 조용함은 촌각의 흐름에 따라 차츰차츰 두께를 더해가며 침묵으로 변하고 있었다. 사람들의 수가 많은 만큼 침묵은 점점 더 무거워지고 있었다.

"찬성이오오! 여기서 끝냅시다아!"

어디선가 침묵을 깨는 외침이 터져나왔다.

"옳쏘오오! 찬성이오. 찬성!"

뒤를 따르는 외침이었다.

"좋아, 좋아. 자알 됐어!"

"그렇게 해, 그렇게. 그게 좋아."

군중의 침묵을 깬 파장은 빠른 속도로 퍼져나가고 있었다.

"헤어 배, 고맙소, 고맙소."

소장이 배상집의 손을 두 손으로 감싸잡고 흔들어댔다.

"별말씀 다 하십니다. 그런데……, 저 사람은 어떻게 처리할 겁니까? 경찰에 넘길 겁니까?"

배상집은 그 문제를 짚고 넘어가고 싶었다.

"아니오, 두 나라 사이에 그런 협정이 없었어요. 계약을 취소하고 귀국을 시켜야지요."

"예, 그게 좋겠습니다."

배상집은 마음이 착잡했다. 그 사람에게는 그보다 더 큰 처벌이 없었다.

이튿날 배상집에게는 뜻밖의 사람이 찾아왔다. 안면이 있는 영사관 소속의 정보원이었다.

"어제 미스터 배가 큰 활약을 했다는 말 들었소. 수고 많았소."

그 사람은 악수를 청했다.

"아니 뭐……."

배상집은 정보원이란 존재 자체가 싫어 마지못해 손을 내밀었다.

"우리가 해야 할 일을 대신해 줘서 모두 고맙게 생각하고 있소. 어디 가서 식사나 합시다."

"아닙니다. 제가 곧 강의가 있습니다."

배상집은 얼른 둘러댔다.

"아, 그렇군. 그럼 담에 하고, 무슨 애로사항이 있으면 나한테 연락하시오."

"예……, 제가 시간이 다 돼서……."

배상집은 서둘러 그 사람과 헤어졌다. 남들에게 오해받을 수도 있었다.

이틀이 지나 배상집은 정수남의 전화를 받았다.

"배 박사님, 안녕하세요? 다름이 아니라 저의 아들 돌에 박사님을 초대합니다. 모레니까 꼭 오셔야 합니다."

정수남은 농담으로 쓰기 시작한 호칭을 이젠 당연한 것처럼 쓰고 있었다.

"아아, 벌써 그렇게 됐나요? 축하합니다, 축하해요. 예, 꼭 가야지요."

배상집은 상쾌한 아침 공기를 들이마시는 기분을 느끼며 기쁨이 절로 솟고 있었다. 그동안 그 사건이 마음에 남아 기분이 울적하고 무거웠던 것이다. 그 사람이 카메라를 훔치지 않을 수 없게 한 가난이 야속했고, 강제 귀국당하는 것으로 끝나는 것인지, 아니면 귀국해서 또 무슨 일을 당해야 하는 것인지 불안스러웠다.

그 사람에 비하면 정수남은 성공적인 삶을 알차게 엮어가고 있었다. 박갑동의 소개로 연애를 시작했고, 연애를 잘 이끌어 결혼에 성공하더니만 당연한 결과로 애를 낳았고, 그애가 어느덧 돌을 맞은 것이다.

배상집은 다음날 선물을 사러 갔다. 마음 같아서는 금반지를 사야 했지만 그럴 돈이 없었다. 장난감 가게를 돌다가 강아지 인형과 예쁜 카드를 샀다. 그리고 카드에 정성스럽게 썼다.

"아가야, 돌을 축하한다. 무럭무럭 자라거라."

10

그 슬픈 넋

정남희는 어지러움과 한기를 참아내며 주인에게 억지웃음을 지어 인사하고는 꽃가게를 나섰다. 머리는 가로수가 흔들릴 정도로 어질어질하고, 한기는 등줄기에서만 일어나는 것이 아니라 온몸의 살갗 밑에서 으슬으슬 찬바람을 일으키고 있었다.

몸이 왜 이러지……. 약을 먹어도 갈수록 심해지니……. 이게 무슨 중병이 든 건가……?

정남희는 또 이런 생각을 하며 한 손으로 이마를 받쳤다. 그리고 눈을 질끈 감았다 떴다. 그러나 눈앞에는 노란 불똥들이 오락가락할 뿐 어지러움은 가시지 않았다. 한기도 어깨가 움찔거릴 정도로 심해지고 있었다.

약기운이 떨어져서 그래. 어서 가서 약만 먹으면 괜찮아져. 병은 무슨 병이야. 일이 좀 힘드니까 그런 거지. 기운 내, 이것아! 넌 그래도 호강이야.

정남희는 다시 스스로를 위로하고 독려하며 눈을 크게 뜨고 어금니를 물었다. 그러나 어지럼증과 한기는 기세가 더 드세지는 것 같았다. 그녀는 어서 가서 약을 먹을 생각으로 걸음을 빨리했다. 그러자 걸음걸이는 표나게 비틀거리기 시작했다. 지나가는 독일사람들이 그녀를 힐끔거리거나 유심히 쳐다보기도 했다.

얼굴이 창백해진 정남희는 심하게 비틀거리며 자기 방으로 들어서기 바쁘게 책상 서랍에서 약병을 꺼냈다. 병뚜껑을 열면서도, 약을 손바닥에 받으면서도 그녀의 두 손은 떨리고 있었다.

그녀는 알약 네 개를 다급하게 입에 털어넣었다. 물을 마신 그녀는 의자에 털썩 주저앉아 더디게 약병을 끌어당겨 뚜껑을 닫으려다가 멈추었다. 그녀는 힘없이 풀린 눈으로 약병을 물끄러미 바라보고 있었다. 병에 씌인 약 이름은 아스피린이었다.

이제 네 알 가지고는 안 되는 거야……. 약효가 빨리 떨어지니까 이래. 한 알을 더 먹으면 그만큼 오래 견디겠지. 근데……, 약 많이 먹으면 안 되잖아?

정남희는 천천히 병뚜껑을 닫았다. 그러나 그녀는 다시 병뚜껑을 돌리기 시작했다. 저녁을 먹고 나서 곧 시작될 야근을 생각하고 있었다. 네 알을 먹고는 야근을 제대로 해낼 자신이 없었다.

정남희는 아스피린 한 알을 더 먹었다. 그리고 저녁 식사까지 남은 30분을 생각하며 침대에 쓰러졌다.

"정남희가 왜 안 보이죠?"

식사가 거의 다 끝나가는데 주선녀가 입을 열었다.

"그래요? 난 저쪽 어디에 있는 줄 알았는데. 어디 또 아픈가?"

김광자가 놀란 기색으로 식당 안을 휘둘러보았다.

"나 같은 늙은이도 견디는데 젊은 게 아프긴 어디가 아파. 꽃집에서 맛있는 걸 뭘 얻어먹은 게지."

여전히 입바른 소리 잘하는 이정옥의 말에 옹이가 박혀 있었다. 어려운 혈관주사를 귀신같이 잘 놓아 능력을 확실하게 인정받은 그녀는 그것 때문에 또 심사가 뒤틀려 있었다. 도맡아 혈관주사를 놓게 하려면 한국에서의 경력을 인정해 수간호원을 시켜주든지, 그렇지 않으면 월급을 올려주든지 해야 될 것 아니냐는 불만이었다. 그러나 수간호원이 되기에는 그녀의 독일어 실력이 너무 모자랐고, 월급을 더 받기에는 그런 특수 규정이 없었다. 그녀는 그런 불만을 소화하지 못하고 젊은 간호원들에게 곧잘 심통을 부리고는 했다.

"먼저 실례하겠어요."

김광자는 스테인리스 식판을 챙겨들고 황급히 일어섰다.

"돈벌이에 미쳐 꽃집 아르바이트다 양로원 아르바이트다 물불을 가리지 않고 덤비니 매냥 빌빌대는 거잖아. 젊은 게 무슨 돈욕심이 그리 많아, 그래."

이정옥이 포크로 과일을 찍으며 입을 다물지 않았다.

주선녀는 아무 대꾸 없이 자리를 뜨며 이정옥에게 눈을 흘겼다. '아니, 무슨 말을 그렇게 하세요? 세상에 고생하고 싶어 하는 사람이 어디 있겠어요.' 그녀는 이렇게 내쏘고 싶은 말을 꾹 참고 있었다. 그 말을 했다가는 말싸움이 벌어지기 십상이었고, 이정옥과 싸워 이길 자신이 없었다.

"얘, 남희야!"

방문이 왈칵 열리는 바람에 김광자는 방 안으로 들어서며 곧 넘어질 듯이 비틀거렸다. 급한 김에 방문 손잡이를 너무 세게 돌리며 방문을 밀었던 것이다.

"얘 남희야, 자니? 일어나, 어서!"

김광자는 정남희를 흔들며 섬뜩한 걸 느꼈다. 정남희는 흡사 죽은 사람 꼴이었다.

"으응……, 아우……, 나……, 죽겠어……."

정남희는 가녀린 신음소리를 내며 힘겹게 눈을 떴다.

"남희야, 빨리 일어나. 식사시간 다 끝나간다."

김광자는 정남희의 팔을 잡으며 일으키려고 했다.

"나, 나……, 밥 안 먹을 거야."

정남희는 핏기 서린 눈으로 가느다랗게 말했다.

"밥을 안 먹고 어떻게 야근을 해. 빨리 일어나, 빨리."

"아니야……, 나 어지럽고 기운 없어서 식당에 못 가. 이대로 더 누워 있는 게 나아."

정남희는 힘없이 풀린 눈을 감아버렸다.

"얘가 왜 이래. 너 어디 아프니? 아니, 너 또 약 먹었구나!"

김광자의 눈길은 책상 위의 약병에 박혀 있었다.

"너 미쳤니? 왜 약은 자꾸 먹고 그래. 어디가 아프면 진찰을 받아야지 네 맘대로 약을 먹으면 어떡하는 거냐구."

김광자의 목소리에 화가 실려 있었다.

"괜찮아. 감기 몸살 기운인걸 뭐. 내 걱정 말고 가서 쉬어."

정남희는 김광자를 올려다보며 흐릿하게 웃었다.

"기집애, 간호원이라면서 어쩜 그리 무식한 소리만 하니. 하루이틀도 아니고 무슨 감기 몸살이 그리 오래가, 글쎄. 기다리고 있어. 밥 가져올 테니까."

김광자는 서둘러 밖으로 나갔다.

정남희는 사라지는 김광자를 바라볼 뿐 그만두라고 만류하지 못했다. 야근을 하려면 식사를 해야 하는데 식당까지 갈 엄두가 나지 않았다.

몸이 나른하게 처지고 전신이 스멀거리듯 조근대는가 하면 어지럽고 한기가 드는 감기 몸살 기운이 생기기 시작한 것은 거의 2년 전부터였다. 그런 감기 몸살 기운에 간호원이면 누구나 손쉽게 구해 먹을 수 있는 게 아스피린이었다. 그걸 두 알씩 서너 차례 먹으면 몸이 가뿐해지면서 기분도 산뜻해졌다.

그러나 감기 몸살 기운은 사나흘이 못 가 다시 도지고는 했다. 그럴 수밖에 없는 것이 나날의 일이 너무나 고달프고 힘겨웠다. 여덟 시간의 병원근무만 하면 별로 힘들 것이 없었다. 그러나 병원의 월급만 가지고는 집안 돕기에 모자랐다. 동생 다섯의 뒷바라지라면 부족할 것이 없었다. 그런데 아버지가 당뇨병이 심해지면서 노동도 하지 못하게 되었다.

아버지의 벌이를 벌충하는 것만이 아니라 치료비까지 보내려면 잠시의 쉴 짬도 없이 돈벌이를 나서야 했다. 하루에 네 시간 정도 밖에 안 자면서 아르바이트를 했다. 매일 가까운 꽃집에서 점원 노릇을 했고, 일요일이나 공휴일 같은 때는 더 수입이 좋은 양로원이나 다른 병원을 찾아갔다.

그러다 보면 몸은 가눌 수 없이 피곤하고, 언제나 감기 몸살 기운이 사르르 전신에 퍼지고는 했다. 약을 자주 먹는 것이 나쁜 줄 알지만 다음날 일을 하기 위해서는 어쩌는 도리가 없었다. 돈을 좇아 그렇게 헉헉대며 사는 것이 때때로 비참해지기도 했지만 혼자 하는 고생이 아니라서 위안을 삼고는 했다. 한국 간호원들이 그렇게 아르바이트를 하는 것은 예사가 되어 있었다.

"당신들은 꼭 돈에 미친 사람들 같다. 돈이 그렇게도 좋으냐?"

"당신들은 이 세상을 무슨 재미로 살지? 여행할 줄을 모르다니, 도무지 이해할 수가 없어."

독일 간호원들이 고개를 갸웃갸웃하며 한국 간호원들에게 하는 말이었다. 서독 간호원들이 한국 간호원들의 돈에 매달린 생활을 이해하지 못하는 것처럼 그들의 생활은 늘 정서적으로 여유롭고 풍족했다. 그들은 하루에 여덟 시간만 일할 뿐 야근도 피하는 형편이라 아르바이트는 전혀 하지 않았다. 그들은 휴식을 충분히 즐겼고, 주말이면 거의 어김없이 가까운 곳을 찾아 여행을 떠났다. 그리고 긴 연중휴가 때에는 국경을 넘어 프랑스며 이태리, 스페인 같은 곳으로 여행을 다녀오고는 했다. 그들은 그 여행담으로 이야기

꽃을 피우며 한없이 행복해하고, 다음 여행지를 꼽아보고는 했다.

그런 그들은 한국 간호원들이 집안 식구들을 위해서 그렇게 혹독한 노동을 자처하고 있다는 것도 도무지 이해할 수 없다는 반응을 보였다. 왜 자기 스스로의 인생을 살지 않고 여자 혼자의 힘으로 집안 식구 모두를 위해서 희생해야 하느냐는 것이었다. 집안이 가난하면 식구들 모두가 그 책임을 지고 고생해야 옳지 왜 한 사람이 고통을 당하며 그 짐을 져야 하는지 이해하지 못했다. 한국 간호원들이 아름답게 생각하는 자기희생을 서독 간호원들은 논리에 맞지 않는 가족들의 무책임이라고 받아들였다. 그리고 사회복지제도가 전혀 없는 한국 사회에 대해서 서독 간호원들은 어떻게 그런 나라가 있을 수 있느냐고 믿으려 하지 않았다. 어차피 그들 사이에는 말로 이해될 수 없는 높은 벽이 가로막혀 있었다.

그런데 언제부턴가 아스피린 두 알씩은 감기 몸살 기운을 이겨내지 못했다. 그래서 세 알씩 먹게 되고, 또 얼마쯤 지나 세 알은 네 알씩으로 불어났다. 약의 분량이 많아지면서 속이 거북하고 소화가 잘 안 되는가 하면, 변비 증세도 심해졌다.

"안 자고 있었니? 어서 먹어라."

김광자가 식판을 책상 위에 놓았다.

"고맙고……, 미안해."

"기집애, 별소리 다 하네. 어서 많이 먹고, 너 아르바이트 시간 좀 줄여. 이렇게 무리하다가 큰 탈 나니까."

김광자는 의자로 옮겨앉는 정남희에게 포크를 집어주며 동생 꾸짖듯 했다.

"그게 어디 내 맘대로 되나. 돈을 적게 보내면 우리 아빠……."

정남희의 목소리에는 금세 울음이 묻어났다.

"글쎄 아는데, 네 꼴을 좀 봐. 이렇게 무리하다가 너 쓰러지면 어쩌려고 그러니? 저쪽 마리아병원 이 간호원 사건 알잖아? 너무 과하게 아르바이트 하다가 쓰러져 반신불수로 귀국한 거. 너 알지? 설마가 사람 잡는다는 것. 아빠도 아빠지만 동생들 생각해서 건강해야 돼. 우리가 건강밖에 믿을 게 뭐 있니? 너 의사들이 하는 말 명심해. 과로가 곧 병이라는 말 말이야."

"기집애. 왜 괜히 겁주고 그러니?"

정남희는 포크로 감자를 찍어올리며 여전히 힘이 풀린 눈으로 김광자에게 눈을 흘겼다.

"얘 좀 봐. 겁주는 거라고 생각하는 그게 바로 겁이 없는 거라구. 너 정신 똑똑히 차려. 괜한 소리 아니니까."

김광자는 한 번 더 못을 박았다. 그녀의 곤궁한 집안 형편을 잘 알지만 그녀가 무리하는 것을 막으려고 일부러 심하게 자극했다.

"그래, 아빠만 아프지 않으셔도 어떻게 좀 숨을 쉴 수 있을 텐데……, 나도 내가 어찌 될까 봐 겁나……."

정남희의 지친 얼굴에 슬픈 그늘이 스치고 지나갔다.

"너 몸이 많이 안 좋으면 내가 야근 대신해 주랴?"

"얘는! 그런 소리 말고 네 공부나 열심히 해. 네가 어서 의사선생님 되는 게 내 꿈이기도 하니까. 난 아예 공부에 소질이 없으니까 의사 같은 어마어마한 건 바라지도 않지만, 내 친구가 독일에서 의사자격증을 땄다는 것만으로도 얼마나 자존심 서는 일이니. 내 걱정 같은 건 하지도 말어. 이것 다 먹고 내가 기운차릴 테니까."

정남희는 보란 듯이 음식을 흐벅지게 떠넣기 시작했다.

김광자는 정남희가 세수를 하고 머리를 손질하고 야근에 나서는 것을 보고 나서 자기 방으로 돌아왔다. 그녀는 자신의 집안 사정이 그나마 정남희보다 나은 것을 다행으로 여겼다. 만약 그 누구나 정남희 같은 형편이라면 그렇게 무리를 하지 않을 도리가 없었다. 약간씩의 차이만 있을 뿐 간호원들의 가정 형편은 하나같이 동생들이 많고 가난했다. 나라에서 매달 수입의 80퍼센트 이상을 외환은행을 통해서 송금하라고 규정을 정하지 않았더라도 간호원들은 집안 식구들의 생계를 위해서 그보다 더 많은 돈을 보내려고 발싸심하고 있었다. 여러 말할 것 없이, 오죽 가난했으면 여자의 몸으로 수만 리 타국까지 돈벌이를 왔을 것인가, 하는 자신들의 푸념으로 서로의 사정을 헤아리고도 남았다.

매일 밤 그렇듯이 김광자는 새벽 1시가 되어서야 책을 덮고 잠자리에 들었다. 그녀는 눈을 감으며 또 어머니와 동생 선태를 생각했다. 어머니는 그리워서 잠들기 전에 꼭 생각났지만 선태는 걱정스러워서 마음에서 떠나지 않았다. 고등고시에 자꾸 떨어지는 것도 안타까운 데다가 얼마 전에는 '살고 싶지 않다'는 내용의 편지를 보내왔던 것이다.

형에게 무시당하는 선태의 딱한 입장을 보는 듯 이해할 수 있어서 더욱 안쓰럽고 안타까웠다. 동생이 좌절하거나 딴마음을 먹지 않도록 하려고 온 마음을 다 쏟아 긴 편지를 쓰고는 했지만 그때마다 문장력이 부족한 것을 한탄해야 했다. 그녀는 어머니의 건강을 빌고, 동생에게 힘내라고 당부하며 아른아른 잠으로 젖어들고 있었다.

"김 간호원, 빨리 일어나요. 큰일났어요, 빨리 일어나세요."

이런 독일말 외침과 힘께 방문 두들기는 소리가 요란하게 울렸다.

"김 간호원, 김 간호원! 빨리 일어나라니까요, 빨리."

김광자는 끈끈한 잠의 수렁에서 가까스로 빠져나오고 있었다.

"누, 누구세요?"

김광자는 전등을 켜며 비틀거렸다.

"빨리 나와요, 빨리. 큰 사고가 났어요. 정 간호원이 쓰러졌는데 위험해요."

"뭐, 뭐라구요?"

김광자는 방문을 벌컥 열며 외쳤다.

"난 딴 간호원들 깨울 테니까 김 간호원은 빨리 응급실로 가요."

포르투갈 출신 간호원은 다른 방으로 뛰어가고 있었다.

김광자는 잠옷 위에 흰 가운을 걸친 채 허둥지둥 응급실로 달려갔다. 저 앞에서 다른 간호원도 다급하게 뛰어가고 있었다.

응급실에서는 간호원들이 에워싼 가운데 두 의사가 의식 잃은 정남희에게 심호흡을 시키고 있었다.

어머나, 남희가……!

그 광경을 보는 순간 머리를 치는 생각에 소스라치며 반사적으로 자기의 입을 가렸다. 그러나 입을 가리기 전에 순식간에 머리를 스친 것은 '어머나, 남희가 떠났구나!' 하는 생각이었다.

김광자는 그런 방정맞고 불길한 생각을 하는 자기자신이 끔찍스럽고 싫었다. 그러나 그건 자신의 뜻대로 할 수 있는 일이 아니었다. 그 직감은 자신의 마음과는 정반대로 치달아갔다. 그만큼 정남희는 그동안 위태위태하고 아슬아슬해 보였던 것이다.

"휴우……, 이젠 더 가망이 없어요. 모두 하느님의 뜻이오."

의사 한 사람이 숨을 몰아쉬며 이마의 땀을 훔쳤다.

"오오, 주여……."

"어머머 세상에!"

"하느님 맙소사."

한꺼번에 터지는 간호원들의 탄식은 독일말과 한국말이 뒤섞이고 있었다.

김광자는 아무 소리도 하지 못하고 푹 주저앉고 말았다. 그녀는 심한 현기증 속에서 자신의 잘못을 후회하고 있었다. 정남희의 말을 그대로 믿지 말고 자신이 야근을 대신해 주었어야 했다. 과로는 겹치면 탈을 부르는 병이었지만 피하면 풀리게 마련인 피곤일 뿐이었다. 그런데 정남희는 폐 끼치기 싫어서 괜찮은 척 꾸며댔고, 자신은 정남희가 미심쩍으면서도 그 말을 믿고 싶어했다. 왜냐하면 어서 빨리 의사가 되고 싶은 욕심이 앞서 하룻밤이라도 공부시간이 축나는 게 싫었다.

"나, 정남희가 이런 일 당할 줄 알았어. 아스피린을 그렇게 먹어 대면서 돈벌이에 정신이 없었으니 몸이 무쇠라도 견딜 수가 있었겠어?"

정남희가 시체실로 옮겨진 다음 이정옥이 오래 참았다는 듯 입을 놀렸고,

"응, 나도 정 간호원이 아스피린 먹는 것을 가끔 봤는데, 그걸 오래 먹었나?"

"그럼, 오래 먹고 말고. 한 2년 되는 것 같은데?"

"뭐, 2년이나?"

독일 간호원의 눈이 휘둥그레졌다.

이튿날 김광자는 병원장에게 불려갔다. 병원장 옆에는 정남희에게 심호흡을 시켰던 두 의사도 앉아 있었다.

"김 간호원은 정 간호원하고 가장 친했다지요?"

병원장의 물음이었다.

"예……?"

김광자는 병원장을 의아스럽게 쳐다보았다.

"뭐, 나한테 신경 쓸 것 없이 사실대로만 대답해 주기 바라오. 김 간호원은 정 간호원이 평소에 아스피린을 자주 먹는 것을 봤소?"

"예."

"다른 간호원들 말로는 정 간호원이 2년 정도 아스피린을 장복했다고 하는데, 당신이 보기로는 어떻소?"

"확실하게는 모르겠는데 아마 그 정도 되는 것 같습니다."

"그럼 정 간호원의 아스피린 장복이 의사의 처방을 받지 않은 일방적 행위임을 당신도 알고 있었겠군요."

"네, 그래서 의사의 진찰을 받으라고 만류하고는 했습니다."

"그런데 말을 안 들었나요? 정 간호원은 어떻게 반응했지요?"

"가벼운 몸살 감기 증상이니까 진찰받지 않아도 괜찮다고 했습니다."

"수고했소. 나가서 일 보시오."

왜 그런 것을 캐묻는지 석연지 않은 채 김광자는 자리를 떴다.

"약물 남용으로 처리하시오. 본인의 과실이지 우리 병원 책임이 아니오."

뒤에서 들려오는 말에 김광자는 등줄기가 싸늘해지는 걸 느꼈다.

정남희는 시체실에서 사흘을 넘기고……, 닷새를 넘기고 있었다. 시체를 수송할 서류 절차가 복잡한 때문이었다. 병원사람들은 바쁜 일상에 쫓기며 정남희를 차츰 잊어갔다. 김광자는 날마다 시체실을 찾아가 정남희 앞에 장미꽃 한 송이씩을 바꿔놓았다.

정남희는 열흘을 넘겨 병원을 떠나갔다. 김광자와 주선녀는 앰뷸런스에 올라 정남희의 관 양쪽에 앉았다. 정남희와 친한 때문만이 아니었다. 공항에 나가 해야 할 일이 있어서 병원 측에서 두 사람 정도가 동행하기를 바랐다.

공항에 도착한 정남희의 관은 화물취급소로 옮겨졌다.

"여기다 싸인하시오."

몸집 큰 독일 남자가 서류를 내밀며 한 곳을 짚었다.

'특별 화물 인계자 확인'

그 글자를 보는 순간 김광자는 가슴이 콱 막히는 것을 느꼈다. 그리고 걷잡을 수 없는 슬픔과 함께 울음이 복받쳐올랐다. 서명을 하는 손이 떨리면서 눈물이 서류 위로 뚝뚝뚝 떨어져내렸다. 그 눈물을 주선녀가 손수건으로 찍어냈다.

"내 꿈이 뭔지 알아? 내가 희생하더라도 동생들을 다 대학까지 공부시키는 기야."

되살아난 정남희의 육성을 들으며 김광자는 흐린 시야 저편으로 멀어지고 있는 관을 바라보고 있었다. 싱싱한 나이로 왔던 길을 지지리 고생만 하고 화물이 되어 돌아가고 있었다. 정남희의 생전의 모습 모습이 슬프고 안타까운 영화가 되어 돌아가고 있었다.

김광자는 열흘이 넘도록 마음을 잡지 못했다. 정남희는 꿈에만 나타나는 것이 아니었다. 비어 있는 그녀의 방에서 걸어나왔고, 병실 복도에서 걸어오는가 하면, 꽃집에서 얻어온 시들어가는 장미 다발을 내밀며 웃기도 했다.

보름쯤 지나자 한국에서 새로 온 간호원이 정남희의 방에 들었다. 그때부터 김광자는 조금씩 마음을 잡아나갔다. 낯설어하고 더듬거리며 실수를 연발하는 신출내기 간호원을 따뜻하게 감싸주며.

병원 특유의 고요로움과 평온이 흐르고 있던 어느 날 이정옥이 앓아누웠다. 그녀는 의사의 진찰도 거부하며 이틀째 아무것도 먹으려고 하지 않았다.

"글쎄, 이 간호원이 아픈 게 아니라 집에 큰일이 생긴 거더라구요."

주선녀가 김광자의 방으로 찾아들며 심각한 얼굴로 말했다.

"무슨 큰일? 애들이 무슨 사고라도 당했나요?"

책장을 넘기고 있던 김광자가 고개를 돌리며 정색을 했다. 이정옥은 떼어놓고 온 두 아이를 마냥 그리워하며 눈시울을 붉혔고, 그런 어머니의 모습일 때 그녀는 비로소 살가워지고 넉넉해졌다.

"아니오. 남편이 바람을 피우고 있대나 봐요. 여동생이 편지로 알려왔대잖아요."

"어머, 세상에! 여기서 벌어 보낸 돈으로?"

김광자는 자신도 모르게 큰소리로 탄식하며 어깨를 늘어뜨렸다.

"남자들은 정말이지 끔찍해요. 여자하고는 너무 달라요."

주선녀는 자신의 지난날을 돌이키는지 몸을 부르르 떨었다.

"가봅시다. 참 기막힌 일이지만 저렇게 하다간 정말 몸 상하고, 그리 되면 애들은 또 어찌 되겠어요. 사람 사는 게 뭔지, 도무지 갈수록 모르겠어요."

이정옥은 김광자와 주선녀를 보더니 자신의 흐트러진 모습은 아랑곳하지 않고 넋두리를 하기 시작했다.

"그런 인간 말종이 이럴 수가 있어, 그래. 한푼도 돈벌이를 못하는 주제에 얌전하게 애들 키우면서 돈을 꼬박꼬박 적금 들어놔도 시원찮은 판에 바람을 피운대잖아. 이 인간을 어떡해야지? 내가 얼마나 더럽고 치사하게, 뼛골 빠져가며 벌어 보낸 돈인데, 이 인종을 죽여야지? 그치? 당장 쫓아가야지? 그치?"

"냉정하게 생각하세요. 바람피우라고 돈 보낸 건 아니니까요. 다음달부턴 돈을 친정으로 보내는 방법 같은 것도 생각해 볼 수 있잖아요. 수중에 돈이 없는데 그 짓을 어떻게 하겠어요. 어쨌거나 애들을 생각해서 어서 기운 차리고 일어나세요."

김광자는 이 말을 남기고 돌아섰다. 심란하게 제 방으로 돌아와 의자에 털퍽 주저앉던 그녀는 입을 딱 벌렸다. 허리가 또 뜨끔하면서 심하게 결렸다. 그녀는 그 이상한 통증에 마음이 쓰이며 서랍에서 안티프라민을 꺼냈다.

11

우정도 정치

"이새끼, 불어, 빨리 불어! 1천만 원 받아먹은 것 틀림없지!"

몽둥이를 든 사내가 살벌하게 외쳐댔다. 그 외침은 하얀 네 벽에 부딪쳐 야릇한 메아리로 되울림하고 있었다.

"날 죽여라. 난 절대 그런 일 없으니까."

팬티바람에 등뒤로 쇠고랑을 차고 나무의자에 앉은 남자는 낮으나 분명하게 대꾸했다. 밝은 불빛에 뒷모습만 드러나고 있는 그 남자의 몸뚱이는 사람의 몸뚱이가 아니었다. 얼마나 두들겨맞았으면 그렇게 될 수 있는 것인지, 뒷몸뚱이는 빤한 틈이라고는 없이 잉크를 칠해 놓은 것처럼 온통 검푸른 멍으로 뒤덮여 퉁퉁 부어올라 있었다. 그런 몸뚱이로 말을 했다는 것이 신기할 지경이었다.

"이새끼 이거 언제까지 아가리가 살아 있을 거야. 준 사람이 줬다는데도 개소리를 쳐! 정말 뒈져봐야 알겠어!" 사내가 몽둥이를 휘둘러 그 남자의 등을 후려치더니, "처박어!" 무슨 구령을 붙이듯이 외쳤다.

그 명령이 떨어지자마자 팬티만 걸친 남자의 양쪽에 서 있던 두 사내가 자동으로 작동하는 기계처럼 재빠르게 움직여 그 남자의 머리를 욕조 안으로 꺾어눌렀다. 작은 욕조에는 물이 찰랑찰랑 담겨 있었다.

멍투성이인 남자의 몸뚱이가 본능적인 저항의 몸짓으로 꿈틀거렸다. 그러나 건장하게 생긴 두 사내의 완력 앞에서 그 몸짓은 가냘프고 나약할 뿐이었다.

창문 없는 방에는 갑자기 밀려든 침묵이 깊어지고 있었다. 몽둥이를 든 사내는 불빛에 손목시계를 비춰보았다. 세 개의 바늘 중에서 가늘고 긴 초침이 시간을 토막토막 잘게 가르듯 돌아가고 있었다. 그 사내는 잠시 초침을 보더니 팔을 내리고 느긋한 손놀림으로 담배를 꺼냈다. 그리고 담배에 불을 붙여 태평스럽게 빨고, 연기를 내뿜었다.

머리 전부가 물 속에 잠긴 그 남자는 계속 저항의 몸짓을 해댔다. 그러나 두 사내가 양쪽 겨드랑이를 틀어잡은 데다가 머리카락을 움켜잡아 눌러대고 있어서 그 몸부림은 여전히 허약할 뿐이었다.

담배맛에 취한 듯 눈을 가늘게 뜬 그 사내는 다시 손목시계를 불빛에 비췄다. 초침은 동그란 트랙을 한 바퀴 거의 다 돌아 아까 지났던 지점에 가까워지고 있었다. 사내는 팔을 내리고 또 담배를 깊이 빨아 연기를 천천히 내뿜었다. 푸른 연기가 밝은 불빛 속에

추상적인 무늬를 그리며 흩어지고, 방 안의 침묵은 한층 더 깊어지고 있었다.

그러나 방 안은 침묵하고 있지 않았다. 시간이 지날수록 머리가 물에 잠긴 남자의 발버둥은 심해지고 있었다. 그러나 그 발버둥은 더 큰 힘에 억눌려 소리를 내지 못할 뿐이었다. 그리고 그 발버둥을 따라 물 속에서 거품들이 보글보글 일고 있었다. 그 거품들은 아까는 일지 않았던 것이다. 거품들은 물 위로 솟는 순간순간 스러질 뿐 아무 소리도 내지 못했다.

사내는 몽둥이를 바로잡으며 다시 손목시계를 불빛에 비췄다. 초침은 기계의 충실함을 발휘해 더 빠르지도 않고, 더 느리지도 않게 똑같은 속도로 두 바퀴째에 이르고 있었다.

"정지이이."

사내가 몽둥이로 바닥을 치며 목소리를 길게 끌었다.

두 사내가 다시 기계적인 동작으로 그 남자의 머리를 물 속에서 치켜들었다. 그 순간 휘파람소리가 방 안의 침묵을 깼다. 그 남자가 막혔던 숨을 토해내는 소리가 흡사 휘파람소리였다. 그리고 그 남자는 숨을 헐떡거리며 기침을 하기 시작했다. 곧 숨이 넘어가는 것처럼 숨소리도 기침도 거칠고 심했고, 몸뚱이도 격하게 떨리고 있었다.

"어때, 지옥이 바로 코앞이지? 더 까불지 말고 어서 불어. 너 1천만 원 받아먹은 것 틀림없지!"

사내가 몽둥이 끝으로 그 남자의 등을 질벅거렸다.

"……."

그 남자는 숨만 거칠게 몰아쉬고 있었다.

"이새끼야, 빨리 대답해!"

사내가 다시 쩌렁 고함을 질렀다.

"날 죽여봐라. 절대 아니야."

그 남자는 숨을 몰아쉬며 꽉 잠긴 소리를 냈다.

"이새끼, 믿는 데가 있다 그거야? 네놈도 끝까지 까불면 결국 죽게 돼. 불어, 빨리 불어!"

사내는 '불어, 빨리 불어'에 맞추어 그 남자의 등을 연달아 후려쳤다.

"데려와. 나한테 돈 줬다는 놈을 데려오라니까."

그 남자는 신음 섞인 소리로 숨가쁘게 말했다.

"이새끼, 개소리 치지 말어. 어디 누가 이기나 보자. 나한테 꺾이지 않은 놈은 하나도 없으니까. 처박어!"

그 남자의 머리는 다시 물 속으로 처박혔다.

침묵의 시간은 아까보다 더 길어졌다. 초침이 세 바퀴째 돌아서야 사내는 정지 명령을 내렸다.

머리에서 흘러내리는 물이 멍든 몸뚱이를 줄줄이 타고 내리고 그 남자의 헐떡거림과 기침은 한층 더 심하고 길었다.

"어때, 이래도 안 부시겠어? 적당히 하고 풀려나 처자식하고 편히 사는 게 현명하지 않겠어? 여기서 끝까지 버텨봤자 막장에는 천당행이야. 그땐 자살로, 양심의 가책으로 자살했다고 처리하면 그뿐이야. 세상은 그런 일 사흘이 못 가 잊어버리니까 손해 보는 건 너 혼자고, 불쌍해지는 건 네 처자식들뿐이야. 세상 그렇게 미련하게 살 것 없잖아. 자아, 간단하게 한마디만 해. 돈 받았지? 그렇지?"

몽둥이를 든 사내는 멍투성이인 그 남자의 등을 살살 쓸며 그지없이 부드럽고 다정한 목소리로 말하고 있었다.

"아니야, 아니야."

목이 잠겨 목소리가 쉰 듯 가늘어진 그 남자는 목소리를 보충하려는 것처럼 고개를 세게 내저었다.

"이새끼 이거 정말 뒈지고 싶어 환장을 했나. 이새끼가 날 뭘로 보고, 그래 좋다, 끝까지 해보자. 처박어!"

사내는 감정을 폭발시키듯 구둣발로 그 남자의 등을 걷어찼다.

그 남자의 머리는 또다시 물 속에 처박혔다. 사내는 몽둥이를 내던지며 책상 쪽으로 걸어갔다. 몽둥이가 시멘트바닥에 부딪쳐 요란한 소리를 내다가 문득 침묵이 밀려들었다. 사내는 의자에 몸을 부렸다.

"이새끼야, 그만 독 부리고 제발 좀 불어라. 승진 심사 가까워오는데."

사내는 담배를 꺼내며 중얼거렸다.

그 사내는 태평세월로 담배를 피우고 침묵의 시간은 더욱 길어지고 있었다. 그는 초침이 네 바퀴째 돌아서야 정지 명령을 내렸다.

두 사내는 그 남자의 머리를 들어올렸다. 그런데 그 남자의 반응은 아까와 전혀 달랐다. 막힌 숨이 터지는 휘파람소리도 울리지 않았고, 기침을 하지도 않았다. 그 남자의 머리와 어깨가 무겁게 처져 내렸다.

"반장님, 이거 갔는데요."

한 사내가 다급하게 말했다.

"개새끼, 제놈이 무슨 통뼈야. 수갑 풀어 눕혀놔. 곧 깨어나겠지."

그 시내가 발끝으로 꽁초를 비벼 끄며 몽둥이를 집어들었다.

두 사내는 그 남자의 쇠고랑을 풀고, 무슨 짐짝 끌듯 해서 그를 시멘트바닥에 눕혔다. 비로소 그 남자의 얼굴이 불빛에 드러났다. 광대뼈가 불거지고 여기저기 피멍이 잡혀 초췌한 얼굴, 그 남자는 한인곤이었다.

두 사내가 전혀 열릴 것 같지 않았던 문을 반쯤 열어놓고 담배를 피우기 시작했다. 몽둥이를 든 사내는 뒷짐을 지고 한인곤 옆을 오락가락하고 있었다. 한동안 그의 구둣발소리만 뚜벅뚜벅 울리고 있었다.

"반장님, 이거 좀 이상한데요. 벌써 5분이 지났는데도 안 깨나고, 맥박도 시원치가 않아요."

한인곤의 손목을 잡고 한 사내가 반장을 올려다보았다.

"이새끼, 잘난 체 독기 부리더니……, 어디 보자." 반장은 빠른 동작으로 한인곤의 눈꺼풀을 까뒤집더니, "이거 곤란한데. 빨리 의무실에 연락해, 빨리." 다급하게 말했다.

"이게 벌써 몇 번째야. 독종 같으니라고."

한 사내가 밖으로 뛰쳐나가며 내쏘았다.

"야, 뭐하고 서 있어. 빨리 심호흡 시키고 상체 마사지 실시해!"

반장이 남아 있는 사내에게 짜증스럽게 내뱉었다.

얼마 지나지 않아 흰 가운에 가방을 든 의사가 나타났다. 의사
는 무표정하게 한인곤의 두 눈을 까보았다. 그리고 가방에서 약병
과 주사기를 꺼냈다.

주사기가 약병의 액체를 빨아당기는 동안 세 남자는 한인곤을
둘러싸고 굳은 듯 서 있었다. 의사는 한인곤의 팔에 주사를 놓았다.

"어떻겠소?"

반장이 물었고, 젊은 의사는 아무 표정 없는 얼굴로 고개만 끄덕
이고 밖으로 나갔다.

"이거 오늘로 시마이하려고(끝내려고) 했는데 잡쳤구만. 빌어먹
을, 독촉은 심하고……."

반장이 얼굴을 잔뜩 찡그리며 침을 뱉었다.

"반장님 솜씨에 여태까지 안 불다니, 이게 독종은 독종입니다."

한 사내가 말했고,

"이게 끝까지 버티는 걸 보니까 안 해먹긴 안 해먹은 것 아닌가
요?"

다른 사내가 뚜벅 말했다.

"뭐가 어쩌고 어째!"

반장이 버럭 소리치며 그 사내를 노려보았다.

다음날 한인곤은 그들이 시키는 대로 옷을 챙겨 입었다. 옷을

한 가지씩 입으며 한인곤은 자꾸 눈물이 나려는 목메임을 느끼고 있었다. 이곳에 끌려와 옷이 벗겨진 이후로 처음 입는 옷이었다. 옷의 기능이 단순히 추위를 막는 것이 아니고, 멋을 부리기 위한 것은 더구나 아닌 것을 그는 이번에 절실하게 깨달았다. 옷으로 수치를 가리고, 위신을 보호한다는 것은 옷의 기능 중에서 가장 큰 것이 아닐까 싶었다. 옷을 벗겨버리는 것, 그것은 또 하나의 잔혹한 고문이었다.

한인곤은 절룩거리며 그들을 따라갔다. 어디로 가는지 묻고 싶었지만 대답해 줄 것 같지 않아 그는 입을 떼지 않았다. 이제야 검찰로 넘기는 게 아닐까 하는 짐작을 했다.

"국회의원 나으리, 잘 좀 해보셔."

반장이 어느 방으로 한인곤을 밀어넣으며 비꼬인 어투로 말했다.

한인곤은 자신의 짐작이 빗나간 것을 느끼며 가슴이 철렁해졌다. 다른 수사팀에 넘기는 게 아닐까 하는 두려움이 왈칵 밀려들었다. 다시 수사가 시작된다면 그 끔찍한 고문들을 더 견딜 자신이 없었다. 그동안에도 거짓자백을 할 뻔한 아슬아슬한 고비를 몇 번씩이나 가까스로 넘겼던 것이다.

"여보게 인곤이, 어서 오게."

자신도 모르게 떨구고 있던 고개를 쳐든 한인곤은 깜짝 놀랐다. 자신에게로 다가오며 악수를 청하고 있는 건 뜻밖에도 남재구였다. 한인곤은 순간적으로 반가움과 경계심이 교차하는 것을 느꼈다.

"그동안 너무 고생 많았지? 어서 이리 앉게."

남재구는 더없이 다정한 어조로 말하며 소파로 한인곤을 끌었다.

한인곤은 그가 끄는 대로 따라가며 머릿속이 복잡해지고 있었다. 그가 왜 갑자기 나타났는지, 여러 생각들이 엇갈리고 뒤엉키고 있었다.

"자아, 커피부터 한잔하게. 속이 풀릴 게야."

남재구는 보온병을 끌어당겨 커피를 따랐다.

한인곤은 눈을 내리뜨고 커피가 잔에 차오르는 것을 보면서 줄기차게 출세하고 있는 남재구의 재주에 다시금 놀라고 있었다. 아무나 출입할 수 없는 이 수사기관의, 그것도 간부 방을 차지하고 앉아 커피를 마실 수 있는 존재로 그는 달라져 있었다. 그는 그야말로 알다가도 모를 사람이었다.

지난날 정치를 시작하려고 하면서 그를 그렇게 찾아내려고 애썼던 것은 그의 남자다움, 굳은 심지며, 신의를 지킬 줄 아는 기질 때문이었다. 그런데 그는 정반대로 등을 돌리고 말았다.

"자네, 죽고 싶진 않겠지?"

남재구의 밑도 끝도 없는 말에 커피잔을 들어올리던 한인곤은 픽 웃었다. 그건 배짱이 있어서가 아니었다. 남재구의 돌연한 출현에서 '회유'의 냄새를 짙게 맡고 있는 그로서는 그 느닷없는 말이 턱없는 공갈 협박으로밖에는 들리지 않았다.

"왜 그렇게 웃나? 목숨이 죽는 것만 죽는 건가? 사업가가 사업 망하면 죽는 것이듯 정치가가 정치생명 끊어지면 그거 죽는 것 아니겠어?"

남재구는 냉소 어린 얼굴로 한인곤을 빤히 쳐다보았다.

"……!"

한인곤은 눈싸움을 벌이듯 남재구를 맞쏘아보았다. 그러나 속으로는 충격을 받아 머리가 떵했다.

"자네도 이젠 산전수전 겪을 만큼 다 겪었으니까 내 말 잘 알아듣겠지? 괜히 비웃거나 코웃음 치려고 하지 말어. 정치는 현실이라잖아? 우리의 현실은 엄청나게 변했고, 자넨 정치가로서 달라진 현실을 직시해야 하네."

한인곤은 못내 역겨웠지만 아무 대꾸도 하지 않고 커피를 한 모금 마셨다. 따끈한 커피의 맛이 불현듯 바깥세상에 대한 그리움을 자극했다. 하얀 벽으로 차단되고 단절된 지하 취조실에서 갖가지 고문을 당할 때마다 고통과 함께 일어나고 했던 그리움이었다. 고문에 대한 두려움과 고통에 못지않게 바깥세상에 대한 그리움도 마음을 흔들고 약하게 했다. 어찌 보면 그리움도 또 하나의 고문이었다.

"난 순수한 우정으로 자네를 돕고 싶네. 자네도 마음을 열고 내 말을 듣도록 하게."

한인곤은 두 모금째 커피를 넘기다가 하마터면 헛웃음을 터뜨릴 뻔했다. 순수한 우정? 그거야말로 배반자가 읊조리는 신의였고, 반역자가 내세우는 충성이었다. 자신을 입신의 발판으로 삼고 말 한마디 없이 변심해 버린 남재구는 정동진보다 훨씬 더 우정도 진실도 없는 인간이었다. 낯짝에 침을 뱉어버리고 싶다는 흔한 말이 있었다. 지금 자신의 심정이 꼭 그랬다.

"우리 앞에는 국민의 뜻에 따라 백 년 정권이 서게 되었네. 전에
도 야당은 반대를 위한 반대만 해왔는데 앞으로는 더욱 무용지물
이 될 수밖에 없는 형편이야. 단군 이래 최초로 전 국민이 잘살게
된 이 경제건설의 시대에 애국적 견지에서도 그렇고 개인적 정치인
생을 위해서도 그렇고, 어떻게……, 나와 함께 발맞춰 걸어가지 않
겠나?"

남재구의 판에 박은 듯한 달변에 한인곤은 전혀 놀라지 않았다.
'박정희 맹신자들'이라는 말이 있었다. 자나깨나 경제건설을 주창
하고, 정치행위의 모든 갈등이나 모순도 경제건설이라는 미명으로
합리화시켜 버리는 것이 '박정희교'라는 것이고, 그 논리를 무작정
추종하며 때와 장소를 가리지 않고 그 타당성을 역설해 대는 자들
을 맹신자라고 이름붙였다.

그런데 그 사회적 비아냥거림과 야유를 오히려 자랑스럽게 내세
우며 출세의 기회를 엿보는 자들이 숱한 게 정치판이기도 했다. 남
재구도 영락없이 그런 부류들 중의 하나였다.

"자넨 이젠 자네 당에서도 버림받은 존재라는 걸 알아야 해."

그 순간 한인곤은 고개를 치켜들었다. 그의 매서운 눈초리가 남
재구를 겨누었다.

"왜, 내 말이 안 믿어져? 국회의원 선거는 얼마 안 남았고, 자넨
뇌물수수 혐의자야. 그런데 당에서 공천을 해줄 것 같애? 그렇게
믿고 있다면 정치의 기역 니은도 모르는 순진함이지. 당은 당의 위

신을 세워야 하고, 자네 선거구에서 출마하고 싶은 사람들이야 자네 말고도 수두룩하니까."

"아니, 지금 무슨 소리하는 거야? 그럼 딴사람을 벌써 공천했다는 거야?"

비로소 입을 여는 한인곤의 목소리는 떨리고 있었다.

"믿어지지 않겠지? 그러나 그건 사실이야. 그게 바로 정치의 현실이라구."

"설마……, 이게 정치조작극인지 다 알고 있을 텐데……."

한인곤의 멍들고 초췌한 얼굴은 의문이 가득한 채 일그러지고 있었다.

"못 믿겠으면 알아봐."

"알아봐……?"

한인곤의 앞을 가로막는 것은 하얀 네 벽이었다. 무슨 수로 여기를 벗어날 수 있단 말인가. 그는 참담한 절망을 느꼈다. 장군의 꿈이 깨지고 예편당하던 때보다 더 큰 절망감이었다.

"자네한텐 딱 한 가지 길이 있어. 무소속으로 출마해서 당선되는 거야. 그럼 재판을 받을 것 없이 바로 명예회복이 되는 거고. 정치인생도 탄탄대로를 걷게 되는 거지. 물론 선거운동도 암암리에 지원해 줄 테니까. 재판받고, 징역 살고, 정치생명 끊어지고, 그렇게 험하게 살 것 뭐 있겠나. 세상살이라는 건 다 그렇고 그런 건데. 이게 자네한테 주어진 마지막 기회야."

한인곤은 심한 혼란에 빠졌다. 저들의 의도가 무엇인지 갈피를 잡을 수 없었고, 당에서는 이런 음모를 알고 있는지 알 수가 없었고, 이 막다른 상황 속에서 어떻게 해야 좋을지 종잡을 수가 없었다.

"물론 당장 결정할 수는 없겠지. 오늘 하루 동안 깊이 생각해 봐. 난 이번 기회에 자네한테 빚진 것을 갚고 싶어. 자네를 등지게 되었을 때 자네가 이해하지 않을 것 같아서 아무 말도 하지 않았었는데, 내 나름으로 꽤나 괴롭기도 했고 고민도 많이 했었지. 하지만 그때의 결정을 후회해 본 적은 없었어. 미력이나마 국가발전에 최선을 다했고, 이 생활에 보람을 느끼고 있으니까. 자네도 기왕 정치를 하려면 트집 잡는 정치가 아니라 나라발전에 앞장서는 정치를 하기 바라네. 은혜를 갚을 겸 해서 돕고 싶으니 나한테도 한번 기회를 주게."

한인곤은 묵묵히 커피잔을 비웠다. 그의 말을 수긍해서가 아니었다. 그의 말은 공박할 데가 한두 군데가 아니었다. 그러나 여기는 호랑이 굴이었다. 도청장치가 완벽하게 되어 있을 건물 안에서 할 수 있는 말은 아무것도 없었다. 오로지 용인되는 한 가지 말은 남재구 식의 말이었다.

"잘 생각해 보게. 내일 다시 올 테니까 옹졸하게 생각하지 말고 크게 생각하라구, 크게."

남재구가 껄껄껄 웃음을 지어내며 자리에서 일어났다.

더런 놈에 새끼, 당장 꺼져버려! 친구를 배신한 것도 모자라 이젠 친구를 팔아먹으려고 들어. 나쁜 새끼, 독재자의 주구 노릇이 애국이라구!

한인곤은 목이 터지라고 외쳐댔다. 그러나 그건 가슴속에서만 들끓는 소리였다. 그 말이 밖으로 터져나가지 못하는 건 여기가 무서운 곳이라 그런 것만이 아니었다.

그 외침을 가로막는 또다른 마음이 있었다. 어서 여기를 벗어나고 싶고, 더는 고문을 견뎌내지 못할 것 같은 마음이 그 마음과 맞서고 있었다. 그 상반된 마음은 둘 다 자신의 마음이었다. 한인곤은 고통스러운 신음을 물고 다시 취조실로 돌아왔다.

"남들은 양지 찾을 기회가 없어서 안달복달인데 괜히 굴러온 떡 차지 마셔. 정치고 인생사고 다 누이 좋고 매부 좋고 식으로 핑퐁 치는 것 아니겠어? 어떻게 적당히 잘해보시라구. 나도 더 머시기하기 괴로운 몸이니까."

곤충의 촉수처럼 예민한 반응을 나타내는 반장의 말이었다.

한인곤은 반장의 지시나 명령이 없는데도 나무의자에 주저앉았다. 내일 남재구를 다시 만나기 전까지는 취조가 없을 거라는 판단이 마음을 놓게 했다. 그리고 남재구를 의식하는 반장의 눈치 빠른 반응에 자신을 과시하고 싶은 욕구가 동하기도 했다.

그러나 한인곤은 자신의 그 유치한 감정이 그만 창피스러워졌다. 그동안 자신은 온갖 고문을 당하며 초라해질 대로 초라해져 있었고, 남재구를 통해서 체면을 회복하고 싶은 욕구가 슬그머니 고개를 든 것이다. 그렇다 하더라도 그건 치졸함을 면할 수 없는 감정이었다. 사람의 마음이 이렇게도 간사하고 허약한 것인가…….

한인곤은 스스로에게 회의하며 고개를 떨구었다. 그런데 다음 순간 왈칵 끼쳐온 것은 혼자 남은 취조실의 적막함이었다. 자신의 현실은 바로 그 취조실이었다.

그는 저녁으로 들어온 설렁탕을 먹는 둥 마는 둥 하고 숟가락을 놓았다. 다른 때처럼 억지로 다 먹으려고 했지만 남재구가 남기고 간 말은 입맛을 싹 거두어가고 말았다.

남재구의 말들이 머리를 어지럽혔다. 그는 자꾸 앞서려는 감정을 누르며 문제의 핵심을 찾으려고 노력했다. 그건 다름 아닌 '무소속 출마' 회유였다.

그럼 왜 무소속으로 출마하라고 하는가? 그것이 얼른 해득하기 어려운 술수였다.

내가 즈네 당으로 곧장 들어가지 않을 것이기 때문에? 아니면, 노골적인 정치탄압을 은폐시키고 야당의 공격을 피하려고? ……어쩌면 그 두 가지가 합해진 것일 수도 있었다.

그걸 끝까지 거부해 버리면 어떻게 되지? 그야 더 말할 것 없이 남재구가 말한 대로 재판받고, 징역 살고, 정치생명 끊어져 인간 퇴물이 되는 노정이 빤히 드러나 보였다.

아무 죄도 없는 사람을? 이렇게 묻는다면 국민학생도 웃을 일이었다. 이 정권이야말로 처녀를 총각으로 바꾸는 일만 빼놓고는 못할 것이 없는 어머어마한 힘을 발휘하고 있었다. 더구나 '10월유신'을 성공시킨 다음부터 그 기세는 더욱 등등해졌다.

그런데……, 당은 어찌된 것인가? 정말 딴사람을 공천했을까? 사람을 구해낼 생각은 하지 않고 딴사람을 공천해? 그건 배신행위였다. 설마 당이……. 남재구가 거짓말한 것이 아닐까? 그런데 그런 거짓말까지 할 필요가 있을까? 구해낼 능력은 없고, 선거는 다가오고 하니까 당에서 그럴 수도 있는 일이었다. 그렇다면…….

그리고……, 3선개헌 때만 해도 사람욕심에 그럴 수도 있는 일이라고 한풀 접어 생각해 주려는 구석도 없지 않았다. 하나밖에 없는 목숨 내걸고 그들 말마따나 '혁명'을 일으켰고, 연속적인 5개년 계획으로 경제를 발전시킨 데다가 벌여놓은 일들이 많기도 했고, 두 번으로 그만 물러나기는 너무 젊기도 했다. 3선개헌을 반대하면서도, 그래 한 번 더 해먹고 깨끗하게 물러가라, 하는 마지못해 인심쓰는 한국식 분위기도 없지 않았다. 그때 유신이라는 것을 일으키리라고 그 누가 상상이나 했던가.

남재구는 '백 년 정권'이라고 했다. 그건 물론 자기 좋도록 생각하는 과장이었다. 그러나 백 년이 꼭 백 년을 말하는 것이 아니고 길다는 것을 뜻하는 것이라면 과장이 아니기도 했다.

그가 종신 대통령을 해먹는다면 앞으로 몇 년이 될까……. 10년……? 20년……? 지난 12년이 그리도 후딱 지나갔는데 또 10년 지나가기는 금방일 것이다. 20년은 너무 길고, 15년만 잡더라도……, 그때 내 나이가 몇 살인가…….

15년 후의 자신을 생각하자 한인곤은 그만 암울해졌다. 그리고 오재섭의 얼굴이 떠올랐다.

"한 의원, 좀 융통성 있게 생각해 봐요. 한 의원은 그 고집만 좀 덜 부리면 참 좋은데 말이오. 현실 정치는 독립운동이 아니라니

까. 마음을 조금만 바꾸면 애국도 더 크게 하고, 출세도 더 크게 하
고……."

일찍이 태도를 바꾼 오재섭은 일류대학 출신의 능력을 한껏 발
휘하며 그 누구보다도 넓게 두 날개를 펼치고 있었다. 그가 강조하
는 '현실'은 역시 정치의 생명인지도 몰랐다.

그들은 왜 자꾸 자신을 포섭하려는 것인가……. 그 지역구에서
는 자기네 사람을 당선시킬 수 없기 때문일 것이다. 그러면 더욱 버
텨야 하는 것 아닐까. 그러나 감옥살이를 하고……, 세월이 바뀌고
……, 인심이 변하고……, 당선이 안 되면 그때는 어찌 되는가…….

한인곤은 잠 한숨 자지 못하고 꼬박 밤을 밝혔다. 얽히고설킨 생
각들은 전혀 가닥이 잡히지 않았다. 자신이 꼼짝달싹 못하고 갇
혀 있다는 사실과, 당이 아무런 힘도 쓰지 못하는 현실만 크게 다
가왔다. 그리고 당이 딴사람을 공천했다는 그 믿을 수 없는 사실이
불안을 키우고 있었다. 만일 그렇다면 그건 용납할 수 없는 배신이
었다.

"이봐, 빨리 나와. 어제 그분 면회야."

한인곤은 어떻게 해서든 당의 처사를 확인해야 된다고 생각하
며 느리게 일어섰다.

12

현실을 작게 보라

청진동 밥집골목은 소문난 대로 점심때가 되자 사람들이 바글거리기 시작했다. 대개 근처의 직장인들이 몰려드는 것인데 그 틈에는 더러 불청객도 끼어 있었다. 번잡한 시간에 밥집들이 질색을 하는 거지들이었다. 밥집들이 싫어하는 만큼 빨리 쫓으려고 동전 한 닢씩을 쉽게 던져준다는 것을 그들은 잘 알고 있었다.

때가 절고 전 누더기 포대기에 아이를 업은 여자가 한 밥집 앞으로 다가갔다. 더럽고 낡은 포대기에 못지않게 여자와 아이의 몰골도 남루하고 굶주림에 찌들어 있었다. 그 여자를 피해서 네댓 명의 양복쟁이들이 밥집으로 들어갔다.

"주인 아주머니, 돈 벌 생각만 하지 말고 적선부터 해야 복받지 않겠소. 손님 드나드는 데 방해도 안 되고."

그들 중의 한 남자가 목청을 높였다.

"아이구, 어서 오세요, 기자 양반들." 듬직하게 살이 찐 주인여자가 반색을 하며 손님들을 맞이하고는, "아이구, 나 못살아. 동냥을 왔으면 동냥을 달라고 해야지 그냥 서 있으면 어떡해. 에그, 벙어리야 뭐야." 그녀는 앞치마에 달린 큰 주머니에서 동전을 꺼내며 문 쪽으로 내달았다.

"글쎄 벙어리는 아닐 거고, 동냥 달라는 말도 동냥하려는 건가?"

아까 그 남자가 자리를 잡으며 웃음 섞어 말했다.

"거 너무 차원 높게 나오지 말어. 신참이라 한푼 보태달라는 말이 차마 밖으로 안 나오는 거겠지."

"아니야, 그게 아닐걸. 그 모습을 보니까 거지생활이 하루이틀 된 것 같지가 않던데. 아마 그런 말을 할 기운도 없어서 그랬을 거야."

"됐어. 됐어. 이런 자리에서까지 직업의식 발휘하지 않아도 돼. 자아, 뭣들 먹겠어?"

"고를 것 뭐 있겠어? 죽으나 사나 우거지국밥이지."

그들은 바쁜 몸짓으로 다가선 주인여자에게 우거지국밥을 시켰다.

"근데 말야, 저 거지들 단속한다는 게 언젠데 아직까지도 저러고 다니지?"

한 남자가 먼저 나온 깍두기를 젓가락으로 집으며 말했다.

"글쎄, 엄청나게 큰 대형수용소가 있는 것도 아니고, 그게 어디 말처럼 쉬운 일이겠어? 그리고 잘살아 보겠다고 사람들이 무작정 서울로 몰려드는 것처럼 시골 거지들도 서울로 몰려든다고 하잖

아. 그걸 막을 도리가 없는 바에야 단속은 공염불이지."

"그런데, 거지들을 도심에 나돌지 못하게 단속한다는 발상 자체가 틀려먹은 거 아냐? 거지가 있는 게 엄연한 우리 현실인데 그걸 눈가림하려는 건 군대식 억지거든. 검열받으려고 딴 부대 변소 문짝 떼다가 이쪽 내무반 문짝 땜질하는 식 말야."

"그래도 외국사람들 왕래가 많아지는데 거지들이 드글거리는 건 좀 곤란하긴 곤란하잖아?"

"그게 무슨 소리야? 미국 뉴욕에도 프랑스 파리에도 거지들은 다 있어. 그걸 창피스럽게 생각해서 강압적으로 단속하는 게 괜한 열등감이고 위선이야. 그래, 백보 양보해서 외국의 투자가 필요한 나라 형편과 체면을 생각해서 그럴 수 있다고 쳐. 그렇다면 최소한의 생계대책을 세워줘야 할 것 아니냔 말야. 그게 없이 단속만 해대다니, 그건 엄연한 생존권 파괴라구. 거지한테도 마땅히 보호받아야 될 생존권이 있어."

"자아, 식사 나왔습니다아."

종업원 여자가 커다란 쟁반을 식탁 위에 내려놓았다.

"자아, 시장한데 밥들 먹자구. 오나가나 그놈의 잘난 기자 근성들은 못 버리구."

"누가 아니래. 지금 이 자리에서 떠들어댄 것만 그대로 정리해서 기사를 써대도 정부의 심장을 찌르는 일급 기사가 되잖겠어? 기사로는 한 줄도 못 쓰면서 입으로만 떠들면 뭘 해."

"그래, 서글프기만 하지. 유신하에서 서글픈 존재, 그대 이름은 기자이니라.”

“빌어먹을, 국물맛은 여전히 좋네. 국물맛이 좋으니까 더 서글퍼지네.”

“누가 아니래, 그게 현실이야.”

밥을 먹기 시작하자 그들의 대화는 뚝 끊어졌다. 하나같이 밥 먹기에 열중하고 있었다. 그들은 배가 고파 그러는 것이 아니었다.

그들의 뇌리에는 밥 먹을 때 말을 하면 복이 달아난다는 말이 깊이 박혀 있었다. 그 말은 아주 어렸을 때부터 할아버지와 아버지한테 엄하게 익혀온 식사범절이었다. 그 말이 몸에 익기까지는 꾸중도 많이 듣고 군밤도 여러 번 얻어맞아야 했다.

그런데 밥상머리에서 지켜야 하는 범절은 그것만이 아니었다. 입을 쩝쩝거리는 소리를 내면 박복하게 산다, 입 안의 음식이 보이게 먹으면 남자는 출세를 못하고 여자는 시집살이가 고달프다, 음식을 마구 헤집거나 뒤집어대는 버릇은 평생 가난을 면치 못한다, 입에 맞는 음식만 골라 먹으면 오래 살지 못한다, 그 외에도 국을 소리나게 먹지 마라, 젓가락 끝이 밥상에 부딪쳐 소리를 내게 하지 마라 등 그 가르침은 한두 가지가 아니었다.

그런데 식사를 말없이 빨리하는 것이 서양사람들에게 흉거리가 되고 있었다. 그 내용인즉, 한국사람들은 서로 즐겁게 대화를 나누며 식사를 두 시간쯤 즐길 줄 아는 문화수준을 갖추지 못하고 서로 말 한마디 없이 그저 식사를 빨리 해치우기에 바쁜 야만적 생활상을 보이고 있다는 것이었다. 그런데 그런 흉을 말로만 보는 것이 아니었다. 그들은 자기네 신문이나 잡지에 그런 글까지 거침없이 써대고 있었다. 그것은 모든 것을 자기네 입장과 기준으로 평가하고 비판하는 백인들의 전형적인 행태였다.

그 독선에 찬 자만과 우월감도 문제였지만, 더 문제는 그런 일방적인 언행에 대해 무슨 큰 치부라도 내보인 것처럼 창피스러워하고 자기비하를 서슴지 않는 이쪽 사람들의 열등감이었다. 배운 사람들일수록, 서양물을 먹은 사람들일수록 그런 증세가 심한 것은 묘한 일이었다.

외국인과 상담(商談)을 벌이려면 최소한 두 끼 정도는 김치나 마늘을 먹지 마라, 외국인을 만나기 전에는 반드시 양치질을 하고, 갑자기 그것이 어려우면 껌이라도 씹는 것을 잊지 마라. 이런 말들은 외국인들의 내왕이 차츰 빈번해지면서 당연한 것처럼 사회에 퍼지고 있었다. 여기서 외국인들이란 미국을 비롯한 서양사람들을 가리켰다. 그들이 선심이라도 쓰듯이 배정하는 보세가공품을 감지덕지 받아야 하는 입장에서는 당연히 갖춰야 될 예의인지도 몰랐다.

"근데 말야, 아까 나오면서 얼핏 들으니까 신준호 선배가 결국 국회행 열차를 타게 된 모양이던데?"

한 사람이 깍두기를 으석으석 씹으며 좌중을 둘러보았다.

"뭐야? 신 부장 왜 그래 그거? 그래도 믿을 수 있는 선밴 줄 알았는데."

옆사람이 국밥 가득 뜬 숟가락을 입에 넣으려다 말고 역정을 냈다.

"믿는 것 좋아하지 말어. 나이 들면서 다들 그렇고 그렇게 흐물 흐물해지기 마련이라구. 그것도 촌구석 면장이나 군수도 아니고 한 나라의 국회의원 자린데 흔들리지 않을 사람이 어딨어."

"이거 왜 이래? 국회의원이라고 다 국회의원인가? 이름이 좋아 국회의원이지 그게 무슨 놈의 국회의원이야. 국민이 뽑지도 않고 대통령이 임명하는 국회의원이."

"그래도 그거 서로 하려고 박이 터진다잖아? 비밀리에 줄을 대 고 빽을 쓰고 그래서 그렇지 공개를 하면 몇백 대 일이 될지 모른 다는 소문이잖아? 역시 힘이 진리라는 말이 맞아."

"그야 권력이라면 사족을 못 쓰는 오만 잡동사니 떨거지들이 몰 려드니까 그럴 테지. 그렇지만 신문기자들까지 그렇게 놀아나서는 안 되는 것 아니냔 말야. 신문기자라는 존재들이 최소한 해야 될 일이 있는 거고, 특히 이런 정치상황 아래서는 더 정신차려야 되는 것 아니겠어?"

"그거야 백번 옳은 공자님 말씀이고 교과서에 나오는 원칙론인 데, 현실은 또 그게 아니니까 문제지. 원 형, 원 형하고 신 선배는 친하잖아? 신 선배는 도대체 무슨 맘을 먹고 그러는 거야? 대통령 될 야심이라도 품은 건가?"

"나도 몰라. 거기 출입하다 보니 예쁘게 보인 모양이고, 최고권력 을 휘두르는 것을 보다 보니까 맘이 변한 모양이지. 하도 거하게 되 셨으니 나 같은 게 감히 따져 물어볼 수나 있나."

그때까지 입을 열지 않고 밥만 먹고 있던 원병균이 쓴웃음을 지으며 숟가락을 놓았다.

"정말이지 사람 속 모르겠어. 신 선배는 모범적인 기자로 평생을 신문에서 보낼 줄 알았는데 제일 먼저 변하니 말야. 에이 기분 잡치는데 우리 소주나 한잔씩 하자구."

"그래, 홧김에 닭 잡아먹는 거니까. 아주머니, 여기 쐬주 좀 빨리 주세요."

"근데 말야, 이게 개인문제가 아니라 신문사 차원에서 벌어지는 일이라는 소문이 도는데, 그게 사실일까?"

"아니, 그건 또 무슨 소리야? 그래 가지고 신문 어떻게 만들어먹을려고?"

"그게 아니고 저쪽에서 신문사들에 손을 뻗친다 그거지. 똑똑한 친구들 뽑아다가 휘하에 넣고 있으면 이래저래 이득이 한두 가지가 아닐 거 아냐?"

"허, 그 말 듣고 보니 그거 아주 그럴듯한 고단수네. 그렇게 한가닥씩 잡고 있으면 언론정보 확보하기도 쉽고 기사 조절하기도 쉽고, 신문사 주무르기도 좋고, 양수겸장에 일거삼득 아닌가."

"어쩌면 그게 사실인지도 모르지. 이 정권에서 제일 두려워하고 골치 아파하는 게 첫째가 대학생들이고 둘째가 언론사들이니까. 어떤 친구들이 제법 짱구를 돌렸는데 그래?"

"그래, 머리 좋으신 일류대학 출신들 수두룩하니까, 유신헌법 만들어낸 머리들로 그 정도 일 꾸미는 거야 누워서 떡 먹기 아니겠어. 아니, 벌써 술 다 떨어졌어?"

"빌어먹을, 여기 술 좀더 줘요."

"그나저나 이번에 기자들이 몇이나 그 감투를 쓰게 되는 거야?"

"그거야 누가 알겠어. 급할 것 없으니까 조금만 기다려봐. 머잖아 국회의원 선거가 끝나면 보기 싫어도 그 거한 면면들을 다 보게 될 테니까."

"어쨌거나 일이 그리 되면 신문들은 끝장나는 거야. 이게 대만의 장개석을 찜쪄먹는 독재가 된 건데, 그나마 횡포를 막아낼 수 있는 건 신문들뿐이잖아. 그런데 신문들이 기자들을 국회의원으로 보내놓고 권력과 유착을 하면 그 꼴이 뭐가 되겠어. 이건 보통 문제가 아니야."

"그건 바로 언론의 자살행위야. 신문사들도 그렇지만 해당 기자들도 그 엉터리 국회의원 쪽을 단호하게 거부해야 돼. 기자가 될 때 국회의원 해먹으려고 했던 게 아니잖아."

"글쎄, 그야 다 공자님 맹자님 말씀인데, 막상 코앞에 닥친 현실이 그렇지 않으니까 문제지. 자아, 정 형한테 그 문제가 떨어졌다고 생각해 봐. 무작정 거부만 할 수 있겠어? 그게 신사적 권유가 아니라 강압적 강요일 때 말이야."

"그게 바로 비겁한 자들이 쉽게 써먹는 책임전가용 상황논리야. 평양 감사도 제 하기 싫으면 그만이라구. 신 선배나 누구나 다 권력욕, 출세욕이 있어서 그리 되는 거야. 4·19 때 학생 간부로 데모에 앞장섰던 친구들 중에 이 정권에 붙어서 출세하는 걸 봐. 그자들이 진정 4·19정신을 가졌다면 감히 그럴 수 있겠어? 죽은 사람들은 어쩔 수 없다 처도 부상자들은 지금까지도 병상에 누워 있다구. 그자들은 정치적 야망을 가지고 4·19데모를 했던 거야. 그리고 그 야망을 이루기 위해서 수단과 방법을 가리지 않고 사는 거고. 좀 야박한 말일지 모르지만, 신 선배도 기자직을 출세의 발판으로 삼고 있어."

"아니, 그까짓 임명직 국회의원이 무슨 권력이 있다고 출세야? 기껏해야 지가 용 티고 다니면서 거수기 노릇이나 할 건데."

"이거 기자답지 않게 무슨 순진한 소리야? 금뺏지 달았으면 다 국회의원인 거지 거기에 무슨 표시하나? 국회의원 되면 당연히 바뀌는 예우가 100가지가 넘는다는 말도 못 들었어?"

"자아, 그만들 가자구. 이러다가 시말서 쓰기 딱 좋겠어."

원병균이 쓰게 웃으며 일어섰다.

신준호의 국회행은 기자들의 수군거림을 따라 넓은 편집국 안에 금세 퍼졌다. 기자들의 힐끔거리는 눈길은 연신 신준호의 자리로 쏠리고 있었다. 그런 거북한 분위기를 미리 피한 것인지 어쩐지 그의 자리는 오래전부터 비어 있었다.

원병균은 빈 원고지 위에 만년필을 빼놓은 채 줄담배를 피우고 있었다. 가슴속에서 꾸역꾸역 괴어오르는 실망감과 배신감을 어떻게 추스를 길이 없었다. 사회정의에 대해서, 진실의 옹호에 대해서 그 누구보다 투철한 의식을 가지고 있는 선배를 믿어왔던 것이다. 대학생 때부터 그런 신뢰를 가지고 있었기에 언론계로 방향을 바꾸면서 그를 찾아가 의논했던 것이고, 굳이 그가 근무하는 신문사에 시험을 쳤던 것이다.

정치—사나이가 사회적 삶을 영위해 나가면서 한번쯤 꿈꿀 수 있는 일이기도 했다. 권력과 지배……, 그것처럼 남자의 생리에 잘 맞고 매혹적인 것도 없었다. 국민학교 때부터 반장이 되고 싶어 가슴 두근거리고, 사병으로 열병 분열을 하면서 사열대의 장군을 부러워했던 적이 한 번도 없었다면 그건 남자라고 하기 곤란했다. 하물며 나라를 다스리는 정치라면 더 말할 것이 없는 일이었다.

어쩌면 신 선배의 정의감과 진실성은 바로 정치 욕구로 직결되는 요소일 수도 있었다. 자신이 품고 있는 정의와 진실을 실현하자면 정치라는 수단을 빌리는 것이 가장 빠르고 확실한 방법인 것이다.

그러나 지금은 그럴 시기가 아니었다. 지금의 정치 상황은 그와는 전혀 어울리지 않는 정반대의 행태를 보이고 있었다. 그런데 어찌하여 그는 정치를 시작하기로 했는지 알 도리가 없었다. 지난날의 생각이 변한 것인지, 나이 들어 속된 타락을 한 것인지, 어찌할 수 없는 타의에 굴복한 것인지, 그 연유를 확실하게 알고 싶었다.

'10월유신'이란 지금까지 있어온 군부독재가 더욱 강화된 것이 아니었다. 그건 죽을 때까지 권좌를 보장하는 임금의 탄생이었다. 그건 정치제도 중에서 가장 추악한 봉건제도의 부활이었고, 몇백 년의 뒷걸음질이었다. 인간의 인간다운 삶을 위하여 민주주의를 내세우며 이승만 독재를 비판하고, 소외되고 고통받는 민중의 편에 설 것을 역설하며 후배들을 이끌었던 신 선배는 그때와 정반대의 배를 바꿔 타고 있었다.

원병균은 억지로 기사를 메우고는 퇴근시간이 지나도록 신 선배를 기다렸다. 그러나 그의 의자는 덩그러니 비어 있을 뿐이었다.

혹시 사표를 내버린 것이 아닐까?

뒤늦게 떠오른 생각이었다. 원병균은 자기네 부장한테 다가가 조심스럽게 물었다.

"부장님, 저기 신 부장님 사표 내셨습니까?"

"사표? 글쎄, 잘 모르겠는데. 내긴 내겠지만, 아직은 안 냈을걸." 부장은 고개를 갸웃거리며 편집국장 쪽으로 눈길을 보냈다가는, "왜, 만날 일 있어?" 하며 야릇하게 웃었다.

"아니 뭐……, 뭘 좀 물어볼 말이 있어서……."

원병균은 괜히 멋쩍고 당황스러워 어물거렸다.

"거, 그 일 때문인가? 그렇다면 관두는 게 좋아. 일단 달리기 시작한 기차는 되돌아오지 않는 법이고, 충고란 그동안 있어온 우정에 대한 배신이라고 하잖아?"

"아, 예에……."

원병균은 새삼스러운 눈길로 부장을 쳐다보았다. 눈길이 마주치자 부장은 무표정하게 책상으로 눈길을 돌려버렸다.

다음날도 신준호의 의자는 비어 있었다. 원병균의 가슴은 어제보다는 많이 가라앉아 있었다. 그렇다고 실망감이나 배신감에 무슨 변화가 생긴 것이 아니었다. 그 농도나 무게는 그대로였고 온도만 열정에서 냉정으로 바뀌어 있었다.

점심때가 다 되어 화장실을 다녀오다가 원병균은 복도에서 신준호와 마주쳤다.

"선배님, 오늘 시간 좀 내주시지요. 꼭 드릴 말씀이 있는데요."

"치아라. 다 아는 소리 아이가."

퉁명스럽게 내쏘고 지나가는 신준호를 원병균은 멍청하게 바라보고 있었다.

퇴근 무렵에 신준호가 사표를 냈다는 이야기가 편집국에 퍼졌다. 원병균은 동료 대여섯 명과 회사를 나와 누가 말을 꺼낸 것도 아닌데 술집을 향해 발길을 옮겼다.

술자리는 침울하게 시작되었다. 별로 말이 없이 그들은 술잔을 돌렸다. 그러다가 술기운이 돌기 시작하자 신준호의 이야기가 흘러나오게 되었다.

취기를 따라 말들은 차츰 격해지면서 신준호의 성토장으로 바뀌고 있었다. 원병균은 그 분위기에 휩쓸리며 아까 복도에서 당한 일을 털어놓고 싶은 자극을 몇 번이나 받았다. 그러나 어금니를 물며 꾹꾹 참아냈다. 신준호의 성토감으로 더없이 좋았지만, 자신이 무참하게 당한 꼴을 모두 앞에 드러내는 것이 싫었다.

술을 2차까지 마시고 그들은 하나같이 비틀거리도록 취해 헤어졌다.

"야, 재벌 사위 원병균, 기회 포착 잘해보라구. 장인 영감이 광고 놓고 우리 사장하고 맞장뜨면 부장 자리 하나쯤 차지하기는 거뜬할 테니까. 재벌 사위 좋다는 게 뭐야. 장인 빽 이런 때 한번 화끈

하게 써먹는 거지. 어차피 누군가 차지할 자리니까. 안 그래? 흐흐
흐흐……"

누군가가 택시에 합승을 하며 외쳐댔다.

원병균은 정신이 번쩍 드는 기분이었다. 자신은 생각지도 못한
문제였고, '재벌 사위'라는 말은 자신이 가장 싫어하는 말이었다.
그 말을 외쳐댄 게 누군지 모르지만, 그 친구는 술 취해 직장 선배
를 성토하고 매도해 대면서도 의식의 한편으로는 비게 된 부장 자
리를 탐내고 있었던 것이다. 원병균은 정수리가 서늘해지는 걸 느
끼며 긴 숨을 토해냈다.

고개를 젖힌 채로 그는 한동안 서 있었다.

깊고 깊은 어둠 저 멀리 무수한 별들이 반짝이고 있었다. 크고
작은 별들의 맑은 반짝거림은 수많은 생명들의 맥박이 뛰고 있는
것같이 경이로운가 하면, 가슴 깊이 저려오는 감탄과 함께 이유 모
를 허무감에 싸이게도 했다. 사춘기에 느꼈던 그 감정은 세월의 흐
름 속에서 어쩌다 밤하늘을 볼 때마다 변함없이 마음을 적시고는
했다.

번잡하기 이를 데 없는 서울에서, 그것도 매일 시간과 다투는 기
자 노릇을 하며 참 오랜만에 바라보는 밤하늘이었다. 여느 때 없이
깊은 허무감 속에서 문득 떠오르는 말이 있었다.

'하늘을 나는 새가 허공에 그 발자국을 새기지 못하듯이 인간사
그 무엇이 영겁 속에 남음이 있으랴.'

언젠가 읽었던 불경의 말씀이었다. 불경은 역시 진리의 바다고,

석가모니는 비교할 자 없는 지고한 현자였다. 그 허무의 철학은 극점에 이른 미학이고, 이론을 제기할 수 없는 결과론이었다. 그러나 인간 군상들은 나날의 생활 속에 묻혀 현실만 크게 볼 뿐 그 허무의 가르침을 쉽게 망각해 버렸다. 그 허무의 가르침의 핵심은 현실을 작게 보고, 과욕을 줄이라는 것이었다.

신준호……, 그는 허무의 가르침과는 반대로 현실을 크게 보고, 한껏 욕심을 키우며 타서는 안 될 잘못된 권력의 열차에 편승한 것이다. 그가 그렇게 모질게 자신을 내칠 줄은 상상도 하지 못했다.

도대체 사람이란 어디까지 믿어야 하는가…….

세상살이를 해갈수록 거듭되는 인간에 대한 회의와 절망을 또 다시 느끼며 원병균은 고개를 떨구었다.

"아이구 정말 지겨워 죽겠네. 오늘은 또 무슨 일로 술을 마셨어요. 하루도 빠할 날이 없이 이렇게 술을 마셔대면 신문기사도 술이 취해 있을 거라구요."

박영자는 비틀거리는 남편 원병균을 붙들며 바가지를 긁어댔다.

"뭐, 신문기사도 취해? 그거 한번 명언일세. 암, 이 개판 세상에서 신문기사가 술에 취하는 게 차라리 낫지. 당신, 우리 선배 신부장 알지? 그 친구 출세했어. 유정회 국회의원으로 뽑히셔서 오늘 사표를 냈다구. 알았어? 이 드런 놈에 세상이 자꾸 술을 마시게 한다니까."

"어머, 그래요? 오늘 들었는데, 준서 오빠도 그 국회의원이 됐다네요."

"아니, 뭐, 뭐라구?"

원병균은 비틀거리며 눈을 부릅떴다.

"어머, 소리지르지 말아요. 옆집에 다 들리겠어요. 여긴 아파트라구요."

박영자는 남편의 양복을 벗기다 말고 질색을 했다.

"빌어먹을, 그게 도대체 어떻게 된 거야? 빨리 말해 봐, 빨리."

원병균은 방바닥에 주저앉으며 술기운 흥건한 눈으로 아내를 쏘아보고 있었다.

"내일 아침에 술 깨서 말해요. 피곤할 텐데 어서 주무세요."

"준서 그 새끼도 미쳤나……. 이놈이고 저놈이고 왜들 이렇게 미쳐서 돌아가나 그래. 빌어먹을……."

원병균은 아내가 까는 요 위에 피그르 쓰러지며 중얼거렸다.

"참, 철없기는. 나이 먹었어도 지조 하나는 여전하셔. 천상 기자가 팔자야."

박영자는 남편에게 눈을 흘기며 짜증스럽게 양말을 벗겼다.

아내가 깨워서 눈을 뜨자마자 원병균의 머릿속에는 처남 준서가 국회의원이 될 거라는 말이 떠올랐다. 집에 어떻게 들어왔는지, 아내와 무슨 얘기를 했는지 전혀 기억이 없으면서도 그 한 가지 말은 머리에 남아 있었다. 그런데 그 말도 아내한테 들은 것인지 꿈을 꾼 것인지 어릿거리고 있었다.

"내가 많이 취했었던가 보지?"

원병균은 얼굴을 훔치며 멋쩍게 웃었다.

"인사불성으로 마시지 않으면 어디 직성이 풀리시남요? 세상 고민 혼자 다 짊어지신 거룩하고 위대한 기자님이시니까 날마다 열심히 술을 드셔얍지요."

박영자는 이불을 거친 손놀림으로 개키며 비비꼬고 있었다.

"사람 참, 너무 그렇게 놀리지 말어. 바가지도 정식으로 긁어야지."

"놀리긴요? 이 드런 놈에 세상이 자꾸 술 마시게 한다고 한 사람이 누군데요."

"허 참, 그건 사실이기도 하고……. 그런데 준서 처남이 국회의원 되게 됐다는 건 무슨 소리야?"

원병균은 담배를 끌어당기며 정색을 했다.

"식전에 담배는 안 돼요. 빨리 씻고 나오세요. 상 차려놓을 테니까."

박영자는 재빨리 담배를 뺏으며 남편의 등을 떠밀었다.

그것으로 바가지 긁기를 모면하게 되어 원병균은 못 이기는 척 방을 나섰다. 그러나 마음속에서는 새로운 불쾌감이 치밀어오르고 있었다. 아내가 이야기를 뒤로 돌리는 것으로 보아 처남 준서가 엉뚱한 욕심을 부린 것은 틀림없었다.

짜식이 무슨 놈에 욕심이 그리도 많아. 돈으로 모자라 권력까지 가져야 되겠다 그거야? 내 참 더러워서…….

원병균은 성질이 나는 대로 낯을 거칠게 씻고 있었다. 사방으로 어지럽게 튀고 있는 물방울들은 그대로 그의 신경질이었다.

"당신, 오빠 일 그거 언제 알았어?"

식탁에 앉으며 묻는 원병균의 목소리에 날이 서 있었다.

"어제 오후예요."

박영자는 남편의 기분이 상한 기미를 눈치채며 왜 그러느냐는 투로 대꾸했다.

"당신은 진작 알고 있었던 거 아냐?"

원병균은 아내를 똑바로 쏘아보았다.

"뭐라구요? 당신 맘에 안 든다고 억지소리는 말아요. 그런 일 성사되기 전에는 철저하게 비밀 지키는 아빠 성질 몰라서 그래요?"

박영자의 말에도 성깔이 돋아 있었다.

"빌어먹을, 준서 그 자식은 사업해서 돈 많이 벌어들이면 됐지 뭐가 모자라서 그 거지같은 국회의원까지 해먹겠다고 나대고 그래. 자식이 변해도 점점 더럽게 변해가."

거친 말처럼 원병균의 얼굴도 험하게 변해 있었다.

"여보, 아무리 맘에 안 들어도 말 그렇게 막 하지 마세요. 그게 오빠 뜻이 아니라 아빠 뜻이래나 봐요. 우리 집안에서 아빠 뜻 거역할 사람 아무도 없잖아요."

박영자는, 평소에는 농담 잘하고 유하지만 한번 성질이 났다 하면 무서운 남편을 얼른 피해 섰다.

"허 참, 박부길 사장님다우시군."

원병균은 허탈한 웃음을 흘렸다.

13

세상살이라는 것

남산은 시내에서 바라보면 산 같지가 않았다. 시내에 높은 건물들이 많이 들어서면서 그 높이가 자꾸 낮아져 보이는 데다가 산의 모습을 부분부분 가리기가 예사였다. 그리고 산을 점점 타고 오르며 큰 건물들이 불어나 그 높이는 말할 것도 없고 크기까지 위축시키고 있었다.

그러나 위에 올라서 보면 남산은 비로소 산 같은 높이를 느끼게 했다. 서울 시내를 사방으로 발 아래 굽어보게 했고, 아무리 높은 건물도 그 시건방을 제압해 낮게 만들어버렸다. 사람들은 그 맛에 힘겨운지 모르고 남산에 오르는지도 몰랐다.

"크으, 맛 좋다. 자아, 잔 받어."

박만길은 크으 소리에 맞추어 어깨를 부르르 떨며 비닐술잔을 내밀었다. 김선태는 씹고 있던 오징어다리를 이빨로 자르고 술잔을 받았다.

"기운 내라구. 인생이란 마지막 웃는 자가 승자라구. 자넨 아직도 청죽처럼 씽씽하잖아."

박만길은 술을 찰랑찰랑하게 따르며 기운찬 목소리를 냈다.

"모르겠어요. 제 나이도 벌써 서른둘인데, 다 틀린 것 같아요."

김선태는 술잔을 입으로 가져가며 긴 한숨을 쉬었다.

"이 사람아, 그런 소리 말어. 나한테 비하면 자넨 청춘이야, 청춘."

오징어를 찢어 입에 넣는 박만길의 어조에서는 더 기운이 넘쳤다. 그러나 그의 몰골은 전보다 더 추레하고 얼굴에도 늙은 그늘이 짙어져 있었다.

"차아암……, 저 한강을 건너올 땐 정말 청춘이었고 꿈도 컸었는데……."

김선태는 중얼거림 끝에 또 긴 한숨을 매달았다. 그의 눈길은 저 멀리 아득하게 흘러가고 있는 한강에 가 있었다.

"그야 어디 자네만 그런가. 나도 그랬고, 한강철교 건너온 젊은놈들이야 다 청운의 꿈을 품었었지. 그래, 서울은 참 묘한 곳이야. 출세의 도시이기도 하고 절망의 도시이기도 해. 무작정 사람을 끌어당기는 마력을 발휘하면서 책임은 지지 않는 잔인한 도시이기도 하지. 조선 500년에서 지금까지 출세해 보겠다고 서울로 밀려들었다가 꿈을 이루지 못하고 저 한강에 눈물을 떨구며 발길을 돌린 젊은이들이 그 얼마나 많겠는가. 그 눈물을 다 모아놓으면 또 하나 한강이 될지도 모르지. 오랜만에 남산에서 한강을 내려다보니 감정이 묘해지는군. 이 사람아, 제사 지내나?"

"아, 예에……."

김선태는 반쯤 남은 술을 털어넣고 얼른 잔을 건넸다.

"사실 인생이란 게 별게 아니긴 한데 고비고비 잘 풀리지 않으면 그것 참 팍팍한 모래밭인 거라. 죽고 나면 다 헛것인데 산목숨 하루하루는 심각하고 절실하니까 최선을 다해 노력을 안 할 수도 없는 노릇이고. 숱한 사람들이 인생에 대해 제 나름으로 많은 말들을 했는데 정작 정답은 없는 게 인생이거든. 사는 것, 그것에 열중할 수밖에 없어."

저 멀리 시선을 둔 박만길은 술을 찔끔거리며 중얼거리듯 말했다.

"저어……, 선배님은……, 고시를 시작한 걸 후회하지 않으세요?"

김선태는 주저하고 머뭇거리며 이 말을 꺼냈다.

"허! 자네가 결국 그걸 묻는군. 글쎄에……, 그걸 뭐라고 해야 하나. 후회 안 한다고 하면 형편없이 둔감한 놈이 될 것이고, 후회한다고 하면 내 인생이 한없이 초라하게 될 거고……. 그게 반, 반이라고 해둘까? 키엘케고르가 말했지 아마? 인생은 어차피 후회다. 결혼하라, 후회할 것이다. 결혼하지 마라, 후회할 것이다. 출세해 보라, 후회할 것이다. 출세를 외면하라, 후회할 것이다. 인생이 이런 거니까 다 자기가 마음먹기에 달린 거지. 난 가난한 농부의 아들로 태어난 게 흠이었고, 공부깨나 잘한 게 두 번째 흠이었지. 이 나라 농부의 태반이 그렇듯이 우리 아버지도 힘없고 가난한 농사꾼을 가장 천한 직업으로 여기고 아들만은 출세시켜 권세를 누리기를 바라셨지. 그러나 그 꿈을 이루지 못하고 돌아가셨고……, 그 소원을 마누라가 이어받아서 내 꼴이 이리 됐어."

박만길은 어깨가 처져내리게 한숨을 쉬더니 술잔을 꺾었다.

"저의 아버지하고 똑같군요."

김선태는 잘근거리고 있던 솔잎을 뱉었다.

"자아, 잔 받어. 그래도 자네 부친은 큰아들이 소원 성취한 것을 보시지 않았나."

"그건 아버지가 돌아가신 다음인걸요."

"허, 그리 됐나!"

그들 사이엔 잠시 말이 끊어졌다.

멀지 않은 곳에서 사람들의 말소리가 들려오고 있었다. 팔각정 주변에는 서울을 구경하는 사람들로 붐비고 있었다.

"저어기 저 바위로만 된 것이 인왕산이고, 그 오른쪽 옆으로 솟은 게 북악산이에요. 바로 그 밑에 있는 집이 대통령이 사는 청와 대고, 그 앞에 큼직한 돌건물이 중앙청이구요."

"아이고, 대통령 사는 집이 코딱지만하네 그랴."

"서울 시내가 넓은지 알았등마 여그서 봉께 손바닥만허시. 자동차들도 개미 기가는 꼴이고."

"보래, 한강이 과시 강은 강인기라. 저리 너르고 큰 기 낙동강이 할배 안 허겄나."

즐거움이 담긴 이 지방, 저 지방 사투리들이 섞이고 있었다. 시골 사람들이 서울사람들보다 남산에 먼저 올라간다는 말이 있듯이 남산은 역시 서울 관광 일번지임을 입증하고 있었다.

"그런데 저어……, 선배님은 말입니다……, 중간에 방향을 딴 데로 바꿀 생각은 안 해보셨나요?"

김선태는 박만길에게 술을 따르며 또 어렵게 입을 열었다.

"이 사람이 왜 남산에 올라가자고 하는가 했더니 이런 고약한 것만 골라서 물어볼라고 그랬구나. 왜, 자네 딴생각하고 있어?"

"아뇨. 하도 답답해서 여쭤보는 거지요."

김선태는 오징어를 찢어 박만길에게 내밀며 면구스러운 듯 어색하게 웃었다.

"그래, 답답하고 암담하기도 하겠지. 이 치열하고 살벌한 세상에서 자꾸 경쟁에 실패하는 사람들의 고독한 눈물을 그 누가 알겠어. 나도 답답하고 암담하고 처절했지. 아버지의 뜻에 따라 결혼을 일찍 해서 처자식은 딸렸지, 해마다 고시를 쳤다 하면 낙동강 오리알이지, 시쳇말로 미치고 까무러치겠다는 말 그대론 거야. 다섯 번쯤 떨어지고 나서 심각하게 생각했지. 어딘가 능력이 모자라는 것이다, 괜히 과욕 부리지 말고, 헛고생하지 말자, 인생 더 망가지기 전에 내 능력에 맞게 아는 것을 풀어먹으며 살자, 지금까지 공부한 것만 가지고도 살아갈 길은 얼마든지 있다, 그런 생각을 했었지. 그런데 아까 잠깐 말한 대로 마누라가 펄펄 뛰는 거야. 먹고사는 건 삯바느질로 내가 해결한다, 좋은 세상 못 보시고 저세상으로 가신 아버님의 한을 풀어얄 것 아니냐, 남자가 한번 뜻을 세웠으면 기필코 이루어야지 중도 작파가 말이 되느냐. 그래서 나는 용기백배하지 않을 수 없었고, 그러다 보니 10년이 훨씬 넘게 쓴잔을 마시게 된 거지. 그런데 이상한 건 마누라야. 어떻게 된 물건이 글쎄 조금도 지치지 않고 판검사 사모님 꿈을 꾸고 있는 거야. 그러니 상말로 빼지도 박지도 못하는 거지. 나한테서 꿈을 이루지 못하면 자식에게로 옮겨가지 않을까 무서워. 가만히 생각하면 가엾기 그지없는데……, 그 꿈을 버리지 못하는 건……, 아마도 그 꿈을 버리면 여지껏 뼈빠지게 고생해 온 자기 인생이 너무 허망해질까 봐 그러는지도 몰라. 아참, 노을이 굉장하군. 누구 인생이든 한번쯤은 저렇게 휘황찬란할 수 있어야 하는 건데……."

박만길은 서쪽 하늘을 바라보며 온몸이 휘감기는 듯한 긴 한숨을 쉬었다. 술기운이 불콰하게 번진 그의 얼굴은 더욱 궁색하고 쓸쓸해 보였다.

눈부신 황금빛으로 불타고 있는 노을은 일렁이며 타오르는 불길의 생빛으로 현란했다. 화가가 자살 충동을 느낄 만큼 아름답고 고운 노을은 한강까지 붉게 물들이고 있었다.

김선태는 의식이 텅 비어가는 상태로 노을에 한정 없이 빨려들고 있었다.

경제발전이란 서울 시내에 중구난방으로 솟아오르는 고층건물들로 나타났고, 키높이 경쟁을 하는 것 같은 그 건물들은 '빌딩숲'이라는 외국말과 한국말을 짜맞춰 이상야릇한 새말을 만들어내기에 이르렀다. 그 말과 똑같은 연유로 탄생한 것이 '아파트촌'이었다.

날로 급증하는 서울 인구의 주택난을 해결하기 위해서 정부가 대대적으로 추진하고 있는 것이 아파트 건설이었다. 그것이 서울시만의 문제가 아니라 정부 차원의 정책적 사업임을 보여준 것이 '한강맨션아파트' 준공식에 귀하신 각하께서 직접 납신 것이었다.

그 일을 계기로 한강 인도교 양쪽 강변으로는 아파트들이 정신없이 지어지기 시작했다. 그 층수도 2층, 3층이었던 기존 아파트를 비웃으며 5층으로 높아져 있었다. 거의가 단층인 주택에서만 살아온 사람들에게 5층 높이의 집이란 끔찍하게 높은 것이 아닐 수 없었다. 그런데다가 서로 다른 사람들이 층층이 포개져 산다는 것은 영 고약스러운 일이었다. 한국사람들은 예로부터 머리를 중시해 어른이 누운 머리맡에는 아무것도 놓을 수 없는 것은 물론이고, 자는 아이들의 머리 위쪽으로는 부모도 걸어다니는 것을 피했다. 옛사람들이 갓을 애지중지 신주단지 모시듯 했던 것은 갓이 귀한 물건이라서가 아니라 그것을 머리에 쓰기 때문이었다.

그런데 내 머리 위에 남들이 층층이 겹겹이 올라앉아 있으니 그게 고약스럽지 않을 리 없었다. 하지만 그 께끄름하고 걸쩍지근함은 그것으로 끝나지 않았다. 머리 위에서 밥을 먹고, 밤이면 그 일을 하고, 소변을 보고, 대변을 보고……, 서로서로의 머리 위에다가 그런 짓들을 해가며 몇 겹으로 포개져 살아야 하는 아파트라는 구조는 아주 비인간적으로 비쳐졌다. 그래서 생겨난 말이 '닭장집'이었다. 오로지 알을 낳아야 하는 임무로 최소한의 생존을 층층의 비좁은 공간에서 유지하고 있는 양계장의 닭들에 비유한 것이었다.

그러나 사람들의 그런 거부감은 오래가지 않았다. 입식 부엌과 수세식 변소의 편리함과 깨끗함, 난방의 따스함이 단독주택은 댈 것도 아니라는 사실이 주부들을 휘어잡음으로써 그 입지는 완전히 반전되고 말았다. 아파트의 인기가 올라가면서 아파트들은 대형 단지를 이루기 시작했고, 그 인구 밀집촌은 '아파트촌'이라는 신종 이름을 얻게 되었다.

"옘병헐, 어떤 놈들이 저런 아파트에서 사나 그래. 서민들은 골 빠지게 일해도 12평짜리에도 못 사는데 80평짜리가 뭐야, 80평짜리가. 저런 데 사는 놈들은 이래저래 다 해처먹은 도둑놈들이야. 흥, 경제발전, 새마을운동 좋아하고 자빠졌네. 권력 있고 돈 있고 빽 있는 놈들이 다 짜고 해먹는 수작질이지. 즈네놈들이 도둑질 안 하고서야 어떻게 저런 데 살아. 저런 놈들은 다 총 쫘 죽여야 해."

아파트촌으로 들어서자 택시운전수가 갑자기 쏟아낸 말이었다.

뒷자리에 앉아 있던 강숙자는 즉각적으로 반응하며 상체를 뗐다. 그때 홍석주가 재빨리 아내의 손을 잡으며 눈짓했다.

"왜요……."

낮은 목소리였지만 강숙자가 거부의 뜻을 분명히 드러냈고, 그 대응으로 홍석주의 눈초리가 매서워졌다. 그 기세에 눌려 강숙자는 무르춤해졌다.

"니기미, 이렇게 죽어라고 일해 봤자 말짱 헛거야. 있는 놈들만 더 배 터지게 만들어주는 요런 드런 놈의 세상에서 경제발전 하면 뭘 해. 어떻게든 한탕 왕창 해먹는 게 장땡인데 나한테는 언제 그런 때가 올래나. 빌어먹을 놈에 세상, 팍 뒤집어져버렸으면 좋겠다."

손님들에게 동의를 구하는 것인지, 부자 아파트촌에 사는 너희들도 똑같다고 시비를 거는 것인지 아리송한 채 운전수의 거친 말은 계속되었다.

"예, 됐어요. 저 가게 앞에 세워주세요."

홍석주가 말했고, 이번에는 강숙자가 남편의 손을 잡아끌었다. 그녀는, 더 가야 하는데 왜 여기서 내리느냐는 눈짓말을 하고 있었다.

"빨리 내려."

운전수에게 돈을 건네며 홍석주는 낮게 말했다. 그리고 택시 문을 열었다.

"여보, 당신은 참 이상해요. 저렇게 상스럽게 구는 인간한테 따끔하게 한마디해 주지는 못하고 왜 그리 눈치 보고 그래요? 그럴려고 판사해요?"

강숙자는 보도로 올라서며 앙탈부리듯 말했다.

"이것 봐, 저 사람이 욕해 대는 80평짜리 아파트는 이 동네 말고 다른 데는 없잖아. 저런 말을 듣고 어떻게 거기까지 타고 가겠어. 저 사람 말이 틀린 것도 아닌데."

"어머, 당신은 저 인간 말이 다 옳다고 생각해요? 당신 참 문제 있어요."

강숙자가 파르르 성질을 냈다.

"당신도 눈 똑바로 뜨고 세상을 좀 넓게 봐. 저게 저 사람 혼자 생각이 아니라 세상 인심이야. 저 사람 입에서 한탕이란 말이 괜히 나왔어? 부동산 투기로 한탕, 권력과 짜고 한탕, 부정부패로 세상이 자꾸 썩어가면서 그놈의 한탕이 예사가 된 결과 아니겠어? 오죽하면 한탕주의라는 말까지 생겨났겠어. 그리고 말야, 기업들도 현장 노동자들에게 임금은 적게 주고 기업주들만 살이 찌고 있어서 불만이 자꾸 커져가고 있잖아. 이미 임금 착취에 대한 항의와 공정한 분배를 요구하는 목소리가 사회문제로 나타나기 시작했이. 신문에 다 안 나서 그렇지 크고 작은 파업들이 날로 늘어나고 있거든. 저 사람 말이 다 일리 있는 거니까 함부로 들어선 안 돼. 당신도 지식인이니까 판단은 올바로 해야 되지 않겠어?”

홍석주의 말은 마치 학생을 일깨우는 것처럼 문답식이면서 차분했다.

“그 문젠 총리가 벌써 말했잖아요. 아직은 분배의 시기가 아니라 축적의 시기다, 좀더 참고 기다려라 하고 말예요.”

“글쎄, 그게 또 문제야. 먼저, 일국의 총리가 국민을 향해서 명령을 하듯이 그런 일방적인 소리를 해도 되느냐 그거야. 총리는 사단장이 아니고 국민은 병사들이 아니거든. 그리고 기다리라니 언제까지 기다리라는 거냐 하는 불만을 자극하고 있다는 점이야. 무슨 말인고 하면, 경제개발 5개년 계획은 1·2차를 거쳐 3차에 들어섰고, 국민의 대다수는 근근이 살아가며 지난 12년 동안을 참아왔거든. 그런데 그동안 빈부격차는 점점 심해지고, 서민들로서는 잘살 가망이 없는데 막연히 기다리라니, 그건 제삿날 잘 먹자고 석달 열흘 굶으라는 것과 뭐가 달라. 총리란 국민에게 희망과 믿음을 줘야하는데, 장관이 해서도 안 될 소리나 하고 있으니 문제라구. 가뜩이나 정치 상황도 나쁜데 경제 상황까지 이 지경이니, 이거 위기야."

"당신 말 알겠는데, 그렇지만 아빠 앞에서는 절대 그런 식으로 말해선 안 돼요. 알지요?"

"아니, 모릅니다. 난 바보거든요."

홍석주는 강숙자의 이마에 군밤 먹이는 시늉을 했다.

"공원들은 하루 평균 열두 시간씩 노동을 하고 있어요. 그러면서도 최저생활이 해결이 안 되고 있다구요. 그런데 기업주들은 날로 치부를 해가는 이런 착취 구조는 분명 부숴야 돼요. 정부는 경제 발전을 위한 자본 축적이라는 미명 아래 기업들을 보호해 주고, 기업들은 그 빽을 믿고 맘놓고 인건비 착취를 자행하고 있거든요. 이건 사람이 사는 세상이 아니에요."

강숙자는 남편의 말에 이어지는 유일표의 말을 듣고 있었다. 유일표가 재건대의 일보다는 노동자들의 문제에 급속히 쏠려가고 있는 것을 느낄 수 있었다.

"당신, 아빠한테 바짝 매달리세요."

강숙자는 아파트 정문으로 들어서며 남편에게 말했다.

"글쎄……."

그때 수위실에서 나온 경비원이 강숙자를 알아보고 거수경례를 했다. 그 아파트는 한눈에 다른 아파트들과는 달랐다. 아파트 둘레에 붉은 벽돌담이 쳐진 것이 그랬고, 경찰 같은 제복을 입은 경비원이 있는 것이 그랬다. 그리고 특히 다른 아파트들은 5층인 데 비해 이 아파트는 남들의 욕을 얻어먹고 싶어하는 것처럼 10층 높이로 도드라지게 솟아 있었다. 한 동뿐인 그 아파트는 외부 색깔부터가 호사스러웠다.

"글쎄라니요?"

강숙자는 아파트 현관으로 오르는 계단을 밟으며 남편을 쳐다보았다.

"어쩌면 아버님 힘으로도 어려울지 모를 일이라서……."

홍석주는 낮은 소리로 대꾸했다.

"떠도는 소문도 그렇고, 이번 일은 좀 복잡한 것 같애."

"참, 무슨 말인지 이해가 안 되네요. 아무리 복잡해도 그렇지, 여당 국회의원이 사위 하나 서울에 붙들어두지 못한대서야 말이 돼요?"

앞서 엘리베이터로 들어가며 강숙자의 목소리가 카랑해졌다. 이 아파트는 엘리베이터가 최초로 가설된 것으로도 유명했다.

"그게 다 정치적 이유가 작용하고 있는 거니까 당신은 잠자코 있어."

"정치적 이유? 혹시……, 저 위에서 자기네 입맛대로 주무르려는 것 아니에요?"

"당신은 눈치 빠른 것 하나는 기막히다니까. 앞으로 정치 상황이 어떻게 변할지 모르니까 미리 친위대를 조직할 필요를 느끼는 것 같애."

"세상에! 그럼 피 볼 사람들은 뻔하잖아요. 고향 잘못 둔 게 한이에요."

"괜찮아. 너무 속단하지 마."

홍석주는 아내의 등을 다독거렸다.

"아빠, 이번 인사이동에서 홍 서방은 어떤 일이 있어도 꼭 붙들어줘야 해요. 일이 잘못되면 제가 애들 둘이나 데리고 죽을 고생하게 되니까요."

강숙자는 소파에 자리를 잡고 앉기가 바쁘게 용건의 핵심을 드러냈다.

"글쎄다……, 그게 말이야……, 내가 벌써 다 알아봤는데 말이지……." 강기수는 더 뚱뚱해진 몸으로 굼뜨게 담배에 불을 붙이며 말을 늘여빼다가는, "이번에는 아무래도 어려울 것 같으다." 못을 박듯이 뒷말을 빠르고 큰소리로 해치웠다.

"아빠아, 그럼 저는 어떡해요. 지방에서 애들 데리고 생고생 못한다니까요."

강숙자는 금방 울음 섞인 소리를 냈고,

"고생 싫으면 넌 그대로 서울 살면 될 것 아니냐. 이번 형편 홍 서방이 더 잘 알 테니까 자세한 건 홍 서방한테 듣고, 더 말 말아라."

강기수는 단호한 표정으로 내질렀다.

"여보, 아버님 말씀 들어."

홍석주는 아내를 쳐다보며 분명하게 말했다. 그건 장인에게 자신의 태도를 밝히는 것이기도 했다.

"아빠, 김선오는 대학이 좀 좋다고 그대로 붙여주는 것 아니에요?"

"넌 어째 맨날 김선오를 못 잡아먹어서 안달이냐. 그 녀석은 벌써 오래전부터 눈치가 이상한 게 이번 일에도 날 찾아오지 않았고, 이규백이는 며칠 전에 찾아왔길래 이번에는 단념하라고 일렀다. 어째, 속시원하냐?"

강기수는 딸에게 눈총을 쏘았다.

"보세요, 김선오 그건 인간이 틀려먹었다구요. 시건방지고 잘난 체하고, 출세하려고 여자한테 양다리나 걸치는 인간이니까 이젠 아빨 배신하고 있는 거라구요. 그게 딴 선을 잡았으니까 아빨 안 찾아오는 거지 이 급한 형편에 왜 안 찾아오겠어요. 아빠는 헛농사 지신 거나 알고 계세요."

강숙자는 기회는 이때라는 듯 숨도 안 쉬고 한달음에 말을 해치웠다.

"못써! 그런 말 함부로 하는 거."

강기수는 엄하게 딸을 쏘아보며 언성을 높였다.

"말이 나왔으니 드리는 말씀인데, 그 사람 본적도 옮겼습니다."

홍석주의 말이었다.

"아니, 뭐, 뭐라고?"

강기수가 소파에 부리고 있던 상체를 벌떡 일으켰다. 그리고 말을 더듬거리며 물었다.

"그, 그게 어, 언제야?"

"예, 한 2년 된 것 같습니다."

"그럼 왜 진작 말하지 않았어."

"괜히 고자질하는 것 같아서……."

"이 사람아, 자넨 사안의 중대성도 모르나? 고자질하고 보고하고 는 다르잖아."

강기수는 버럭 소리를 지르고는, "사람 겉 보고는 모른다더니, 겉 은 남자답게 생긴 놈이 속은 이규백하고는 딴판이라니까." 그는 중 얼거리며 입을 앙다물었다.

한편, 김선오는 그 문제로 아내와 함께 장인을 만나고 있었다. 그 의 장인 노성칠은 제약회사와 식품회사를 경영하며 많은 돈을 모 은 사람이었다. 그는 '사업도 정치다' 하는 말을 입에 달고 사는 사 람이었다. 그 지론에 어울리게 그는 사업 수완이 좋아 '마당발'이라 는 별명을 가지고 있었다.

특히 그는 자기가 이루지 못한 의사의 꿈을 큰딸을 통해 이루려 고 국민학교 때부터 공을 들여 끝내 성공했다는 것을 큰 자랑으 로 삼고 있었다. 그런 만큼 의사선생님이신 큰딸에 대한 애정이 각 별했고, 그 남편 김선오에 대해서도 친자식처럼 마음을 썼다. 딸 과 함께 검사 사위가 누구에게나 내세우는 자랑거리인 것은 더 말 할 것도 없었다. 그는 일본사람의 제약회사에서 일하다가 공장을 물려받았고, 전쟁의 격랑을 호기로 이용해 미군부대 약품으로 큰 돈을 벌었고, 그때부터 외국 약품에 눈을 돌려 남들보다 발빠르게 움직인 덕에 제약업계의 거물이 된 거였다.

"자넨 모든 게 특급인데 그거 한 가지가 고약하단 말야. 그게 옥에 티야, 옥에 티. 쯧쯧쯧쯧……."

그래서 김선오가 생각해 낸 것이 본적을 서울로 옮기는 것이었다.

"내가 연락 취해놨으니까 내일 오전 11시쯤에 너희들 둘이 집으로 찾아가."

군살 없이 몸이 단단해 보이는 노성칠이 과일을 찍어들며 말했다.

"예, 아버님."

소파 끝에 불안스럽게 앉은 김선오가 허리를 깊이 숙였다.

"화자 넌 이거 잘 넣어가지고 가서 그 부인한테 드리고."

노성칠은 소파 옆의 전화기가 놓인 탁자 서랍에서 아주 작게 포장된 물건을 꺼내 딸에게 내밀었다.

"뭐, 다른 말할 것 없이 예의 깍듯하게 갖추고, 잘 부탁드린다는 한마디만 해."

김선오와 노화자는 함께 대답했다. 그녀의 이름 화자는 일본 천황의 연호 소화와 일본을 상징하는 '和' 자를 그대로 따온 것이었다.

다음날 김선오와 노화자는 정확하게 11시에 맞추어 서빙고의 그 집 초인종을 눌렀다. 이미 '도둑촌'이라고 세간에 소문이 나 있는 그 동네의 집들은 겉모양부터 고급주택 표가 확 나는 2층 양옥들이었다.

"예, 어서 오세요. 기다리고 있었어요."

식모를 따라 들어간 그들을 주인여자는 현관에서 맞이했다. 검정 비로드에 구슬장식이 된 화려한 홈웨어를 입은 그 여자는 한인곤의 여동생 한정임과 함께 부동산 투기를 하러 다니던 최혜경이었다. 그녀의 몸에서는 전보다 더 부티가 흘렀고, 집도 변두리 한옥에서 시내 양옥으로 옮겨앉아 있었다.

"자아, 귀한 손님들이니까 2층으로 올라가실까?"

최혜경은 홈웨어를 잘잘 끌며 앞장섰다. 김선오는 아내를 앞세우고 걸으며 기가 질리고 있었다. 집 안이 넓기도 했지만 그 실내장식이 어찌나 호화로운지 눈을 어지럽혔다.

"자아, 조심들 하세요."

아니, 이게 뭔가!

김선오는 소스라치며 자신의 눈을 의심했다. 그러나 작동하기 시작한 계단은 분명 에스컬레이터였다. 김선오는 움직이는 계단에 발을 더듬거려 놓으며 가벼운 현기증을 느꼈다.

커피를 한 모금 마신 노화자는 핸드백을 열었다.

"사모님, 이거 아버지가……."

"아니 뭘 이런 걸……."

"충심을 다하겠습니다. 잘 부탁드리겠습니다."

김선오는 장인이 하라는 말에다 한마디를 더 보태며 정말 코가 땅에 닿도록 절을 했다.

"예, 남자답고 멋진 검사님이시네요."

"저희는 이제 그만……."

노화자가 조심스럽게 일어났다.

"세상에, 저게 무슨 짓이에요."

그 집을 나온 노화자가 말했고, 김선오는 쩝쩝 입맛만 다셨다.

얼마가 지나 법조계의 대이동이 실시되었다. 이규백도 홍석주도 각기 낯선 지방을 찾아나서야 했다.

병원은 내과와 소아과를 겸하고 있었다. 새로 지은 건물이라서 그런지 병원 안은 말끔했고, 코끝을 스치는 크레졸 냄새가 병원다운 분위기를 살리고 있었다. 환자접수구에는 서너 사람이 서 있었다. 실내를 휘둘러본 김선태는 그 사람들 뒤에 가서 섰다.

접수를 끝낸 환자들이 제약회사 표시가 된 긴 나무의자에 가서 앉고는 했다. 몇 분이 지나지 않아 김선태의 차례가 왔다.

"성함하고 생년월일은요?"

네모진 조그만 창 저쪽에서 간호원이 건조하게 물었다.

"난 환자가 아니라 원장님 좀 만나려고 왔소."

김선태의 대꾸였다.

"네에……? 누구신데요?"

간호원이 금세 경계의 빛을 드러냈다.

"나 원장님 시동생 김선태란 사람이오. 급한 일이니까 빨리 가서 전해요."

"어머, 잠깐만 기다리세요."

간호원이 놀라며 몸을 발딱 일으켰다. 김선태는 천천히 돌아섰다.

그는 갑자기 소변이 보고 싶었지만 동양화가 하나 걸린 벽 쪽으로 다가갔다. 변소에 간 사이에 원장이 부를 수 있었던 것이다. 흔한 농촌 풍경을 그린 그림에 헛눈을 팔고 있는데 생각보다 빨리 등

뒤에서 말이 들려왔다.

"원장님께서 어서 들어오시랍니다."

김선태는 간호원을 따라가며 숨을 크게 들이켰다. 몰려드는 긴장으로 가슴이 답답했고, 역정난 형이 뒷덜미를 잡아채는 것만 같았다.

간호원이 조심스럽게 손기척을 하고 원장실 문을 열었다. 김선태는 안으로 들어서며 다시 숨을 들이켰다.

"형수님, 안녕하세요. 참 오랜만입니다."

고개를 꾸벅하는 김선태의 목소리는 턱없이 컸다.

"근무 중인 병원으로 웬일이죠? 이런 건 피해야 하는 예의도 모르나요? 재판 중인 형님을 법정으로 찾아갈 수 있어요?"

노화자는 의자에 앉은 채 쌀쌀하게 말했다. 예쁜 데는 없지만 고양이 상으로 영리해 보이는 그녀의 얼굴에는 싸늘한 냉기가 서려 있었다.

"그 정도는 압니다. 근데 갑자기 고향에 내려갈 일이 생겨서 그럽니다. 차비하고 용돈 좀 주시지요."

김선태는 그 기세에 밀리지 않고 형수를 똑바로 쳐다보며 말했다. 쓴웃음이 어린 그의 얼굴에는 불량기마저 드러나 있었다.

"그런 일은 형님한테 얘기하도록 돼 있지 않아요? 오늘 오후에 형님한테 말해서 해결하도록 하세요."

노화자는 더 싸늘하게 내쏘았다.

"그러지 말고 처음이고 마지막으로 돈 좀 주는 게 좋을걸요. 예,

맘대로 하세요. 형을 부르든 경찰을 부르든. 돈을 안 내놓으면 난 여기서 한 발짝도 안 나갈 테니까요. 예, 좋아요."

김선태는 마치 깡패처럼 불량스럽게 말하며 책상 옆의 환자용 의자에 털썩 주저앉았다. 그러면서 그는 생각하고 생각했던 대로 착착 풀려가는 자신의 연기에 만족하고 있었다.

"어머머 세상에……."

노화자는 얼굴이 딱 굳어지도록 놀라며 의자를 뒤로 밀어 물러나 앉았다. 그리고 옆의 탁자에 놓인 핸드백을 얼른 집어들었다.

"여기 있어요. 이게 다예요."

그녀는 돈지갑에서 한 움큼의 돈을 다 털어내 놓았다.

"고맙습니다, 형수님. 시동생한테 처음 뜯기는 거니까 너무 억울해하지 마세요."

김선태는 돈을 몰아잡아 가지고 유유하게 원장실을 나섰다. 그는 형수에게 호되게 당할 형을 생각하며 통쾌하기 그지없었다. 그건 자신이 당해온 것을 갚을 수 있는 유일한 보복의 방법이었다.

김선태는 곧장 남대문시장을 거쳐 서울역으로 나갔다.

"워야, 선태 니가 워쩐 일이다냐!"

머리에 하얗게 눈을 인 월하댁이 작은아들을 얼싸안았다.

"엄니……, 엄니……, 절 받으시씨요."

김선태의 목소리가 잠겨들고 있었다.

"꾸척시럽게 큰절은 무신 큰절이여. 냅두고 그냥 앉어, 그냥."

월하댁은 눈물이 그렁그렁한 눈으로 고개를 저어댔다.

"출세 못헌 자석이라고 절 안 받으실라고 그요?"

"음마, 염병헌다. 잘못된 자석 보는 부모 맘은 더 에리고 씨린 것이여, 요런 무정헌 놈아, 이놈아."

작은아들의 등짝을 철퍽 치는 월하댁의 눈에서는 두 줄기 눈물이 주르르 흘러내렸다. 방으로 들어간 김선태는 어머니 앞에 큰절을 했다. 그의 절은 깊고 무겁고 오래 걸렸다.

"근디, 뜬금없이 워쩐 일이다냐? 무신 숭헌 변통 생긴 것이여?"

절을 받고 난 월하댁은 새삼스럽게 작은아들을 쳐다보았다.

"아니구만이라. 하도 답답허고 혀서 엄니 보고 가서 새 맘 잡을라고 왔구만이라."

"잉, 그려. 고향바람 한바탕 휘이익 쐬는 것도 좋제. 잘 왔어."

월하댁은 작은아들의 얼굴을 유심히 뜯어보며 고개를 끄덕였다.

"엄니, 요것 엄니 빨간 속옷이구만이라."

김선태는 어머니 앞에 선물상자를 내밀었다.

"뽈근 속옷? 그것이야……."

월하댁은 얼른 말을 삼켰다.

"예, 금년에는 고시에 꼭 붙었다는 표시로 미리 사왔구만이라."

취직을 해서 첫 월급으로 어머니의 빨간 내복을 사드려야 전정이 잘 풀린다고 해서 그건 유행을 이루고 있었다.

"그려, 그려. 그리 맘 강단지게 묵으면 쇠도 녹히는 법이여. 이 에미도 더 지성으로 빌 것잉께 니도 새 맘 묵고 죽기 살기로 혀. 니도 넘덜이 부러와허는 머리 지녔응께로."

월하댁은 이렇게 아들을 격려하며, 무슨 돈으로 이런 걸 사왔느냐는 말은 하지 않았다. 그 돈이 큰아들한테서 나왔을 게 뻔한데 자칫 작은아들의 마음을 다칠 수 있었던 것이다.

새싹이 파릇파릇 돋고 있는 긴 포구에는 푸른 기운이 자욱하게 서리며 봄이 오고 있었다. 강진의 꽃 동백은 어느덧 자취를 감추었고, 검은 뻘밭 가장자리를 따라 펼쳐진 마른 갈대숲 밑으로도 초록빛이 언뜻언뜻 내비치고 있었디.

김선태는 포구의 둔덕에 앉아 저 멀리 아슴한 바다를 하염없이 바라보며 소주잔을 비우고 있었다. 그는 술을 마시고 있는 것이 아니었다. 무덤도 없이 세상을 떠난 아버지를 만나고 있었다. 아버지는 태풍에 휩쓸려 바다로 떠내려가 시신도 찾지 못했으니 그는 그렇게 성묘를 하고 있는 셈이었다.

아부지, 참말로 죄송시럽구만요. 지도 성님맨키로 보기 좋게 출세혀서 아부지 아들 노릇도 톡톡허니 허고, 엄니헌테 효도도 잘헐라고 혔는디 그것이 그리 뜻대로 안 되는구만이라. 아부지, 이 못난 놈을 용서혀 주시씨요…….

김선태는 이틀 밤을 자고 집을 떠났다.

"속 썩히덜 말고 잘혀라 와. 사람은 다 한때가 있는 것잉께. 이 에미 말 알었지야? 속 썩히면 몸 상헌께로 잉."

월하댁은 굳이 읍내 차부까지 따라나와 아들을 배웅하며 몇 번이고 했던 말을 또 다짐했다.

학교에서 돌아온 김선진은 집주인의 말을 듣고 파출소로 달려갔다.

"김선태가 누구지?"

"저의 작은형인데요."

"가출한 지 며칠이나 됐어?"

"닷새쨀데요. 왜, 무슨 일 있습니까?"

"왜 가출신고 안 했어?"

"혹시나 혹시나 하다가……."

"이 사람아, 한강에 투신자살 했어. 빨리 시립병원으로 가봐."

"……."

"자네 주민등록증 잊지 말고 가지고 가야 해."

김선진은 시립병원으로 가서 작은형을 확인했다. 믿고 싶지 않았지만 싸늘하게 굳어진 시체는 틀림없는 작은형이었다.

김선진은 큰형에게 알리려고 돌아섰다. 그때 관리인이 고인의 소지품이라며 작은 봉투를 내밀었다. 봉투에서 나온 건 주민등록증과 쪽지였다. 그는 쪽지를 펼쳤다.

'선진아, 미안해. 엄니한테 효도해라.'

14

길을 바꾼 불기둥

이상재는 술이 취해 걸으며 무슨 노래를 흥얼거리고 있었다. 밤 11시가 가까운 거리에는 비틀거리는 취객들이 적지 않았다. 그가 흥얼거리는 노래는 꽤나 슬픈 가락이었는데 가사는 들리지 않았다.

이상재는 어느 양품점 앞에서 걸음을 멈추더니 몸을 숨기듯 하며 가게 안을 살폈다. 쇼윈도에 진열된 물건들 사이로 한 여자의 모습이 드러났다. 상품진열대 위에 놓인 동그란 거울을 보며 머리에 빗질을 하고 있는 여자, 머리가 긴 그 여자는 허미경이었다.

그 순간 이상재의 술 취한 얼굴에는 밝은 웃음이 환하게 피어났다. 그는 몸을 움츠리며 다시 가게 안을 살폈다. 넓지 않은 가게에는 그녀 혼자뿐이었다. 손님이 들기는 늦은 시간이기도 했다.

술이 취했으면서도 이상재는 옷 모양새를 바로잡았다. 그리고 아까와는 달리 전혀 흐트러지지 않은 걸음으로 양품점 문을 밀었다.

"어머, 이 기자님……."

'어머' 하는 말과 함께 허미경의 얼굴에는 반가움이 순간적으로 드러났다가 스러지며 슬픈 그늘이 서렸다. 나이가 조금 더 들어보일 뿐 선이 가는 그녀의 얼굴은 여전히 희고 가녀린 채 안온해 보였다. 그녀는 어쩔 수 없이 한 떨기 꽃을 연상시켰는데, 처녀 시절의 모습이 막 벙글려는 목련 송이였다면 지금의 모습은 꽃잎 다 펼친 목련이었다.

"요새 장사는 어떠세요. 많이 피곤하지요?"

이상재는 한쪽 볼을 문지르며 어물거리는 어조로 말했다.

"또 술 드셨군요. 저보다 더 피곤해 보이세요."

허미경은 슬픈 웃음을 짓는 듯하며 등받이 없는 작은 의자를 내놓았다.

"또 약속 어겨서 미안해요."

이상재는 고개를 떨구며 의자에 주저앉았다. 허미경은 말없이 돌아서서 유리진열장 뒤로 들어갔다.

이상재는 의자에서 전해져 오는 따스함을 느끼고 있었다. 그건 의자에 밴 허미경의 체온이었다. 월남으로 오는 편지에서는 느낄 수 없었던 그 따스함. 그때 편지에는 마음의 따스함만 담겼을 뿐이었는데, 그때 목마르게 그리워했던 것은 바로 이 체온의 따스함까지 다 갖는 것이었다. 빨리 귀국해서 그것마저 가지리라 했었는데……. 이상재는 지금이라도 그 따스함을 갖고 싶은 충동에 또 사로잡히고 있었다.

"문닫을 시간 다 됐는데요."

허미경이 얼굴만큼 가녀린 목소리로 말했다. 상품인지 실용품인지 구분이 안 되는 예쁜 벽시계는 11시 5분을 넘어서고 있었다.

"예, 문닫읍시다."

이상재는 기다렸다는 듯 몸을 일으켰다. 그리고 아까와는 전혀 달리 활달하게 움직이기 시작했다.

이상재는 좁은 옆골목에서 양철 붙인 문짝들을 기뜬거뜬하게 들고와 쇼윈도를 가려나갔다. 그런 그의 몸놀림이며 손놀림은 그 일을 아주 많이 해본 것처럼 익숙하고 숙달되어 보였다. 허미경도 만류하거나 미안해하지 않고 자연스럽게 그 일을 옆에서 돕고 있었다. 남들이 보기에 그들은 영락없는 부부의 모습이었다.

그렇게 되기까지 그동안 실랑이를 한두 번 한 것이 아니었다. 결국 허미경이 지고 말아 이상재는 술 취해 양품점을 찾아올 때마다 그 일을 기운차게 해내고는 했다.

양철 문짝들 중간쯤에 이상재가 쇠줄을 걸고, 그 양쪽 고리에 허미경이 자물쇠를 채우는 것으로 그 일은 끝났다. 그들은 정해진 순서처럼 가까운 다방으로 들어갔다.

"이 기자님, 어쩔려고 그러세요. 이렇게 길어지면 결국 아는 사람들 눈에 띄게 되잖아요. 꼬리가 길면 밟힌다는 게 괜한 말이겠어요."

커피를 한모금 마시고 난 허미경이 조심스럽게 말을 꺼냈다.

"예, 알아요. 알긴 다 아는데 내 맘을 나도 마음대로 할 수가 없어요."

이상재의 얼굴이 심하게 일그러졌다.

"괜히 말썽나고 시끄러워지면 이 기자님 체면 다치게 되잖아요. 다시 약속하세요. 더 오시면 안 돼요."

허미경은 슬픈 그늘이 더 짙어진 얼굴로 눈길 떨군 이상재를 물끄러미 바라보았다. 그 눈자위에 물기가 번지고 있었다.

그런 소리 하지 마. 난 너를 사랑해. 그 영감탱이하고 사이가 끝났을 때 바로 연락했더라면 우린 결혼했을 거야. 이 멍청아, 순결이고 처녀고가 다 뭐 말라빠진 거야. 네가 날 배신한 게 아니라 강제로 당한 거잖아. 그 영감탱이가 애까지 데려가 버렸으니까 모든 문제는 깨끗이 해결된 것이었다구. 서로가 사랑하면 됐지, 내가 문제 삼지 않는데 왜 네가 문제를 만들어, 이 멍청아, 이 멍청아…….

이상재는 그동안 골백번 외쳐온 소리를 또 외치고 있었다. 그 속타는 말을 밖으로 토해내지 못하는 건 자신은 이미 애까지 있는 몸이었고, 입 밖에 내보았자 한낱 부질없는 소리일 뿐이었다.

"빨리 약속하세요. 갈 시간 다 됐어요."

"그럽시다. 약속하지요."

이상재는 눈길을 들며 고개를 끄덕였다. 그동안 수없이 해온 약속이었다.

아니야, 난 그런 약속 지키기 싫어. 이런 식으로라도 평생을 살고 싶어. 넌 내가 이 세상에서 최초로 사랑했던 여잔데……, 네가 어디로 시집을 가면 몰라도 이렇게 혼자 살고 있으면 나도 그따위 약속 안 지켜.

이상재는 허미경의 아리따움에 빨려들며 와락 끌어안고 싶은 충동을 느끼고 있었다.

"일어나세요. 11시 반 넘었어요."

큰길로 나오자 이상재는 차도로 뛰어들다시피 하며 달리는 택시들을 향해 '마포'를 외치기 시작했다.

"위험해요. 먼저 그냥 가세요."

허미경은 이상재를 붙들 듯 말 듯 하며 거리의 소란을 이기려고 목청을 높였다.

"내 걱정은 말아요. 내가 명색이 기자라니까요."

기자증이 있으니 통행금지에 안 걸린다는 이상재의 대꾸였다.

"마포, 마포! 마포 둘!"

허미경은 더 만류하지 못하고 이상재를 또 물끄러미 바라보았다. 술을 마시면 어김없이 찾아오는 것처럼 함께 택시 합승을 하고 집 앞까지 바래다주는 것도 저 남자의 오래된 고집이었다. 아니, 고집이라고 하면 그를 모독하는 것이었고, 그건 그의 식을 줄 모르는 사랑이었고, 눈물겨운 애정의 표현이었다. 자신도 지금까지 그의 편지를 버리지 않고 있는 것은 추억을 간직하자는 것이 아니었다. 그것이 현실인 까닭이었다. 그에게 만날 때마다 더 찾아오지 말라고 하는 것은 겉마음일 뿐이었고 속마음은 날마다 보고 싶고, 어떤 때는 그와 어디로 영영 도망가고 싶기도 했다.

"미경 씨, 빨리 타요, 빨리."

그들은 이미 두 사람이 타고 있는 택시에 올랐다. 택시 합승이란 승객 좋고 운전수 좋은 불법행위였다. 세상이란 필요한 것은 어떻게든 만들어내고 생겨난다는 말이 있듯이 택시 합승도 인구가 폭증하는 서울에서 자연스럽게 생겨난 제도 아닌 제도였다. 먼저 탄 두 사람은 술냄새를 풍기며 잠들어 있었다.

"오빠는 이번에 승진했다면서요?"

이상재는 정작 하고 싶은 말은 다 덮어두고 그저 이야기를 하기 위해 입을 열었다.

"네……."

"진이는 잘될 겁니다. 실력·열성·독기 삼위일체니까요. 할머니 병환은 좀 어떠세요?"

"그저 그러세요."

"워낙 노환이라서……."

이상재는 더 할말이 없었다. 언제나 그냥 흘러가는 시간이 아깝고 안타까웠다. 그러나 그녀와의 간격을 더 좁힐 수 없는 한 그건 어찌할 도리가 없는 일이었다. 그저 그녀와 함께 있다는 것만으로 만족해야 했다. 어떤 때는 그 간격을 훌쩍 건너뛰고 싶은 충동이 일기도 했다.

"너무 늦었어요. 어서 가세요."

"예, 편히 쉬세요."

언제나처럼 서먹하게 헤어지며 이상재는 왜 아내가 둘이어서는 안 되는지 탄식했다.

"여보, 빨리 일어나요. 또 늦었어요. 아이구, 술을 마시지 말든지,

술을 마셨으면 통금이나 넘기지 말든지. 벌써 세 번째 깨우는 거예요. 아유, 지긋지긋해."

이상재의 아내는 사정없이 이불을 걷어치우며 역정을 냈다.

"아이고 알았어, 이 망할 놈에 악처야."

이상재는 잠 덜 깬 소리를 하며 무겁게 몸을 일으켰다. 깨우는 소리를 들어가며 깬 듯 만 듯 아른아른 취하는 아침 꿀잠의 맛이 요에서 등을 떼기 어렵게 끈끈했다. 더구나 허미경의 꿈을 꾸고 있었으니 그 아쉬움은 더했다. 인적이라고는 없는 어느 깊은 산골짜기 물 맑은 계곡에서 둘이는 목욕을 하고 있었다.

"또 아침 안 먹어요? 그럼 국물이라도 좀 마시고 나가요."

"됐어, 됐어. 너무 늦었어."

이상재는 허둥지둥 집을 나섰다. 꼭 늦어서만은 아니었다. 엉뚱한 꿈 때문에 아내 대하기가 민망하기도 했다.

"이 기자도 이제 슬슬 고참냄새 풍기는 건가? 허긴 직장밥치고 신문사밥이 사람 버리기 딱 좋긴 하니까."

출근이 너무 늦은 이상재가 우물쭈물 자리에 앉는데 비비꼬인 부장의 말이 그의 덜미를 잡았다.

"예, 좀 과음을 해서……."

"그런 변명으로 되나? 상습범에 합당한 벌을 받으셔야지. 빨리 국장님한테 가봐. 아까부터 찾으시니까."

"걱정 마. 취재 출장이니까."

옆자리의 기자가 싱긋 웃으며 속삭였다.

"응, 이 기자, 빨리 지방 출장 떠날 준비해야 되겠는데. 자네, 포항종합제철 준공된 거 알지? 그걸 특집으로 꾸밀 거니까 3회 정도 연재가 되도록 심층취재를 해야 돼. 특히 박태준 사장을 중심으로 해서 말야."

언제나 그렇듯 편집국장은 신문을 부산스럽게 넘기며 군대식이나 다를 것 없이 말 빠르게 지시했다.

"포철……, 박태준 사장을 중심으로……, 3회 정도요……?"

이상재는 핵심 부분을 짚으며 떨떠름하게 되씹었다. 숙취로 몸이 찌뿌드드한 판에 그런 갑작스러운 지시가 마음에 들지 않았고, 지난날 성남 폭동사건을 집중취재 했다가 묵살당해 버렸던 쓰디쓴 기억이 되살아났다.

"왜? 기자 감각으로 뭔가 딱 잡히는 게 없어? 포항종합제철 준공이 갖는 국가적 의미가 뭐지? 그 준공이 불가능할 거라고 생각한 사람들이 더 많았는데 가능해진 이유가 뭐지? 그 일을 도맡아 이끌어온 박태준이란 인물은 누구지? 그가 구상하고 있는 철강의 자급자족 생산이란 과연 실현될 수 있나? 그때 이 나라의 산업구조와 경제실태는 어떻게 변모할 것인가? 뭐 이런 것들이 머리에 잡혀야 되지 않겠어?"

편집국장은 신문 넘기는 것을 멈추고 이상재를 똑바로 주시하며 말해 나갔다. 그게 취재 핵심을 짚어주는 것이라서 이상재는 바짝 긴장하며 볼펜과 수첩을 꺼냈다.

"자네 말이야, 포항종합제철 준공이 우리나라의 수공업적 산업

구조를 중화학공업 구조로 바꾸는 결정적 계기가 된다는 사실은 알고 있겠지?"

"예, 알고 있습니다."

"그럼 됐어. 그 한 가지 사실만 확실하게 염두에 두고 취재를 풀어나가 봐. 그럼 특집으로도 무게 있고 의미 있게 될 거고. 대중들의 흥미로운 읽을거리로도 성공하게 될 거야."

"예, 알겠습니다"

이상재는 어느새 자신이 이 일에 뽑힌 것을 다행스러워하며, 사전 정보를 어떻게 확보해야 할까를 재빨리 생각하는 직업의식이 발동하고 있었다.

"오늘 오후에 출발하고, 그동안에 취재에 필요한 예비사항들은 요령껏 준비하라구."

"예, 그럼 다녀오겠습니다."

"응, 수고해. 박태준 사장이란 사람 아주 대단하다는 소문이야. 수학적인 머리가 뛰어나고, 논리적이며, 원리원칙주의자라는 거야. 해방 전에 일본 와세다대학에서 기계공학을 전공했거든. 보통 군 출신들하고는 다르니까 알아서 접근해."

편집국장이 다시 일손을 잡으며 말했다.

이상재는 자기 자리로 돌아오며 편집국장의 말을 되짚었다. 그러나 그의 말 중에서 자신이 알고 있는 것은 '원리원칙주의자'라는 것뿐이었다. 그건 최주한네 회사가 부실공사를 하다가 발각되어 폭파시키는 일을 당했기 때문에 실감나게 들었던 이야기였다. 그 여파로 최주한네 회사는 결국 망했고, 그는 서너 달 실업자 노릇을 했다. 최주한은 애꿎게도 박태준의 완벽주의의 유탄을 맞은 희생자인 셈이었다.

"그 사람이 고수하는 원리원칙이 어느 정도냐 하면 말야, 군대의 차는 사적으로 쓸 수 없다는 규칙을 지키느라고 큰딸을 잃어버린 사람이야. 무슨 말인가 하면, 전방 지휘관을 할 때 갑자기 큰딸이 아팠는데, 지휘관 찝차를 사적으로 써서는 안 된다고 병원에 데려가지 않았어. 애는 밤새도록 앓고, 다음날에야 버스를 타고 몇십 리 밖 병원을 찾아간 거야. 그런데 급성폐렴이라서 애는 결국 죽고 말았지. 그 얘기를 듣고 우리 사장은 폭파를 막으려고 빽을 쓰고 있던 것을 포기하고 말았어. 그러니까 그 사람 앞에서는 눈가림, 속임수, 거짓말, 적당적당이 절대 통하지 않는데, 그런 완벽주의를 실천하려다 보니까 직접 현장감독을 하느라고 서울의 집에 1년에 두세 번 올라오면 많이 올라오는 거라는 거야. 그러기를 벌써 4년 했고, 앞으로도 몇 년을 더 그럴지 모른대. 그런 게 다 그 사람이 가진 남다른 애국심 때문이라는데, 하여튼 특이하고 대단하고 믿을 만한 사람이 아닌가 싶어."

최주한은 직장을 잃게 된 것에 대해 박태준을 원망하기는커녕 이렇듯 호감을 표시했었다.

"부장님, 혹시 포철 박 사장에 대해서 아는 것 좀 있으세요?"

이상재는 편집국장한테 다녀온 것을 알릴 겸해서 물었다.

"벌써 취재 시작이신가?" 부장이 손질하고 있던 기사를 치우며 씩 웃고는, "내가 아는 건 그저 그렇고, 본격적으로 도움을 받으려면 저기 정치부장을 찾아가 봐. 권 부장이 옛날 최고회의 때부터 접촉했으니까 제일 많이 알 거야" 하며 턱짓했다.

"최고회의요?"

"국가재건최고회의 몰라? 5·16혁명 말야. 그때 박태준 씨가 박정희 의장의 비서실장이었거든."

"아 예, 알겠습니다."

이상재는 급히 돌아서며 또 한 가지 사실을 머리에 새겼다. 그런데 반사적으로 의문이 일어났다. 비서실장이었으면 핵심 중에 핵심이었는데 왜 그 흔한 권좌를 차지하지 않았지? 무슨 일로 밉보인 건가?

"이 기자가 포항을 간다? 고향이 그쪽인 게 고려된 건가? 하여튼 좋아. 내가 박 사장에 대해선 좀 알긴 아는데, 지금은 바쁘고, 그거 맨입으론 안 되겠는데."

정치부장은 연신 원고지를 넘기며 장난기 서린 웃음을 피웠다.

"예, 점심 사겠습니다. 불고기로."

"그거 좋지. 12시 정각!"

이상재는 택시를 타고 집으로 내달았다. 한 시간 남짓 남은 시간 동안에 출장 채비를 해가지고 와야 했다.

"며칠 걸려요?"

세면도구와 양말 같은 것들을 가방에 넣으며 그의 아내가 물었다.

"오후에 출발이니까 오늘 일하긴 틀렸고……, 내일하고……, 모레 오전까지 잡으면……, 2박 3일로 끝내야지."

"맘놓고 술독에 빠지게 돼서 신나겠네요. 당신, 딴짓하면 안 돼요."

그의 아내는 가방을 내밀며 뒷말의 어조가 달라졌다. 그 눈도 이상재를 똑바로 쳐다보고 있었다.

"딴짓?"

이상재는 그 말을 하는 순간 아내가 두 번째 아이를 임신하고 있다는 사실을 깨달았다.

"이 사람 이거 왜 이래. 나 혼자가 아니라 사진기자하고 동행인 것 몰라?"

"피이, 남자들을 어떻게 믿어요. 동서지간에도 함께 바람피우는 게 남자라는데."

그의 아내는 입을 삐죽하며 눈을 흘겼다.

"허, 이 사람 못하는 소리가 없네. 징그러워지는 것 싫으니까 제발 그런 소리 말어."

이상재는 아내를 살짝 안았다 놓고는 시계를 보며 집을 나섰다.

그의 뇌리에는 허미경이 떠올랐다. 이런 기회에 허미경을 강제로 끌고 내려가면 얼마나 좋을까 싶었다. 그 터무니없는 생각은 아내의 말 때문에 촉발된 것이었다.

"자네가 무슨 돈이 있어, 뻔한 월급쟁이 주제에 설렁탕에 쐬주 한잔이면 우리한텐 귀족 음식이지."

정치부장은 이상재가 사겠다는 불고기를 마다했다.

"출장비 두둑히 받았는걸요. 이런 때 목에 낀 때 좀 벗겨야죠."

"아니, 그 돈 아껴서 박 사장한테 불고기 대접해."

"예? 박 사장이라니……."

"포철 간다면서? 거기 사장이 누군지 몰라?"

이상재는 놀란 눈으로 권 부장을 바라보다가 입을 열었다.

"그 사람이 그 정돕니까?"

"응, 이 기자가 놀라는 것도 무리는 아닌데, 그 사람은 그럴 만한 가치가 충분히 있는 사람이야. 양심도 능력도 가치관도 흠 잡을 데 없이 완벽해. 자아, 술부터 한산하면서 얘기하자ㅏ."

이상재는 부장과 소주잔을 부딪치며 묘한 긴장과 흥미를 동시에 느꼈다. 기자라는 직업은 어쩔 수 없이 비판을 생리화시키게 마련이었다. 그런데 평기자도 아니고 부장에게, 그것도 사람 비판에 능한 정치부장에게 전폭적인 인정을 받고 있는 그 사람이 누구인지 촉수가 곤두서고 있었다.

"자아, 자네한테 한 가지 물어볼까? 박 통(박정희 대통령의 줄임말)이 최고회의 의장으로 앉아 민정이양을 몇 번씩 반복하다가 결국 '혁명공약'을 어기고 대통령이 됐고, 또 헌법까지 날치기로 통과시켜 3선개헌을 했을 때, 그때마다 최측근으로서 반대의사를 굽히지 않은 게 누군지 아나?"

"그 사람이 박태준이란 말입니까?"

답이 빤한 유도형 물음인데도 이상재는 놀라지 않을 수 없었다. 그리고 머리가 복잡하게 몇 가지 생각이 동시에 뒤엉켰다. 그건 사안의 성격으로 보나, 그 조직의 특성으로 보나 반대가 용납될 리 없는 일이었다.

"응, 그 사람은 국민과의 약속인 '혁명공약'을 어겨서는 안 된다고 주장했고, 더구나 국가의 기본법인 헌법을 마음대로 뜯어고친다는 건 있을 수 없는 일이라고 반대했던 거지."

"그래서 미움을 사 정치와 권력에서 멀어진 겁니까?"

"아니야, 그렇게 빨리 가지 말어. 오히려 그 반대야. 박 통이 정식으로 청와대 주인이 되자 그 측근들은 다투어 권좌를 차지하기에 정신이 없었는데, 그 사람은 미국 워싱턴대학으로 유학 갈 준비를 하고 있었어. 하도 이상해서 내가 굳이 찾아가 물어봤지. 지금 자네가 물은 것처럼, 미운털 박혀서 바다 건너 유배 가는 거냐고, 그랬더니 말없이 웃다가 하는 말이, 자기 혼자서라도 군대로 복귀하고 싶은데 그동안 정치판에서 순수한 군인정신을 너무 더럽혔기 때문에 그럴 수가 없다는 거야. 그래서 생각다 못해 새 길을 찾아 공부를 시작하기로 했다는 거였어. 그때 박 통은 공천 자리 하나를 비워놓고 그에게 고향에서 국회의원 선거에 출마하라고 종용하고 있었어."

"그런데, 그건 그렇다 치더라도 3선개헌을 반대하고 어떻게 무사할 수 있었나요? 김 모는 처음에 반대의사를 드러냈다가 중정에 끌려가서 반 죽게 당하고 나서 찬성에 앞장섰다는 건 아는 사람은 다 아는 소문인데……."

"그게 박 통의 사람을 보는 눈이지. 박태준이 끝까지 반대하며 찬성 서명을 하지 않는다는 보고를 받은 박 통의 한마디가 박태준이 어떤 사람인지 잘 말해 주고 있어. 내버려둬, 그 사람 원래 그런 사람이야, 했다는 거야. 박 통이 볼 때 박태준의 반대는 원리원칙에 입각한 순수성이랄까 진정성이 있는 반면에 김 모의 반대에는 정치적 야망이 들어 있다는 것을 간파한 거지. 하늘에 태양은 하나뿐이라는 말이 있잖아. 3선개헌을 작심한 박 통 앞에서 그 누가 감히 불순한 반기를 들 수 있겠어."

권 부장은 이상재가 따르는 술을 잘도 받아마시며 술술 이야기를 풀어나가고 있었다.

"예, 손에 쥐여준 국회의원을 마다한 박태준 씨니까 그 순수성이나 비정치성은 이해가 되는데요, 그 삶의 방식이나 태도가 별로 잘 어울리는 것 같지 않는 두 사람이 어떻게 조화랄까 관계가 유지되는 거지요?"

"음……, 그거 의문이 생길 만한 거로군. 그걸 한마디로 하자면 박 통이 쓸 만한 사람 하나 잘 만난 셈이지. 두 사람은 단순히 군대의 상관과 부하 관계 이전에 육사에서 스승과 제자로서의 인연부터 맺은 사이야. 우리나라의 그 특수한 사제지간의 정이라는 것 있잖아? 그걸 바탕으로 두 사람 사이는 깊어졌는데, 박 통이 그 사람을 얼마나 믿었는지 알아? 박태준을 쿠데타에 직접 가담시키지 않고 빼두었는데, 왜 그랬냐 하면, 쿠데타가 실패하는 경우 박 통 자신의 가족을 맡기기 위해서였다는 거야. 그건 박 통이 직접 한 말인데, 어찌 보면 박태준의 영광 같지만 실은 박 통의 행복인 거야. 사람이 한평생 살면서 그렇게 믿을 수 있는 사람을 갖는다는 게 어디 그리 쉬운 일이야? 내가 겪어본 바로는 박태준은 그렇게 믿어도 좋은 사람이야."

"그럼 그런 믿음으로 대한중석 사장도 시키고 포철 사장도 시킨 건가요?"

"그렇지. 아주 제대로 짚는군. 그런데 그 전에 맡은 또 하나 중책이 있었어. 한일회담을 효과적으로 진척시키기 위해 대통령 밀사로 일본에 특파되어 활동한 거지. 일본에서 대학을 다녀서 스승, 선배, 동창 등 지인들이 많았기 때문이야. 그런데 그때 남긴 에피소드가 또 희한한 게 있어. 일본에서는 우리 정부 쪽 인사들이 가면 으레 여자 대접을 했던 모양인데, 그 사람은 호텔 방으로 찾아든 여자를 단 한 번도 받아들이지 않은 유일한 사람으로 알려져 있어."

"그때 아주 젊은 나이 아니었던가요?"

"그럼, 젊다마다. 서른일곱, 여덟, 그런 나이였지. 자넨 그럴 자신 있어?"

"저는 아직 그 나이가 안 됐으니 잘 모르겠구요, 부장님이 해당되는데, 자신 있으세요?"

"하하하하……, 내가 걸려들었네. 두말하면 잔소리로 나야 대환영이었겠지. 술 다 끝났지? 이젠 밥 먹자구."

권 부장을 따라 이상재도 설렁탕에 깍두기 국물을 떠넣기 시작했다.

"그리고 아까 말한 대한중석 얘긴데, 그 대한중석이라는 게 이승만정권, 장면정권에서 내리 부정사건으로 정치적 말썽이 일어났잖아? 그게 왜 그랬냐 하면 중석이 황금알 낳는 거위로 정치자금의 홈통이었던 거야. 중석이 바로 텅스텐인데, 그게 전구의 필라멘트로 쓰인다고 우린 교과서에서 배웠잖아? 근데 그게 그보다 훨씬 중요하게, 우주 로켓에서 없어서는 안 될 재료라는 거야. 그래서 미국으로 전량 수출되는 달러박스였어. 그 돈을 손쉽게 정치자금으로 이용해 먹으니 주인 없는 그 회사 꼴이 어찌 됐겠어? 층층이 해먹느라고 정신없어 회사는 썩고 썩어 만년적자에 빠져 있었지. 박태준은 그런 회사를 맡아 1년 만에 흑자 회사로 돌려놓았어. 그 비결이 뭔지 알아? 사장으로 취임하자마자 채굴 현장으로 가서 1천 미터 이하의 갱 속으로 직접 들어간 거야. 전임 사장들이야 갱은 고사하고 현장에도 와보지 않았는데. 우스운 일은 그 다음에 벌어졌어. 박태준이 포철로 옮기고 신임 사장이 현장 시찰을 나왔지. 현장소장은 박 사장 때 했던 것처럼 신임 사장을 갱으로 들어가는 승강기에 태웠지. 그랬더니 어떻게 됐겠어? 신임 사장이 노발대발, 난리가 난 거야. 현장소장은 정반대의 상황 속에서 두 번 진땀을 뺀 거지. 박태준은 그런 사람이야."

"그럼 포철 준공을 기적이라고 하는 건 박태준을 모르고 하는 소리로군요?"

"그래, 그렇게 볼 수 있지. 박태준이 아니었으면 그 대역사가 이룩되지 않았을 것은 틀림없어. 포철에 관한 구체적인 것은 나도 잘 모르니까 현장에 가서 취재하도록 하고, 결론적으로 말해서 우리가 직접 철강을 생산한다는 것은 우리나라의 경제 형태와 산업의 길을 완전히 바꾸는 획기적 사건이야."

"부장님 말씀 듣고 나니 영 겁나는데요. 그렇게 철저하고 완벽한 사람을 대해본 적이 없거든요."

이상재는 이마의 땀을 훔치며 고개를 갸웃거렸다.

"아니야, 걱정할 것 없어. 사람 대하는 데 아주 부드럽고 예의 바른 분이야. 그 사람을 처음 보면 세 번 놀란다는 말이 있어. 가서 잘해봐."

권 부장도 턱밑의 땀을 훔치며 숟가락을 놓았다. 7월의 더위에 설렁탕은 땀 내기 좋은 식사였다.

"그게 뭔데요?"

"그걸 다 말해 버리면 싱거워지잖아. 이 기자가 가서 직접 느껴봐. 그런 사람이, 열은 너무 욕심이고 다섯만 있었어도 박 통이 부정부패로 야당 공세에 몰리지 않았을 텐데. 나라 꼴도 훨씬 더 나아지고 말야." 권 부장은 중얼거리듯 말하고는, "자아, 그만 가자구" 하며 몸을 벌떡 일으켰다.

"이거 봐, 부장을 뭘로 알고 이러는 거야. 그 돈 가지고 가서 쐬주나 한잔해."

권 부장은 정색을 하고 이상재를 밀쳐내며 자기가 밥값을 치렀다.

이상재는 그런 부장을 지켜보며, 저것이 선배 노릇인 것을 다시금 마음에 새기고 있었다.

"승객 여러분, 안녕하십니까. 오늘도 저희 ○○고속을 이용해 주셔서 감사합니다. 저희 버스는 목적지 포항까지 약 세 시간 삼십 분이 소요될 예정입니다. 승객 여러분들께서는 운행 중 안전을 위하여

한 분도 빠짐없이 안전벨트를 착용하여 주시기 바랍니다. 여러분의 편의를 도모하기 위하여 여기 식수가 준비되어 있음을 알려드립니다. 여행 중 혹시 불편한 점이 있으시면 언제든지 저를 불러주시기 바랍니다. 앞으로도 저희 ○○고속을 많이 애용해 주시고, 저희 ○○고속은 여러분의 안전하고 편리한 여행을 위하여 최선을 다할 것을 약속드립니다. 아무쪼록 승객 여러분들의 즐겁고 편안한 여행이 되시기를 바랍니다. 감사합니다."

이상재는 눈을 사르르 내리감은 채 여차장의 안내말을 귀담아 듣고 있었다. 이따금 들을 때마다 그 안내말은 신선하면서도 정다웠던 것이다. 따지고 보면 그 내용은 회사마다 비슷비슷하게 미리 준비된 것이고, 여차장들에게 거듭 연습시킨 것에 지나지 않았다. 그런데도 상투적인 냄새가 나지 않고 싫증이 나지 않는 것은 그 내용이 무척 겸손하고 친절하며, 여차장들의 목소리가 아나운서들처럼 지나치게 매끈하거나 세련되어 있지 않기 때문인지도 몰랐다. 또 고속버스의 운행이 얼마되지 않은 탓도 있을 거였다. 그전에는 기차에서 안내말을 들었을 뿐이다. 그런데 그 말은 얼마나 무뚝뚝하고도 불친절했던가. 거만하기까지 했던 철도원들의 태도는 독점 사업체의 전형이기도 했다. 그에 비하면 고속버스회사들이 보이는 겸손과 친절은 승객들을 흐뭇하게 해주었고, 더구나 기차보다 훨씬 빨리 달리는 시간 단축은 승객들을 흡족하게 만들었다. 승객들이 당연히 고속버스로 몰리는 바야흐로 '고속도로의 시대'가 본격화하고 있었다.

"선배님, 담배 태우세요."

옆에 앉은 사진기자의 말에 이상재는 앉음새를 고치며 눈을 떴다.

"고속버스는 탈 때마다 기분이 상쾌해요. 길이 쭉쭉 뻗어나간 것도 기분 좋지만 고속버스가 정말 시속 100킬로로 달리는 건 참 근사하거든요. 첨에 100킬로로 달린다는 말이 나왔을 때 사람들은 안 믿었잖아요."

사진기자가 담배연기를 날리며 정말 시속 100킬로미터의 속도감이 즐거운 듯 말했다.

"참, 포항까지 세 시간 반밖에 안 걸린다니 세상 많이 변했소. 근데, 고속버스들이 전부 외제 수입품이란 게 문제요."

"글쎄 말입니다. 값이 엄청나게 비싸다데요. 우리나라는 언제나 차를 만들 수 있을지 모르겠어요."

"아직 한참 기다려야 할 거요. 이제 철강이 대량으로 생산될 단계에 접어들고 있으니까."

"지금 가는 포철에서 말입니까?"

이상재는 담배를 빨며 고개를 끄덕였다.

"쇠 만드는 회사에 이렇게 특별취재를 가야 할 만큼 중요한 건가요?"

사진기자는 고개를 갸우뚱했다.

"그게 말이오……, 나도 자세하게는 따져보지 못했는데……, 대충 생각해 본 것만으로도 중요하긴 중요해요. 우리가 별 관심을 두지 않아서 그렇지 우리 생활 속에서 쇠가 쓰이는 곳이나 쇠가 쓰이는 물건들을 살펴보면 쉽게 알 수 있소. 우선 어느 집에나 다 있는 스텐 숟가락이나 그릇들, 텔레비전이나 냉장고, 선풍기 같은 가전제품 전부, 모든 공장에서 돌아가는 크고 작은 온갖 기계들, 큰 건물이나 아파트 같은 것들을 지을 때 뼈대가 되는 철근들, 교량이나 도로를 건설할 때 없어서는 안 되고, 벌써 몇 년 있으면 '마이카 시대'가 온다고 야단인데 자동차는 쇳덩어리와 다름없고……, 그걸 다 세자면 끝도 없는데, 지금까지 우리는 그렇게 필요한 철강을 거의 수입해서 쓰지 않았소? 그런데 우리가 직접 만들어 싼값으로 쓰면 비싼 수입품에 비해 그 차액만도 얼마나 이익이겠소. 그건 기본적인 것이고, 더 중요한 것은 철강 생산을 계기로 우리나라 중공업이 획기적으로 발전하면서 그야말로 농업국에서 공업국으로 바뀌게 되는 것이오. 다시 말하면 값싼 노동력으로 보세가공이나 해먹던 신세에서 벗어나 값비싼 공산품을 수출하는 나라가 된다 그거요. 더 자세히는 모르겠으니까 이쯤 해둡시다."

"예에, 그 말 듣고 보니 내가 갖고 있는 카메라들도 거의가 쇳덩어리로군요. 그러고 보면 볼펜이고 만년필이고 이 라이타까지 쇠가 안 들어가는 데가 별로 없어요. 참, 오늘 무식 면하네요."

사진기자는 새삼스럽게 손에 쥔 라이터를 들여다보았다.

"전에 박태준 씨 찍어본 적 있소?"

"아아니요. 초짜 때 그런 거물 찍을 기회가 오나요. 몇 년 기고 나니 인제 겨우 얻어걸린 거지요. 선배님도 처음이죠?"

"서로 같은 형편이니까 어디 이번에 잘해봅시다."

그들은 손을 마주잡았다.

고속버스는 안락하면서 묵직한 승차감을 주며 줄기차게 질주해 대고 있었다. 고속도로는 들판을 무지르고 야산들을 동강 내며 넓고 곧게 뻗어나가고 있었다. 왕복 4차선 도로에는 고속버스와 트럭들이 여유롭게 간격을 띄우며 거침없이 달리고 있을 뿐 몸집 작은 승용차들은 드문드문했다.

"아저씨, 포철 좀 가주세요."

사진기자가 먼저 택시에 오르며 눈치껏 자기가 할 일을 찾고 있었다.

"포철예? 글하입시더."

택시운전수는 익히 잘 아는 길이라는 반응을 보이며 차를 출발시켰다.

"포철 덕에 포항이 좀 좋아졌습니까?"

이상재가 불쑥 말을 꺼냈다. 취재 시작인 셈이었다.

"쪼매 살기 좋아졌지만도 그거로 어디 배가 차겠는기요. 앞으로 쇳물이 좍좍 쏟아져야 돈이 굴러들 판인께네 좀더 기다려야 되겠지예."

운전수는 지체 없이 대꾸했다.

"포항시민들은 포철 들어선 걸 좋아하나요?"

"두말하믄 잔소리지러. 우리보다 먼저 개발된 울산, 마산을 얼매나 부러바했다꼬요. 두고 보이소. 앞으로 몇 년 안 가 울산사람들이 우리를 올려다볼 낀께네."

"그럼 박태준 사장도 좋아하겠군요?"

"좋아하는 정도가 아니라요. 다 은인으로 생각하고 있는기라요. 그 양반 참 세상에 둘도 없이 기맥힌 분임더. 그 양반 아니였으믄 포철 못 세웠을 끼라요. 사장이 직접 작업복 입고 멫 년이고 모래바람 뒤집어쓰면서 현장에서 묵고 자고 허는 일이 이 세상에 어데 있는교. 이 포항사람들은, 얼라들까지도 그 양반 고생한 것 다 안다 아닙니꺼. 그 양반은 인물 중에 인물이고 애국자 중에 애국짠기라요."

"아주 열렬한 지지자로군요."

"보소, 댁은 누군교?"

"신문기자예요."

사진기자가 대꾸했다.

"하이구야 신문기자! 어째 요상타 했드마는. 내가 말실수 안 했는가 모리겠네. 어쨌든 잘 써주이소. 저게 저 앞에 보이는 기 포철임더."

포철 정문에서 택시를 내린 이상재의 눈에 들어온 것은 하늘을 찌를 듯이 드높이 솟은 하나의 철탑이었다. 복잡한 시설로 얽혀 있는 그 철 구조물은 사진으로 보아온 로켓 발사대를 연상시켰다. 푸른 하늘을 배경으로 솟아 있는 그 철탑은 이 공장이 보통 공장들과는 다르다는 것을 말해 주는 듯했다.

"아저씨, 저기 저게 뭐지요?"

사진기자가 수위에게 물었다.

"저게 바로 고로지요, 고로. 저 용광로에서 쇠가 만들어지지요. 저게 돈덩어리고 보물단지라구요. 신문사에서 오셨으면 저 위에 올라가서 구경하게 되겠지요. 저걸 만드느라고 애들 많이 먹었어요."

수위는 마치 기다리기라도 한 것처럼 신분증을 살피다 말고 친절하게 응답했다. 그의 어조며 얼굴에는 자랑스러워하는 기색이 역연했다.

자신의 짐작이 맞는 것을 확인하며 이상재는 그 거대한 철탑을 다시 바라보았다. 하늘에 솟은 용광로……, 저기서 강철이 만들어진다……. 이런 생각과 함께 처음 보았을 때의 생소함이 가시며 난생처음 제철공장에 왔다는 것을 실감하고 있었다.

"인류의 근대사는 강철과 함께 열렸다고 해도 과언이 아니다. 누가 더 강철을 잘 지배하고 활용하느냐에 따라 국가적 발전과 성쇠가 좌우되었다."

어느 책에선가 읽은 것이었다. 국가적 발전과 성쇠가 좌우되었다는 것은 각종 기계와 무기를 말하는 것이었다. 근대적 대량 생산을 하는 기계치고 쇠 아닌 것이 없었고, 전쟁에 동원되는 무기치고 쇠 아닌 것도 없었다. 한국은 뒤늦게나마 그런 쇠를 대량으로 만들어내게 되었다는 것이다. 포항종합제철 준공을 기념하기 위해 서울 한복판인 광화문 네거리에 대형 아치를 설치할 만도 하다고 이상재는 되짚고 있었다.

"홍보실에서 나온다니까 잠깐만 기다리세요."

수위가 신분증을 내주며 말했다.

"저게 도대체 몇 미터나 될까요?"

사진기자가 담배를 빼물며 이상재를 쳐다보았다.

"예, 105미텁니다."

수위가 대뜸 대답했다.

"하, 105미터! 아저씬 그저 척척인 게 아주 전문가군요."

사진기자가 수위를 보며 정답게 웃었다.

"웬걸요. 서당개 3년이라고 그저 들은 풍월인걸요. 전문가들이야다 저 안에서 눈코 뜰 새 없이 일하고 있지요. 저 고로의 불은 1년 365일 꺼져서는 안 되니까요."

수위는 내친김에 한 번 더 유식을 자랑하고 싶은 듯 말했다.

"정말 서당개 3년인데요."

사진기자가 이상재에게 속삭였다.

"그러게 말이오. 회사에서 기본교육을 시키는지 어쩐지……."

이상재는 그 사실을 인상적으로 마음에 담으며 고개를 끄덕였다.

그때 저 안쪽에서 검정 지프가 빠르게 달려오고 있었다.

"저기 저 찝차 나옵니다."

어서 탈 준비하라는 듯 수위가 목청을 높였다.

이상재는 지프에서 내린 사람에게 명함을 내밀며 찾아온 용건을 말했다.

"예, 차에 타시지요. 여기서는 안전사고 예방을 위해서 특히 외부인은 걸어다니시지 않게 하고 있습니다. 거리가 너무 멀기도 하고요."

젊은 직원은 깍듯하게 예의를 갖추며 말했다.

지프가 아스팔트길을 달리기 시작하자 이상재의 긴장된 눈길은 밖으로 쏠렸다. 안으로 들어갈수록 그곳은 공장이라기보다는 넓고 넓은 벌판이었고, 아직도 건설 공사가 계속되고 있는 현장 같은 인상이었다. 아스팔트는 최소한 작업에 필요한 만큼만 깐 듯 큼직큼직한 규모의 공장건물들 옆에는 그대로 흙이나 모래밭이 드러나 있었다. 그러니 공장이 없는 넓은 땅들은 더 말할 것 없이 버려진 황무지 같았다.

"아직 공사가 덜 끝난 겁니까?"

이상재는 조심스레 입을 뗐다.

"아닙니다. 제1고로는 완성됐고, 제4고로까지 공사가 계속 추진되고 있습니다."

"아, 예. 그래서 저 빈터들이 저렇게 많이 남아 있는 모양이군요?"

"예, 그렇습니다. 4기까지 완성되려면 앞으로 몇 년이 더 걸릴지 모릅니다."

"그럼 준공식이란 게……, 너무 빠른 것 아닙니까?"

……잘못된 것 아닙니까? 하고 나오려는 말을 얼른 바꾸었다. 이상재는 이미 취재를 시작하고 있었다.

"아닙니다. 그건 좀 잘못 생각하는 겁니다. 제1고로가 완성된 제1기 공사까지가 가장 중요하고 절대적인 의미를 가지고 있습니다. 왜냐하면 제1기 공사를 완결하는 단계에서 이미 제4고로까지 세울 수 있는 부지 공사를 완료했고, 제철에 필요한 각종 공장을 21개 완성했으며, 그에 따른 기반시설을 다 갖추었습니다. 그래서 연산 103만 톤 생산 능력의 종합제철소를 처음 계획대로 완성시킨 겁니다. 여기에 투입된 돈이 1억 7천8백만 달러고, 그 액수는 경부고속도로 건설비 두 배에 달합니다. 그 토대 위에서 제2고로부터 제4고로까지는 세워질 테니까 제1고로 준공이 그 의미가 절대적이라는 겁니다. 경부고속도로 건설을 단군 이래 최대의 토목공사라고 했지만 포철 건설이야말로 한반도 유사 이래 최대의 설비공사가 아닐 수 없습니다. 우리는 그동안 수없이 한강의 기적이라고 말해 왔습니다. 그 막연했던 말의 주인공이 바로 포철이 아닐까 합니다. 두고 보십시오. 오늘의 포철을 탄생시킨 박태준 사장님과 포철은 반드시 이 나라 경제건설의 주인공으로 남게 될 것입니다. 이거 죄송합니다. 말이 너무 길어졌습니다. 저는 전문가가 아니니까 차차 전문가한테 자세히 들으시지요."

사진기자가 이상재의 허벅지를 질벅했다. 입을 반쯤 벌린 채 어이없다는 표정을 짓고 있는 그의 얼굴에는, 전문가 노릇 다 해놓고 무슨 소리냐는 뜻이 담겨 있었다. 이상재도 동감이어서 약간 고개를 끄덕이며 미소지었다.

"공대 출신이 아니신가요?"

이상재가 물었다.

"예, 저는 상대 출신입니다. 여기서는 기죽어야 하는 신세지요."

그는 소리 내 웃었는데, 그 웃음소리는 기죽은 기색 없이 유쾌하기만 했다.

"저어……, 죄송합니다만, 아까 하신 말은 혹시……, 교육을 통해서……."

이상재는 조심조심 말을 이었고,

"아, 예. 반반입니다. 전반의 건설 관계는 교육을 통해 습득한 거고, 후반은 저의 확신입니다."

자신에 찬 그의 응답이었다.

"예, 그리 됐으면 좋겠습니다."

수위에서부터 사원까지 어떤 자긍심에 차 있는 것을 느끼며 이상재는 이렇게 예의를 차렸다. 그런데 그 직원의 말이 괜한 큰소리거나 과장으로 들리지 않는다는 점을 그는 깨닫고 있었다.

"다 왔습니다. 내리시지요."

안내한 직원의 간략한 설명을 듣고 간부가 이상재를 맞이했다.

"어서 오십시오. 먼길 오시느라고 수고 많으셨습니다. 그런데 먼저 양해를 구할 일이 있습니다. 박 사장님께서는 오늘 저녁에 외국 기술자들과 긴급 회의가 있어서 벌써 나가셨습니다. 천상 내일이나 뵙게 되실 것 같은데요."

"예, 오늘은 너무 늦어서 저희도 일정을 그렇게 잡고 있었습니다. 번거로우시겠지만 우선 자료들을 좀 주실 수 있으신지……."

"예, 저기 준비해 놨습니다."

간부가 소파에서 일어서는데 아까 그 사원이 큰 봉투를 민첩하게 내밀었다.

"피곤하시겠지만 이걸 좀 읽어보시면 대체적인 것은 파악이 되지 않을까 싶습니다. 그리고 사장님은 내일 최대한 빨리 뵙도록 노력하겠습니다만, 일정상 오전이 어려우면 공장 둘러보시는 것을 오전으로 돌리고자 합니다. 언제 올라가실 것인지, 괜찮으실지요?"

"예, 좋습니다. 저희는 모레 오후에 상경할 예정입니다."

"예, 그럼 시간이 촉박하지는 않겠군요. 저희 사무실 일과는 9시에 시작입니다."

"고맙습니다. 내일 다시 뵙겠습니다."

다시 지프를 타고 정문까지 나왔다.

"이 회사사람들 되게 친절하고 겸손하지 않아요? 질서가 딱 잡힌 것 같고요. 잘될 것 같고, 괜찮은데요."

그동안 말을 많이 참았다는 듯 정문을 등지며 사진기자가 말했다.

"사장이 빈틈없는 원리원칙주의자라니까 회사가 그 정도는 돼야 하지 않겠소. 내 느낌에도 회사가 잘될 것 같소."

이렇게 대꾸하며 이상재는, 내가 너무 한쪽으로 쏠리고 있지 않은가 생각했다.

"근데 말이죠. 아까 말한 1억 7천 얼마 딸라라는 게 우리나라 돈으로 치면 도대체 얼마죠? 계산도 안 되게 어마어마한 돈인데, 그 많은 돈 들여 공장 지어서 본전 뽑을 수 있을까요?"

"글쎄, 나도 확실히는 모르겠는데, 준공식 때 난 기사들을 보니까 우리나라의 연간 철강 수입액이 8천만 딸라를 이미 넘었고, 그 액수는 해마다 증가일로에 있어요. 포철에서 생산하는 것으로 그걸 충당할 수 있게 된다면 본전만 뽑는 게 아니라 국가적으로 큰 이익까지 볼 수 있을 거요. 장기적으로 볼 때 포철은 잘 세운 것 같소."

"그렇게만 된다면 좋지요. 외국 것 수입해다 쓰면 다 남 좋은 일

시키고 마니까요. 우리가 만들어 쓰면 그만큼 이익이 많이 남는 거 잖아요. 택시 잡아야 되겠지요?"

"그럽시다."

사진기자는 저녁밥에 곁들인 소주 한 병으로는 아쉬운 기색이었지만 이상재는 아까 받은 큰 봉투를 들어 보였다. 그는 사진기자의 코고는 소리를 배경음악으로 들으며 12시가 넘도록 봉투에 든 인쇄물들을 다 읽었다. 그리고 사장과 인터뷰할 것들을 메모했다.

"죄송합니다. 어제 말씀드린 대로 미리 잡혀 있는 일정 때문에 사장님은 오후에 만나셔야 될 것 같습니다. 오전에는 공장시설을 먼저 돌아보시는 게 어떠실지요. 그러면 전체를 파악하시는 데도 도움이 되실 거구요."

어제 그 간부가 정중하게 말했다.

"예, 저도 어제 주신 자료를 다 읽어보고 그런 생각을 했습니다."

이상재는 선뜻 동의했다. 그건 예의를 갖추려는 것이 아니라 먼저 시설을 보고 나면 인터뷰가 더 구체적으로 이루어질 것 같다는 생각을 했던 것이다.

"아니, 그걸 다 읽으셨다구요? 그럼 잠이 영 모자라시겠는데요."

간부는 놀라는 기색으로 환하게 웃었다. 그 얼굴에 호감이 피어나고 있었다.

"아니 뭐, 대충 읽은 겁니다."

이상재는 겸손하게 웃음지었다.

그 간부는 직접 안내를 맡고 나섰다. 검정 지프는 크기가 엄청난 공장들을 향해 달리기 시작했다.

"처음에 보실 것이 우리 포철에서 최초로 건설된 후판공장입니다. 자료에서 보셨다시피 우리 포철은 고로를 세워 제선하고 제강하고 압연하는 전방방식이 아니라 그 반대로 압연, 제강, 제선공장을 건설해 나가는 후방방식을 택했습니다. 왜냐하면 신설회사지만 고로의 완공과 관계 없이 조기에 철강제품을 생산하여 시장에 판매하기 위해섭니다. 국제 철강시장에서 반제품인 슬래브를 구입해 압연 처리를 거쳐 완제품을 만들어내서 시장에 판매하면 막대한 건설비를 줄여나갈 수 있는 효과가 생기는 동시에 국내의 철강 부족현상을 완화시키는 이중효과를 얻을 수 있기 때문입니다. 이 후판공장은 제1고로가 완공되기 꼭 1년 전부터 완제품을 생산해 낸 포철의 효자입니다. 첫 출하된 62톤의 후판은 호남정유의 오일 저장탱크 제작에 사용되었습니다."

간부는 얼굴에 홍조가 띠도록 신명나게 설명해 나갔다.

"그럼 작년 이맘때부터 이익을 냈다는 말이로군요."

"그렇습니다. 공장 건설을 하면서 돈을 벌어들인 그 특이함이 포철의 자랑이라면 자랑입니다. 자, 누구나 이 안전모를 써야 합니다."

차가 멈추기 직전에 간부는 백색 안전모를 하나씩 내밀었다.

공장 안으로 들어선 이상재는 순간적으로 압도당하고 말았다. 천장 드높은 공장, 어마어마하게 크고 구조 복잡한 기계들, 산더미처럼 쌓여 있는 사각진 쇳덩어리들, 기계들이 돌아가는 겹겹의 굉음, 그 모든 것은 난생처음 대하는 것들이었다. 그는 갑자기 자신이 조그맣게 졸아드는 것을 느끼고 있었다.

"이게 바로 반제품인 슬래브입니다. 이 쇳덩어리에 열을 가해 압연 처리를 하면서 용도에 따라 여러 가지 두께로 철판을 뽑아 완제품을 만들어냅니다."

간부가 가리킨 슬래브란 두께가 한 뼘이 훨씬 넘고 넓이가 큰 책상만한 네모진 쇳덩어리였다.

그런데 장관은 그 검은 쇳덩어리들이 고열 처리를 거쳐 시뻘건 불덩어리로 변한 다음 거대한 압연기에 눌려가며 얇으면서 길고 긴 판자처럼 변해가는 과정이었다. 시뻘건 쇳덩어리는 자동으로 작동되는 압연기에 눌려 앞뒤로 이동을 되풀이하면서 얇아지고, 그때마다 쇠를 식히기 위해 분사되는 물로 증기가 하얗게 피어오르고는 했다.

7월의 바깥 날씨도 더웠지만 공장 안의 후끈거림은 그대로 숨이 막힐 지경이었다. 그럴 수밖에 없는 것이 고열로 달구어진 시뻘건 쇳덩어리들이 계속 열을 내뿜는 데다가 쉴새없이 솟는 증기까지 열을 내뿜고 있었다. 그런데 그 살인적인 무더위 속에서 하얀 안전모와 황색 작업복, 그리고 군화 모양의 빨간 작업화를 신은 기술자들이 묵묵히 일을 하고 있었다. 이상재는 그들을 지켜보면서 가슴이 뭉클해졌고 마음이 숙연해지는 것을 느꼈다. 그리고 덥다는 생각도 들지 않았다.

"수고하셨습니다. 너무 더우셨죠?"

공장을 나서며 간부가 물었다.

"아닙니다. 저 속에서 일하시는 분들도 있는데요, 뭘."

사진기자가 안전모를 벗고 이마의 땀을 훔치며 씩 웃었다.

"사진은 많이 찍었습니까?"

"예, 충분히 찍었습니다. 제철공장이 이렇게 어마어마할 줄은 몰랐습니다."

사진기자는 흡족하게 웃었다.

"저분들은 하루 몇 시간씩 일합니까?"

이상재는 차에 올라 물었다.

"1일 3교대, 여덟 시간씩입니다."

"여덟 시간……, 참 너무 애들 많이 쓰고 있습니다."

이상재는, 월급은 많이 줍니까 하는 말이 나오려고 했지만 말을 바꾸었다.

"예, 저 사람들이야말로 진짜 산업전사고, 포철의 보석이라 할 수 있습니다. 사장님께서도 저 사람들을 가장 아끼고 사랑하십니다."

"그런데 말입니다, 어떻게 기술자들 중에 외국사람은 하나도 안 보이고 전부가……."

"아 예, 참 유심히 보셨군요. 지금 포철의 모든 생산라인에는 외국 기술자들 없이 우리나라 기술자들만 일하고 있습니다. 이것을 우리는 '기술자립'이라고 부르는데, 종합제철을 완공한 첫해부터 이렇게 되는 것은 후발국으로서는 세계 최초의 일일 것이고, 이것이 포철의 또 하나 자랑거리입니다. 지금 현재 포철은 세계 수준의 기술자들을 600명 확보하고 있습니다. 이렇게 기술자립을 하기까지는 지난 68년부터 6년 세월을 바쳤고, 500만 달러를 투자했습니다. 다시 말하면 사장님께서는 70년에 공장을 건설하기 전에 벌써, 그러니까 회사를 창립하고 부지 공사를 시작함과 동시에 기술자립을 위해 유능한 사람들을 뽑아 외국 철강회사에 기술연수를 보내기 시작했습니다."

"그건 참 선견지명이 있는 일인데요."

이상재는 열심히 메모를 하며 고개를 끄덕였다.

"예, 제가 이렇게 말하는 건 주제넘지만, 사장님께서는 탁월한 혜안과 출중한 능력을 갖추신 분이시지요. 기술 후진국일수록 기술 식민지가 될 위험에서 빨리 벗어나야 된다고 늘 역설하셨습니다. 특히 우리나라는 경제자립을 위해 종합제철이 꼭 필요한 형편에서 삼무(三無) 난관이 있다고 했습니다. 자본이 없고, 기술이 없고, 자원이 없는 게 그것입니다. 그 세 가지 절대요소를 모두 외국에 의존해야 되는데 관리 능력마저 외국사람들에게 의존한다면 영원히 기술식민지 상태에 빠져 종합제철공장은 세우나마나가 된다는 것이었습니다. 백번 맞는 말씀인데, 건설자금을 아직 확보하지 못한 불안한 상태에서 기술자들 연수를 보내느라고 사장님께서 참 고생 많이 하시고 고통 많이 당하셨지요."

간부의 목소리가 떨리는 듯 변했다.

"완공과 동시에 기술자립을 이루었다면 해외연수가 절대적 효과를 냈다는 것인데, 아무런 경험이 없는 상태에서 연수만으로 그게 가능한 일입니까?"

"예, 그게 그러니까……, 정신무장과 굳은 각오로 가능했던 것입니다. 연수를 보낼 때를 생각하면 참 눈물겹기도 한데, 사장님께서는 연수생들을 떠나보내기 전에 꼭 직접 정신교육을 시켰습니다. 우리나라 경제 사정, 산업 전반에 있어서의 철강의 중대성, 기술자립의 필요성, 철강기술인의 사회적 사명 등에 대해 교육하시면서 특히 이 이야기를 강조하셨습니다. '패전 직후 일본에서는 선진기술을 습득하기 위해서 여러 분야에 걸쳐 미국에 기술자들을 연수를 보냈다. 그런데 미국 기술자들은 자기네 일만 할 뿐 냉담하리만큼 아무 기술도 가르쳐주지 않았다. 일본 연수생들은 미국 기술자들의 등뒤에서 그저 눈치껏 그들이 일하는 것을 보고 익혔다. 그리고 그들은 저녁에 숙소에 돌아오면 기계와 기술에 대하여 보고 느낀 것을 세세하게 기록했다. 또한 그들은 아침에 일어나 제일 먼저 공장에 출근했다. 그리고 공장과 기계들을 깨끗이 청소하고, 작업 준비까지 다 해놓았다. 미국사람들은 처음에 이상하게 생각했다. 그러나 일본 연수생들은 날마다 그 일을 되풀이했다. 그러자 한 달이 못 되어 미국사람들의 태도가 달라지기 시작했다. 친절해졌고, 기술을 가르쳐주기 시작했고, 자기들만 보던 도면을 함께 보았고, 마침내는 잊어버린 척 캐비닛을 열어놓고 식당에 가거나 퇴근하기도 했다. 이렇게 해서 6개월이나 1년 만에 돌아온 일본 연수생들은 완전히 새로운 기술자가 되어 있었다. 여러분의 어깨에는 이 나라의 장래가 걸려 있다. 우리는 이제 그만 가난에서 벗어나야 하는데 그 지름길이 여러분의 손에 달려 있다. 무슨 수를 써서든지 신기술을 샅샅이 배워 와야 하고, 그러기 위해서는 여러분은 최선을 다해야 한다.' 사장님은 이렇게 말씀하시곤 했는데, 그건 교육이라기보다는 눈물겨운 당부였고 가슴 저린 애원이었습니다. 연수생들은 그 말씀을 충실히 따랐고, 그들은 돌아와서 다른 사원들에게 새 기술을 가르치는 교육자 노릇까지 했습니다."

"예, 그랬었군요. 그들은 주로 어디로 갔었습니까?"

"일본, 미국, 그리고 독일, 호주까지, 필요한 기술이 있는 데는 어디든 다 보냈습니다. 예, 저기가 제강공장입니다. 제강공장이란 각종 원료를 배합해 고로에서 만들어진 쇳물을 이쪽으로 운반해 다시 열을 가하면서 불순물을 제거하여 양질의 강철을 만들어내는 과정입니다."

이상재는 제강공장에서 다시 압도되고 있었다. 쇳물을 담은 쇠항아리의 크기도 어마어마한 데다가, 그것이 크레인에 매달려 이동하다가 불덩어리인 다른 쇠항아리와 입을 맞추듯 하며 쇳물을 쏟아내는데, 두 개의 거대한 쇠항아리가 천천히 기울어지며 시뻘건 쇳물을 쏟아내고 받는데, 단 한 방울도 밖으로 새거나 튕기는 것이 없었다. 그건 완벽한 시간의 일치로 이루어지는 일인데, 만약 1초라도 시차가 생기는 경우에는 쇳물이 바닥으로 쏟아질 판이었다. 그렇게 엄청나게 큰 기계들이 있다는 것도, 그런 기계들을 그렇게 정확하게 조작한다는 것도 법대 출신인 이상재로서는 상상하기가 어려웠다. 그는 팥죽땀이 줄줄 흐르는 숨막히는 무더위 속에서 더운 것도 느끼지 못한 채, 우리나라가 정말 공업국이 되었구나!

하는 실감과 함께 가슴 뿌듯함을 느끼고 있었다.

이상재는 또 황색 작업복을 입은 기술자들을 눈여겨보며 제강 공장을 나왔다.

"이제 끝으로 보실 게 저쪽에 솟은 고로입니다."

"끝으로? 다른 공장들이 아직 많은데요?"

목에 걸었던 카메라를 벗다가 사진기자가 의아해했다.

"아 예, 그 세 공장은 핵심이고 다른 공장들은 유사한 작업을 하거나 부속시설을 한 공장이니까 안 보셔도 됩니다."

고로를 올라간다는데, 두 사람은 엘리베이터로 안내되었다.

"워낙 높으니까 안전과 편의상 엘리베이터 설치는 필수적입니다."

간부가 그들의 궁금증을 풀어주듯 말했다. 두 사람은 연달아 고개를 끄덕였다.

"여기가 70미터 지점입니다. 내리시지요."

엘리베이터를 내려 밖으로 나서자 그대로 허공이었다. 눈 아래로 공장들이 납작했고, 포구 저쪽으로 푸르른 바다의 한자락이 손에 잡힐 듯했다.

"조심해서 건너십시오."

간부가 쇠판으로 얽어진 다리를 건너려고 앞장서며 말했다.

이상재는 다리가 너무 허술한 것처럼 느끼며 눈앞이 아찔해지고 다리가 후들후들 떨리고 있었다.

"선배님, 아래 내려다보지 말고 걸으세요. 알고 보니 겁이 많으시군요."

이상재를 뒤따르고 있는 사진기자의 말이었다.

"이 사람아, 겁은 무슨. 당신이나 카메라 안 떨어뜨리게 조심해."

이상재는 자신의 속을 들켜버린 것이 창피해 턱없이 큰소리를 질렀다.

고로도 끔찍스럽게 큰 데다가 복잡하기 이를 데 없이 수많은 부속물들이 얽히고설킨 기계였다. 그리고 화끈거리는 열기와 함께 기계 작동음이 윙윙윙윙 쉴새없이 울리고 있었다.

"이 용광로에, 저 아래서부터 연결된 콘베어 벨트를 타고온 철광석 코크스, 석회석이 일정한 비율로 섞여 들어가서 그 귀한 쇳물을 만들어내는 겁니다. 그런데 그 3대 원료 중에서 우리나라에서 나는 건 석회석뿐입니다. 아니 또 한 가지가 있긴 합니다. 이 용광로 안은 고열에 강한 내화벽돌로 두껍게 차단막이 형성되어 있는데, 그 내화벽돌이 국산입니다. 그러니까 말입니다, 이 고로가 바로 포철의 심장이고 꽃입니다."

간부가 기계 소음을 이기려고 큰소리를 지르며 말했다. 그런 그의 얼굴에는 어떤 만족감과 자랑스러워하는 느낌이 가득했다.

"예, 참 대단합니다, 굉장해요. 포철의 심장이고 꽃이라는 말이 아주 멋지고 잘 어울립니다."

이상재는 거대하고 복잡한 기계를 올려다보고 고개를 끄덕거리고, 이리저리 살피며 고개를 갸웃거리고 하면서 이렇게 응답하고 있었다. 그의 큰 외침은 그대로 감탄이었다.

"자아, 끝으로 이것을 한번 보시고 내려가시지요. 이것이 화입구입니다. 이 구멍을 통해 안에 불을 붙이는 것입니다. 자아, 한번 보세요."

이상재는 유리로 차단된 작은 구멍에다 눈을 가까이 댔다. 저 멀리 안쪽 깊이로 붉고 노랗고 푸른 불길이 쉭쉭쉭 소리를 내는 느낌으로 세차게 뻗치고 뒤엉키며 휘돌고 있었다. 그건 불길의 현란한 용솟음이고 화려한 춤이었다. 저 불길 속에서 쇠가 만들어진다면 저걸 창조의 불길이라고 해야 할까……, 이런 생각을 하며 그는 천천히 눈을 뗐다.

"예, 수고하셨습니다. 그만 내려가실까요."

간부가 앞장섰다. 불길의 잔영이 아직 남아 있어서 이상재는 다리를 건너면서 아까보다 더 굼뜨게 더듬거리며 발을 옮겨놓고 있었다. 사진기자는 그때까지 바닥에 무릎을 대고 사진기를 치올리고 있었다.

"저 화입구를 통해 고로에 불을 붙이고 20시간쯤 지난 뒤에 첫 쇳물이 나오게 되어 있습니다. 그것을 출선이라고 하는데, 첫 쇳물이 황금빛으로 터져나오지 않고 검은 죽이 되어 나오거나 아예 안 나오면 그땐 종합제철 건설은 수포로 돌아가는 것입니다. 그런 일은 후발국에서 빈번하게 일어나는 겁니다. 그래서 사장님께서는 저기에 당길 불씨도 경건하게 태양열에서 채취했고, 그 원화로 불이 당겨 고로가 가동된 이후 첫 출선이 될 때까지 우리 포철맨들은 모두 하나같이 기도하는 마음으로 기다렸습니다. 예, 흔히 '기도하는 마음'이라는 말을 쓰는데, 저는 제 인생에서 처음으로 그때 정말 기도하는 마음으로 한숨도 자지 못했습니다. 일개 직원인 제가 그랬을 때 모든 책임을 지고 계신 사장님 마음은 어떠했겠습니까. 첫 쇳물이 황금빛으로 터져나왔을 때 모든 직원들은 만만세를 부르고……."

그 간부의 목소리는 또 떨리는 듯 잦아들더니 그는 말끝을 맺지 못하고 고개를 들어 엘리베이터 천장을 바라보았다.

이상재는 그의 목이 메는 감격을 알 것 같아 가만히 고개를 끄덕였다. 이상재의 뇌리에는 어제 자료에서 본 사진 한 장이 선명하게 떠올랐다. 작업복을 입은 사장과 사원들이 첫 출선을 기뻐하며 만세를 부르고 있는 장면이었다.

이상재는 공장을 나서며 고로를 돌아보았다. 거리가 가까워 고개를 한껏 뒤로 젖혀야 했다. 그때 문득 떠오르는 것이 있었다. 불기둥! 불길 활활 타는 고로를 품고 있는 그 드높은 철탑이 그대로 불기둥으로 느껴졌다. 그리고, '그래, 저 불기둥은 우리 산업의 길을 바꿀 것이다' 하는 생각을 했다. 그건 진정한 바람이기도 했고, 믿음이기도 했다.

"많이 더우시지요?"

간부가 차에 오르며 미안해하는 웃음을 지었다.

"아닙니다. 우린 구경일 뿐인걸요."

이상재는 진심으로 응답했다.

"예, 그렇게 이해해 주셔서 고맙습니다. 그럼 점심 식사 시간까지는 아직 시간이 남았으니까 이번에는 덥지 않은 데를 좀 구경하도록 하시지요."

차가 멈춘 곳은 공장지대에서 조금 멀리 떨어진 어떤 단층 건물

앞이었다.

"이것이 유치원입니다."

"유치원이라니요?"

"직원 아이들을 위해 2년 전에 지은 것입니다. '열심히 일하라고
요구하지 말고 먼저 열심히 일할 수 있는 여건을 만들어라' 하는
사장님의 경영론에 따른 것입니다. 이 둘레에 심은 나무 한 그루,
한 그루도 다 사장님이 고르신 겁니다."

나무로 에워싸인 상앗빛 유치원은 마치 어떤 별장 같았다. 말끔
하게 치장된 유치원 안은 고즈넉했다. 유치원이 파해 아이들이 돌
아가고 없는 탓이었다.

"아, 이거 한발 늦었군요. 애들을 한 장 찍어야 하는 건데."

사진기자는 사진기를 보며 아쉬워했다.

"내일 오후에 가신다면서요. 내일 아침에 찍으시죠, 뭐."

간부의 말에 사진기자는 자기의 이마를 치며 웃었다.

장난감처럼 앙증맞은 책상과 걸상, 한의원의 약서랍처럼 짜인 작
고 예쁜 사물함, 온갖 장난감들과 실내 놀이기구들, 이상재는 동화
나라를 여행하는 것처럼 묘한 기분에 젖어들며 그 완벽한 시설들
을 유심히 살펴보았다.

"직원들이 자꾸 늘면서 인근 국민학교들의 학생 수용이 한계에
다다라 곧 국민학교도 세울 예정입니다."

"아니, 학교를 직접 운영한단 말입니까?"

"예, 정식 인가를 받아 직접 운영해야지요. 우리 직원들 애들 때

문에 시민의 자녀들에게 피해가 가서는 안 되니까요. 그뿐만이 아닙니다. 애들이 커가는 데 따라서 중학교·고등학교까지 세울 계획을 세워놓고 있습니다. 그리고 지위고하를 막론하고 모든 직원의 두 자녀에 대해서는 대학까지 전액 장학금을 지급하겠다고 사장님은 이미 약속하셨습니다. 왜 하필 아이 둘인지 아시겠지요? 아들딸 구별 말고 둘만 낳아 잘 기르자, 하는 산아제한 시책에 호응하는 뜻입니다."

그 간부는 쿡쿡 웃었다.

"참으로 철저하시군요."

고개를 내두르며 이상재도 따라 웃었다.

"여기서 혹시 사진사는 안 뽑습니까?"

사진기자가 정색을 한 듯 말했고,

"유감입니다. 시기를 놓치셨어요."

간부가 응수했고, 그들은 웃음을 터뜨리며 다시 차에 올랐다.

"이제 마지막으로 보실 것이 직원들 주택입니다. '회사가 성공하려면 직원들부터 잘 보살펴야 한다'는 생각으로 사장님은 부지 조성을 시작하고 얼마 지나지 않은 68년 9월부터 직원들 주택을 짓기 시작했습니다. 그 당시 포항은 여관도 변변찮은 데다 주택난도 심각했습니다. 거의다 외지에서 모여든 직원들의 장기적 숙식문제 해결은 급선무였습니다. 그러나 외자 도입이 막연한 상태에서 회사 형편은 월급을 줄 수 없을 정도로 어렵게 되고 있었습니다. 그런데 사장님께서 나서서 20억을 신용대출 받아 주택 건설을 시작하게 되었습니다. 그렇지만 그 좋은 일이 국회에서까지 말썽이 되는 어려움을 겪었습니다."

"아니, 그게 무슨 이유지요?"

"예, 국가 기업이 공장도 짓기 전에 딴짓을 해서 국민 세금을 낭비하고 있다는 공격이었지요. 고속도로 건설을 반대했던 것처럼 야당은 포철 건설도 애초에 반대하고 있었습니다. 외국 것을 수입해서 쓰면 간단할 건데 왜 실패가 뻔한 일을 시작하느냐는 것이었죠. 사장님께서 국회에 출두하는 일까지 벌어졌으니까요."

이상재는 자신도 모르게 쓴 입맛을 다셨다. 그리고 준공식에 야당 사람들은 오지 않았느냐는 말은 묻지 않았다.

나무들이 많은 직원주택촌은 아늑하고 평화로워 보였다. 그만그만한 집들 사이에서 아이들이 뛰어놀고, 주부들이 빨래를 널거나 마당가에서 잡풀을 뽑고 있었다.

"교육시설이나 주택 보급은 우리나라 기업 중에서 최초로 시작한 것인데, 이 주택은 임대를 하는 건가요?"

"아닙니다. 임대는 불안감을 조성하니까 개인 소유화하여 안정을 취하게 해야 한다는 것이 사장님 방침입니다. 그래서 최저 가격으로 분양하고, 회사 보증으로 장기 저리의 융자를 알선하고 있습니다."

"그런데 직원들이 자꾸 늘어나면 어떻게 하지요?"

"예, 사장님께서는 교육시설보다 주택문제를 우선시합니다. 단한 명의 직원도 주택 불안을 겪게 해서는 안 된다는 계획이니까 계속 지어나갈 겁니다."

"계획은 더없이 좋은데 그래 가지고 회사가 운영이 될까요?"

"예, 잘될 겁니다. 사원복지 잘해서 망하는 회사는 없다는 게 사장님 신념이고, 우리 회사는 벌써 1년 경영의 흑자를 예상해 놓고 있습니다."

간부는 더없이 환하게 웃었다.

"첫해부터요? 그게 얼맙니까?"

"그건 특급비밀입니다."

"왜 그러십니까. 분위기 화기애애한데."

"예, 실은 그런 말만 얼핏 들었지 저 같은 말단이 그 액수를 어찌 알 수가 있나요. 아마 사장님께 여쭤봐도 안 밝히실 겁니다. 그냥 기대해 보세요."

"예상이더라도 하여튼 반가운 일입니다."

"그럼 여기까지 오셨으니 사장님 숙소를 한번 보시겠습니까?"

"아니, 지금 거기 계십니까?"

"아닙니다. 숙소는 언제나 개방되어 있습니다. 만약 도둑이 든다 해도 가져갈 것이 아무것도 없으니까요."

사장의 숙소로 들어서던 이상재는 문득 걸음을 멈추었다.

"짧은 인생 영원 조국에."

현관에서 바로 시작되는 좁은 거실의 정면 벽에 이런 붓글씨가 세로쓰기 두 줄로 붙어 있었다. 이상재는 그 문구를 뚫어지게 쳐다보고 있었다. 애국심이 대단하다는 정치부장의 말을 떠올리며.

"사장님께서 손수 써붙이신 겁니다."

숙소에는 그야말로 아무것도 없었다. 거실에 사무용 소파, 방에 한쪽짜리 옷장이 전부였다. 검소를 넘어 초라하게까지 보이는 그 숙소에는 박태준의 정신만이 가득차 있었다. 이상재는 박태준이란 사람의 심층 깊이까지 다 안 것 같은 기분으로 숙소를 나왔다.

"지금까지 사장님에 대해서 줄곧 칭찬만 하셨는데, 뭐 불만이나 불평 같은 것은 없습니까?"

이상재가 차를 타며 물었다.

"글쎄요……, 그게 그러니까……, 매사에 너무 치밀하고 철저한 데다가 원리원칙을 고수하시니까 사원들이 언제나 긴장해야 하고 미처 따라가지 못하고 애쓰는 그런 점이랄까……."

"그것도 결국은 칭찬이네요."

이상재와 간부는 함께 웃었다.

"아닙니다. 제가 듣기로는 군대식으로 밀어붙이면서 막 쪼인트도 까고 지휘봉으로 치기도 하고 그런다던데요?"

사진기자가 불쑥 쏟아낸 말이었다.

"그런 말을 들었습니까? 그건 다 새빨간 거짓말이고 모함입니다. 사장님께서는 군대생활을 하실 때부터 제일 싫어한 게 부정부패와 구타였습니다. 포철건설에서 강한 추진력으로 일을 밀어붙인 것은 분명하고, 그런 과정에서 현장간부 세 사람 정도의 안전모를 지휘봉으로 친 일이 있습니다. 그건 전체에게 경각심을 불러일으키는 일종의 전략이었습니다."

정색을 한 간부의 말은 단호했다.

"근데 왜 그런 나쁜 소문이 퍼지지요? 제 생각에도 안 그럴 것 같은데."

사진기자는 고개를 갸웃거렸다.

"말이란 본래 그런 것 아닙니까. 그리고 사장님한테 좋지 않은 감정을 가진 사람들도 적지 않을 것입니다. 특히 하청업자나 납품업자들은 적당적당히 하려다가 걸려 혼쭐이 나고 거래가 끊긴 사람들이 상당수 있거든요. 그 사람들이 헐뜯고 욕이나 하지 좋게 말할 리가 있겠습니까. 사장님께서는 그런 모함이나 험담에는 눈썹하나 까딱하지 않습니다."

"예, 그렇기도 하겠습니다. 그런데 말입니다, 사원에 대한 처우가 이렇게 좋으면 포철에 취직하고 싶어하는 사람들도 많을 것이고, 그러다 보면 인사청탁 같은 것도 많을 텐데요. 특히 국영기업체고 하니까……."

이상재는 말머리를 돌렸다.

"예, 그야 더 말할 것이 없지요. 작년에 있었던 일인데, 호랑이 눈썹도 뽑는다고 소문난 실세 중의 실세인 박 모라는 사람이 인사청탁을 하는 편지를 보내왔습니다. 그걸 비서한테서 받아든 사장님은 봉투도 뜯지 않고 그 자리에서 박박 찢어 휴지통에 던져버렸습니다. 질겁을 한 비서는 그게 박 모의 편지라는 걸 다시 환기시켰습니다. 그러나 호통만 맞고 쫓겨났지요. 그 소문이 퍼진 뒤로 정치권의 인사청탁은 거의 없어지다시피 했습니다. 공채 때 인사청탁이 들어오면 그 사람 이력서는 미리 빼내버리는 것은 처음부터 해온 일이고요, 또 이런 일도 있었습니다. 사장님은 효자로 소문나신 분입니다. 언젠가 고향으로 부모님을 뵈러 가셨는데, 큰절을 올리고 나자 사장님의 아버님께서 어렵게 말씀을 꺼내셨습니다. 문중의 누군가를 포철에 좀 데려다 쓰라는 것이었습니다. 그 말을 듣자마자 사장님은 아무 대꾸도 없이 마루 끝으로 돌아앉아 구두끈을 매고 대문을 나섰습니다."

입술이 겹치도록 입을 꾹 다문 이상재는 고개를 끄덕이며 메모하고 있었고, 사진기자는 간부를 멍하니 쳐다보고만 있었다.

"자료에 보니 열연공장 건설 때 3개월이나 지연된 공기를 사장님이 직접 나서서 두 달 만에 그 공기를 만회했을 뿐만 아니라, 전체적으로 공기를 한 달이나 앞당겨 준공시켰다는데, 어떻게 그런 일이 가능하지요?"

"예, 많은 사람들이 그걸 묻고, 믿기 어려워하기도 합니다. 그건 한마디로 사장님의 강력한 추진력의 결과입니다. 그 추진력이란 직접 앞장서고, 직접 일하는 희생정신입니다. 그 공기 단축을 우리는 지금도 '전쟁'이라고 부르는데, 교대근무도 없이 두 달 동안이나 매일 24시간씩 일한 경우가 이 세상에 어디 있겠습니까? 그걸 우리는 전쟁하듯 해냈습니다. 처음에 공기 지연이 시작된 것은 사장님께서 외자도입 관계로 외부일에 골몰하시면서 발생하기 시작했습니다. 그러다가 사장님께서 원료 수급 때문에 일본을 거쳐 호주까지 직접 가시지 않을 수 없게 되어 자리를 비우는 동안 더 심해졌습니다. 사장님은 귀국하자마자 공기 단축을 선언했습니다. 그리고 직접 현장에 뛰어들었습니다. 밤낮없이 콘크리트 타설이 시작되었고, 아까 말한 간부의 안전모를 지휘봉으로 친 것도 그때 일어난 일입니다. 사장님은 한시도 현장을 떠나지 않고 직원들과 인부들을 격려했고, 길에 차를 세워놓고 지쳐 잠든 트럭 운전수들을 직접 깨우기도 했습니다. 초인이 따로 없었고, 누구나 따르지 않을 수 없었습니다. 결국 그 불가능한 일을 무사히 해냈고, 그 다음부터는 모든 공장을 지을 때 공기 단축은 있어도 공기 지연이란 있을 수 없는 일이 되었습니다."

"참, 말을 듣고 보니 더 믿기가 어렵군요. 사장님은 계속 여기 계십니까?"

"예, 부득이한 일이 생기지 않는 한 여기를 떠나신 적이 없습니다. 그리고 여기 계실 때는 새벽 2시에 순시 도는 것을 하루도 빼먹은 적이 없습니다. 부지 공사 때 흙먼지 뒤집어쓴 사장님 모습을 어떤 수녀님이 보시고 '흙강아지' 같다고 할 정도였습니다. 그래서 '흙강아지'가 별명이 되고 말았는데, 사장님도 그 별명을 좋아하십니다."

"흙강아지……."

이상재는 그 별명을 되뇌며, 취재가 3회 연재로는 안 되겠고 5회는 되어야 하지 않을까 생각하고 있었다.

"내리시지요. 여기서 점심 식사 하시고, 사장님도 여기서 뵙게 될 것입니다."

그들은 나무숲이 짙게 푸른 속에 자리잡은 어느 건물 앞에서 내렸다.

"아니, 이런 근사한 건물도 포철 겁니까? 이게 호텔도 아니고……."

사진기자는 어리둥절해서 멋진 건물과 간부를 번갈아 보며 두리번거렸다.

"역시 사진기자답게 한눈에 척 알아보시는군요. 이 영일대는 외국 기술자들의 숙소로, 포철의 호텔인 셈입니다. 이것도 직원 주택처럼 지을 때 말썽이 많았습니다. 공장 짓기 전에 호화판 호텔이나 짓는다는 거였지요. 그러나 그건 한 치 앞도 못 내다보는 단견이었지요. 무슨 말인고 하면, 종합제철을 설계하고 시공하고 건설하는 것은 모두 외국의 최고 기술자들입니다. 그런데 아까 잠깐 말한 대로 포항에는 호텔은 고사하고 그들을 재울 만한 변변한 여관도 없었습니다. 그나마 호텔 시늉을 한 게 경주에 있었는데, 그들을 매일 아침저녁으로 경주까지 출퇴근을 시키자면 그 시간 낭비가 얼맙니까. 그들이 하루이틀 머물 것도 아니고, 호텔 식으로 숙소를 직접 지어라, 이것이 사장님 단안이었습니다. 여기서 한 가지 주시할 것이 있습니다. 직원들을 해외연수 보내면서 사장님이 당부하신 말씀입니다. 외국 기술자들을 품안에 끼고 최고 대우를 해주면서 우리는 맨손이었겠습니까? 그게 과연 사치고 낭비였겠습니까?"

간부의 의미 깊은 눈길을 따라 이상재와 사진기자는 눈치 빠르게 고개를 끄덕였다.

양식으로 점심을 먹고 나서 박태준 사장을 만난 것은 오후 2시였다.

"안녕하십니까. 박태준입니다. 오셨다는 말 듣고 빨리 시간을 내지 못해 죄송합니다. 이해해 주십시오."

박태준 사장은 이상재와 악수를 나누며 부드럽게 웃었다.

"처음 뵙겠습니다. ㄷ일보 이상재라고 합니다. 바쁘신데 이렇게 시간 내주셔서 고맙습니다. 저희는 오전 중에 공장을 살펴보면서 유익한 시간을 보냈습니다."

이상재는 자신도 모르게 깊이 고개 숙여 예의를 갖추었다. 그러면서 한순간에 세 번 놀라고 있었다. 사장이 사원들과 똑같이 안전모에 작업복 차림이었고, 뜻밖에도 키가 좀 작았고, 그런데도 사람을 압도하는 어떤 힘을 발산하고 있었다.

"공장을 둘러보신 소감이 어떠십니까? 질문만 받아야 하는 처지에 월권인 줄 압니다만, 이것 하나만은 묻지 않을 수가 없습니다. 칭찬받고 싶은 촌스러움을 벗지 못했거든요."

이렇게 말해 놓고 박태준 사장은 소리 내서 웃었다.

이상재와 사진기자도 웃지 않을 수 없었다. 이상재는, 그가 인터뷰 분위기가 편안하도록 유도한다는 것을 느끼며 긴장을 늦추고 있었다.

"뭐라고 한마디로 할 수는 없습니다만, 놀랍고 감탄스럽고……, 우리나라 산업의 길을 바꿀 거라는 기대와 믿음이 생겼습니다. 그리고 어제 저희들을 사무실로 안내해 준 직원이, 한강의 기적의 주인공은 바로 포철이고, 포철을 탄생시킨 사장님과 포철은 반드시 이 나라 경제건설의 주인공으로 남게 될 거라고 했는데, 그 말에 자꾸 동의하고 싶어집니다."

이상재의 응답이었고,

"하하하하……, 이거 너무 과찬입니다. 더는 질문 안 할 테니 용서하십시오."

박태준 사장은 흔쾌하게 웃었다.

"저희 신문에서는 포항종합제철의 준공을 중요시해 3회 정도 연재되는 특집을 꾸밀 예정입니다. 그래서 저는 여기 오기 전에, 그리고 여기 와서 포철과 사장님에 대해서 여러 가지를 취재했습니다. 바쁘실 테니까 부족한 것만 몇 가지 여쭤보도록 하겠습니다."

이상재는 말을 하면서 다시 놀라고 있었다. 자세를 고치며 박태준의 본얼굴이 드러났는데, 그 얼굴은 조금 전에 친절하게 웃던 모습과는 딴판이었다. 웃음기 사라진 얼굴은 단호하고 강직해 보였고 어떤 강한 힘이 서려 있었다.

그리고 붓으로 그려놓은 듯한 짙은 눈썹 아래 두 눈에서 광채가 뻗치고 있었다. 그 특이한 눈빛은 흡사 고로 속에서 타오르는 불꽃이었다. 이상재는 아까 놀란 세 가지에 그 두 가지를 더 보탰다.

"자료를 보니까 사장님께서는 제철보국(製鐵報國)을 역설하셨는데 무슨 특별한 의미가 있습니까?"

"예, 그건 철강산업을 일으켜 국가발전을 도모하자는 단순한 뜻이 아니라 그야말로 특별한 의미가 있습니다. 여기서 어렵고 곡절 많았던 외자도입 과정을 다 말할 수는 없고, 간단히 줄이면 포철의 건설비 중에는 한일협상의 결과인 대일 청구권자금 일부가 들어 있습니다. 아시다시피 대일 청구권자금이 어떤 돈입니까. 그건 우리 선조들이 흘린 고귀한 피의 대가이고, 우리 민족 전체가 겪었던 수난과 고통의 대가입니다. 그런 소중한 돈으로 제철회사를 건설했으니 포철은 마땅히 민족과 국가에 보은하지 않으면 안 됩니다. 포철은 영원한 민족기업이며, 그 누구도 감히 그 엄정한 역사성을 변질시키거나 훼손할 수가 없습니다. 민족기업으로서의 제철보국, 그 숭엄한 뜻을 이룩하기 위해 포철을 튼튼하게 육성시켜 나가는 것이 저와 임직원 전체에게 주어진 사명입니다. 미력이나마 최선을 다하고자 합니다."

박태준 사장은 느리게 또박또박 말해 나갔는데 그 어조에는 탄력적인 힘이 넘치고 있었다. 그리고 그의 눈은 더욱 서늘하고 매서운 빛을 발하고 있었다.

"예, 그런데, 거의 모든 시설이 일본 것으로 이루어져 있습니다. 왜 하필 일본 것입니까?"

"예, 아주 중요한 것을 지적하셨습니다. 그 연유도 자세히 다 말하기는 이런 인터뷰에서 불가능하니까 간략하게 요약하겠습니다. 우리나라는 종합제철소 건설을 지난 61년에 계획했습니다. 그러나 우여곡절 끝에 66년이 되어서야 미국·서독·영국·이탈리아 4개국으로 형성된 대한국제제철차관단인 KISA가 발족되었습니다. 그런데 몇 년에 걸쳐 지루하게 사업 타당성을 검토해 오던 KISA는 69년 1월에 이르러 차관 불가의 태도를 취했습니다. 한국의 경제 능력으로 돈을 갚을 수 없다는 것이 그들의 판단이었습니다. 저는 미국으로 달려가 무진 애를 다 썼지만 이미 우리를 외면해 버린 미국 대표의 마음을 돌릴 수가 없었습니다. 그때 포철은 KISA를 믿고 부지 조성은 말할 것도 없고 해외로 기술연수까지 보내고 있었습니다. 종합제철 건설의 꿈이 무너지는 그 참담하고 절망적인 상황 속에서 우리에게 1억 불이 넘는 거액을 빌려줄 나라는 그 어디에도 없었습니다. 그 암담한 상황을 돌파하기 위해서 제가 생각해 낸 것이 대일 청구권자금 전용이었습니다. 이것도 이야기가 복잡하고 길기 때문에 여기선 생략하겠습니다. 그 자금 전용을 해결해 나가면서 동시에 일본 제철회사들이 포철 건설에 참여하도록 유도하기 시작했습니다. 여러 고비를 거쳐 일본 회사들이 포철 건설의 주역이 된 것입니다."

"한국에 종합제철이 생기는 것은 일본 제철회사들 입장에서는 가장 가까운 시장을 잃어버리는 것 아니겠습니까? 그런데 어떻게 그런 협조가 가능했습니까?"

"예, 정확하게 보신 겁니다. 그 일을 성사시키는 데 제 평생 잊을 수 없는 두 분이 있습니다. 일본 제일의 양명학자인 아스오카 선생과 야하타제철소의 이나야마 사장입니다. 아스오카 선생은 일본 군국주의를 비판했던 학자로 제가 유학 시절부터 존경했던 분입니다. 정·재계 인사들로부터 존경을 받고 있는 그분이 이나야마 사장을 소개해 주었고, 이나야마 사장은 다른 제철소 사장들을 설득해 주었습니다. 이나야마 사장은 이렇게 말했습니다. '한국이 과거의 불행을 딛고 일어나 경제발전의 첫 단계인 종합제철소를 건설한다면 일본은 당연히 협조를 해야 합니다. 일본의 과거 잘못으로 인해 한국민족이 겪었던 불행을 보상하기 위해서라도 포철 프로젝트가 잘되도록 도와야 합니다.' 다시 말하면 그 두 분이 아니었으면 오늘날의 포철은 존재할 수 없었다고 해도 과언이 아닙니다. 두 분께 다시 머리 숙입니다."

박태준 사장은 마치 그 두 사람이 앞에 있기라도 한 것처럼 고개를 숙였다. 그 진지하기 이를 데 없는 행동에 이상재는 가슴이 찡 울리는 것을 느꼈다.

"예, 잘 알았습니다. 세상에서는 포철 준공을 '기적'이라고 말하고 있습니다. 그리고 사장님을 기적을 일으킨 주인공이라고 말합니다. 그 기적의 원천은 무엇이었겠습니까?"

"저에 대한 것은 과찬입니다. 저는 별로 한 일이 없습니다. 오늘의 포철이 이룩된 것은 임직원 여러분들과 공사에 참여한 수많은 분들이 몸을 사리지 않고 피땀을 흘려 쌓아올린 공입니다. 다시 말해 공사에 참여한 모든 사람들의 '피와 땀의 결정체'입니다. 이 말은 후판공장에서 첫 생산된 두루마리 후판 몸체에 제가 쓴 것이기도 합니다. 그리고 포철 준공을 기적이라고 하는 것은 많은 사람들이 포철의 성공을 믿지 않았기 때문입니다. 정계를 비롯해서 재계, 언론계까지 포철은 실패할 거라는 분위기가 지배적이었습니다. 그것도 무리가 아닌 것이 후발국들은 종합제철 건설에 거듭 실패하고 있었는데, 그 대표적인 나라가 브라질과 터키입니다. 특히 브라질은 나라가 굉장히 크고 천연자원이 풍부한데도 실패했는데 우리나라는 별다른 자원도 없으니 더 어렵지 않으냐 하는 생각들이었습니다. 성심을 다한 사람의 힘은 하늘도 움직인다는 말을 저는 믿습니다."

이상재는 앞에 커다란 쇳덩어리가 버티고 앉아 있는 것 같은 기분을 느꼈다. 그런데 그 쇳덩어리는 견고함과 무게감과는 달리 변함없이 '저는……, 저는……' 하는 겸손을 보이고 있었다.

"예, 유치원과 직원 주택도 돌아보았습니다. 그런 사원복지시설은 우리나라 기업들 중에서 최초의 일로 아주 바람직하고 보범적입니다. 그리고 그 종합계획도 아주 획기적입니다. 그런데 건설비가 막대하게 투자된 상황 속에서 회사경영을 정상화하는 동시에 그런 복지계획을 실현시킨다는 게 가능하겠습니까?"

"아, 그런 것까지 다 보셨습니까? 결론부터 말씀드리자면 그 두 가지를 동시에 실현하는 것은 얼마든지 가능합니다. 왜냐하면 제 1기 공사 완공까지 전체적으로 공기를 한 달 단축시켜 건설비용을 절약했기 때문입니다. 무슨 말인고 하면 우리는 톤당 건설비가 287달러밖에 들지 않아 다른 나라의 절반밖에 되지 않습니다. 우리는 건설 과정에서 이미 경쟁력을 확보해 놓은 상태입니다. 앞으로 남은 과제는 최고 품질의 철강을 만들어내는 것입니다. 그 일도 틀림없이 이루어지리라 믿습니다. 맨주먹으로 회사를 세운 직원들이 그 일쯤 못 해내겠습니까?"

"사장님 숙소에서 '짧은 인생 영원 조국에'라는 좌우명을 보았습니다. 어떻게 그런 인생관과 애국심이 형성된 것입니까?"

"이런, 숙소까지 보셨습니까! 그게 그러니까……, 저의 유학 시절에 아까 말씀드렸던 아스오카 선생의 강연을 들은 적이 있습니다. 그때 선생은 '공적 사회적 임무를 맡은 사람은 사심을 버려야 한다. 그래야만 지식과 실천이 일치할 수 있다'고 했습니다. 그 말이 감명 깊게 가슴에 박혔고, 해방이 되어 제 나름으로 진로를 고심하다가 나라를 위해 한평생 살기로 결심하고 육군사관학교에 진학했습니다. 육사 교육을 통해 애국관을 정립하다가 6·25를 당했습니다. 저는 소대장으로 동료들과 함께 최전선에 투입되었습니다. 그런데 많은 장교들이 죽어 있는데 대부분 총알을 등뒤에 맞은 것을 발견했습니다. 적이 어디에 있는지도 모르고 도주하다 총들을 맞은 것입니다. 그때 깨달은 바가 컸습니다. 무슨 일이든 정면으로 맞서서 최선을 다해야 한다는 생각을 그후로 어긴 적이 없습니다."

"예, 긴 시간 정말 감사합니다. 부디 건강하시고, 포철의 발전을 빌겠습니다."

"예, 이렇게 찾아주셔서 고맙습니다. 원로에 편히 가십시오."

박태준 사장은 시계를 보며 바삐 나갔다. 이상재는 드높은 고로를 생각하며 그의 뒷모습을 지켜보고 있었다. 그 거인의 뒷모습이 이상하게도 외로워 보였다.

15

아부지럴 원망 말그라

대학병원에는 넓은 현관에서부터 아픈 사람들로 붐비고 있었다. 환자들만이 아니라 그 보호자들까지 딸려 있어서 번잡은 더 심해지고 있었다.

유일표는 사람들 사이를 피해가며, 이건 동대문시장이나 고속버스터미널하고 다를 게 없다고 생각했다. 그러나 분명 다른 것이 있었다. 동대문시장이나 고속버스터미널에는 생기 넘치는 와글거림과 왁자지껄함이 있었다. 그러나 대학병원의 대기실에는 풀죽고 근심 어린 모습모습이 음산한 기운에 짓눌려 있었다.

웬 병자들이 이리도 많은가…….

목발을 짚은 환자를 피해 엘리베이터를 타며 유일표는 어제 했던 생각을 또 했다. 불결한 공중변소에 들어갈 때면 반사적으로 '에이, 냄새!' 하는 것처럼 대학병원에 들어설 때마다 그 생각은 불쑥 떠오르곤 했다. 그런 다음에야, 병원이란 원래 환자들의 집합소라는 것을 무슨 어려운 문제나 되는 것처럼 새삼스럽게 깨달았다. 그리고 온 세상사람들이 다 환자 같다는 착각도 바로잡게 되었다. 10층이 넘는 병원의 층층마다 입원실이 빈틈없이 차 있었고, 그 입원실마다 환자들이 가득했지만 세상에는 아픈 사람들보다 아프지 않은 사람들이 훨씬 더 많았다.

유일표는 어머니의 입원실이 있는 층에서 엘리베이터를 내렸다.

"나야 햇병아리라서 잘 모르는데, 과장님 말씀이 어머니 병세는 꽤 오래된 것 같다고 하던데?"

고등학교 동창인 레지던트는, 너 그걸 몰랐어? 하는 투로 말하며 쳐다보았었다. 뜻밖에 하얀 의사복을 입은 동창을 만나 열패감에 싸여 있던 터에 그 말을 듣자 창피스러움까지 끼쳐와 아무 말도 할 수가 없었다. 어머니가 머리가 아프다며 '명랑'을 자주 먹었다는 말을 차마 할 수가 없었다.

머리 아픈 데 먹는 약인 빨간 포장의 '명랑'을 어머니가 복용한 것은 꽤나 오래된 일이었다. 어머니는 머리가 아플 때만이 아니라 가슴이 아프다면서도 그 약을 먹곤 했다. 그 약은 신통하게도 어머니를 앓아눕지 않게 붙들었다. 그러나 이번에 알고 보니 그 약은 중독성이 강해 좋은 약 취급을 받지 못했다.

유일표는 동창을 만나고 싶은 생각이 없었다. 그러나 환자를 퇴원시키기 전에 보호자가 담당과장을 만나게 되어 있으니 그를 피할 수 없는 노릇이었다.

"너 지금 뭘 해?"

서로를 알아보고 악수를 한 다음 당연한 순서인 것처럼 동창이 이렇게 물었다. 좀 이상한 느낌이 드는 듯 동창의 눈길은 자신의 위아래를 더듬고 있었다. 하얀 가운에 '레지던트 이교섭'이라고 박음질된 글씨가 유난히 도드라지며 빛나 보이는 동창의 모습에 비해 검정 바지에 소매를 아무렇게나 걷어올린 헌 와이셔츠 차림인 자신의 모습은 그대로 달라진 사회석 시위를 드러내고 있었다.

"응, 그럭저럭 그렇지."

이렇게 얼버무리며 유일표는 그 어느 때 없이 강한 열패감을 느꼈다. 길거리나 다방 같은 데서 동창들과 마주칠 때와는 그 강도가 너무나 달랐다. 그를 병원이 아니라 길에서 마주쳐 의사인 것을 알았더라면 기분이 이렇지는 않을 거라고 생각하며 유일표는 감정을 다스리려고 애썼다.

"그래? 거 누구지? 독립투사 아들이랬던가, 손자랬던가……? 응 그래, 허진. 그애 일로 네가 나섰을 때 아주 쎄다고 생각했었는데. 널 보는 순간 그때 일이 딱 떠오른다."

그런데 왜 이 꼴이 됐느냐고 묻고 있는 눈치가 역연했다.

"글쎄, 이 나라에서 사는 건 우리가 고등학교 때 100미터 달리기로 등수를 정하던 것하고는 다르지. 그땐 혼자서 잘 뛰기만 하면 되는데 말야. 하여튼 넌 잘돼서 좋다. 내가 동창 덕을 보게 생겼고."

유일표는 억지로 웃음을 지었다. 그런데 이교섭은 무슨 말인지 잘 알아듣지 못하는 얼굴이었다.

유일표는 동창과 마주치지 않기를 바라며 담당과장실로 발길을 옮겼다.

"고혈압은 완치가 어려운 신경 써야 할 병입니다. 특히 어머님의 병세는 오래된 데다가 지속적으로 약을 복용해야 할 형편입니다. 평소 생활에서 과한 일을 피해야 하고, 심적 자극이 심한 일이나 사소하더라도 자꾸 속상하거나 기분 나쁜 일들은 피해야 합니다. 한마디로 신선같이 사는 게 제일인데, 이 점 유의하십시오."

동창의 덕인지 과장은 처음보다 한결 친절하게 일러주었다. 동창은 어디서 일을 하는지 보이지 않았다.

"예, 명심하겠습니다."

유일표는 퇴원증을 받아가지고 절을 깊이 했다.

"으쩌냐, 돈 많이 나왔지야?"

이미 옷을 갈아입고 침대에 걸터앉아 있던 해촌댁은 작은아들을 보자마자 이 말을 물었다. 해촌댁은 벌써 며칠 전부터 돈 걱정을 하며 퇴원하자고 조르듯 했던 것이다.

"아니오, 얼마 안 돼요. 그리고 성이 돈 잘 버는데 이까짓 병원비 뭐가 걱정이에요. 엄니는 큰아들 효도를 받으며 마음 턱 놓고 계세요."

유일표는 더없이 환하게 웃으며 어머니를 곧 끌어안을 것 같은 몸짓까지 했다.

"잘 벌기는 머시가 잘 벌어야. 고상고상험서 애롭게 모타나가는 돈, 이 잘난 에미가 염치도 없이 홀라당 까묵은 것이제. 나가 통 면

목이 없고 속이 씨리고 애리다."

목소리가 잠겨들며 해촌댁은 코밑을 훔쳤다. 병색이 깃든 주름 깊은 얼굴에 머리가 반백인 그녀는 이제 더 늙을 수 없을 정도로 노인이 되어 있었다.

"엄니, 엄니가 믿는 과장님이 뭐라고 하신지 아세요? 항시 마음 편하게 먹어야 병이 낫지 그렇지 않고 자꾸 속상하고 그러면 병이 또 도진다고 했어요. 엄니가 그리 속이 씨리고 애리면 또 논 들어가게 돼요. 신선처럼 살아야 된다고 했는데, 과장님이 엄니한테는 그런 말 안 해요?"

"그려, 그 실답잖은 소리 다 들었는디……. 인자 가자. 내 병이사 나가 다 안께."

해촌댁은 가느다랗게 한숨을 쉬며 보퉁이를 집어들었다.

어머니의 끝말이 가슴을 찌르는 것을 느끼며 유일표는 어머니한테서 보퉁이를 뺏어들었다. 어머니의 병은 어머니만 아는 것이 아니었다. 어머니가 그 험한 세상을 살아오며 이제야 병원 신세를 졌다는 것은 참으로 기적 같은 일이었다. 그동안 어머니는 무서운 정신력으로 버티어온 것이었다. 어머니의 늙고 가냘픈 모습을 보며 유일표의 가슴은 눈물로 젖어내리고 있엇다.

"택시는 멀라고 탈라고 그냐? 뻐스도 황감헌디 그 아까운 돈을."

해촌댁은 작은아들의 팔을 잡아끌었다.

"엄니, 나 성한테 혼나는 것 보고 싶어 그러세요? 성이 틀림없이 택시로 모시라고 몇 번씩이나 말했어요. 돈 벌어서 뭐 하겠어요. 오늘만 택시를 타도록 하세요. 성 마음을 생각해야지요."

유일표는 화를 내는 척, 그러나 간곡하게 말했다.

"이 에미가 돈 잡아묵는 우환 단지다."

해촌댁은 고개를 떨구었다.

유일표는 택시의 창밖으로 무심하게 눈길을 보낸 채 어머니의 건강을 생각하고 있었다. 이젠 집안일도 어머니에게 무리인 것이다. 전에는 어머니의 병세를 몰라서, 어머니가 한사코 집안일을 맡고 나섰으니까 으레 그러려니 했었다. 그러나 알고 보니 벌써 몇 년 전부터 그건 병을 키운 화근이었다. 어머니가 혼자 병을 견디며 집안일을 놓지 않았던 것은 여동생 선희가 형의 일을 돕게 하기 위해서였다. 선희는 형이 새로 시작한 회사에서 또 경리일을 맡고 있었다. 이제 선희를 집에 들어앉힐 수밖에 없었다. 빨리 형과 그 일을 의논하기로 마음먹었다.

"야아 야, 일표야."

택시가 돈암동쯤을 지나가는데 그때까지 눈을 감고 있던 해촌댁이 입을 열었다.

"예, 어디 아프세요?"

"아니, 선희 말인디, 갸럴 인자 그만 치워야 쓰덜 안컸어? 니 갸 나이 아냐?"

유일표는 그만 가슴이 뜨끔해졌다. 여동생 선희는 어느덧 스물일곱이었다. 스물일곱이면 혼기를 놓친 노처녀였다. 대학을 나왔다면 또 모를까, 고등학교밖에 나오지 못한 경우에 스물일곱은 그 자체로서 혼인의 악조건 하나를 가진 셈이었다.

"예, 빨리 보내야지요."

"예, 예, 대답만 쉽게 허덜 말고 느그 성허고 항꾼에 맘묵고 나스란 말다. 둘이 허자고 나스면 친구덜이고 머시고 간에 짝 맞춰줄 남자 한나는 골라내질 것 아니여? 느그도 큰일이다만 더군다나 선희는 여자 아니여? 여자는 약혼혀도 암시랑도 안헝께 성허고 꼭 짜서 금년에는 꼭 치우게 허란 말이여. 나가 언제 죽을란지 모른디 그것 치우는 건 눈뜨고 봐얄 것 아니겄어."

혜촌댁의 목소리에 물기가 비쳤다.

"예, 알았어요, 엄니."

"또 귓등으로 들어넘기는 것 아니여? 약조혀라."

"예, 꼭 그리 할게요. 약속해요."

"그려, 느그가 맘 안 쓰면 누가 그 일얼 풀겄냐. 선희 그것이 암 뜨고 기가 없어서 그 흔헌 연애도 못허고. 선희 불쌍허니 생각혀라. 애비 얼굴을 지대로 알기럴 허냐, 애비 정을 받아보기럴 혔냐. 가시네로 천하게 궁글름서 고상고상험서 컸는디 지대로 갤치지도 못혔으니 나가 갸헌테 진 죄가 크다."

울먹이는 해촌댁의 눈에 눈물이 그렁그렁했다.

"엄니, 맘 상하면 안 된다고 했잖아요. 제가 꼭 약속 지키도록 할게요. 아무 걱정 말고 맘 편히 잠수세요."

유일표는 어머니의 손을 잡았다. 그는 문득 놀라면서 어머니의 손을 내려다보았다. 어머니의 손은 그전하고는 너무 다르게 뼈마디가 드러나게 메마르고 잔주름들이 잡혀 있었다. 그러고 보니 어머니의 손을 만져본 지도 얼마나 되었는지 몰랐다.

"그려, 인자 말이 나왔응께 허는 말인디, 이 에미가 느그덜 앞에 낯을 들 체면이 없다. 느그덜 낳고 젖 뿔림서는 넘덜 안 부럽게 호강시켜 키우고 잘 갤차서 요렇타게 출세시키고, 존 배필 골라 장개 딜이고 시집 보낼라고 혔었는디. 시상이 험허게 미쳐 돌아 그 아까운 재산 다 날라가불고, 사람할라 생이별로 잃고 요 모냥 요 꼬라지가 돼야부렀다. 느그덜이 말은 안 혀도 부모 원망이 얼매나 크겄냐."

해촌댁은 깊은 한숨을 내쉬었다.

"엄니, 괜히 그런 말씀 마세요. 선희 일은 제가 꼭 해결할게요."

유일표는 자신 있게 재차 다짐했다. 그러나 속마음은 답답하기만 했다.

"작은오빠, 나 시집가는 것 겁나. 무슨 일이 생기면 어떡해. 그 일은 친가·외가 팔촌까지 피해를 보게 되잖아. 시집에 피해를 입혀 미움받고 쫓겨나 봐. 생각만 해도 소름끼치고 무서워. 나도 오빠들처럼 시집 안 가고 혼자 살 거야. 난 싫으니까 시집가라고 그러지 마."

2년 전쯤에 결혼 이야기를 꺼냈을 때 선희가 울먹이면서 한 말이었다.

그때 받은 충격은 형이 잡혀가는 일을 당하는 것만큼 컸다. 선희의 생각은 지나치거나 엉뚱한 것이 아니었다. 선희가 굳이 입에 올리기를 피하며 '무슨 일', '그 일'이라고 한 일이 만약 생기게 된다면 선희의 시집에 피해가 안 가리란 보장이 없었다. 또 직접적인 피해를 입지 않는다 해도 '간첩의 집안'이라고 해서 시집에서 눈총받고 미움을 사거나, 남편과 틈이 생겨 가정 파탄이 일어날 위험은 얼마든지 있었다.

뭐라고 대꾸할 말이 없어서 선희가 형과 자신에게 가지고 있는 오해도 풀어주지 못하고 말았다. 형과 자신은 아버지 때문에, 좀더 정확하게 말해서 아버지로 인한 연좌제 피해가 자식들한테까지 연결되는 것이 무서워 결혼을 하지 않기로 작정한 것이 아니었다. 아니 형한테 확인한 것은 아니지만, 형은 그동안 결혼할 만한 경제적 여건이 갖추어지지 않은 상태이기도 했다. 그리고 옛날 애인과의 관계도 이어지고 있어서 세월 가는 데 별 신경을 쓰지 않는 눈치였다. 자신도 돈벌이가 시원찮은 형편에 형이 그러고 있으니까 결혼에 별 관심 없이 서른을 넘기고 말았다.

어머니는 그동안 자신에게 선희의 결혼을 서너 차례 걱정했을 뿐 정작 장남에게는 장가 들라는 말을 한 번도 꺼내지 않았었다. 하고 싶은 말 가슴에 묻어두고 형의 눈치만 보아온 어머니의 심중이 어떠했을 것인지 뒤늦게 죄스럽기 그지없었다. 고혈압이라는 몹쓸 병에 시달리면서도 '명랑'이라는 시원찮은 약으로 그 고통을 감추어온 어머니에게 세 자식은 이래저래 큰 불효를 저지른 것이었다.

유일표는 큰 짐을 진 기분으로 저녁에 바로 형과 자리를 따로 했다.

"그래, 나도 엄니 병을 알고 나서 선희가 집안일을 맡아야 한다고 생각하고 사람을 구하고 있었다."

유일민은 동생의 말에 고개를 끄덕이고는,

"시집도 보내긴 보내야 하는데……."

그는 한숨을 쉬며 소주잔을 들었다.

"성, 그건 성이 신경 쓰지 마. 내가 선희의 마음도 돌려놓고 마땅한 사람도 찾아볼 테니까. 성은 아무 걱정 말고 선희 결혼 비용이나 책임져."

유일표는 더욱 우울해지는 형의 기분을 돌리려고 속마음과 다르게 활기차게 말했다.

"그래 줄래? 결혼 비용이야 걱정하지 말어."

유일민의 얼굴이 약간 밝아지는 느낌이 들었다.

"결혼 비용 우습게 생각하지 말어. 선희가 몇 년 동안이나 형 일 도우면서 무료봉사 했잖아. 적으면 내가 임금 착취로 고발할 거야."

"그래, 고발당하게 쥐꼬리만큼만 내놔야겠다." 유일민은 비로소 우울기가 가시게 웃으며, "그동안 선희가 참 고생 많이 했지. 차분하고 정확한 게 경리로선 최고야. 집안 사정도 그런데 남들보다 빠지지 않게 보내야지." 그는 장남다운 체모를 차리며 말했다.

"그렇다고 형한테 너무 부담되게 할 건 없어. 몇 개월짜리 어음쪽지 받아 돈도 잘 돌지 않는 형편에. 요새 공장 일거리는 좀 어때?"

유일표는 형에게 술잔을 내밀었다.

"응, 그런대로 괜찮아. 제약회사에 있는 대학 동창이 일거리를 주기로 했으니까 그것만 해결되면 좀더 좋아질 거야."

"제약회사에도 일거리가 있나?"

"그럼. 어린이용 감기약, 안약, 머큐롬, 소독약 같은 것들은 다 유리병에서 플라스틱으로 바뀌고 있어. 유리병보다 싸고 파손이 안되니까 회사로서는 이중으로 이익인 거지."

"그렇겠네. 세상 참 무섭게 변해가. 그럼 유리병 납품업자들은 다 망하겠네?"

"이 치열한 경쟁사회에서 두 손 놓고 망할 리 있냐? 다 눈치 빠르게 플라스틱으로 바꾸고 들지. 일거리 하나 따내는 데 어찌나 경쟁이 심한지 하늘의 별 따기라는 말이 실감나."

"그럼, 먹느냐 먹히느냐가 자본주의 얼굴인걸. 근데, 그 동창이란 사람 친해? 틀림없이 해줄 사람이야?"

"응, 믿을 만해."

"이건 줬어?"

유일표는 엄지와 검지손가락으로 동그라미를 그려 보였다.

"아니, 동창 사이에 그런 것 거북해서 좀……."

유일민은 어색스럽게 웃으며 어물거리다가 술잔으로 입을 막았다.

"아이고 성, 그래 가지고 어떻게 사업을 해. 이거 안 줘서는 되는 게 없는 세상인 거 잘 알잖아. 성, 가장 확실한 빽이란 이걸 받아먹고 틀림없이 일을 해주는 사람이란 말이 있잖아. 무슨 말인고 하면, 성이 아무 제약회사나 찾아가 자재부장이고 누구고 붙들고 이걸 두둑하게 주면서 플라스틱 용기 일거리 좀 달라고 해봐. 미친놈 취급이나 받지 그쪽에서 이걸 받을 것 같애? 이걸 주는 쪽에서는 일을 틀림없이 해주는 사람이어야 하고, 이걸 받는 쪽에서는 비밀을 철저하게 지킬 사람을 필요로 하는 거야. 그러니까 동창이란 빽이 아니고 서로 믿을 수 있는 통로일 뿐이고 진짜 빽은 이건 거야. 이거 줘서 손해 보는 일 없고, 이거 줘서 안 되는 일 없다는 말 있잖아. 그 사람 지금 기다리고 있을 테니까 빨리 술자리 벌려서 해치워. 안 그러면 일 못 따."

유일표의 끝말은 아주 단호했다.

"허 참, 사업판에서 아주 산전수전 다 겪은 것처럼 말하는구나. 나도 지금 그걸 고민 중이다."

"성, 일단 사업을 시작했으면 고민 같은 것 할 것 없어. 세상살이는 전쟁이야. 전쟁터에서 총 쏠까 말까 고민해? 이 세상에서는 이세상의 법칙을 따라야 해. 함께 썩어서 돌지 않으면 결국 굶어죽어. 그렇게 죽는 걸 세상에서는 양심이라고 알아주는 게 아니라 무능하고 병신이라고 비웃어. 그게 우리 사회야. 양심은 목사나 승려들이 지키는 것으로 충분해. 내가 재건대에서 애들만 가르치는 줄 알아? 경찰을 상대로 이것 먹이면서 애들 빼내는 일도 해. 애들이 많다 보니까 남의 물건 슬쩍하다가 잡혀들어가는 애들도 더러 있거든. 그때 이걸 안 쓰면 절대 안 풀어줘. 우리한테 매달 상납 받아먹어 친한 사이인데도 맨입으로는 어림없어. 그게 이것이 발휘하는 힘이야. 자본주의는 인간을 더럽고 치사하게 만들었고, 인간은 돈의 노예가 됐어."

"그래, 네 말이 다 맞다. 나도 결심하고 시작한 거니까 최선을 다해야지. 돈을 많이 벌면 그게 우리를 보호할 수도 있으니까."

유일민은 입을 꾹 다물며 흐리게 웃었다.

"전망은 보여?"

"응, 플라스틱 수요가 날로 늘어나고, 경제가 자꾸 좋아지고 있으니까. 4~5개월짜리 어음을 깡해서 쓰지 않게 된 것만도 그만큼 돈을 번 것 아니냐."

"됐어. 힘내. 나도 제약회사 쪽으로 알아볼 테니까."

유일표는 기분 좋게 술잔을 꺾었다.

"무리하지 말어. 네 일도 바쁜데."

"아니, 괜찮아. 우리가 가진 재산이라는 게 좋은 학교 나왔다는 것밖에 더 있어? 학연·지연·혈연으로 이 사회가 망해가고 있다고 야단들인데, 그런 게 잘 통하는 게 그나마 우리한테는 큰 다행이지. 어차피 학벌은 써먹지 못하게 됐으니까 괜찮은 자리에 있는 동창들이나 잘 활용해야지. 안 그래?"

"그래. 널 만나면 그래도 속이 좀 풀린다."

유일민은 정답게 웃으며 동생에게 술잔을 건넸다.

유일표는 끝내 형의 결혼문제에 대해서는 입을 떼지 못했다. 그 말을 꺼내면 해결되는 것 없이 괜히 형을 괴롭히게 될 것만 같았다. 아버지 때문이든, 첫사랑 때문이든, 그 둘 다가 합해진 것이든 형에게 맡겨둘 수밖에 없었다. 형은 생각 깊은 사람이었고, 스스로의 인생에 대해 두루 생각하지 않을 리 없었다.

형은 그렇고, 넌 어떻게 할 거야?

유일표는 자기자신에게 물었다. 괜히 웃음이 픽 나오며 막연할 뿐이었다. 여지껏 마음에 끌리는 여자가 눈에 들어온 일이 없는 게 이상했다. 그것도 어쩌면 아버지 때문인지도 몰랐다. 형이 끌려가고 잡혀갈 때만 불안과 공포에 시달리는 것이 아니었다. 평소에도 마음에는 늘 음산한 안개가 끼어 있었다. 그 불안을 걷어내려고, 그 두려움에서 벗어나려고 애썼지만 그건 부질없는 일이었다. 무슨 병을 앓듯이 그 괴로움에 시달리다 보니 여자가 눈에 띄지 않았다. 그 사실을 처음 깨달은 것이 이상재가 허미경에 대한 감정을 처음 공개했을 때였다.

술 취한 그가 허진에게 여동생을 사귀어도 좋으냐고 물었을 때 왈칵 다가든 허미경의 모습. 그 순간 그녀가 허진의 여동생만이 아닌 여자로 보였다. 그녀의 잔잔하게 예쁜 얼굴, 다소곳한 자태, 언제나 참한 언행, 그녀는 여자로서 사랑할 만한 대상이었고, 남에게 빼앗기기 아까운 존재였다. 그러나 자신은 한발 늦어버렸고, 이상재에 비해 자신은 허미경을 행복하게 해줄 자신이 없었다. 그후로도 여자를 마음에 담을 자신감은 생기지 않았다.

"그 기집애 그거 아주 맹랑해. 남자는 멋진데 집안 사정이 무서워 싫대는 거야. 그 기집애가 그리 얌체같이 현실적일 줄은 몰랐지. 내가 일표네 아버지 얘길 했거든."

자기 동생을 소개했던 강숙자의 말이었다. 그 말이 더욱 마음을 위축시켰다.

유일표는 형이 플라스틱 관계 사업을 하기 잘했다고 거듭 생각했다. 그건 돈을 댄 옛 애인이 길을 튼 것이었다. 자기 친구네가 새로 화장품 회사를 세웠는데 각종 화장품 용기를 만드는 하청업이 었다.

허진과 강숙자 쪽에서도 하청을 맡을 수 있는 길을 마련해 주었다. 그러나 여러 가지를 비교해 본 결과 플라스틱 가공업을 택하게 되었다. 시멘트벽돌을 생산하는 것은 부지 확보에서부터 복잡한 게 너무 많았고, 일이 거친 데다 관리의 어려움까지 겹쳐 있었다.

며칠이 지나 유일표는 여동생을 불러냈다.

"사무실에 안 나가니까 기분이 어떠냐? 서운해?"

"서운하긴. 엄마 건강이 더 중한데. 근데 걱정돼. 새로 온 애가 잘 해야 텐데……"

유선희는 물잔을 만지작거리며 가냘픈 소리로 말했다. 그녀의 얼굴에는 나이에 어울리지 않게 수심이 깃들어 있었다.

"선희야, 너 말이야……, 지금도 결혼문제에 대해서 생각이 변하지 않았냐?"

유일표는 말을 꺼내기 거북해 여동생을 쳐다보지 않았다.

"큰오빠한테 잠깐 얘기 들었는데……, 엄마가 그렇게 걱정하시는 줄은 몰랐어. 작은오빠도 큰오빠하고 같은 생각인 모양이지?"

유일표는 여동생의 눈길을 느끼며 고개를 돌렸다. 여동생의 얼굴은 평소보다 더 그늘져 있었다.

"선희야, 우리 셋이 다 자식으로서 어머니한테 너무 잘못한 것 같으다. 그동안 우리가 결혼이고 뭐고 생각할 겨를이 없이 가난하고 복잡하게 살아왔는데, 이제 좀 여유가 생겼으니까 자식된 도리를 해야 되지 않겠니? 선희야, 너무 겁먹고 무서워하지 말어. 아무 일도 안 일어날 수 있으니까."

"그건 요행수를 바라는 거잖아. 그러다가 무슨 일이 벌어지면 어떡할 거야."

유선희는 작은오빠를 똑바로 쳐다보았다. 유일표는 말문이 막혔다. 그는 담배에 불을 붙이고 천천히 빨았다. 그가 연달아 내뿜는 담배연기가 침묵으로 바뀌고 있었다.

"선희야, 무슨 일이 벌어질지도 모르는 게 무서워 우리 셋이 다 결혼도 안 하고 살아간다는 건 비정상이야. 큰오빠나 나는 꼭 그 이유 때문에 지금까지 결혼을 안 한 게 아니고, 앞으로 형편이 풀리는 대로 결혼을 할 거지만 말야. 선희야, 그 일을 너무 지나치게 생각하면 안 돼. 이 나라에 우리처럼 당하며 사는 사람들이 수없이 많은데, 그런 집 딸들이 다 너처럼 결혼하기를 두려워하겠니? 그런 걱정들은 하면서도 그래도 결혼해서 살아가는 거야. 그게 정상적인 거니까 너도 생각을 좀 바꿔라."

"작은오빠, 이북사람들은 자기네가 내려보낸 사람들이 여기서 잡힌다는 걸 알고 있을까?"

이 느닷없는 말에 유일표는 여동생을 멍하니 바라보았다.

"그야……, 오래 돌아오지 않으면 잡힌 걸로 알겠지. 이쪽 신문에 나는 걸로도 알 거고."

"그럼, 그런 일이 벌어지면 이쪽 가족들이 형편없이 당한다는 것도 알겠지?"

"그렇겠지……."

"그럼 이쪽에서도 저쪽에 또 사람을 보내겠지?"

"세상에는 비밀로 하고 있지만 안 보낼 리가 없지."

"그럼 또 저쪽에서도 당하는 가족들이 있을 거야. 통일이 되는 것도 아닌데 왜 그런 잔인한 짓들을 하는지 모르겠어. 난 그런 걸 곰곰이 생각하면 이런 세상에 살고 싶지가 않아. 난……, 난 말이야……, 아빠가 찾아와서 내가 신고하는 꿈을 국민학교 때부터 지금까지 수천 번도 더 꿨어. 난 이쪽도 저쪽도 다 싫어."

유선희는 울고 있었다.

유일표는 여동생의 눈물을 보며 고개를 떨구었다. 그리고 새 담배에 불을 붙였다. 선희가 그런 깊은 생각을 하며 시달려왔다는 것이 가슴 쓰라렸다. 자신이 그랬다면 선희도 똑같은 괴로움을 당했을 것이다. 아니, 여자라서 고통이 더…….

"그래, 나도 이런 세상에서 살고 싶지 않다. 그렇지만 선희야, 우리 어머니를 생각하자. 어머니도 사시는데 우리가 그러면 되겠냐?"

유일표의 목소리는 간곡했다.

"알아, 알아. 엄니가 바라는 대로 할 거야. 엄니가……."

손수건으로 눈을 가린 유선희는 울먹이며 연신 고개를 끄덕였다.

유일표는 다음날부터 여동생의 짝을 찾아 신경을 곤두세웠다. 그러나 자신의 친구들은 이미 결혼해 애아버지들이 되어 있었고, 주위를 둘러봐도 마땅한 사람을 고르기란 쉽지 않았다. 그래서 친구들한테까지 다 연락을 했다. 직장이나 주위에 쓸 만한 사람이 있으면 소개 좀 하라고.

그러나 며칠이 지나도 연락 오는 데는 없었다. 그나마 재건대장 이용진이 그동안의 신세를 갚으려는 듯 적극적으로 나섰다. 그가 발이 넓어 유일표는 사뭇 기대를 걸고 있었다.

이용진은 하루에 한 사람꼴로 소개하는 열성을 보였다. 그런데 마음이 끌리는 사람이 별로 없었다.

"유 선생 눈이 너무 높아서 안 되겠는데요. 대학을 안 나와서 그러는 모양인데, 대학 나온 사람이 어디 그리 많나요? 허고, 대학만 나오면 뭐해요. 뻔드르르한 간판 달고 제대로 사람 노릇 못하면 파이지요. 고등학교만 나왔더라도 사람 실하고 착실하게 돈벌이할 수 있으면 최고 신랑감 아니겠어요?"

이용진의 말을 듣고서야 유일표는 자신이 학벌을 따지고 있음을 깨달았다. 여동생은 상업학교를 나왔을 뿐인데도 신랑감은 무의식적으로 대학 졸업자를 원하고 있었다. 재건대 학생들을 상대로 평소에 하는 말과는 달리 학벌주의의 모순에 빠져 있는 자신을 발견하며 유일표는 대꾸할 말이 없었다.

대학 나온 사람이 어디 그리 많으냐는 이용진의 말을 실감했던 것은 군대에서였다. 훈련소에서고 기성부대에서고 대학 나온 사람은 1개 소대에 2~3명에 지나지 않았다. 그때 놀라움은 뜻밖에도 컸다. 그 사실을 확인하기 전까지만 해도 남자들은 거의가 대학을 나온 것으로 생각했던 것이다.

친구들이고 주변사람들이 다 대학을 나왔기 때문에 일으킨 착각이었다. 그런 어이없는 착각을 바로잡으며 세상의 속내를 들여다 보게 된 것은 이유 없는 구타도 참아내는 연습과 함께 군대생활에 서 얻은 적잖은 수확이었다. 그런데도 여동생을 위한 욕심은 그런 체험마저 다 눈멀게 하고 있었다.

여동생에게 맞선을 보일 만한 사람을 찾지 못하고 날만 흘려보 내고 있던 어느 날 형네 공장에서 경리 아가씨가 찾아왔다.

"빨리 대학병원으로 오시래요. 어머니가 쓰러지셔서 위독하시대 요. 사장님이 병원으로 가시며 연락하랬어요."

이쪽에 전화가 없어서 형이 먼저 병원으로 가며 사람을 보낸 거 였다. 인구 폭증에 따라 서울이 비대해지면서 각종 사업체들이 늘 어나 전화는 날로 귀해지고 있었다. 작은 사업체에서는 전화를 재 산 1호로 칠 만큼 비싼 값으로 뒷거래되고 있어서 재건대에서는 전화를 가질 꿈도 꾸지 못하고 있었다.

유일표는 남산자락에서부터 퇴계로까지 한달음에 뛰어나와 택 시를 잡아탔다. 그의 마음은 택시 속에서도 '위독'하다는 말에 쫓 기고 있었다. 여동생이 집안일을 도맡고 나선 다음부터 라디오나 들으며 소일하게 된 어머니의 건강은 안정되어 있었다. 병원에서 처 방해 준 약도 여동생이 시간 맞춰 꼬박꼬박 챙기고 있었다.

그런데 갑자기 어찌 된 일일까……, 위독하다니 무슨 일일 까……, 다급한 유일표의 마음은 택시를 밀어대고 있었다.

유일표는 혼수상태인 어머니 옆으로 접근할 수가 없었다. 위독 한 환자에게 더 해롭다며 인턴과 간호원이 제지했다.

"라디오를 들으며 점심을 잡수시다가 갑자기 쓰러지셨어. 라디오에서는 남북적십자회담이 중단되었다는 뉴스를 하고 있었는데……. 엄마는 깜짝 놀라며 '저게, 저게 무슨 소리냐'고 하다가 푹 쓰러지셨어."

유선희가 흐느끼면서 말했다.

"뭐라고? 회담이 중단돼?"

유일표도 소스라치게 놀랐다. 그는 두 손으로 얼굴을 싸잡고 복도에 주저앉으며 어머니가 받았을 충격이 얼마나 컸을지를 충분히 짐작했다.

"인자 우리가 그 험헌 꼴 더는 안 당허고 살게 될랑갑다. 하면, 어서 그리 되아야제. 무신 철천지 웬수도 아니겠고, 갈라진 사람덜 만내게 험서 조단조단 살아야제. 따지고 보면 다 한 핏줄 아니겠어."

남북적십자회담이 서울·평양을 오가며 열리게 되면서 어머니가 조심스럽게 뇌이곤 했던 말이었다. 그 회담에서 다루고 있는 핵심 문제가 남북 이산가족 재회인 것을 어머니는 너무나 잘 알고 있었다. 신문이나 라디오에서는 남북 이산가족들이 곧 만나게 되는 것처럼 바람을 일으키고 있었다.

유일표는 너무 기대를 하면 곤란할지도 모른다며 경계심을 가지면서도 회담이 계속됨에 따라 기대가 자꾸 커져가는 것을 어쩔 수 없었다. 이산가족문제가 잘 풀리기를 간절하게 바란 나머지 형에게 그 말을 꺼냈을 정도였다.

"의사도 어찌 될지 알 수가 없단다. 오늘부터 우리 모두 여길 지키자."

유일민이 눈물 밴 눈으로 두 동생에게 말했다.

유일표는 무슨 말을 하려고 입을 반쯤 벌리다 말고 담뱃갑을 꺼냈다. 일그러지고 있는 그의 얼굴에는 어떤 분노와 울음이 섞여 있었다.

"나 빨리 가서 돈 좀 가져올 테니 기다려라."

유일민이 아랫입술을 물며 돌아섰다. 유일표는 한숨과 함께 담배연기를 내뿜으며 지치고 외롭고 슬픈 형의 뒷모습을 지켜보고 있었다.

해촌댁은 다음날도 혼수상태에서 깨어나지 못했다. 의사는 표정 없이 고개를 갸웃거렸다. 그 다음날도 마찬가지였다. 의사는 좀더 심하게 고개를 갸웃거렸다.

나흘째 되는 밤이었다.

"큰오빠, 작은오빠! 엄마가 깨났어! 오빠들 찾아."

유선희가 응급실에서 뛰쳐나오며 외쳤다. 복도에 있던 유일민과 유일표는 허둥지둥 응급실로 들어갔다.

"엄니, 저 일민이에요."

"엄니, 일표예요, 일표."

해촌댁의 풀린 눈에서는 눈물이 주르르 흘러내렸다.

"느그……, 느그……, 아부지럴 원망 말그라……."

가느다란 소리의 말이 끝나는가 싶더니 해촌댁의 눈이 감기고 말았다.

장례를 치르고 나서 유일표는 집에서 재건대를 오갔다. 여동생 때문이었다. 선희는 장례를 치르면서 서너 번씩 까무러칠 정도로 몸부림치며 못 견뎌 하더니 장례가 끝나고서도 감정 수습을 하지 못했다. 밥이나 겨우 해놓고는 넋 나간 듯 앉아 있는가 하면, 방구석에 웅크리고 앉아 울고 또 울었다.

유일표는 이런저런 말로 위로도 하고 타이르기도 했다. 그러나 말을 할 때는 알아듣는 것 같다가도 다시금 슬픔에 빠져 목을 놓고 있고는 했다. 그런 날들이 계속되면서 선희는 표나게 마르고 있었다.

"형, 쟤를 어떡하면 좋지? 나로선 더 무슨 방법이 없는데."

"글쎄, 저게 보통일이 아니다. 엄니한테만 의지해 온 막내라 너무 충격이 컸던 모양이다."

"충격이 너무 큰 것도 문젠데, 병원에 데려가 봐야 되지 않을까?"

"글쎄, 그게 또 충격이 될 수도 있어. 아무래도 혼자 둬서는 안 될 것 같다. 다시 회사일을 보게 해야 되겠어."

"지금 있는 경리는?"

"응, 거래처가 자꾸 늘어가니까 어차피 혼자서는 벅차. 선희가 경리 책임을 맡을 필요도 있고."

"그게 좋겠네. 그리고 선희 결혼문제는 서두르지 않는 게 어떨까?"

"그래, 차차 자연스럽게 하자."

유일민은 여동생을 회사로 이끌었다.

"집은 어떻게 하고……."

"아랫방 할머니 계시잖냐. 도둑이 들어봤자 가져갈 것도 없는 살림이고."

유선희는 그제서야 집안일을 맡게 되었을 때처럼 그저 고개를 끄덕였다.

〈8권에 계속〉

한강 7

제1판 1쇄 / 2002년 1월 10일
제1판 48쇄 / 2006년 9월 10일
제2판 1쇄 / 2007년 1월 30일
제2판 36쇄 / 2020년 5월 5일
제3판 1쇄 / 2020년 11월 30일
제3판 4쇄 / 2024년 11월 30일

저자 / 조정래
발행인 / 송영석

발행처 / (株)해냄출판사
등록번호 / 제10-229호
등록일자 / 1988년 5월 11일(설립일자 | 1983년 6월 24일)

04042 서울시 마포구 잔다리로 30 해냄빌딩 5·6층
대표전화 / 326-1600 팩스 / 326-1624
홈페이지 / www.hainaim.com

ISBN 978-89-6574-397-2
ISBN 978-89-6574-466-5(세트)

파본은 본사나 구입하신 서점에서 교환하여 드립니다.